山风水韵

江南山水传说

许豪炯·著

文汇出版社

太湖

西湖

黄山

雁荡山

天目山

天台山

虎丘山

富春江

自 序

　　自幼生长在太湖之滨的山水名城,每每游览山明水秀的湖山胜景,便大兴"家乡如此壮丽秀美"之感。年长后,游踪逐渐扩大,遍及江南各地,更至南北西东,感受也便越发丰富起来。多年以来,一直想写一本与江南山水有关的著作。只是从何处切入,何处着手,常在踌躇之中。

　　从上世纪八十年代末至新世纪之初,十余年间,参与了著名民间文艺学家、民俗学家姜彬先生领衔的"吴越民间文化系列研究"(包括《吴越民间信仰民俗》、《稻作文化与江南民俗》等国家社科基金课题和上海市重点课题《东海港岛文化与东亚》)。原先,搞一点中国现代文学的研究,蓦地转搞民间文艺学和民俗学研究,在姜彬先生指导下,边干边学,较快地进入角色,居然能差强人意地完成上述几个课题所分配给我的研究和写作任务。这几个课题的参加者,是江浙沪地区一些学有专长、功底深厚、扎根民间、学风严谨的学者,大家通力合作,力争以最高的水平交出答卷。上述几部学术著作出版后,均在上海社会科学院、上海市以至全国获得重要奖项。参与姜彬先生主持的研究课题,多次奔波于江浙各地,广交江浙两省的朋友,这一段热气腾腾的生活,不仅使我的学术研究大有长进,而且在我的整个生命史上,更是一段值得纪念的岁月。

　　在接触江南地区的民间文学过程中,这一地区的山水传说特别引起了我的兴趣。"山川之美,古来共谈。"不仅历代的文化人爱游山水,爱谈山水之美,而且民间百姓也爱好山水,爱谈山水之美,只是方式上有所不同而已。山水传说,就是民间对山水之美和与之有关掌故的谈谈讲讲传传说说。民间山水传说为数众多,深为人们所喜闻乐见。因为平生喜欢游览山水名胜,同时喜欢听听有关山水的传说故事,于是我在进行上述科研工作之余,留心地搜集江南山水传说,到一些山水胜地考察和采访,阅读了数以千计的作品和与之相关的许多书籍,逐渐产生了一些心得,这就是本书的来历。

研究心得的日积月累,越来越使我体会到:江南地区诸多名山秀水的传说故事,充满了民间的山水文化意识,是一大笔珍贵的非物质文化遗产,值得我们珍视,加以进一步的研究、开发、利用。

当今人们,随着物质生活水平的不断提高,对精神生活的需求日益增长。其中重要一项,就是旅游文化活动的活跃。旅游的主要内容,是游览山水风光,寻访名胜古迹,领略民俗风情。而山水传说,由于其文化底蕴丰厚,在以上诸方面都能给人们提供滋养和助益。

纳入我们研究视野的山山水水所在的地区,正是经济文化发达、旅游资源丰富的长江三角洲地区。长三角地区,越来越成为中国旅游的一个热点地区。

本书以江南地区众多的山水传说为研究对象。采用多学科、多角度、多侧面、多层次的方法,抓住其本质和主流,除"绪论"总述江南山水传说的历史渊源、类型分析、文化价值外,主要从美学、人文、民俗三大方面对江南山水传说进行深入探索,条分缕析,做系统的细致的研究和论述。而江南山水传说的美学意义、人文意蕴、民俗意味,俱甚突出,而且三者是相互关联的。它们糅合起来,蕴含和彰显着鲜明秾丽的吴越风韵。这是本书聚焦的主旨,并倾力阐发。

如果划分起来,本书大约可以纳入"江南民间文化"一类,也可归为"山水旅游文化"一族。愿本书出版后能受到民间文艺爱好者的喜爱,并随旅游者们涉历江南的名山胜水。欢迎读者朋友对本书提出批评意见和建议,以便日后有机会再版时加以修订改进。

目 录

自序 ………………………………………………………… 1

第一章 绪 论

第一节 江南山水传说的历史渊源 ………………………… 2
  一 江南山水传说的成因 ………………………………… 2
  二 江南山水传说的起源 ………………………………… 7
  三 江南山水传说的流变 ………………………………… 19
第二节 江南山水传说的类型分析 ………………………… 24
  一 江南山水传说的内容分类 …………………………… 25
  二 江南山水传说的情节类型 …………………………… 30
第三节 江南山水传说的文化价值 ………………………… 49
  一 值得珍视的历史文化价值 …………………………… 50
  二 陶冶性情的美学价值 ………………………………… 53
  三 熏染后代的教育价值 ………………………………… 56
  四 发展旅游的社会价值 ………………………………… 58

第二章 江南山水传说的美学意义

第一节 江南山水传说的审美特点 ………………………… 62

一　山水传说与山水之美 ·················· 62
　　二　江南山水传说创作上的审美特点 ·········· 66
　　三　江南山水传说欣赏上的审美特点 ·········· 72
第二节　江南山水传说与山水自然美 ············· 74
　　一　山水传说与劳动人民的自然美学观 ········ 75
　　二　江南山水传说中反映的山水美 ············ 76
　　三　江南山水传说与旅游美学 ················ 99
第三节　江南山水传说与社会精神美 ············· 100
　　一　山水传说与劳动人民的社会观伦理观 ······ 101
　　二　江南山水传说中蕴含的人的精神美 ········ 104
　　三　以特殊手段为精神文明建设服务 ·········· 123

第三章　江南山水传说的人文意蕴

第一节　江南山水传说与人文历史 ··············· 128
　　一　江南山水传说与江南史 ·················· 128
　　二　人文历史的投影，"凝固历史"的解释 ······ 129
　　三　反映历代劳动人民对山山水水的改造、开发 · 136
第二节　江南山水传说与历史人物 ··············· 144
　　一　山水传说与历史人物的关系 ·············· 144
　　二　折射历史人物的活动和业绩 ·············· 145
　　三　山水传说中的历史人物所体现的优秀民族精神 ····· 199
第三节　江南山水传说与吴越文化 ··············· 200
　　一　吴越文化的流泽与山水传说的萌发 ········ 201
　　二　江南山水传说的吴越文化特征 ············ 209
　　三　江南各地区山水传说的特异风采 ·········· 215

第四章　江南山水传说的民俗意味

第一节　江南山水传说与江南风俗 ··············· 220

一　山水传说反映了清嘉民风 ·············· 220
　　二　山水传说透示了经济民俗 ·············· 221
　　三　山水传说涉及了社会民俗 ·············· 224
第二节　江南山水传说与民间信仰 ················ 226
　　一　山水传说中的民间仙信仰 ·············· 226
　　二　山水传说中的民间佛信仰 ·············· 237
　　三　山水传说中的民间山神信仰 ············ 243
　　四　山水传说中的民间水神信仰 ············ 245
　　五　山水传说中的复合型民间信仰 ·········· 254
　　六　山水传说中的其他民间信仰 ············ 255
第三节　江南山水传说与冶游民俗 ················ 257
　　一　从山水传说看山水冶游民俗的由来 ······ 257
　　二　山水传说与四时八节的山水冶游 ········ 259
　　三　山水传说与其他种种山水冶游民俗 ······ 270

〔附录一〕江南主要山水旅游景区 ················ 282
〔附录二〕本书主要参考书目 ···················· 286

后记 ·· 291

第一章 绪 论

　　环球世界，三分为山，六分为水，一分田地。中国是一个山水广袤的国度，也是一个山水景观娇丽和山水文化宏富的国度。博大的中国山水文化由两大部分组成：即上层社会、文人雅士的雅山水文化和劳动人民、草根阶层的俗山水文化。历代的山水文、山水诗、山水画等属雅山水文化；山水神话、山水传说、山水掌故等属俗山水文化。雅山水文化和俗山水文化是山水文化的两大支流，把两者汇合起来，乃可组成完整的山水文化洪流。惜乎以往文化界比较注重研讨雅山水文化，而对俗山水文化尚鲜见系统的研究。笔者愿作尝试，对俗山水文化进行一点探索。并不打算全面铺开地进行研究，只是着重讨论一下江南（江苏南部、浙江全境、上海全境和安徽南部）民间的山水传说。

　　江南山水形胜，自古以来著称于世，成为中国最富魅力的旅游观光地区。江南的山水风光，历来受到人们的喜爱。古人记道："从山阴道上行，山川自相映发，使人应接不暇，若秋冬之际，尤难为怀。""千岩竞秀，万壑争流，草木蒙笼其上，若云兴霞蔚。""非唯使人情开涤，亦觉日月清朗。"[①]所言种种，无不称扬江南山水特有的秀雅之美。近世以来，许多山水纪游之作，对江南山水亦多赞美佩至。

　　江南山水堪称中国山水文化的摇篮。江南山水，不仅历来是中国文士的

---

① （南朝·宋）刘义庆：《世说新语·言语篇》。

精神故乡,产生了大量的山水诗文、山水画卷,而且是劳动人民的仙乡异国,民间山水传说的肥土沃壤。

  附丽于秀美的江南山水,江南民间流传的山水传说极其丰富,真所谓"座座青山有来历,处处绿水有传说,个个岩洞有故事",传说缘山水而生成,山水因传说而增辉,这是一个值得重视和研究的文化现象。山水传说,属地方风物传说的范畴;而地方风物传说,则是民间叙事文学中的一个重要门类。全中国各区域的山水传说多可车载斗量,而江南的山水传说更具有其特有的美学意义、人文意蕴和民俗意味。江南地区,何以会产生数以千计、诱人感人的山水传说?江南山水传说何以会呈现出如此的卓异风采和独特神韵?一个先决条件,即前提条件,乃是因为江南存在这般多姿多态的山水。在江南地区,峻幽的山、洞(黄山、九华山、天目山、天台山、雁荡山、括苍山、仙霞岭以至江南平原上的众多山丘和宜兴、桐庐、金华、贵池、宣城、广德等地的"洞天世界")有它们的传说,壮丽的湖泊(太湖、西湖、鉴湖、东钱湖、天目湖、千岛湖以及江南各地的众多湖泊)有它们的传说,美丽的江河(长江、钱塘江——富春江——新安江、瓯江、江南运河等大小河流)有它们的传说,东海沿岸和海岛风光(从长江口到温州湾,从普陀山到许多山岛)有它们的传说……上述种种江南山水传说集中起来,蔚为大观,成为一道美妙别致的文化风景线。

第一节 江南山水传说的历史渊源

  追根溯源,江南山水传说有它发生、发展、演变的一部漫长的历史。而只有弄清了江南山水传说的历史渊源,明白了其中的机理和规律,才能更深刻地理解它们,才能进一步研究它们的方方面面。

一 江南山水传说的成因

  江南山水传说的产生,有山水传说产生的一般原理,也有江南山水传说产生的特殊因素。概括起来说,江南山水传说的产生有如下几方面的因素。

(一) 社会历史因素

社会历史因素,是山水传说产生的重要因素。

1. 山水传说是人类征服自然的产物

远古时代,江南一片蛮荒。其时,今杭州西湖是通海的潟湖,甚至太湖也与大海相连,后来太湖东部地区才逐渐成陆。今苏南西部和浙江的广大山区,荒山连连,荆棘丛生,野兽出没。那时候江南的平原地区则是低洼湿地,沼泽成片。先民们多栖息在山之涯,水之畔。原始社会时期,先民们受"万物有灵"观念支配,对周围形状各异的山山水水感到神秘、畏惧、崇敬,这些意识在有关传说中表露出来,这是初期山水传说的重要内容。然而,先民们在大自然面前更有一种积极态度,他们通过采集、狩猎、捕捞等实践活动与山水进行交往,在山山水水间留下了足迹,也留下了治山治水的业绩。

人们逐渐发现,自然界不仅是令人敬恐的对象,也可以成为与人建立一定关系、被人改造和以某种形式占有的"人化的自然"。人们从被改造被占有的自然界获得了物质的利益,同时体验到自身的力量,从而产生精神的愉悦,自然界便引起先民们朦胧的美感。人们又产生联想,把天然形成的山水形貌也想象成是强有力的神或人所开创,从而也产生美感,并创造出有神力的巨人劈山引水的故事,如江南各地的"试剑石"传说即是。某些古籍所收录的与远古社会生活有关的山水传说,包含着人们对被改造的山水的美感,把山水风貌的形成想象为劳动创造或神力造就的故事。人们向自然的艰苦斗争,折光似的表现在山水传说里。

2. 崇拜自然转化等的产物

先民们在改造客观环境的同时,出于对自然的崇拜,经常举行登山祭祀等仪式。这些场合,也是产生山水传说的机会。随着历史进程的前行,人们征服自然的成果在心理上和审美意识上慢慢积淀,并同自然界建立更广的关系,对自然界逐渐贴近起来。一些原来被崇拜的山水在人们心目中的映象发生了改变,这些山水的外在形式和象征意义具有了审美的价值,并被注入了新的社会内容,从而产生了新的山水传说。在这一类山水传说中,劳动人民把良善人物的美好品格附着或融入山石,创作出歌颂品格美的山水传说。它们的成因是对具有某种功利的山石的欣赏和崇拜。至于关于爱情的山水传说,那些最早的作品,则是与对婚姻神的崇拜有关。神秘的山水崇拜和反映人事的山水传说并存,这样的山水传说,已然较多地带上人们审美的情感和伦理的意识。

3. 在阐释人工风物时着眼于"史实"的描述

江南山水间的人工风物,数量多,分布广。数千年漫漫的开发史,历代劳动人民把山山水水修饰装点得越来越壮丽美观。无数民间雕塑家、建筑家、园艺家、水利家留下了他们各自的杰作。诸如:山石的加工,山道的辟建,山亭的建筑,摩崖的石刻;山中的涧、潭、泉,山坡的园林,湖边的堤,河上的桥;山、水组合,相互借景。各地山水间的人工风物,精制细构,与江南山明水秀的地域风貌相吻合,是勤劳、智慧而爱美的前人为后世留下的宝贵的文化遗产。

江南山水传说中有相当一部分,是对于山水间人工风物加以阐释。它们着眼于"史实"的描述,重点叙述人工风物的建设过程和这些风物名称的由来,从而歌颂劳动人民的聪明才智和伟大的创造力。例如《三潭印月》的传说,讲述杭州西湖中三座像宝葫芦似的石塔的来历,叙述了鲁班及其妹妹等人同危害人民生活的黑鱼精作斗争,并设巧计用他们制成的三脚大石香炉将黑鱼精制服于湖底的故事。这类山水传说对"史实"的描述,并非完全的历史真实,其对山水风物的解释也不完全是科学的解释,而是在一种宽泛的历史背景下,用社会生活、生产斗争、阶级斗争或爱情悲喜剧等世俗故事来对山水间的人工风物作解释。它们将风物的特征与人世间的生活进行联想,将风物的来源归之于幻想出来的故事,借史实的由头或人物的遗事说开去,使闻者信以为真,这正是山水间人工风物传说在艺术创造上的特征。

(二) 地理因素

山水传说是关于特定的山水的解释性故事,它的产生有个山水形貌、位置等的地理因素。

1. 由山水的形状产生形似联想

由于自然力的作用,某些山水的形状与人世的若干形象十分相似,易于引起人们的联想,生发出有关的故事。因而山水的形状成了山水传说产生的重要因素。例如无锡的龙山(惠山)、鹅肫荡、鸿山僧尼石的传说,是因为山峰、湖泊和山石的形状分别酷似卧龙、鹅的肫（胃）以及和尚、尼姑而引起人们的联想，从而产生传说的。苏州灵岩山上有"十八奇石"：灵芝石、石马、石龟、石鼓、石射堋、披云台、望月台、醉僧石、槎头石、石眠石、石幢、佛日岩、石城、献花岩、袈裟石、猫儿石、升罗石、出洞龙，民间皆因其各自的形状特征，编创出种种神话传说。

2. 因山水的氛围引起神似联想

有一些表现劳动人民意志美的山水传说，往往产生于一些有着特殊氛围的山水之中。人们常常结合这些山水的形状和氛围，联想到那些在特殊困难情境中顽强拼搏的形象，创造出优美的意蕴深远的山水传说。例如浙江雁荡山天柱峰峰直如柱，气势雄伟，峰顶峰下遍长树木，秋后层林尽染，红叶似火。人们据此创造了天柱将军任凭玉帝所发的烈火焚烧，誓师保卫雁荡山的传说《顶天柱》。

3. 从山水的效用构思出的山水传说

除了山水的形状、氛围，随着人们审美能力的提高，一些具有观赏价值的山水也成为这类山水传说描叙的对象。例如有一些山石，形态清俊，耐人观赏，具有丰富人们精神生活的间接功利性。关于黄山"梦笔生花"与笔架峰的传说，关于雁荡山夫妻峰（灵峰和倚天峰）的传说，均讲述了寓意深刻的优美故事。又如有一些湖泊，山明水秀，景色妖娆，对人们休闲其间、陶冶情操益处甚多，人们便据此创作出颇有意境的山水传说，如将太湖说成周围缀有七十二颗翡翠的从天上掉下的大银盘；或将西湖说成原是王母娘娘的宝镜，围绕西湖的三面群山由众仙女组成……这些山水传说把美丽的山山水水讲说得越发神妙了。

（三）民族文化心理因素

劳动人民的生产生活方式，某个地域的传统文化，以及宗教因素等等，都是民族文化心理构成的重要因素，也是山水传说产生的重要因素。江南的山水传说丰富多彩，这是与该地区民族文化心理因素密切相关的。

1. 生产生活方式

江南地区的劳动人民，长期处于自给自足的经济状况，千百年来以家乡的土地作为劳动对象，以家乡的山水作为栖息场所来生产生活，因而对家乡的土地和山水产生了依依为恋的深厚感情。他们喜爱在这块土地上劳动的安定生活,并在祥和的生活中尽情享受劳动的欢乐。汉代民歌《江南》就生动地表达了这种心情:"江南可采莲,莲叶何田田;鱼戏莲叶间,鱼戏莲叶东,鱼戏莲叶西,鱼戏莲叶南,鱼戏莲叶北。"鱼儿在莲叶间互相追逐,生动活泼;采莲姑娘也满怀兴致,轻松快乐。这种生产生活方式是江南人民热爱周围山水、创造众多山水传说的重要社会根源。

2. 传统文化

中国传统文化一贯强调人与自然的和谐。中国哲学强调"天人合一",自然界不仅与人类的物质生产生活发生关系,而且与人类的道德生活、精神生活发生关系,天道与人心相通,自然界的普遍规律与人类道德的最高原则相合。在这方面,最为突出的代表人物是庄子和孔子。① 他们两家相反相成,对立统一,在中华民族传统文化土壤上深深地扎下了根,共同塑造着中华民族的审美意识结构,长期影响着人们对于自然山水的欣赏,孕育了多少表现自然山水与社会人际内容相渗透,自然的特殊趣味与人间情意相交融的山水诗、文、画、传说等。纵然,庄、孔思想对民间山水传说创作的影响是间接的,这种影响是通过上流社会向底层社会渗透的,但毕竟是有影响的。尤其应当看到,苏南、浙江和开埠前的上海的吴越文化,皖南的徽州文化,宁、镇、扬的江淮南片文化,有着相近的文化性格和丰富的文化内涵,它们对江南各地山水传说的生成起着重要作用,并使江南山水传说笼罩上这些地域文化的色泽,甚至可以说,各地的山水传说是各该地域文化的显示物和标本物,具有弥足珍贵的文化学上的意义。

3. 宗教因素

宗教的因素对民族文化心理的形成和山水传说的产生起了重要的作用。人类社会早期的原始宗教、"万物有灵"的观念在历史的长河中沉淀了下来;产

---

① 庄子主张天道与人心统一,说:"天地与我并生,万物与我为一。"(《庄子·齐物论》)庄子看到自发地运动变化着的自然界正是他所说的"无为而无不为"的"道"的最完满的体现,从而热爱自然,在山林、湖滨、草地间作自由自在的"逍遥游"。而在对自然美的欣赏上,孔子看到山水可以比君子之"德",并因此而"乐山"、"乐水",歌颂山水,赞美山水。(参阅《说苑·杂言篇》、《韩诗外传》卷三。)

生于中国本土的道教和东汉时期传入的佛教更对人们的心理状态产生了不可忽视的影响。江南有不少佛寺集中的名山如九华山、普陀山、天台山等。而道教把江南的名山齐云山、茅山等封为"洞天"、"福地",一一安排了有关的"仙人"、"真人"。佛、道的活动开拓了人们与山水交往的领域,又把佛教的境界、道教的仙界、轮回报应的观念、长生不老的思想以及佛界、仙界的形象例如如来、观音、玉皇、王母、龙王、土地……还有宝器法力的幻影等等渗入了人们的头脑,并常常成为人们在日常生活或艺术想象(包括山水传说创作)里表达感情、愿望的借用物。这些宗教因素对各地山水传说的生成起了重要的作用。例如有名的佛教圣地九华山、普陀山、天台山等处,有着许多充满佛教情调的山水传说;而齐云山、茅山等道教圣地,也有不少散发道教色彩的山水传说。邻近茅山的镇江焦山,道教亦有流传。道教观念对焦山传说的产生起了明显作用。如古代有一则传说:

> 有人入焦山七年,老君与之木钻,使穿一盘石,石厚五尺。曰:"此石穿,当得道。"积四十年,石穿,遂得神仙丹诀。①

这则山水传说宣扬了下苦功长期修炼的道教思想。

此外,民间神信仰,包括山神信仰、水神信仰,也对山水传说的产生有所影响。

以上就是生成山水传说的主要因素。由于江南地区在上述诸方面的独特性质,便产生了特色鲜明的江南山水传说。

二 江南山水传说的起源

人类的文学创作活动,开始于远古时代(旧石器时代末期到新石器时代早、中期)的神话创作。那时的神话创作,还是一种不自觉的创作活动,是先民们面对神秘莫测的大自然,以当时掌握的自然知识、社会知识和所达到的思维

---

① (晋)干宝:《搜神记(一三)·焦山老君》。

能力,驰骋想象,而敷演出神奇、幻想的作品。虽然后世仍有少量神话作品新创出来,但神话创作的繁盛期却是在人类的童年时代。而传说的创作,则是一种自觉的创作活动,是古代人们掌握了一定的自然科学知识和社会科学知识,对客观世界有所认识和了解以后,依凭着历史人物、历史事件和地方风物等创作生发出来的传说故事。

本书研究的江南山水传说,就是历代人们依凭江南的山山水水而编创出来的传说故事。探索江南山水传说的起源,可以从以下三个方面加以研究和论证。

(一)取材于神话或从神话演变而来的一部分山水传说

马克思指出:"任何神话都是用想象和借助想象以征服自然力,支配自然力,把自然力加以形象化";神话"是已经通过人民的幻想用一种不自觉的艺术方式加工过的自然和社会形式本身"。[①] 根据马克思对神话本质的揭示可知,神话乃是远古时代的人民所创造的反映自然界、人与自然的关系以及社会形态的具有高度幻想性的故事。而传说,一种比较权威的解释是:"劳动人民创作的与一定的历史人物、历史事件和地方古迹、自然风物、社会习俗有关的故事"。[②] 神话和传说,种类繁多,本书所着重研究的是江南地方自然风物传说中的山水传说。滥觞期的山水传说,既具有传说的基本特性,如传奇性、可信性等,又有较多的神话因素,其中的主人公多是天神或具有神性的巨大动物,如巨龙、巨马之类。

1. 取材于神话的山水传说

最早的一批山水传说,是上古时代的人们从当时流传的神话作品中取材,而编创出来的。它们围绕着依凭物(山、洞、湖、河),从神话中汲取原素,旧衣新裁,加以编创。因而,这些山水传说,有着比较浓厚的神话色彩。见于古籍的这一类山水传说颇多。

约成书于西周时代的《禹贡》云:"禹敷土,随山刊木,奠高山大川。"大禹是中国古代传说中开山疏水、奠定山河的英雄。在江南地区,即所谓的"淮海惟扬州",经过理水,"三江既入,震泽底定",其丰富的贡品,"沿于江海,达

[①] 马克思:《〈政治经济学批判〉导言》,《马克思恩格斯选集》第二卷,第113页,人民出版社1972年版。
[②] 钟敬文主编:《民间文学概论》第183页,上海文艺出版社1980年版。

于淮泗"①,运往北方。

关于震泽之神的传说,在《山海经》中有所记载:

> 雷泽中有雷神,龙身而人头,鼓其腹。在吴西。②

雷泽即震泽,亦即今横跨江、浙两省三州一市(苏州、常州、湖州和无锡市)的太湖,在古吴都(今苏州市)之西。雷神,也就是《山海经·大荒东经》中所记的东海流波山上的人面龙身的雷兽。《史记·五帝本纪》云:"雷泽有雷神,龙身人颊,鼓其腹则雷。"《淮南子·地形篇》云:"雷泽有神,龙身人头,鼓其腹而熙。"以上均是关于太湖之神的早期记载。

《述异记》中有桃都山上"大树"和"天鸡"的传说:

> 东南有桃都山,上有大树,名曰:"桃都",枝相去三千里,上有天鸡,日初出照此木,天鸡则鸣,天下鸡皆随之鸣。③

《吴越春秋》中记有大禹与宛委山的传说:大禹继承父鲧之业治水,劳苦奔波七年未见成效,就查考《黄帝中经历》一书,该书说:"九疑山东南天柱,号曰宛委④,赤帝在阙。其岩之巅,承以文玉,覆以磐石,其书金简"云云。"禹乃东巡……三月庚子,登宛委山,发金简之书,案金简玉字,得通水之理。"⑤于是大禹治水成功。其故事与宛委山密切有关,也可看作一则宛委山的传说。

《越绝书》中有一则虎丘山的传说:"阖闾冢在阊门外……铜椁三重……鱼肠之剑在焉。千万人筑治之……筑三日而白虎居上,故号为虎丘。"⑥

---

① 《书·禹贡》。
② 《山海经·海内东经》。
③ 《述异记·天鸡》。
④ 九疑山,也作九嶷。天柱:古代名"天柱"的山有几处,此指浙江省的天柱山,即宛委山。《括地志》云:"石箐山,一名玉笥山,又名宛委山,即会稽山一峰也。在会稽县东南十八里。"
⑤ (汉)赵晔:《吴越春秋·越王无余外传》。
⑥ (汉)袁康:《越绝书·外传记吴地传》。

稍后的年代,这种带有神话色彩的山水传说仍有产生。如《搜神记》有一则写道:

吴孙亮五凤二年五月,阳羡县离里山大石自立。是时,孙皓承废故之家,得复其位之应也。①

又如《搜神记》另一则写道:

惠帝太安元年,丹阳湖熟县夏架湖,有大石浮二百步而登岸。百姓惊叹,相告曰:"石来!"寻而石冰入建邺。②

这一类带有神话色彩的山水传说,从上古、中古时代产生以后,有不少一直流传到后世。

例如关于太湖的成因,远古时代流传有不少神话。偌大的太湖是怎么形成的?在科学不发达的人类社会早期,在未曾启蒙的民间,这是非常神秘而恍惚的,于是在人们的想象中,似乎是天神所为。生活在太湖周围的先民们,最早流传的文学作品,就是一些关于太湖成因的神话。经过一定历史时期的发展,人们的认识能力、眼界和思维能力有了进步和提高,于是,在远古时代神话的基础上,对于太湖的成因,创作了一些有关的传说。这些传说,都以太湖为依凭物,而且对太湖有了较多的认识和了解,如知道了太湖的形状是扁圆形的,太湖中和湖边上有七十二座有名的山峰等等。于是编创了《太湖为啥不是圆的?》这个传说。传说太湖是孙悟空大闹天宫时打落的大银盆(玉皇大帝送给王母娘娘的一件寿礼)所变,因挨齐天大圣的棒打而变了形。这是从神话取材而编创的山水传说的一个典型例子。

2. 从神话演变而来("神话传说化")的山水传说

某些神话,在长期的传承过程中,会发生变异。神话的传说化,就是变异

---

① (晋)干宝:《搜神记(一七六)·大石自立》。
② (晋)干宝:《搜神记(二〇二)·大石浮水登岸》。

的一种情况。神话传说化的结果,便产生了一批有关的传说。山水传说中亦不乏这样的例子,即有些山水传说就是由山水神话变化而来的。

在古代的山水传说中,有一部分是半神话半传说的作品,如《神异传》有一则记长水县沦陷为湖的故事:

> 由拳县,秦时长水县也。始皇时县有童谣曰:"城门当有血,城陷没为湖。"有老妪闻之忧惧,旦往窥城门。门侍欲缚之,妪言其故。妪去后,门侍杀犬,以血涂门。妪又往,见血走去,不敢顾。忽有大水,长欲没县。主簿令干入白令,令见干曰:"何忽作鱼?"干又曰:"明府亦作鱼。"遂乃沦陷为谷矣。①

万丈高空看太湖

神话传说化的典型例子是大禹治水的故事。大禹原是一个神性人物,是远古时代治水的英雄,他在江南地区亦建树了治水的业绩。在关于大禹的神话传说的流传和传承中,他被越传越真,从神性人物变成了传说人物。关于大禹治理太湖流域洪水的故事,也从神话演变成了传说,如《大禹取〈水经〉》、《大禹治峁》等就是这一类传说。这些传说中的大禹,能直接与神打交道,具有超凡的本领,这是神话的影子,然而,它们均以太湖为依凭物,其中传说的大禹的

---

① (北魏)郦道元:《水经注》卷二九《沔水》引《神异传·由拳县》;《太平寰宇记》卷二二亦引;《搜神记》亦载此事,惟文略有异辞。

第一章 绪 论　11

事迹,又颇合情理,颇为可信,具有传说的特征。

3. 源自仙话、佛话以及鬼话的山水传说

除了某些山水神话是某些山水传说的源泉以外,某些与山水相关的仙话、佛话、鬼话,也是某些山水传说之源泉。其原因,乃是因为江南民间,仙、道信仰,佛信仰和鬼灵信仰比较盛行的缘故。这些民间信仰投影到山山水水,就产生了带有仙话、佛话或鬼话性质的山水传说。

比较起来,江南民间的仙、道信仰形成较早。修道成仙,乃是中国本土土生土长的一种宗教观念。这种观念,在某些山水传说的产生过程中,起着重要的催化作用,并打上了深深的烙印。《哑巴仙姑》是关于"太湖佳绝处"①鼋头渚的一个传说,其中出现了王母娘娘、翠姑仙子、大老鼋、捉鱼郎和雷公雷婆等神仙和人物,便是一个带有仙话性质的山水传说。诸如此类的例子颇为不少。八仙与山山水水的传说,数量尤多。

自东汉时代从西域传入佛教后,经过世俗化的过程,江南民间的佛信仰逐渐盛行起来。这种民间信仰,自然而然地在山水传说的编创中起了重要作用,一些佛教神祇(菩萨)进入山水传说的领域,成了其中的重要角色。《蜻蜓报信》的主角是观音菩萨。而《玉女潭》的主角玉女,一说是观音菩萨派下的一位仙女,一说是玉皇大帝的一个女儿,反正是亦仙亦佛的角色。

江南民间的鬼灵信仰形成最早,它源于远古先民的祖灵崇拜和灵魂不死的观念。"江南之俗……信鬼神,好淫祀。"②有些山水传说,与古代人们的"人死变鬼"的俗信观念有关,如《搜神记》中有一则写道:

> 汉阳羡长刘玘,尝言:"我死当为神。"一夕饮醉,无病而卒。风雨失其柩。夜闻荆山有数千人喊声。乡民往视之,则棺已成冢。遂改为君山。因立祠祀之。③

---

① 郭沫若诗云:"太湖佳绝处,毕竟在鼋头。"
② 《隋书·地理志》。
③ (晋)干宝:《搜神记(九一)·刘玘死为神》。

又如《搜神记》另一则写道：

> 蒋子文，广陵人也。嗜酒好色，挑达无度。常自谓己骨清，死当为神。汉末为秣陵尉，逐贼至钟山下。贼击伤额，因解绶缚之，有顷遂死。及吴先主之初，其故吏见文于道，乘白马，执白羽，侍从如平生。见者惊走，文追之，谓曰："我当为此土地神，以福尔下民。尔可宣告百姓，为我立祠。不尔，将有大咎。"是岁夏，大疫，百姓窃相恐动，颇有窃祠之者矣。文又下巫祝："吾将大启佑孙氏，宜为我立祠。不尔，将使虫入人耳为灾。"俄而小虫如尘虻，入耳皆死，医不能治。百姓愈恐。孙主未之信也。又下巫祝："若不祀我，将又以大火为灾。"是岁，火灾大发，一日数十处。火及公宫。议者以为鬼有所归，乃不为厉，宜有以抚之。于是使使者封子文为中都侯，次弟子绪为长水校尉。皆加印绶，为立庙堂。转号钟山为蒋山，今建康东北蒋山是也。自是灾厉止息，百姓遂大事之。①

这两则传说，均是人死变为鬼神而活动在山间（荆山、钟山）的故事。从中可见民间鬼灵信仰对某些山水传说创作的影响。

（二）把山山水水与有关的历史人物和历史事件联系起来而产生了一部分山水传说

大略地划分起来，民间传说可以分为三大类：即人物传说、史事传说和地方风物传说。地方风物传说中的一个大类，就是山水传说。而山水传说中，有相当一部分，乃是把山山水水与有关的历史人物和历史事件联系起来而产生的那些山水传说，以及"历史传说化"的山水传说。

1. 把山山水水与历史人物联系起来产生的山水传说

众多历史人物与江南山水有关，因而江南各地这一类山水传说颇多。如无锡东乡的鸿山原名铁山，也叫古皇山，是由于周泰伯死后墓葬于此而得名。

---

① （晋）干宝：《搜神记（九二）·蒋子文成神》。

西汉时，名士梁鸿偕妻孟光从陕西来到江南，定居古皇山脚下，一面虚心学习当地的种田经验，一面热情传播北方的先进耕作技术，种稻养蚕，男耕女织，"举案齐眉"，相亲相爱，年岁越大，感情弥笃，成为历代好夫妻的典范。他们死后也都安葬在这座山上，后人便把此山改名"鸿山"，把他们带领百姓开凿的从太湖通至无锡城区的河道叫作"梁溪"，还在鸿山上造了"梁鸿庙"。又传说梁鸿和孟光为了解决鸿山地区的灌溉用水，开挖了一口泉，泉水常年满盈，使鸿山一带田禾年年丰收。人们便把这口泉叫作"鸿泉"，并传有"西有梁溪，东有鸿泉"之语，纪念梁鸿、孟光造福子孙后代的功德。至今，当地仍有梁鸿与鸿山的传说流传。

春秋吴国和越国经营江南为时较长，遗迹颇多，因而较多地产生了关于吴越春秋与江南山山水水的传说。如与伍子胥有关的山水传说有溧阳护牙山的传说、钱塘江潮的传说等；与范蠡有关的山水传说有无锡蠡湖、蠡园的传说，宜兴慕蠡洞的传说，嘉兴范蠡湖的传说，湖州蠡山的传说等。

鸿山泰伯墓

与秦始皇有关的山水传说也很多,如无锡马迹山(马山)的传说、上海金山秦望山的传说、浙江海盐秦山的传说等。

此外,还有白居易、苏轼与杭州西湖白堤、苏堤的传说,王安石与南京钟山的传说,范仲淹与苏州天平山的传说等等。

总之,历代历朝许多著名的历史人物都在江南山水传说中充当角色,使这一类山水传说形成了一个庞大的系列。

2. 把山山水水与历史事件联系起来产生的山水传说

不少历史事件发生在江南山水间,所以江南地区这种山水传说亦很不少。如苏州灵岩山顶,在春秋吴国时期,建有吴王夫差的行宫。吴王夫差在这里纵情声色,越国美女西施千方百计使吴王夫差荒淫无道,从而激起老百姓的不满,使得越国在"十年生聚,十年教训"之后一举吞灭吴国。《西施和馆娃宫》这个传说,艺术地反映了这一段史实,是把历史事件与山水联系起来的山水传说的一个很好的例子。

虎丘山的千人石上,传说发生过吴王夫差与佞臣伯嚭合谋,将为先王阖闾建造坟墓的一千名工匠,在完工之日集体杀害的悲壮的历史事件。因而,《千人石》的传说就成了传诵千古的惊心动魄的故事。

镇江金山附近长江水域,是北宋爱国将领韩世忠在梁红玉配合下率兵大战金兵的地方,于是产生了有关的传说。

3. 历代人民对改山换水功勋卓著者衷心钦佩而创作的山水传说

从远古蛮荒到锦绣山河,在江南地区的变迁史上,有过许多带领人民改造河山的杰出人物。他们往往成为山水传说中的重要角色。泰伯奔吴后,率众开凿了无锡东乡泰伯渎(伯渎港),大收灌溉和通航之利,是为江南历史上第一条人工开凿的运河。当地民间编创了和流传着泰伯开凿此河的传说。

西汉张渤,在太湖一带治水有功,在无锡西南原本连成一脉的南犊山、中犊山、北犊山之间凿开两个山凹凹,凿出南、北两个犊山门,从而把太湖水和内河水贯通起来,解决了这一带的易旱易涝问题。当地人们感念张渤之功,编创了有关的传说,广为流传,并建立庙宇,每年设祭。

唐代苏州刺史王仲舒,捐献出祖传玉带,在苏州东南澹台湖上建造了一座曲拱大长桥,以便于行人和车辆通过,也便于行船拉纤。百姓感其功德,编创了《宝带桥》这一传说。

(三) 人们对本地的山水风物寄托感情、进行解释,从而产生了一部分山水传说

江南各地,凡是有山有水的地方,人们依凭山山水水,对其寄托热爱和依恋之情,编创了大量解释性的山水传说,这类山水传说具有极强的地方色彩。

1. 解释山山水水的命名来历、形状特征、性能特点

解释山山水水命名来历的,如关于黄山名称由来,志书上记载有这么一则传说:"黄山……《图经》称为轩辕栖真之地。唐天宝以前曰黟山。《神仙传》云,轩辕问道于浮丘公,曰:'愿抠衣躬侍修炼。'浮丘公曰:'江南黟山,神仙所居。有古木灵药,其泉香美清温,冬夏无变,沐浴饮者,万病全却。'因与容成子、浮丘公同游于此,故又名黄山。"[①]这个传说告诉我们,黄山之名因黄帝(轩辕)曾游此山而起。又如《茅山的由来》讲述从前两个道人在这座山下议论此山虽好但无名,正巧唐僧师徒四人去西天取经,途经江南上空,孙悟空叹道:"哈哈哈……好一座茅草山!"两个道人惊疑是上天赐名,从此茅山之名起用。

解释山水峰石形状特征的,如《虎丘名称由来》将苏州虎丘山描绘成一只大老虎,"前身伏,后身立,尾巴翘",而且有眼睛(正山门前两口井)、有嘴巴(正山门口的码头)、有咽喉(二山门断梁殿)……又如苏州灵岩山半山腰有一块山石,形若乌龟,头向西南,望着太湖,民间于是编创出一则《乌龟望太湖》的传说。

解释山山水水性能特点的,如宜兴磨盘山的传说,因山中常有"隆隆"如牵磨之声,民间编创了山洞内有石磨,能给穷人磨出米粉,而不容坏人霸占的传说故事。又如苏州虎丘山半山腰有一口井,宋人题为"憨憨泉",又叫"海涌泉",传说有人听到山前大河中船上一位老人(疑是仙人)说:"这座虎丘山原叫海涌山,山上有个泉眼直通大海……"这就把憨憨泉的特点交代清楚了。

---

① 《古今图书集成·山川典》卷八七引《太平县志》。

2. 将山山水水与本地其他风物结合起来,产生了一部分山水传说

将山水与胜迹结合起来,如山与塔、河与桥、山与古建筑、山与古寺庙、山与古墓葬等的结合,编创出各种各类的山水传说。

将自然山水与城市山林(园林)结合起来,编创出不少山水传说。这一类山水传说,在江南园林发达的苏州、杭州、扬州等地最为多见。

将山水风光与当地的土特产结合起来,也编创出不少的山水传说。如无锡山水风光与惠山泥人结合,宜兴山水风光与陶器结合,苏州山水风光与苏州刺绣(苏绣)结合,湖州山水风光与湖州毛笔(湖笔)结合,都各各产生了优美动人而各具特色的山水传说。

3. 就本地山水环境而创作出有关的传说故事

劳动人民在江南的优美环境中长期生活和劳动,与山山水水发生关系,在其间展开了各种人际交往,于是产生了种种神奇美妙的传说故事。还有一些是"故事传说化"演变而来的山水传说。在这些情况下产生的山水传说,有着个性鲜明的人物、奇丽秀绝的环境、传奇性强的情节。其思想内容,主要有以下几种:

一曰劳动创造。如无锡《金饭碗》传说,通过对一位在太湖边摇摆渡船的老人乐于助人高贵品质的赞美,叙述了太湖之畔从一片荒芜到鱼米之乡的变化过程。

一曰无私奉献。如苏州洞庭西山《缥缈峰上金兰花》传说,歌颂了远古洪水泛滥时期两位姊弟的献身精神:一个变成小鸟飞上天廷,为民请命;一个化作金兰花在山顶上赐福人间。又如苏州《莫里峰与响水涧》传说,颂扬了洞庭东山一位出生入死到东海取来净水瓶,将清清的泉水自山顶源源不断流下济惠乡人的莫里娇姑娘,于是她的名字成了这座山峰的名称。①

一曰坚贞爱情。如无锡《秦履峰上的金鸡》传说,讴歌了横遭蜈蚣精迫害的一对青年男女(金金和银银)对爱情坚贞不渝,终于战胜妖精,在马山秦履峰

---

① 据史实,"莫厘峰"是因隋代莫厘将军生前居此,死后葬此,而名。"莫里娇姑娘"云云,乃民间的附会之说。

上永远相伴相随。

这些优美动人、富有意义的传说故事,均发生在江南美丽优雅的山水间,山水为传说提供环境,传说给山水增辉添色,两相交融,使这一类山水传说放射出瑰丽的光彩。

值得注意的是,中国四大民间传说《牛郎织女》、《孟姜女》、《梁山伯与祝英台》和《白蛇传》,均与江南山水有关。

江苏昆山、太仓一带流传着关于牛郎织女与当地河道(如黄姑村附近的神犁河、牛头泾等)的传说,传说牛郎本是这一带农村的一个种田汉,与兄嫂分家后独自种田为生,他质朴淳厚、辛勤劳作,被天上的织女看中,终于结为夫妇,成为千古美谈。

《孟姜女》传说形成于北方,后来流传到南方,在松江落户。传说中的孟姜女是松江府人,其夫万喜良(一作范喜良)乃苏州人氏。婚后第二天,万喜良即被抓去修筑万里长城。在苏南、浙江等地民间,关于孟姜女与当地山水风物的传说多有流传,如苏州的孟姜桥,湖州、嘉兴的孟姜石等等。太湖中有思夫山,亦称孟姜山。湖中的银鱼,据说是孟姜女的白肉所变。当初孟姜女千里寻夫,从松江西行,必经之路是苏州,过的是浒墅关(江南运河上的一个名镇)。

《梁山伯与祝英台》在江南各地有多种版本,主要为浙东本、苏南本。较多的是说梁、祝乃浙江会稽、上虞人氏,也有说梁、祝是江苏宜兴人,而都到杭州拜师读书。因而,梁、祝与浙东山水、苏南山水有着密不可分的关系。

《白蛇传》故事的发生地,就是杭州西湖断桥、城隍山,镇江的金山等处,直至最后白娘子被镇杭州西湖雷峰山旁侧的雷峰塔下,是主要发生在江南山水环境中的一个传说故事,与江南山水更是息息相关。

研究江南山水传说,就不能不提到四大传说与江南山水的关系。在民间,四大传说被分解成一个个小故事,它们与江南许多地方的山山水水有着不解之缘。四大传说中一个个与江南山水有关的小故事,应当说也是江南山水传说大家族中的组成成员。综观四大传说与江南山水的关系,显现如下特点:

首先,江南是四大传说大多数主人公的故乡。除织女是天帝的一个孙女

(一说是王母娘娘的外孙女),白娘子、小青是峨眉山蛇仙所变外,许仙、梁山伯、祝英台自不必说是江南人,孟姜女、万喜良也是江南人;而牛郎,昆山、太仓一带农村传说是当地的一个年青农人,把那里的一些河道说成与牛郎有关,说得有凭有据,煞有其事。

其次,江南的山山水水是四大传说人物活动的重要环境。《白蛇传》之于杭州西湖、长江畔的金山即是如此。白娘子敢于追求婚姻自主,反抗封建礼教,并能尽情享受人间天堂——苏杭的山水自然风光,美丽而幸福的生活。梁山伯、祝英台原先赴杭州上学途中的"草桥结拜",尤其是分别时的"十八相送"所路经之处,皆是江南山清水秀的风景之地。《孟姜女》故事的前半段,也发生在江南水乡,与不少河道、桥梁有关。

第三,各地以一定的山水风物,争相自称是有关传说之"源"。四大传说在各地流传中,有各地的地方性版本;关于四大传说与江南山水的关系,也有各自不同的说法。最为突出的例子就是《梁祝》,各地民间常常各执一说,如鄞县坚持"浙东说",宜兴坚持"苏南说",各有山水胜迹为据。鄞县西郊、姚江南岸的梁祝墓和梁圣君庙,有力地支持前一说。宜兴善卷洞边上的碧鲜庵(传说这里曾是祝英台读书处)和附近的祝英台琴剑之冢、祝陵村,则为后一说提供佐证;位于无锡与宜兴之间、西太湖北岸曲曲弯弯的湖畔山道"十八湾",也帮助了后一说,说是这是当年梁山伯、祝英台"十八相送"所经之路。传传说说之中,充满乡情乡意和乡土气息。这种现象,正是民间文学所独具的品性,尽可以各说各的,听其自圆其说,观其自然流传。

三 江南山水传说的流变

江南山水传说,与江南的文明史一样,源远流长。数千年来,山水传说的流传、演变,有其规律可循,这是研究该课题不可不弄清楚的问题。

(一)山水传说流变的基本原理

山水传说的流传和演变,由其自身的规律所决定,呈现出有关的特点。

1. 先有山水神话,后有山水传说

已如前述,远古神话是人们通过幻想"用一种不自觉的艺术方式加工过的自然和社会形式本身"。① 古代传说则是"口耳相传"的史料,是一种零散资料。关于江南山水的民间叙事文学作品,神话产生在前,传说产生于后。山水神话如"狮子回头望虎丘"(苏州)、"龙马夺珠"、"龙马相斗"(无锡)等,都是出现得比较早的。而山水传说的出现相对稍迟于山水神话,是那些山水神话出现并流传一定时期以后由江南人民陆续创作出来的。

2. 从宏观到微观,从粗疏到完善

江南山水传说中,先有某山某湖的传说,再有山上湖上某些局部构件和人文景观(如塔、亭、桥等)的传说。

从山水传说的故事情节和表现形式看,则是由简到繁,由粗到细,由片段生发到完整讲述,呈现不断丰富和发展的趋势。

3. 山水传说融解释和叙述于一身:上承神话的解释,下启民间故事的叙述

就解释性而言,山水传说与山水神话相似;而山水传说除对山水的来历、命名、特征等进行解释外,还有叙述的成分,这种叙述的东西,在后来出现的山水间发生的民间故事中就是主要的手法。因而可以说,就表达方式而言,山水传说是山水神话与民间故事之间的桥梁。

(二) 山水传说流变的一般情况

关于江南山水传说的流传和演变,有这几个问题值得注意:

1. 传说圈

任何一座山、一片湖、一个洞、一条河,有关它们的传说,均各有一个发源地,而其流传的范围,总是以这个发源地为中心,形成一个个大大小小的传说圈。这种传说圈不一定呈正圆形,可以呈椭圆形或不规则形状;每一个山水传说的传说圈的范围大小也各有不同。在同一传说圈内,该山该水的传说故事,其情节是基本一致的,呈现出强烈的地方色彩;超越了某一传说圈,该山该水的传说故事就逐渐淡化以至消失。偶或在某个传说圈以外,因移民等的关系,

---

① 马克思:《〈政治经济学批判〉导言》,见《马克思恩格斯选集》第二卷第113页,人民出版社1972年版。

可在一定范围内流传某一山水传说,其情节内容与传说圈内大略相同,有所变异。这是就山水传说流传的横向而言。

2. 传承图

山水传说传承的纵向情况,可以从下图加以说明。

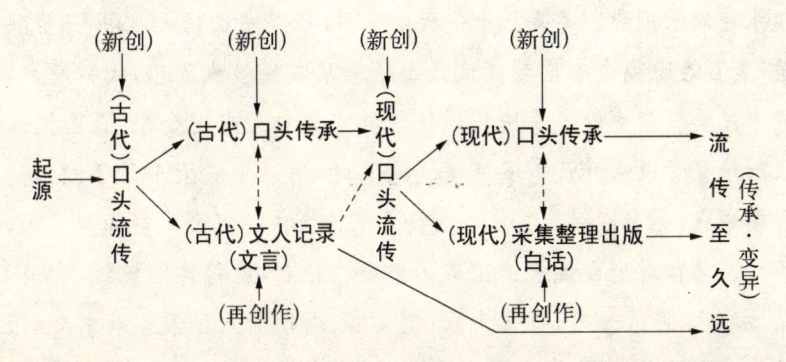

```
                (新创)      (新创)       (新创)         (新创)
                  ↓          ↓            ↓             ↓
              (古代)      (古代)口头传承→(现代)     (现代)口头传承——→流
              口            ↗            口头                          传  (传
       起源→  头   →                     流         →                  至   承
              流         (古代)文人记录 ↗ 传        (现代)采集整理出版  久   ·
              传            (文言)                     (白话)           远   变
                                                                            异)
                             (再创作)                  (再创作)
```

山水传说在传承过程中,会越来越丰富和完善。举关于杭州西湖的一个传说为例:

北魏郦道元记道:

> (钱塘)县南江侧,有明圣湖。父老传言,湖有金牛,古见之,神化不测,湖取名焉。县有武林山,武林水所出也。阚骃云:山出钱水,东入海。①

郦道元记述的古代民间关于西湖的这一个传说,可以看作关于"金牛湖"传说的较早的版本。

明人田汝成写道:

> 西湖,故明圣湖也。……汉时,金牛见湖中,人言明圣之瑞,遂称明圣湖……②

---

① (北魏)郦道元:《水经注》。
② (明)田汝成:《西湖游览志》。

这段文字指出关于"金牛湖"的传说起自汉代。

近世流传于杭州一带的《金牛湖》传说,情节已颇丰富曲折,略谓:

> 从前西湖叫金牛湖,湖底住着一头金牛。天久晴湖水浅,金牛会口吐清水使湖水涨满。某夏八十一天未下雨,旱得湖底朝天,四周田里秧苗枯黄,老百姓盼望金牛出现。这天金牛果从湖底破水而出,大口吐水,霎时湖水涨满。老百姓拍手叫好。钱塘县官却命人来捉金牛,企图把这活宝贝献给皇帝以求升迁。县官威逼老百姓,用八十一天车干了湖水。金牛卧在湖底,金光四射。县官命衙役下湖抢金牛。但金牛好像生了根,掀抬不动。县官对老百姓吼道:"若不把金牛抬起,就将你们统统杀头!"金牛猛地站起,仰天长叫,口吐大水,把县官、衙役卷入巨浪。湖水立刻涨满。从此金牛不再出现,湖水再未干过。人们不忘金牛,就在湖边筑起一座城楼,即"涌金门"。①

从以上关于西湖——金牛湖的传说,可知山水传说自古至今传承的一般状况和规律。

3. 变异性和多样性

江南山水传说在长期的、代代相传的传承过程中,受到民间口头文学某种规律性的支配,发生变异,因而关于同一山、水的传说,古今常有不同的情况。而即使在同一时代,由于所处地域的不同,关于同一山、水的传说,也往往呈现大同小异的情况。

由于这种变异性,同一山、水的传说,在流传和传承过程中,往往产生若干种说法和文本,造成山水传说的多样性。

如关于太湖成因的传说,其周围地区传说众多,各处的说法大略相同,但有差异。其相同者,均说太湖原由陆地沉降而成湖泊,而具体情节则各处不

---

① 参阅《金牛湖》,全文载《西湖民间故事》(增订本),浙江人民出版社1978年版。

一。在苏州、无锡一带有《沉脱三阳县,浮起苏州城》①的传说和《沉没三阳县,氽出无锡城》②的传说,在宜兴有《水淹半边胡》③的传说,在湖州有《水淹显州变太湖》④的传说……这些传说,来自一个源头(太湖如何形成),又分出若干分支(不同说法),显示了山水传说在传承过程中的变异性和多样性。这类传说随处都有,太湖成因传说是其荦荦大者。

(三) 近现代山水传说流变现状

自十九世纪末期至今,一百多年来,江南山水传说的流传、传承和演变,呈现加速度发展的趋势。从中产生的实践问题和理论问题是丰富多彩和耐人寻味的。

1. 白话化

历代江南人民在口头上如何讲说山水传说,今天已经难以知晓。然而我们从诸多古籍上读到的江南山水传说,多是文言的,只在若干宋元话本和明清小说中保留的山水传说才是当时的白话的。从十九世纪末期以来,所记述的山水传说,开始了白话化的倾向,在书面记录时基本保留了民间口头流传的话语状态。这与整个文化上的现代化趋势密切相关。

2. 有意识地搜集整理和研究

"五四"以来,由于新文化运动的启示,加上外来文化的影响,知识界对民间流传的山水传说,开始真正地重视起来,认识到它们是珍贵的文化遗产和取用不尽的文化资源。因此,在"五四"时期搜集、记录民间歌谣的先例后,二十世纪二三十年代,对各地地方传说包括山水传说有意识地进行搜集整理。

随着搜集起来的材料的增多和对其文化价值的认识的加深,民间文学界和民俗学界,对山水传说(全国的和江南的),用现代的新观点新方法进行研

---

① 载《苏州民间故事》,中国民间文艺出版社 1989 年版。
② 载《无锡民间故事精选》,南京大学出版社 1991 年版。
③ 载《宜兴民间文学大观》,南京出版社 1992 年版。
④ 载《浙江省民间文学集成·湖州市故事卷》,浙江文艺出版社 1991 年版。

究,提到了议事日程上来。钟敬文先生的论文《中国的地方传说》①,开了这一研究的先河。

1949年以后,对山水传说的搜集整理进一步受到人们的重视,对山水传说的研究进入了一个新阶段,达到了一个新水平。

3. 二十世纪八十年代的文化工程"民间故事集成"——山水传说的最新文本

为了抢救民间口头流传的文学作品,1984年,文化部、国家民族事务委员会和中国民间文艺家协会联合组织大规模的民间文学三套集成(民间歌谣、民间故事、民间谚语)的搜集、整理和编纂工作,工作自下而上地从各乡、镇做起,而后是各区、县、各地区。目前,各省、市的卷本陆续编竣,印刷出版。这是一项宏伟的文化工程。因而,数量众多的江南山水传说,得以在各地的卷本中被收入、问世而为世人所知。从江南各地的民间故事卷本中,可以看到,江南山水传说的最新文本,具有以下几个特点:一是尽可能地搜集起来了,从有关山山水水的神话传说到以山水为环境的传说故事,数以千计,洋洋大观。二是基本忠实于民间口头流传的原有面貌,为科学研究提供了极有价值的素材。三是在上述前提下作了必要的文字加工,以利于广大读者阅读流传。

江南山水传说这一民间文化的珍珠瑰宝,从上古时代的条条支流汇聚而来,组成了一道生气勃勃的文化长河,在江南大地上奔流不息。它永远闪耀着艺术的光芒,与江南的名山秀水交相辉映,吸引人们走向山山水水,走向大自然,走向未来!

第二节 江南山水传说的类型分析

类型分析是民间故事学中的一个重要的研究方法。一百多年来,世界各

---

① 载《开展月刊 民俗学专号》1931年第十、十一期合刊(即《民俗学集镌》第一辑),1931年7月出版。

国的民间文学研究家们对民间童话故事的类型作了多次的分析,出现了多种分类法。这些学术工作,确实对深入研究民间故事起了重要作用。然而,对民间传说故事的分类却比较滞后。在世界范围来说,对民间传说迄今未见细致的分类。对民间传说的内容分类是有的,如将民间传说划分为史事传说、人物传说和地方风物传说三大类,但这种分类还是比较粗疏的。而对民间传说情节类型上的分类,在中国不能不提到前辈钟敬文先生。1931年,钟敬文先生发表《中国的地方传说》[①],对地方传说的类型做了初步的探索,并提出编写《中国地方传说型范》的设想。那时钟先生还发表了《中国民间故事型式》[②]。他为中国民间故事类型和中国地方传说类型的编排做了开拓性的工作,为我们现在的类型研究作出了科学的先导。五十余年后,钟先生的高足张紫晨出版《中国古代传说》一书,对传说(其中一部分是地方风物传说)进行了进一步的情节类型分类。这些工作,对我们的研究起了开路的作用。

本书为了对江南山水传说作深入的研究,拟对其内容类别和情节类型作一个比较具体的划分和分析。当然以下的划分和分析,还是不完善的。不过是抛砖引玉,在研究路上再跨出一步而已。

一 江南山水传说的内容分类

(一) 内容分类的目的和标准

分类是为了研究。江南山水传说数量丰盈,五花八门,为了进行对它的研究,就有必要加以分类。本书不仅要对江南山水传说的发展过程和内在规律加以研究,如研究江南山水传说的历史渊源,本质特征等,而且还要从美学、人文、民俗三大方面来深入地、具体地研究江南山水传说。三大方面之下还有若干具体的方面,再下还有一些更细微的方面。这就需要加以细致的分析,使我们的研究能够深入地、细致地进行,而避免空泛的、粗疏的议论一下便算了事。

本书拟对江南山水传说加以多学科、多角度、多侧面、多层次的研究。山水传说是一种具有多重文化底蕴的民间传说,笔者认为,美学意义、人文意蕴、

[①][②] 均载《开展月刊 民俗学专号》1931年第10、11期合刊。

民俗意味,乃是山水传说的最主要的文化内涵。因而,本书着重从美学、人文、民俗三大方面对江南山水传说进行研究。研究的目的,任务的需要,就是内容分类的标准。因而,对江南山水传说的内容分类,至少要显示出以下几点:

1. 体现出对江南山水传说的解释性的把握。许多山水传说是对山山水水的由来和命名进行解释,亦即是对它的原因性的说明,我们研究的时候首先要掌握它的这一特点。这应当是山水传说内容上的一个主要类别。

2. 体现出对江南山水传说的美学特征和美学意义的把握。很多山水传说从民间美学的角度道出了山水的自然美,也有很多山水传说表现了人们从客观山水阐发的社会精神美。而山水传说体现的山水自然美和社会精神美可以具体地分为若干方面。

3. 体现出对江南山水传说人文意蕴的把握。大量的山水传说在介绍山水风光的同时,讲述了许多的历史事件和历史人物,讲解了各地名胜、古迹的出典和涵义。江南山水传说从一个侧面,反映了江南地区的文明史。

4. 体现出对江南山水传说民俗意味的把握。山水传说与民间风俗有着天然的、密切的联系。数量众多的山水传说渗透着形形色色的民间信仰。也有不少山水传说反映了江南各地民间的冶游民俗。

所有这些,在对江南山水传说进行内容分类时,都是应当注意到并一一体现出来的。

(二) 江南山水传说的内容类别

江南地区的山水传说,数以千计,从内容上划分,大略可以分为以下十多类:

1. 关于山山水水的由来和命名,这是山水传说中的一个大类。如太湖来历的传说,无锡锡山为啥无(没有)锡的传说,茅山来历的传说,宜兴鼎(丁)山来历的传说,黄山名称由来的传说,黄山左都峰飞来石的传说……这一类山水传说,千姿百态,异彩纷呈,闪耀着劳动人民的创造力、智慧、才能的光辉。正如马克思所说:"劳动创造了美。"[1]劳动人民不仅创造了许许多多的产品,还改

---

[1] 马克思:《1844年经济学——哲学手稿》。

造了人与自然的关系,装点了一个作为审美对象的自然界。

2. 关于山、湖外形状态的传说。如"太湖为啥不是圆的"的传说,无锡与苏州间的鹅湖(即鹅肫荡)的传说,苏州虎丘山、狮子山、穹窿山箬帽峰、凤凰山等的传说,苏州灵岩山上一块山石"乌龟望太湖"的传说,黄山"金鸡叫天门"和"五老上天都"的传说,黄山"梦笔生花"的传说,黄山"仙人指路"、"猴子观海"、"仙鹤鹏蛋"的传说,九华山观音峰的传说,南京牛首山的传说,浙江温岭夫人峰的传说,浙江缙云仙都婆媳岩的传说……这一类山水传说,往往从山山水水的外貌出发进行幻想,涉及神仙与异兽,充分表现了劳动人民丰富的想象力,并表达了富有人民性的思想内容。

3. 关于山山水水内在特征的传说。如宜兴磨盘山的传说,苏州虎丘山憨憨泉的传说,苏州甪直附近澄河的传说,宣城舒姑泉的传说,镇江磨脐山的传说……这一类山水传说,能抓住这些山水独特的本质特征,加以充分的想象和发挥,构成曲折生动而有意义的故事,给人以难忘的印象。

4. 关于山山水水与历史人物的关系,在山水传说中为数较多。如春申君义修黄浦江的传说,范蠡与无锡蠡湖的传说,伍子胥与溧阳护牙山的传说,秦始皇与无锡马迹山(即马山)的传说,梁鸿与无锡鸿山的传说,刘备、孙权与镇江北固山溜马涧的传说,李白与泾县桃花潭、宣城敬亭山、马鞍山采石矶的传说,白居易与杭州西湖的传说,钱镠与钱塘江的传说,苏东坡与杭州西湖的传说,赵构与浙江椒江金鳌山的传说,岳飞与贵池齐山翠微亭的传说,梁红玉金山击鼓战金兵的传说,朱元璋与黄山鳌鱼洞的传说,戚继光与临海点将台的传说,康熙与兰笋山(松江佘山)的传说,康熙游杭州灵隐的传说……这一类山水传说,叙述有关的历史人物与此山此水的因缘,以山山水水为历史人物活动的环境,着重渲染历史人物的精神风貌和生平事迹,仿佛把某一山水作为该历史人物纪念碑式的东西。

5. 表现劳动人民的智慧、才能、勇敢的山水传说。如无锡惠山"天下第二泉"的传说,雷潮夫妇塑成洞庭东山紫金庵罗汉群像的传说,南京栖霞山"石匠成佛"的传说,金华双龙洞外洞一石龙头的传说,天台山石梁和仙筏桥的传说……这一类山水传说,把劳动人民的上述高贵和美好的品质凝聚在一个个特定的景致中,供人观照,唤起人们对自己力量的愉悦和信心,并讴歌了劳动人民的崇高品质和高超技艺。

6. 表现劳动人民的爱憎感情,以及战胜邪恶和追求幸福的山水传说。如无锡惠山石门的传说,无锡吼山金宝狮的传说,无锡西高山三座两尺桥的传说……在此类山水传说中,自然风物的美的形象和深刻的伦理内容在人们心理上有机地统一了起来。这一类山水传说,仿佛一面面宝镜,映出了劳动人民美德的光辉和反动阶级恶行的污秽,使两者美丑昭然,形成鲜明的对照。

7. 表现青年人追求纯真爱情和美满婚姻的山水传说。如无锡鸿山僧尼石的传说,无锡马山秦履峰上金鸡的传说,黄山"仙人晒靴"和"仙人晒鞋"的传说,浙江嵊县覆船山的传说,天台山桃源洞的传说,雁荡山灵峰和倚天峰的传说……这一类山水传说,往往让一对青年男女在山水胜地的美妙环境中共同生活、共同劳动、共同斗争,缔结了生死与共的爱情,又因外界的因素致使他们经历了种种变故,有的终于结成终身伴侣,有的虽双双死去或遭劫难,但坚贞的爱情始终不渝。

8. 关于太湖及其周围河道的传说,以及江南其他各地溪流、湖塘的传说,大都表现了人们要求治理和征服洪水这一共同主题。如大禹在江南各地治水的传说,泰伯开凿无锡东乡伯渎港(泰伯渎)的传说,伍子胥开凿无锡西乡闾江的传说,张渤打开太湖与五里湖之间的犊山门的传说,金陵(南京)凤凰山与该地水情的传说……几千年来,历代劳动人民为治理太湖和江南各地水利作了巨大努力,把江南地区的山山水水作了一番重新布置,其间出现了无数可歌可泣的故事,因而江南各地民间关于治水的传说数量可观。

9. 关于山山水水与"仙气"、"仙人"、"仙物"的传说。在民间的观念中,山水佳绝之处,往往是神仙出没的地方。君不见,一望无涯的湖水之中,远处隐约可见山峦楼亭,那岂不是仙山琼阁?而郁郁葱葱的青山腰际,常有团团缕缕的雾气萦绕,岂不是神仙境界?更有那些山中古庙、仙人游踪、奇峰异石、龙潭灵泉……因而人们常把山山水水与"仙气"之类连在一起,产生了许多美妙绝伦的传说。如无锡鸿山"白龙瞟娘"的传说,无锡吼山珍珠姑娘的传说,无锡鼋头渚"哑巴仙姑"的传说,杭州"西湖女神"的传说,黄山"仙女绣花"的传说,黄山散花坞的传说,浙江衢州烂柯山的传说……这一类山水传说,在浪漫缥缈的"仙气"缭绕之中,洋溢着劳动人民的正义感,表达了他们扬善惩恶的现实愿望。

10. 关于山山水水与民间工艺、民间文艺的联系。江南各地的民间工艺多种多样,各有特色,如无锡惠山泥人、宜兴陶器、苏州刺绣、湖州毛笔、杭州绸伞等等。把山山水水和这些民间工艺联系起来,便产生了许多传说。另外,江南明媚秀丽的山山水水,正是优美的民间传说故事人物活动的好环境。比如无锡西太湖(梅梁湖)北岸有个"十八湾",传说当年梁山伯祝英台十八相送,就是走在这段山水夹峙的湖畔弯道上;再如宜兴的一个传说,把《梁祝》故事发生的地点说成是螺岩山善卷洞一带。这些均是《梁祝》故事的"地方性版本"。在莫干山的传说中,有干将莫邪在此山铸剑的传说、孟姜女与孟姜石的传说等。杭州有许仙与白娘娘断桥相会的传说以及雷峰塔的传说。齐云山石桥岩和"猴子望月"这一景点,传为牛郎织女"七夕"相会之处。这些传说都是非常优美的。

11. 关于人文名胜的传说故事。江南的山水风光,除天然之美外,还靠历代劳动人民的辛勤装点。山上有塔、亭、墓,水畔有桥、榭、台。江南园林被称为国宝。春秋末期吴王阖闾、夫差在苏州太湖之滨始创江南的皇家苑囿,至隋唐时,洞庭东山、西山、石湖、灵岩、天平一带已形成一个游览区,这一带至今尚有古典园林十个,近代园林八个。至于苏州市区、杭州、扬州、南京、无锡、湖州、上海和其他各地城镇的宋、元、明、清古典园林数量就更多。此外,各地、各山多有"十景"、"八景"之类的风景名胜佳地,构成当地具有地方特色的人文景观。关于这许多人文名胜,多有传说故事流传。如无锡"鸿山十八景"之一白鹤亭的传说,苏州邓尉山下清、奇、古、怪司徒庙的传说,著名长桥宝带桥的传说,南京莫愁湖畔胜棋楼的传说……不胜枚举。

12. 关于种种古迹的神话传说。神话传说在人类的远古时代就开始产生了,而后在长期传承过程中,不断丰富、完善,愈趋成熟、优美。通过考古发掘,江南地区已发现旧石器时代(一万年以前)和新石器时代(三四千年至七千年以前)古文化遗址不下数百处,文献记载的吴文化、越文化、徽州文化、江淮南片文化也已有两千多年的历史;有关吴越战争和吴宫轶事的遗址、遗迹有五十多处;明清古建筑数以千计,古桥梁数以百计;历代江南才人辈出,人文荟萃,许多政治家、军事科学家、文学家、艺术家、书画家、教育家、经济学家出生或流寓于此,留下了大量书画、碑刻等。每一处古迹,几乎都有相关的神话传说故事。例如位于洞庭东山的轩辕宫与黄帝的传说,灵岩山顶馆娃宫的传说,天平山后山范(仲淹)氏祖坟遗迹的传说,南京鸡鸣山胭脂井的传说……数不胜数。

以上仅对江南山水传说的内容作了粗粗的分类。如果细分起来,江南山水传说还可以分成更多的类别。分类是为了研究,类型分得越细致越确切,便越利于研究的深入。

二 江南山水传说的情节类型

(一) 江南山水传说情节类型举要

江南山水传说的情节类型,多种多样,千姿百态,以下择其要者,分析和列出四十八个类型,以见其大体风貌。

1. 神仙遗物型

某个湖泊,是天上神仙掉下的物件变成的。

例:

传说王母娘娘做寿,玉皇大帝送她一只大银盆。齐天大圣孙悟空未被请参加蟠桃会,大闹天宫,一棒将银盆从天上打下来。银盆跌到地上,形成了太湖。因银盆挨了齐天大圣一棒,变了形,所以太湖不是圆的。(《太湖为啥不是圆的》,见《太湖传说故事》,流传于苏州、无锡一带。)

〔杭州《明珠》、《仙女争镜》,常州《太湖、滆湖、长荡湖》等属此类型。〕

2. 惩恶水淹型

某个湖泊,是因神仙为惩罚坏人而淹成的。

例:

传说原先太湖这地方是三阳县城,因为县城里出了坏人,神仙将此地陷落(好人预先撤离),放水淹没成湖。(《沉没三阳县,余出苏州城》,见《苏州民间故事》;《沉落三阳县,氽出无锡城》,见《无锡民间故事精选》。流传于苏州、无锡一带。)

〔湖州《水淹显州变太湖》,宜兴《水淹半边胡》,无锡《鹅肫荡》等属此类型。〕

3. 英雄或仙人造湖型

某个湖泊,是古时具有神力的英雄或仙人造成的。

例:

传说远古时候没有太湖,这里是一片大荒原,石顶真自告奋勇,经历千辛万苦到南天河取来一瓶天河水,在大荒原的中心地段把瓶中之水倒出来,蓄成了太湖。(《石顶真取天河水》,见《无锡民间故事精选》,流传于无锡一带。)

〔上海《淀山湖的来历》等属此类型。〕

4. 娇女引泉型

某一山泉,是由当地一位勇健的姑娘引来的。

例:

传说远古时太湖一带是大海,洞庭东山曾有一位莫里娇姑娘,在山上发现了清清的泉水,并骑着犀牛到东海龙宫里取来净水瓶,将犀牛角竖在山顶,将净水瓶从山头上往下倾倒,使海水退下,而净水瓶一直流下清泉水,成为东山名胜之一"响水涧"。(《莫里峰与响水涧》,见《太湖传说故事》,流传于苏州一带。)

〔松江《美女泉》等属此类型。〕

5. 神仙移山型

某一座山峰,挡住去路,由神仙移开或推倒。

例:

黄山后海,有一条从深谷一直铺到云巅的石阶道路,好似通往天上的一条仙径。这段石阶路惊险万状,奇巧天成,似非人力所能建造,人称"仙人铺路"。传说从前一苏州书生不远千里来黄山欲见仙女,但被万仞高峰拦住去路。他因疲劳而进入梦乡,梦见仙女,并闻一声雷鸣巨响。他从梦中惊醒,那座拦住去路的山峰已经倒下,恰把深谷铺成平整光洁的石磴道。于是人们便把这段登山道路叫做"仙人铺路"。(《仙人铺路》,见《黄山:故事传说、风景名胜》,流传于黄山一带。)

〔江苏金坛《大涪山与四平夕照》等属此类型。〕

6. 两山相斗型

某地两座相近的山,曾发生格斗,结果坐落在现在的位置和呈现出现在的状貌。

例:

无锡西南有两座山,即马山和龙山。传说远古时,太湖里出了一条青龙,湖岸上出了一匹烈马。某年七月初一,青龙和野马打斗起来,两败俱伤。从此,每到七月初一,它们总要格斗一场。有一年,禹王爷来了。七月初一青龙和野马又斗开了。禹王爷挥舞赶浪鞭,把野马赶进了太湖,将青龙赶上了陆地。时间一久,它们就变成了龙山(惠山)、马山。(《龙马斗》,见《太湖传说故事》,流传于无锡一带。)

〔苏州《狮子回头望虎丘》,南京《金鸡斗蜈蚣》,上海《王母斩蛇造佘山》等属此类型。〕

7. 山峰飞徙型

某一座山峰或巨石,是由别处飞来的。

例:

传说杭州灵隐山飞来峰,原是四川峨眉山上的小山峰,飞落到杭州灵隐寺前的。一天早晨,灵隐寺中和尚济颠突见天上一块乌云飞来,仔细一看却是一座山峰。他告诉村人"山要飞来了"。村人不信。济颠见谁也不动,心里越发焦急,便将一户办喜事人家的新娘背起就跑。大家一齐冲出村来,拼命追赶。不一会,这座山峰便落在了村庄上。大家终于明白济颠和尚抢新娘乃是让大家躲开这天外飞来的山峰。(《飞来峰》,见《杭州的传说》,流传于杭州一带。)

〔江苏金坛《飞来峰的故事》,黄山《飞来石》等属此类型。〕

8. 数山合叙型

几座相邻的山,之所以形成如此的排列,是原初由山神们争执议定的。

例:

江宁县湖熟地区的几座山峰,当初围在湖熟的四周,天上下的雨,积成了水汪汪的一片。后来变好了,传说是因为几个山神斗架,搬了家。赤山神在湖熟东边的赤山湖边住下,夹山神在湖熟南边的茅草洼蹲下,方山神搬到两山中间的高岗上住,三座山离湖熟均十五里;而青龙山神独自搬到离湖熟二十多里的山窝窝里去住。(《赤山、方山、夹山和青龙山》,见《江苏山水传说集》,流传于南京江宁县湖熟一带。)

〔上海《石湖荡》,浙江平湖《九龙山》等属此类型。〕

9. 山分数截型

某地邻近的两三座山,恰若原由一座较高大山峰一截一截分开后形成的。

例:

传说一次秦始皇到茅山,见群山托峰,巍巍壮观,赞不绝口。但朝南看,有一座大山(玄武山)直指云霄,遮住了视线。他认为挡住了南来的日月精华,阻碍了成仙之路。便命王灵官前来搬山。王灵官执鞭对玄武山拦腰一抽,只见上半截山峰飞向东南(落在长荡湖边,叫大涪山);而玄武山留下了四方的平顶山,成了茅山门前一平台,据说是仙人出入茅山的台阶,遂称"四平山"。(《大涪山与四平夕照》,见《金坛县资料本》,流传于金坛、句容一带。)

〔南京《方山的传说》等属此类型。〕

10. 山有数爿型

某处有两座山,好似由一座山分成两半;或一个山峰分成三爿巨石,由此生成传说故事。

例:

浙江嵊泗岛东南和西南有两块半边山,一块叫"外半边",一块叫"里半边"。传说唐僧一行取经路上,遇白骨精,孙悟空举棒就打。唐僧人妖不分,一气之下赶跑悟空。悟空走后,唐僧被白骨精掠走。猪八戒没法,只好上花果山请悟空。猪八戒来了个"武请",他一到花果山,抡起钉耙就打。八戒钉耙下去后,往上一甩,将一座小山的一半甩到了黄龙岛南侧,另一半甩到了马迹山附近。从此,嵊泗列岛海域才有这两块半边山。(浙江嵊泗两块半边山的传说,流传于嵊泗列岛。)

〔浙江江山江郎山三爿石的传说等属此类型。〕

11. 山有显物型

某山中有显物，由此构成传说故事。

例：

传说，从前紫金山会长。它山肚子里有棵紫金树，紫金树天天长，紫金山天天高。这事惊动了玉皇大帝，他生怕紫金山无限制地长上去会顶穿天，便赶紧派了一个山神爷爷下来，到紫金山山肚子里，要他专门看住那棵紫金树，想办法不让紫金树再往上长。山神爷爷做了好多铁坠子，挂在紫金树上，挂满一树。从此紫金树果然不再往上长。山神爷爷严密看守，不让有人拱进山肚子里偷紫金宝贝。紫金山山脚下有兄弟两个，老大好吃懒做，老二勤恳老实，对紫金山和紫金树有两种态度，两个人也有两种截然不同的命运。(《紫金山》，见《江苏山水传说集》，流传于南京一带。)

〔南京《雨花台》，无锡《无锡锡山山无锡》等属此类型。〕

12. 名人试剑型

某山一块裂开的巨石，是由历史上某位特殊人物用剑劈开的。

例：

苏州虎丘山山腰一块大石头上有一条齐齐的缝儿。传说是吴王阖闾接受干将所铸宝剑之后，试剑劈开而成。(虎丘山试剑石的传说，流传于苏州一带。)

〔东天目山《试剑石》，常熟虞山剑门的传说等属此类型。〕

13. 划地成河型

某条江河是由东海蛟龙游出来的。

例：

传说海龙王的三公主化作一条花鲤鱼，被淀山湖边一位青年渔人网着，带回家养在灶间水缸里。三年后花鲤鱼变成一个漂亮绝顶的姑娘与青年渔人成婚，婚后养育儿女一双。后三公主被海龙王派来的蛟龙驮去，临去时频频回首看丈夫儿女。三公主回头看了十八回，蛟龙的尾巴也豁了十八下。蛟龙游过的地方成了泖河，因其尾巴豁了十八次，成了泖河十八湾。(《泖河十八湾》，见

《青浦县故事分卷》,流传于上海青浦一带。)

〔江苏昆山《剿娘江》等属此类型。〕

14. 仙人抛带型

某一条溪或某一座桥由仙人抛带而成。

例:

浙江仙都的九曲练溪酷似青山夹峙的一条彩练。相传,"八仙"云游到仙都时,对仙都的奇峰异石赞叹不已。吕洞宾却说:"这里只有奇峰异石,而无流水相映,若配上一条漂亮的溪水,才真是人间仙境啊。"何仙姑解下身上的彩带,交予吕洞宾:"看你有何本事,把它变为溪水。"吕洞宾接过彩带,抛向空中。只见彩带飘飘而下,上一头接通一湖泊,湖水沿带而下,成为彩带似的九曲流溪。(浙江缙云仙都九曲练溪的传说,流传于缙云一带。)

〔苏州《觅渡桥》等属此类型。〕

15. 神仙帮助型

较大型的桥和较难造的塔,在万事俱备以后,最后由神仙帮忙造成。

例:

唐代,苏州东南澹台湖上要造长桥。尽管刺史王仲舒捐献出祖传宝带作为经费,可是湖深水急不好打桩。传说某夜,七男一女来到澹台湖边上的庙里,烧了红枣白米粥吃,并收拢了枣核。天将亮,八人出庙门过澹台湖,边走边把枣核丢在湖里。待天明,只见湖面上竖起了一排排粗粗的木桩。在"八仙"帮助下,长桥很快地造好了。(《宝带桥》,见《太湖传说故事》,流传于苏州、吴江一带。)

〔镇江《铁塔上山》等属此类型。〕

16. 仙人留迹型

某山石上有脚印似的凹痕,于是说成是仙人的足迹,并由此编创出有关的传说。

例:

天台县城西桐柏山西北,一峰独耸,如天柱,称"琼台"。台南有仙人座。仙人座右下数十米,岩上有足迹,称"仙人足迹"。传说铁拐李曾住琼台对面的万年山上,每当月圆,即飞越深涧,来仙人座赏月。其徒儿羡甚。铁拐李试其忠心,并教会了徒儿飞升之法。(《琼台夜月》,见《国清寺》,流传于浙江天台一带。)

〔常熟《桃源涧》,莫干山聚仙台的传说等属此类型。〕

17. 菩萨留迹型

某山石上有脚印,传为菩萨所留下,或菩萨遗物化成山丘。

例:

普陀山潮音洞南有一巨岩,岩顶有一只很大的脚印。传说,普陀山的金鸡和凤凰去洛迦山朝拜观音,诉说了东福山蛇王霸占了普陀山,为非作歹,残害生灵,请求菩萨前去降伏。次日,观音变成一个年轻美丽的姑娘,纵身一跳,一步跳到了普陀山。观音取出净瓶,把杨柳枝往空中一掷,发出万道金光,降伏了蛇王。蛇王只得回东福山。后来人们就把那块岩石上的脚印称作"观音跳"。(普陀山"观音跳"的传说,流传于普陀山一带。)

〔无锡《菩萨想吃仙桃》等属此类型。〕

18. 英雄留迹型

历史上某位英雄人物曾在某山英勇作战,留下了一段可歌可泣的传说故事。

例:

金兵南侵时,岳飞在南京西南郊牛头山隐蔽人马,引金兵上钩,大获全胜。至今,牛斗山南坡还有一道石垒墙,传为当年岳飞大败金兀术时留下来的,那一个个山洞,就是岳飞藏兵的地方。(《岳飞大战牛头山》,见《南京的传说》,流传于南京一带。)

〔镇江《梁红玉击鼓战金山》,浙江临海《戚继光点将台》等属此类型。〕

19. 僧、道留迹型

某位僧、道在某山上曾有活动,留下事迹,后世传为美谈。

例:

九华山二天门下甘露寺后山道边有一石,刻有"定心"二字。传说金乔觉曾在此石上坐禅诵经,有毒蛇来咬他,仍端坐不动。毒蛇为其佛心感动,未加伤害。后人称此石为"定心石"。(九华山定心石的传说,流传于九华山一带。)

〔黄山《雪庄与皮篷》,九华山道僧洞的传说等属此类型。〕

20. 见仙下棋型

某樵夫误入一山洞,见二仙下棋,旁观片刻,回去却已隔世。

例:

传说古时候一樵夫到湖汊山中樵柴,走入一山洞,见两个白胡子老头坐在石凳上下棋。樵夫是棋迷,看得入了神。等到看完第三盘棋,樵夫摸出洞口,回到村中,村上人都不认识他,他也不认识别人了。他的孙子都已成了白胡子老头了。那两个下棋的老翁就是张天师和张果老,故那山洞便叫"张公洞"。张公洞岩顶上刻着一副棋盘,至今犹在。(《樵夫奇遇》,见《宜兴民间文学大观》,流传于宜兴一带。)

〔苏州虎丘山《二仙亭》,衢州《烂柯山》,江阴《顾山仙人洞》等属此类型。〕

21. 有龙居潭型

山中小潭,深不可测,内有龙。某人有恩于龙,龙日后报恩。

例:

九华山天柱峰东侧游龙涧中有白龙潭,潭中多石斑鱼。相传古时陵阳(治今石台县广阳镇)有个叫窦伯玉的县令,酷爱钓鱼。某日于潭中钓得一条小白蛇,怜其细弱,随手放回潭内。二十年后,又在此处钓得一尾鲤鱼,从鱼腹中得到一本书。原来小白蛇已修炼成龙,为报恩授其修道成仙之术。窦伯玉自此辞官,入山苦修三年,后乘白龙飞升。(九华山白龙潭的传说,流传于九华山一带。)

〔南京《乌龙潭》等属此类型。〕

22. 白龙望娘型

某山下或海边有女产一龙儿,娘死,龙儿飞天。龙儿每年定期飞回望娘,带来风雨。

例:

传说无锡鸿山下一童养媳,天天上山打柴。某日她累倒在大青松下。松树上的水珠滴进她嘴里,于是她怀了孕。半年后她在山洞里产下一条小白龙。

第一章 绪 论　37

她当即死去,死前嘱咐小白龙每年生日回来看望娘亲。白龙遵照娘嘱,年年飞回,来时总使鸿山一带降下及时雨。(《白龙瞟娘》,见《太湖传说故事》,流传于无锡一带。)

〔海盐《白鱼望娘》等属此类型。〕

23. 好人遇仙型

某人做了好事,在山水间遇到仙人。仙人答应了他所提要求,改变了一定的风物。

例:

传说,后汉时绍兴东郊某村樵夫郑弘,每天经若耶溪到北面十里的九岗山砍柴。一日,忽见一支闪闪发光的金箭遗落在半山的草丛中。郑弘拾起,还给了箭的主人——一个驾着白鹤来到山上的白发老人。老人问他要什么酬谢。郑弘料定他是仙人,便说:"来这里打柴的人很多,常常遇到逆风,往返十分不便,如果早上能起南风,傍晚转为北风,那多好啊!"老人满口答应了他的要求。从此,若耶溪上的风向改变了,人们到九岗山去打柴,船来船去都是顺风,方便极了。(《若耶溪上郑公风》,见《浙江风物传说》,流传于绍兴一带。)

〔天目山《悬崖瀑布》,普陀山《仙人井》等属此类型。〕

24. 人、仙恋爱型

某位青年在山间从猛兽凶禽口爪中救下一只善良的动物(如白兔、黄莺之类)。此善良动物化为美貌少女,愿与青年结为夫妻,但需经过若干艰难曲折方能完婚。

例:

浙江嵊县有一座覆船山。传说好多年以前,小伙子陈全爹妈早死,十七岁被哥嫂以"分家"为由打发出去。一天他上山砍柴,见有只凶猛的老鹰正扑住一只黄莺,陈全忙用柴刀把老鹰赶掉。霎时间,黄莺变成一个天仙般的美女丁香,说刚才在路上遇见一个花和尚来调戏她,多亏陈全相救。丁香不嫌陈全家贫,表示愿意嫁给他,但要经过她爹考验三天,排除几道困难才行。陈全接受了。丁香带陈全上船过江,爬上仙山,来到"大仙观"。丁香之父老神仙为考验陈全,先后让陈全做了三件难事,陈全一一完成。陈全和丁香终于成亲。在他俩逃走时,把渡船翻了个身,覆在沙滩上,后来这船就化作一座大山。(《覆船山》,见《浙江风物传说》,流传于嵊县一带。)

〔天台山《桃源洞》等属此类型。〕

25. 鞭石赶山型

神仙的胡须编成鞭子,可以鞭石赶山,使山移石走。

例:

传说秦始皇南巡,看到江南富庶,只是巨大的太湖占去了不少土地,便迫使老百姓挖山填湖。玉皇大帝为解救老百姓,命太白金星变成白胡子老公公到江南。太白金星将自己的胡须拔下分发给大家每人一根。众人有了这胡须,开山、搬石变得很轻松。秦始皇下令老百姓把胡须一一上交。秦始皇将许多胡须编成一条鞭子,挥动起来,把很多山峰都驱向太湖,有的滚到湖心,有的停在湖边,于是江南许多地方便成了一望无际的平原。太湖中和湖滨一带的七十二峰,便是秦始皇借助神鞭赶落的一座座山头。(《秦始皇鞭石赶山》,见《常州民间故事集》之二,流传于常州、无锡一带。)

〔苏州《太湖七十二峰》,天目山《乱石坡》等属此类型。〕

26. 皇帝亲封型

一地方的迹象或事物之所以出现或存在,以及与山水有关的景点之命名,是由皇帝亲口封下或亲笔题成的。

例:

康熙皇帝下江南,来到杭州,在西湖四周到处游山玩水。传说,一天他到灵隐寺摆下酒席。趁皇上酒兴正浓,老和尚乞求皇上替山寺题匾。康熙皇帝抓起笔刷刷几下,白纸上出现了一个"雨"字,这字竟占了大半张纸。经一位大学士的暗示,康熙写成了"雲林禅寺"四个大字。还说:"这地方天上有云,地下有林,叫'云林寺'挺合适。"从此,灵隐寺就挂着"雲林禅寺"的匾额。(《康熙游灵隐的传说》,见《杭州的传说》,流传于杭州一带。)

〔苏州《浒墅关》等属此类型。〕

27. 好人名山型

某地出了一个或几个好人,专做好事,遂以此好人之姓名为山名。

例：

　　从前茅山叫句曲山，满山遍野长满药草。传说山脚下住着姓茅的弟兄三个，茅大、茅二和茅三。他们舍己为人，做了不少好事，最后为给灾区人民运送稻谷，遇风潮，跳入浪涛滚滚的长江而殉义。后在茅家三兄弟住过的地方长出三座大山，即大茅峰、二茅峰、三茅峰。遂称此山为茅山。（《茅山的传说》，见《江苏山水传说集》，流传于茅山一带。）

〔浙江桐庐桐君山的传说等属此类型。〕

28. 巧匠佳构型

　　某名工巧匠身怀绝技，在山水间留下了其创造的出色作品，传为佳话。

例：

　　栖霞山千佛岩有一千尊佛像，是六朝时一位石匠凿成的。最后一尊佛像一手拿凿子，一手拿锤子，就是这石匠自己。相传当年这位石匠奉皇命在栖霞山上凿石佛。他一连凿了九百九十九尊，尊尊神态不一，各有姿势。就差一尊未凿好，而限期已到，明天皇帝要亲来拜石佛。当夜石匠把最后一尊石像凿了出来。哪知次日天亮起来一看，那最后凿好的一尊石佛不见了。闻听那边皇帝已到，石匠急中生智，跳进最后那个石窟窿，一手拿凿子，一手拿铁锤，一动也不动。结果居然把皇帝蒙混过去了。皇帝走后，石匠依照自己的样子，赶忙凿了一尊石像放进窟窿，成了一尊石匠佛。（《石匠成佛》，见《南京民间传说》，流传于南京一带。）

〔苏州《万年桥》等属此类型。〕

29. 美人遗泽型

　　某一山水景物，因历史上曾有某位美人到过，而产生出传说故事。

例：

　　西施受越王勾践派遣，到姑苏成了吴王夫差的妃子。西施一有空就跑到虎丘山莲花池旁暗自神伤。吴王夫差命工匠替西施在莲池上造了一座九曲小桥，以便她能更切近地欣赏莲花。但西施仍高兴不起来。吴王夫差问何故。西施佯称吴王夫差把太多的时间花费在陪伴自己游玩上了，怂恿吴王夫差全力向中原争霸，等霸业完成后再朝夕相处。吴王夫差中计，把兵力投入向中原争霸上去,使吴国在同中原诸国的厮杀中消耗力量,以便越国乘虚而入攻打吴国。从此虎丘山上的白莲池与西施的名字联系了起来。(《白莲池》,见《苏州民间故事》,流传于苏州一带。)

〔南京《胭脂井》等属此类型。〕

30. 文人留迹型

历史上著名文人曾在某一山水间留下足迹或墨宝,遂将此景点与该文人联系起来。

例:

唐天宝年间,大诗人李白曾游历皖南,几度游览黄山。黄山鸣弦泉下有一巨石,相传李白曾在此醉卧,后人因称"醉石"。"鸣弦泉"三字系李白亲笔所书。鸣弦泉下的小水潭,相传李白洗过酒杯,后人刻了"洗杯泉"三字。醉石、鸣弦泉和洗杯泉三处古迹,构成了黄山的一组特殊名胜,均与李白有关。(《李白与醉石》,见《黄山:故事传说、风景名胜》,流传于黄山一带。)

〔苏州虎丘山《寺里藏山》,天平山《白云泉》等属此类型。〕

31. 巧石成景型

某山上有巧石,酷似人形和某种姿势,由此生出故事传说。

例:

黄山东部皮篷有一巧石,恰似仙人给人指路之状。顺着那巧石所指的方向,经白鹤岭可登上风光绝妙的狮子峰,饱览黄山奇观。那巧石,称为"仙人指路"。相传很早以前,皇上问徽州籍二武状元:"三天子都奇妙何在?"因两人均是在京都长大,对黄山一无所知,顿时无法应答。下朝后,他们一同回黄山探察,从汤口入山,翻过眉毛峰、紫云峰至云谷寺,登上白沙矼,发觉前面无路可走,幸有一个穿戴破烂的肮脏和尚向前用手一指。云雾散处,果见前边山峦上有一羊肠小路。当他们回首道谢时,和尚影踪全无,只见山峰上平空耸起一块巧石,恰似那和尚给他们指路之状。后人传说,他们遇到的和尚是济公活佛,这巧石是他点化而成。(黄山"仙人指路"传说,流传于黄山一带。)

〔浙江嵊泗列岛小洋山岛双龙石的传说等属此类型。〕

32. 龟石呆望型

某山上有一龟状巨石,昂首呆望,由此生发出一段传说故事。

例:

九华山十王峰西北,有一巨石,状似石龟,翘望北斗。传说天宫王母的侍女玉女与北斗星君的徒儿金童偷偷相爱。王母发觉后,怒将玉女变成一条鱼,贬入九华山百丈潭。金童悄悄下凡与之相会。北斗星君十分同情,用法力将他们变成凡人,让他们结为夫妻。王母闻知大怒,亲来九华山,用手一指,把玉女变成一棵"玉女幢"树,又把金童变为石龟,定在峰顶,使他们永不能相见。但石龟爱心不死,终日眼巴巴地望着北斗,盼望北斗星君再来搭救。(九华山"金龟朝北斗"的传说,流传于九华山一带。)

〔苏州《乌龟望太湖》等属此类型。〕

33. 动物守山型

某山上有一个或数个动物,构成一景,以此编创出传说故事。

例:

黄山最高峰莲花峰西侧有一条石阶,酷似靠在峭壁上的长梯,因名"百步云梯"。梯顶左有石龟昂首而立,右有石蛇直视前方。传说各路神仙欲赴蟠桃会,必先经云梯上莲花峰,再由天都峰的天梯而进南天门。一年蟠桃会时,从东海逃出一只未成正果的乌龟,与莲花洞里的蟒蛇精串通一起,图谋在此守关设卡,诈取买路钱。恰逢观音大士驾云而来,拂尘一指,将它们定在此处,惩罚它们永远把守云梯。(黄山"龟蛇守云梯"传说,流传于黄山一带。)

〔黄山"金鸡叫天门"传说等属此类型。〕

34. 山以人名型

某山以一、两位与此山有关系的人物之名为名,并伴随着一段传说故事。

例:

春秋末年,干将莫邪在莫干山铸剑。吴王得知干将莫邪善于铸剑,限令他们三个月铸成一把稀世宝剑。经过九九八十一天,遇到了金汁不沸的难关。于是莫邪取来山中黄土,调以清泉水,再割断自己头发,剪下自己指甲,搅拌成一个泥团,又照着自己水中面影捏成个人像,投进了冶炉。果然炉内铁水熔化沸腾起来。反复的烧、锻、淬、磨,终于铸成阴阳二剑。此时,莫邪已有身孕。干将将雌剑献给吴王,而将雄剑藏起,将来叫儿为父报仇。干将进宫献剑后,吴王立即杀了他。后人为纪念干将莫邪,把这山命名为莫干山。(《莫邪与干将》,见《湖州市故事卷》,流传于江、浙一带。)

〔上海《机山与"华亭鹤唳"》等属此类型。〕

35. 泉以人名型

某山有泉,因某人曾经与它有关系,而以此人名之。

例:

苏州虎丘山半山腰有一泉,相传系古时一双目有疾的孤儿憨憨,到山寺当挑水僧时,利用晚上时间刨出来的。他十指流血也不停地刨地,终于感化神灵,在山上刨出一眼井泉。后人乃以其名称此泉。(《憨憨泉》,见《苏州民间故事》,流传于苏州一带。)

〔九华山舒姑泉的传说等属此类型。〕

36. 湖以人名型

某个历史人物与某湖有关系,后人遂以此人之名称该湖。

例:

无锡西南有个"五里湖",也叫"小太湖"。相传春秋末越国大夫范蠡,辅助勾践复国后功成身退,偕西施泛舟五里湖上,五里湖因称蠡湖。(《蠡湖和范蠡、西施》,见《江苏山水传说集》,流传于无锡一带。)

〔南京《莫愁湖》等属此类型。〕

37. 山似动物型

某山似一动物,以此派生出传说故事。

例:

太湖里的马山像匹马,太湖边上的龙山像条龙。传说,早先太湖里有条老龙,湖边上有匹野马,成年斗,殃及那一带家家户户。惠山沙孩儿,把野马牵到湖心里,把老龙拖上岸。老龙、野马晓得沙孩儿厉害,不敢违抗。从此,野马就一动不动立在太湖心,成了马山;老龙也一动不动困在岸上,成了龙山。沙孩儿就是大阿福。(《龙山和马山》,见《江苏山水传说集》,流传于无锡一带。)

〔苏州《虎丘名称由来》,常熟《常熟山》等属此类型。〕

38. 山似植物形

某山若一植物,因此派生出传说故事。

例:

浙江金华山像一瓣大莲花。传说黄帝是在缙云仙都升天的。仙都石笋峰旁有鼎湖(由黄帝庆祝打破蚩尤的胜利而铸的巨大宝鼎压成的)。湖里长有大莲花,是黄帝脚踏着骑上龙背时的花朵儿,色彩鲜艳,格外好看。大家都来采,采摘的人太多,于是天上刮起了一阵神风,把它收了去。只有一个很小的花瓣儿,被风吹到仙都西北方向一座山上,日夜发出金光。人们看见很惊奇,都称它为"金花"。这座山就是今天的"金华(古花字)山",山下的县城即"金华县"。(《金花》,见《浙江风物传说》,流传于金华、缙云一带。)

〔镇江《江中的荷叶——焦山》等属此类型。〕

39. 山似静物型

某山如一静物,遂派生出传说故事。

例:

传说上古时,苏州西南穹窿山的山梁中间是凹下去的。有个百岁老人箬翁,叫大伙儿开荒种田。为遮挡烈日,箬翁教大家用箬叶做成平顶帽来遮阳。下倾盆大雨时,箬翁便教大家把平顶的箬帽改成山尖形。雨下得实在太大,箬翁和大家一起摘箬叶,做成一顶像山顶似的大箬帽,把庄稼田遮起来。最后严冬时节大刮西北风,箬翁叫大家:"箬帽顶风!"大家赶快把大箬帽抬起来,用帽头对着山口,果然有效。忽然大风反过风向吹进帽底,大伙没防备,大箬帽脱了手,化成一座山峰,罩住山的凹口,这就是"箬帽峰"。(《箬帽峰》,见《太湖传说故事》,流传于苏州一带。)

〔江苏昆山《马鞍山与文笔峰》等属此类型。〕

40. 开洞取宝型

某山有宝物,一个术者(多为江西识宝人)发现后,欲向山边某户人家买下开山门钥匙(黄瓜、南瓜、冬瓜、磨柄之类)。那人家知山中有宝,便不肯卖与。但因术者未将开山门诀窍全然说出,结果那人家未能取到宝贝,山门却永远闭上了。

例:

传说从前有个江西人到苏州觅宝,认定狮子山中有宝贝。他看到山北小镇上豆腐店的小手磨的磨柄是开山门的钥匙。江西人愿出高价买下小手磨。豆腐店老板得知原由,回说不卖,江西人只好走了。当夜,豆腐店老板及其妻带着手磨柄上山,塞进小洞一旋转,石门果真开了。山洞里堆满金子。夫妻俩贪婪地搬金子,直搬到天亮还不死心。突然洞门关闭,这对贪心夫妻被关在山洞里。原来江西人未把开山门的窍门完全告诉豆腐店老板。这狮子山的石门,打开后过一定时间便会自动关闭,要它不关,只要用那小手磨的一爿磨盘堵在洞口就行。这对夫妻不晓得这奥秘,只想发横财,结果送了性命。(《狮子山的传说》,见《太湖传说故事》,流传于苏州一带。)

〔江苏金坛《金牛洞》,常熟《剑门钥匙》,昆山《玉马和老人峰的传说》,上海《天马山的"天马"》等属此类型。〕

41. 两洞相通型

谓两山石洞相通,因而发生了某个故事。

例:

常熟虞山的山洞和昆山玉峰山的山洞相通。传说有两人分别秉烛从一个山洞钻过去,欲到另一山洞取宝,途中相遇,互不相让,结果耽误时辰,均化为挡路石。从此两座山的山洞堵住了。(《挡路石》,见《昆山市资料本》,流传于昆山、常熟一带。)

〔苏州虎丘山《仙人洞》等属此类型。〕

42. 山中有磨型

某山形似磨盘,且"咕咕"有声,于此生出传说故事。

例:

镇江南郊有座大山,像磨盘,中间有个洞,像磨脐,叫磨脐山。它常发出"咕咕"响。相传几百年前,山下有个放牛娃,给歪嘴老财主放牛。一天,小放牛在牵老黄牛到磨脐山上吃草时,不慎老黄牛不见了。歪嘴老财主对小放牛又打又骂,要他赔牛。小放牛没办法,围着磨脐山转了三天三夜,终于找到一个山洞。他壮着胆子进了洞,见老黄牛牵着磨。一个慈眉善目的白发老爹爹对他说:"它是金牛,我把它收回来磨粉子,给天下穷人吃用。"又说:"到磨盘上抓几把金豆子去赔牛吧!"小放牛抓了一把金豆子,灌进口袋,回到歪嘴老财主家,将金豆子赔牛。歪嘴老财主问清原由,硬要小放牛带他进山洞多拿金豆子。歪嘴老财主进了山洞,把金豆子抓了一把又一把,将四个口袋和布兜肚都装得饱鼓鼓的,并恶狠狠地对小放牛说:"跟我回去,明天再来!"小放牛不肯走,歪嘴老财主动手就打。白发老人见他又恶又狠,贪得无厌,骂道:"畜牲!"用手一指,道声"变!"老财主变成黑牯牛。此后,白发老人让小放牛留在洞里,管两头牛(老黄牛和黑牯牛),让两头牛日夜磨金豆子。(《磨脐山中隆隆声》,见《江苏山水传说集》,流传于镇江一带。)

〔宜兴《磨盘山》等属此类型。〕

43. 洞壁淌米型

某山洞石壁有一洞眼,细水长流似的淌下白米;某贪心人将洞凿大,却不淌米了。

例:

江苏溧阳丫髻山青龙洞石壁上有个洞眼,这就是"淌米眼"。传说很久以前有个大头和尚来此修行。不久,大头和尚发现石壁洞眼里一粒一粒地淌下白米。他将米收起来,每天可煮三餐粥吃。后来,他想多得米,烧饭吃,便找来凿子、锄头,把淌米眼凿大些,谁知淌米眼忽然不淌米了。大头和尚只好到别处去了。(《青龙洞的传说》之二,见溧阳县资料本,流传于溧阳一带。)

〔雁荡山《龙鼻洞》等属此类型。〕

44. 情侣双峰(石)型

一对情侣,生前至爱,死后化为两座相依的山峰或巨石。

例:

雁荡山灵峰和倚天峰,日观如双掌相合,夜观似夫妻相依。相传从前有一大官之子,长得丑陋,人称"丑八怪"。娶亲时,其父让戏班小生赵聪明冒充其与新娘拜堂。洞房内,新娘与赵聪明互生爱慕。丑八怪进入洞房驱赶赵聪明,并道出李代桃僵之计。新娘知受骗,踢倒丑八怪,奔回娘家。女家为雪奇耻大辱,将男家踏平,将丑八怪杀死。小姐又羞又恨,与赵聪明相约,见上一面后即离开人世。观音大士成全他俩,当他们见了面,相偎相依时,用手一指,把它们变成两座依偎在一起的山峰。(雁荡山夫妻峰的传说,流传于雁荡山一带。)

〔无锡《僧尼石》等属此类型。〕

45. 望夫(妇)化石型

某地有女(或男),每日登山,渴望其远去之夫(或妻),日久化为人形山石。

例:

海宁海边有座望夫山(也叫望夫台山)。传说从前山上住个阿山,娶了阿霞。他们婚后第三天财主就叫阿山出海运输。预定的四十九天过去,阿山还未回归,阿霞急得哭了。第五十天黄昏时分,阿霞站在山岩上,望见黑糊糊的好像有一条海船来了。阿霞情急,忘了阿山临别时的吩咐,脱口喊"阿山哥哥"。阿山应了一声,一失手,船碰上山脚岩石,撞散而沉没了。阿山死了。阿霞还是天天望,天天叫,哭死在山岩上,化为一块人形的石头。人们就把这山叫做"望夫山"。(《望夫山》,见《嘉兴市故事卷》,流传于海宁一带。)

〔苏州《痴汉等老婆》等属此类型。〕

46. 烈女殉义型

某一山水景点,由古代某烈女于此殉义而名扬四方。

例:

传说唐末某年的一天,新安江畔一位善于纺织的白纱姑娘,拿了一块精心纺织的白纱布在江中浣洗。忽闻对岸一支黄巢起义队伍在官兵追击下,骑马直奔江边。她心急慌忙,将手中的那块白纱布抛了出去。奇怪,白纱布竟变成一座白石桥飞架在新安江南北两岸。黄巢带了随从跃马挥鞭从桥上飞奔过来。这时,官兵也赶到了对岸。白纱姑娘立即拎起白纱布,一顿,石桥就收敛了。后来,白纱姑娘虽然被官兵追上抓住处死,但毕竟掩护了黄巢等人,帮助黄巢义军击溃了官兵,收复了新安江两岸。人们不忘白纱姑娘,遂称新安江的这一段为白纱滩。(《白纱桥》,见《杭州的传说》,流传于杭州、新安江一带。)

〔浙江洞头《女儿礁》等属此类型。〕

47. 双方竞赛型

两人比赛某项工程,或在山间赛马之类。

例：

传说鲁班带了他妹妹从山东到杭州。一天，兄妹俩来西湖边游赏，忽遇雨，鲁妹向鲁班提议，各人去造个东西，要使人在下雨天也同样能游湖观光。两人约定，比赛时间为一夜工夫，到鸡叫为止。两人分头干起来。鲁班先后造起了四角亭、六角亭、八角亭……正当鲁班开始造第十座亭子时，鲁妹学了一声鸡叫，鲁班把第十座亭子造好三只翘角，听到鸡叫，就停工不再造了，——这就是西湖三潭印月九曲桥上那座三角亭。而鲁妹在这一夜之间造好了一把伞，可以在雨天打着走来走去在湖边到处游览。这就是西湖绸伞的来历。（《鲁妹造伞》，见《浙江风物传说》，流传于杭州一带。）

〔镇江《溜马涧》等属此类型。〕

48．山水土物相生型

将某地的山水风景与当地的民间工艺、土特产品相联系，编创出有关的传说故事。

例：

从前太湖一带有四只妖怪：毒龙、恶虎、刁马、臭鼋，危害地方。有个圆头大脸的小孩大阿福，凭着无比勇敢和手中的几样武器，将四只妖怪一一打死。四只妖怪分别变成了龙山（惠山）、马山、鼋头渚和虎丘山。大阿福伤重而亡，乡亲们依他生前模样制作成惠山泥人"大阿福"。（《大阿福》，见《无锡县民间故事集》，流传于无锡一带。）

〔无锡《龙山和马山》等属此类型。〕

以上四十八个情节类型，是江南山水传说情节类型中一些常见的、最具代表性的类型。然而仅是"举要"，远未穷尽。江南山水传说的情节类型，认真全面地划分起来，还可列出若干个。随着散存于江南各地民间的山水传说的进一步搜集，当会发现一些新的情节类型。

（二）划分情节类型的意义

山水传说是一种口头传承的艺术门类，它之能够世代传承下来，靠的就是其情节结构的稳定性。因而，从大量存在的山水传说中，除着眼于对内容进行概括分类之外，适当概括其情节类型的表现也是有意义的。

1. 情节类型的分类有利于山水传说的创作和许多新产生的山水传说的逐渐完善

民间在创作山水传说时,需要一定的模式和结构形式作为借鉴。而山水传说的情节构成是有一定规律可循的。它是按照某些带有规律性的方式表现其内容的。通过情节类型分类法,可以看出这种具有规律性的方式。这对创作山水传说和完善新产生的山水传说,有着理论上和方法上的指导意义。

2. 情节类型的分类有利于山水传说搜集者的工作

情节类型的分类方法,对于山水传说搜集者来说,很有参考价值,可以帮助他们凭借这种类型索引去采录那些情节相同、相近或相异的作品,便于搜集、分析和归类。也就是说,使山水传说的搜集、整理工作目的性更强,更为规范化,更有成效。

3. 情节类型的分类有利于加深对山水传说内容的理解

任何叙事性的文学作品,其内容与情节是密切关联的。一般来说,山水传说的内容与它的情节结构是浑然一体的。因而对山水传说的情节类型加以分类,也便于对它的内容作剖析,达到深一层的理解。

4. 情节类型的分类有利于对江南山水传说的全方位研究

对山水传说进行情节类型的分类,对接受者和研究者来说,可以在以下两个方面有显著的好处和助益:

一是可以使人们简要地了解历史上某一地区、某一民族的山水传说的各种类型及其异式。二是可以使人们知道某种类型的山水传说流传于哪些地区,反映出地区的分布和流传情况。

这些对以区域文化为背景研究民间文艺学,深入地、全方位地研究江南山水传说,无疑是大有好处的。

第三节 江南山水传说的文化价值

民间传说故事,有如珍藏于泥土中的文物。即以山水传说而论,它们往往是一个个完整的故事,有生动的情节、相称的人物、适宜的环境。山水传说,把湖形山状、名胜古迹、人文历史、地方风物与当地历代人民的思想感情、性格气质、心理感受、风俗习惯等等融合在一起,是一类非常美妙而隽永的民间传说。江南的山水传说如此丰富多彩和绚烂多姿,不啻是江南各地区域性大文化中的一笔丰厚的财富。认真细致地研究起来,它们具有多方面的宝贵价值。江南山水传说除历史价值、文学价值、民俗价值外,还有教育价值、审美价值等等。这里,择其要者加以论述。

一 值得珍视的历史文化价值

诚然,传说不等于历史,并不是一种真实的历史事实,与那些史书上记载的事件是有显著区别的。然而,传说与历史有着密切的联系,传说的产生往往是有一定的历史事实做根据的。因而,传说具有一定的历史性即历史意义。如果说,山水胜迹是"物化的历史",那么,有关的神话传说就是历史的某种生动的投影。推而广之,山水传说还反映了某一地区自然和社会的变迁,显示了该地区的文明的进程和地域文化的标志,从而富有历史文化价值。

(一)从江南山水传说中可以看到江南地区若干历史事件的一些轮廓

江南山水传说的内涵极其丰富,天上人间,无所不包,上下数千年,纵横千余里,江南各地漫长历史的文化积淀,在其中堪可窥见一斑。从开天辟地的神话,到太湖形成的传说;从神农氏在太湖边龙山脚下传五谷,到大禹在太湖一带治理洪水,以至历朝历代的若干史实,在山水传说中均可见到轨迹。有的山水传说反映了春秋末期吴越争战的史实,有的山水传说反映了秦始皇统一中国后的文治武功,更有的山水传说反映了历史上北方文化的三次南迁,即:(1)晋代永嘉之乱后的文化南迁,(2)唐代安史之乱后的文化南迁,(3)宋代靖康之难后的文化南迁,以及宋朝末年的抗金斗争,元末明初的朱(元璋)同陈(友谅)、张(士诚)的争斗,清朝后期的太平天国革命斗争等等。由于这些历史活动和历史事件均与江南的山山水水有关,因而某些江南山水传说便对它们有所反映。

(二) 从江南山水传说中可以看到若干历史人物的性格气质、思想风貌，以及他们给江南各地留下的历史文化光泽

相当数量的江南山水传说，是讲述历史上同江南各地有关系的著名人物与江南山水胜迹的故事。著名传说人物如黄帝、夏禹，著名历史人物如泰伯、仲雍、姜尚、吴王阖闾、伍子胥、吴王夫差、越王勾践、范蠡、西施、春申君、秦始皇、项羽、周处、王羲之、颜真卿、陆羽、李白、白居易、范仲淹、王安石、苏东坡、岳飞、韩世忠、倪云林、唐伯虎、康熙帝、乾隆帝等等，都在江南山水传说中出现。这些山水传说宣扬了他们的历史功绩和传闻轶事，点染了他们的性格风貌，记录了他们的光华流泽。

例如，江阴有座花山，上古时代四周被湖水所围，传说商末周初的姜尚(字子牙，通称姜太公)曾经在此隐居垂钓。而常熟则传说他曾避纣隐居在虞山的山洞石室，垂钓于尚湖之畔。

又如，传说东汉开国皇帝刘秀在茅山脚下有遇难、成亲和招兵的一段经历。刘秀被王莽追兵逼近至茅山之麓现在叫神亭的地方，被一位耕田老汉岑彭相救，接着他与岑彭的女儿成亲。岑彭陪刘秀到茅山访问了两位勇士姚期和马武。四人一齐来到茅山脚下龙草滩，滩上有一块鼓形巨石。岑彭说："你们三个人，都来踢石鼓，谁踢响石鼓，就保他夺天下、坐江山。"姚期、马武分别踢了石鼓的东、西两面，石鼓都一动不动，只各留下了一个大脚印。而刘秀对石鼓连踢三脚，三声巨响，天动地摇，把茅山的一个山峰震得一分为二，即"南震山"和"北震山"。姚期、马武听得巨响，双双跪倒在刘秀面前，愿跟随打天下。他们招兵买马，扩充地盘，打了千百次仗，终于建立了东汉王朝。刘秀做了东汉皇帝，丈人岑彭却在战火中死了，刘秀在茅山脚下造了一座岑彭庙；又在当初藏身的地方造了一座"神亭"。王莽追赶刘秀的小山，叫做神亭岭。踢石鼓的地方是龙草滩。① 关于刘秀遇难被救、终于夺下天下的传说故事，在江南各地多有流传。上述这个传说，虽然有些附会之说，但从总体上反映了刘秀的这段经历，具有一定的参考价值。

---

① 《刘秀的传说》，见《金坛县资料本》。

再如,湖州城东一二十里有一座小山,汉朝时曾叫乌山,也叫欧阳山,传说是欧阳氏的封地。东晋时,郡守王羲之在山上建造了一个亭子。某日亭子落成,王羲之带领一批郡吏幕僚,登上乌山。王羲之叹道:"百世之后,谁知我王逸少与诸位升登此山呢?"一位幕僚说:"太守大名,留之何难?刚才你说'升登此山',则请大笔一挥,题名昇山!"王羲之说未带纸笔。这时飞来一对天鹅,一只口衔一支蘸着饱墨的大笔,另一只口衔一张雪白的纸头,在头顶飞绕三圈,落在王羲之面前。王羲之想,这是天赐良机,便从天鹅嘴里取过纸笔,题了"昇山"两个大字。不提防这对天鹅又将纸笔衔住,飞上天空,以至消失在白云深处。王羲之说:"'昇山'飞上天,奇哉奇哉!"从此,这山就改名为昇山。① 这个传说,把大书法家王羲之加以神化,刻画了他性格的飘逸欲仙的一面,将这座山与王羲之久远地联系了起来。诸如此类的山水传说,数量是很多的。它们具有历史文化价值,值得我们珍视。

(三)从江南山水传说中还可以看到江南各地的人民心理心态、社会状况、民间信仰包括宗教信仰状况

江南山水传说实乃江南文化的一个重要组成部分,是江南文化中的一类珍贵瑰宝。它们是了解江南、认识江南,了解江南人、认识江南人,了解江南文化、认识江南文化的一个重要的侧面。例如,从有关九华山、普陀山、天台山等的传说中,可以看到江南地区的佛教文化和民间佛信仰状况,从有关齐云山、茅山等的传说中,可以看到江南地区的道教文化和民间道教信仰状况。而从有关江南运河(大运河的长江以南一段)的传说中,则可以看到其丰富的内涵和别致的特色。统而观之,不外以下几点:(1)对与大运河有关的各阶层各类人物(上至皇帝、王子,下至渡夫、村妇),均作了刻画和描绘,从而体现了大运河的历史文化积淀和两岸人民的某些社会生活内容。(2)歌颂了大运河开凿、整治过程中为民造福的好人(好官、能工巧匠、勤劳善良勇敢之人)和鞭挞了反动、丑恶的坏人(坏官、贪婪的人)。(3)表现了江南民众对某些神仙(如

---

① 《王羲之与昇山》,见《湖州市故事卷》。

八仙)、神物(如金牛、黄鳝精)的信仰和崇拜,具有民俗文化价值。

二 陶冶性情的美学价值

　　江南山水传说寻找和选择特定的地方风物为依据,运用民间艺术传统中的解释性和说明性的艺术经验,贯注艺术的匠思,运用艺术的想象,使它成为言之成理,听之可信的东西。因而,它们在具有高度思想价值的同时,还具有高度的艺术价值。在解释名胜奇景中,许多传说采取了因事而成景,因史而成迹的艺术手法,生动有趣,优美动人,对各种景物状写逼真,给人以深刻鲜明的印象,传达出江南山山水水的壮丽秀美,各地乡土风光的奇妙可人,使人得到美的欣赏和满足。所以江南山水传说具有高度的美学价值。

　　(一) 江南山水传说生动地反映了江南各地劳动人民对大自然的美感,融汇着他们的审美情趣

　　壮美秀丽的江南山水,与清嘉卓越的江南人民风尚相结合,孕育出别具风格的大量山水传说。江南地区,山明水秀,山青水绿,各类自然景观比较齐全,诸如苍山翠岭、奇石丽洞、长河广泊、流泉飞瀑、碧海金沙……应有尽有。大自然的杰作、"天下第一奇山"黄山,以峰奇石秀著称的东南名山雁荡山,以及"包孕吴越"的浩瀚太湖,美若西子的杭州西湖,均在江南地区。江南的许多名山与秀水相映衬和结合,便构成了绝妙的自然景观。江南劳动人民长期在如此优美的环境中生活和劳动,他们便把自己对周围山山水水的美感,通过山水传说表达出来。江南山水传说形象地记录了劳动人民的这种美感的萌芽、产生、生发、升华的过程。例如太湖以东苏州胥口外面有座山,叫凤凰山。远远望去,此山活像一只展翅欲飞的金凤凰,头南尾北。其两侧一道道的沙丘,活像铺开的一对翅膀。远古时,江南还不生长水稻,先民们过的是渔猎生活。数千年来,劳动、生息在这一带的人民,面对着这座巨鸟状的山丘,创作和流传了不少传说,其中有一则,说是每年九月初九,总有一只五颜六色的雄凤凰,从太阳出来的方向飞来,它嘴巴上衔的一串金黄色的金链条落了下来,并和雌凤凰相会。于是下一年重阳节,人们发现金链条一串一串地挂在湖滩的青稞上,这就是稻谷。据说凤凰山是雄凤凰飞走后,雌凤凰活活急死后的遗体。① 若从高处或远处看凤凰山,觉得上述传说所描绘的图景是非常逼真的,从而也显示出它的美来。以上这则传说,劳动人民把凤凰山的美和灵气都讲出来了。又如南京玄武湖旁边有一座长长的九华山,附近北极阁东头有一状如公鸡的岩石。民间据此编创出《金鸡斗蜈蚣》②的传说。传说很久以前,南京九华山原是一只成精的蜈蚣,危害老百姓的生命财产。南天门报晓的金鸡下界来,准备杀死蜈蚣精,为民除害。蜈蚣、金鸡一场恶战,两败俱伤,都死了。于是地上现出了九华山和金鸡岩,后者立在北极阁东头,盯住九华山不放。从此,老百姓过上了安乐日子。为了纪念金鸡,在北极阁东边盖了一座鸡鸣寺,让人们永远记着金鸡为民除害的功劳。这则传说不仅形象地描述了九华山和金鸡岩的美,而且表达了劳动人民的鲜明的爱憎感情。

(二)江南山水传说具有鲜明的艺术特色和宝贵的艺术价值

与美丽多娇的江南山水一样,江南山水传说也是多姿多彩、隽永别致,其艺术特色是非常鲜明的:

1. 江南山水传说具有很强的地方性

如是的山,如是的水,如是的人民,才产生了如是的山水传说。山水传说中的故事往往发生在固定地点,并在一定地区流传,富有乡风乡情,乡土气息浓郁。例如,在江南吴地,关于太湖湖区和周边山水的传说,带有浓郁的湖山之景、湖山之情;关于宜兴、金华、桐庐等地山洞的传说,光怪陆离,带有几分神秘意味;关于太湖西南面天目山、莫干山的传说,吴中带越,越中带吴,吴情越调错杂交结;而太湖以东的山水传说,因离东海较近,故关于湖、山、江、海的传说渗透交融在一起。这就使吴地各处的山水传说,在大体相同之中,一一带有各自的特色。同样,皖南的山水传说呈现源远流长的徽州文化特色;宁、镇、扬的山水传说带有亦南亦北的江淮南片文化特色;钱塘江以南的浙江山水传说,则洋溢浓郁的越文化特色。

---

① 《凤凰山》,见《太湖传说故事》。
② 见《南京民间传说》。

2. 江南山水传说具有很强的幻想性

想象丰富,奇思巧构,情节委婉,比喻贴切,常常运用拟人化的手法,赋予静态的山山水水以生动跳跃的生命,从而有力地表现了创作者们的思想和感情。而绝妙的是,这些艺术上的特征,都与江南各处的山水风貌接隼合拍,互为表里,和谐一致。

3. 江南山水传说个性特征突出

江南山水不同于北中国的山水,也不同于大西南的山水。与此相关,江南山水传说也不同于我国其他地区的山水传说。江南山水传说不仅展现了江南山水的秀丽雄伟,而且充溢着江南人特有的聪颖智慧、心态特征,作品中人物的活动与环境的关系处理得极为自然、熨帖,读之闻之令人赏心悦目而至拍案叫绝。

由于江南山水传说具有这么些鲜明的艺术特色,因而它们的艺术价值是值得珍视的。

(三) 江南山水传说对人们欣赏江南山水之美产生积极的意义

山水传说形成以后,又反过来对人们美的欣赏和美的培育产生积极的意义。山水传说可以帮助人们用美学的观点来欣赏山水景物,用美学来溶化人们所具备的一切科学文化知识,使人们进入到欣赏美景的真正佳境之中。

山水传说的美学意义是,它能启示和引导人们在欣赏山水景观时想到人类自己的力量,从而发展和壮大自身,更好地改造主观世界和客观世界,创造出更多的美来。例如,劳动人民在太湖这样的优美环境中长期生活和劳动,于是产生了种种神奇美妙的传说。在关于太湖的许多传说中,有这么一则,说是从前太湖里龙马相斗,湖边一片荒凉。太湖边一摇摆渡船的老汉,心地善良,对来摆渡的穷苦人分文不取。老汉还多次替一光脚跛足的老道人摆渡。某日老道人过了湖,赠一只破饭碗给老汉。原来这是一只金饭碗、聚宝盆。老汉不愿自己一个人发财,打定主意要让太湖变得富饶,于是他把金饭碗丢到湖心。不久奇迹出现了:太湖岸边长满了青青的芦苇,湖里长出了各种各样的鱼虾,田里结出了金黄饱绽的稻谷,果园里挂满了各种水果。太湖又焕发出光彩,太湖之畔成了著称于世的江南鱼米之乡。① 这样的山水传说,达到了人景交融的境界,具有催人向上的思想力量和艺术力量。

总之,江南山水传说的美学价值是很突出的。

三 熏染后代的教育价值

依附于江南山山水水的山水传说,不仅富有历史文化价值、美学价值,而且极富思想教育价值,对广大游客尤其是青少年的认识作用和教育意义是不可低估的。江南山水传说是进行爱国主义教育、伦理道德教育和乡土历史与地理教育的优秀教材。

(一) 爱国主义教育

江南地区,是伟大祖国的重要组成部分。江南地区地域广阔,山河壮丽,名胜古迹众多。江南山水传说以其丰富多彩的内容,描绘了江南山山水水的美,叙述了与山水有关的史实、历史人物,以及介绍了种种风物和习俗。它们通过民间特有的艺术形象增进我们民族的自豪感和对祖国的爱。江南山水传说,从各种山川名胜角度来描绘和赞美祖国,因而最能引起人们对祖国的深厚感情。人们讲起这些传说,往往带有一种自豪感,发出"江山如此多娇"的赞叹,陶醉于江南、祖国的壮丽山河和家乡美景之中,产生热爱祖国和热爱乡土的情感。大凡一个爱国主义者,必是一个热爱故土和故乡山水的人。热爱家乡和热爱祖国是统一的。江南各地的山水传说,充满了当地民间对故乡山水的深情厚意、爱之情思,有的充分显示和赞美了山山水水的壮丽多娇可爱,有的叙述和歌颂了当地历史上与山山水水有关的杰出人物的传闻轶事、高风亮节。因而可以说,江南山水传说是爱国主义教育的极好教材。

(二) 伦理道德教育

劳动人民常常把大公无私、舍己为人等的优良品质和思想感情寄托在周围的山水之中,把对美德的颂扬、对恶行的鞭挞表现在山水传说故事里。因而,山水传说是富有这些方面教育意义的。山水传说常常将教育意义寓于对

---

① 《金饭碗》,见《无锡民间故事精选》。

某一山水景物的介绍和说明之中。例如流传于苏州一带的《仙人洞》和流传于昆山、常熟等地的《拦路石》等山水传说，都用具体生动的实例，说明了现实生活中克己让人精神的重要。

有些山水传说，依据山形水状编创故事，教育人们尊重客观规律，处事恰到好处，不可出格越理。

有些山水传说，还具有别方面的教育意义。溧阳丫髻山半山腰有个青龙洞，洞很宽敞，里面有菩萨，也有香火。洞外不远有个寺院，传说很久以前，一个叫慧能的和尚在洞里念经静坐，忽见游来一条水桶般粗的青龙。慧能和尚吓得魂都没了，而这条青龙并未伤害他，却慢悠悠地游出了洞口。慧能和尚以为青龙已经远去，想逃出洞，不料这龙又从洞口游进来。慧能和尚吓得呆坐着，青龙慢悠悠地游进洞里去了。慧能和尚没命地逃出洞，回到寺院害了一场病，再也不敢进洞修行了。原来，这条青龙是蛇仙，它是来试试慧能和尚的胆量和决心的。要是胆气大，还敢到洞里修行，就能成正果。可惜，慧能和尚吓破了胆，前功尽弃。① 这个传说，批评了"叶公好龙"式的人，是很有哲理性和教育意义的。

（三）乡土历史和地理教育

民间传说是构成地区人文资源的最具特色的因素，是最有特色的地域乡土材料，而地方风物传说，更具这方面的特色。地方风物传说，是以地方特有的山水景物、历史古迹、地理民俗、土物特产为描写对象的，所以特别具有乡土气息。可以说，地方风物传说是民间文学中的乡土文学，而其中的山水传说尤是如此。地方风物传说，尤其是山水传说，在表现乡土风貌和爱家乡时，其艺术手法总不外两个特点：一是所讲的事物必与乡土结合，它的取材，多为本乡本土的事物；二是在叙述和描写时，密切地结合当地的风土人情、山水风物，人们把传说当做表现家乡、赞美家乡的最主要手段。我们饱览了江南各地之传说，就等于饱览了江南各地之家乡。它不仅告诉我们江南各地有怎样的家乡，而且告诉我们，江南各地的人民是如何对待自己的家乡的。

---

① 《青龙洞的传说（一）》，见《溧阳县资料本》。

在江南山水传说中,有许多关于江南各地乡土的历史、地理知识,诸如山山水水的自然风貌,山山水水的演变历史,山山水水的多种功用和价值,以及历代名人与山山水水关系的掌故等。这些,是对人们尤其是青少年进行乡土历史与地理教育的上佳材料。

当然,江南山水传说的教育价值是多方面的。以上仅是几个主要方面。

四 发展旅游的社会价值

山水传说是地方文化中的珍宝,属地方风物传说的主要门类,它是旅游文化的重要组成部分,是一种人文旅游资源。江南山水传说,是附着于江南山山水水的传说故事。人们游览江南各地的山水,必定会听到种种有关山水的传说;山水传说在人们的山水旅游生活中占着重要的地位。山水传说是极佳的导游材料,能够给山水增美,给游者添兴,吸引广大游客,激起游客们的极大兴趣,因而对发展旅游事业有着重要作用。

确实,人们都有这样的体验,游览山水胜迹,了解不了解有关的神话传说故事,情况往往大不一样。"观景不如听景",结合有关的传说来看山水胜迹,人们会进入一种更高级的美感状态。有关专家说得好:"美丽的自然风光,怡人的人文景观,如果加上一些神话传说的烟霞笼罩,对旅游者来说,便会处于神奇、隽永、风趣、深沉的气氛中,滋生更美更甜的心灵感受。""旅游景观被染上神话传说,往往更深刻地反映了图画美、音乐美、诗词美和梦幻美。"[①]这种美感状态,较之人们在单纯的游山观水中的情感反应,内容更加丰富,更加深刻,程度更加强烈,更加持久。这种美的境界,能纯洁人的灵魂,振奋人的精神,使旅游者对山山水水理解透彻,"深得其妙",从而流连忘返,深刻难忘,这样,就能收到最佳的旅游效果。试想,如果游人在苏州灵岩山顶馆娃宫旧址游览时,回味吴越春秋的史事传说,或在无锡惠山二泉品茗小憩时,忆起关于二泉的那些传说,那种感觉,那种情趣,不是十分富有历史感和艺术感的么?

---

① 钱今昔:《中国旅游景观欣赏》第172页、174页,黄山书社1993年版。

今天劳动人民在节假日等休闲时间的山水旅游活动,是一种高尚的、积极的、有意义的文化生活。山水旅游的内涵是多方面的,包括观赏自然美的山川风光游、游读"凝固历史"的名胜古迹游和领略风土人情的民俗风情游等。而山水传说,在这几方面都可以给旅游者以裨益。

(一) 江南山水传说在山川风光游中能帮助旅游者更好地欣赏山水

由于山水传说讲说山山水水的动态美,因而山水传说能使人们眼中的山山水水变得更加妩媚动人。

如浙江仙都山区崇山峻岭间的一条长约十公里的溪流,河床为五色岩板,两岸青山,碧水澄清,曲折回环,阳光照射,山光水色,酷似一条轻轻舞动的彩练。有一则《九曲练溪》的传说,将这条溪流说成是八仙之一何仙姑身上解下的彩色飘带所化。这不仅把这条溪流描绘得美妙非凡,而且将它仙化了。

而且,山水传说融入江南劳动人民美好的精神,使山水更具隽永的意蕴。车尔尼雪夫斯基曾经指出:"构成自然界的美的,是使我们想起人来(或者预示人格)的东西,自然界的美的事物,只有作为人的一种暗示才有美的意义。"[①]江南不少山水传说充满着人情事理的社会美,因而当人们欣赏某些山水风物时,这些山水的传说便播扬出劳动人民的种种动人故事和表现劳动人民的高尚风格,使人们获得社会伦理之美的熏陶。如《背靠石》讲述茅山南麓一条山路的开辟者的奉献精神和恩泽后人的高风。《金钥匙》讲述古代一位大公无私者共共在松江凤凰山一带为乡亲们开山取宝、乐善好施的优秀品格。还有不少山水传说,通过对山山水水美景的渲染,表现了江南劳动人民热爱祖国和家乡、勤劳俭朴、聪明智慧、爱憎分明等高贵品质,以及忠诚的友谊、坚贞的爱情等高尚情操。在游览那些山水景观时,听着这一类山水传说,游人往往把眼前的和山水传说所描述的山水自然美同山水传说蕴含并阐发的社会精神美结合起来,在思想上和心灵上得到升华,获得最高的美感享受。

---

① 转引自《中国山水的艺术精神》,学林出版社1994年版,第296页。

（二）山水传说在名胜古迹游中能帮助旅游者了解与山水有关的名胜古迹的人文背景

山水传说，对旅游者在名胜古迹游时了解与山水有关的文物古迹的出典和含义，有着很大的帮助。在江南的山山水水中，存在着许多的古寺古庙、古塔古桥、亭台楼阁，古代名人留下了不少碑碣石刻，以至文化遗址、古人墓葬……各种各样的古迹，在山水传说中，或多或少地有所反映。这些山水传说，可以帮助人们了解有关文物古迹的历史渊源和人文背景，成为名胜古迹游的形象生动的说明书。

人们将江南的名山名湖游览一遍，听着相关的许多传说故事，等于重温了一遍江南的文明史。例如：你在黄山，可以看到黄帝的遗迹和听到有关的传说；你在太湖山水间，可以看到大禹治水的遗迹和听到有关的传说，可以看到春秋吴越争霸的遗迹和听到有关的传说，可以看到秦始皇南巡的遗迹和听到有关的传说；你在富春江边，可以看到汉代严子陵的遗迹和听到有关的传说；你在浙东山区，可以看到唐代"诗人之路"的遗迹和听到有关的传说；你在杭州西湖，可以看到白居易、苏东坡、岳飞等人的遗迹和听到有关的传说……可以说，上下五千年的历史，数以千百计的著名历史人物，在江南的山山水水中都留下了印痕，而许多山水传说承载了历史的遗事，蕴含着丰富厚实的历史内容。

同样，有些山水传说还可以帮助人们了解各地与山水有关的民间工艺美术等地方风物。譬如无锡的《大阿福》说，很久以前有毒龙、恶虎、刁马、臭鼋等妖怪在无锡太湖边作祟，有个圆头大脸的小孩大阿福挺身而出，以棍、枪、刀、剑为武器，一一战胜了它们。这四只妖怪死后，分别变成了无锡的龙山（惠山）、马山、鼋头渚和苏州的虎丘山。大阿福除灭四妖，他却因伤势过重而不幸死了。乡亲们为了纪念他，照着他生前模样，用家乡的惠山黄泥捏了个胖乎乎的泥娃娃，涂上油彩，供在屋内，代代相传，传到如今。诸如此类的传说，边讲述某种民间工艺美术的来历，边介绍某些著名的山水景点，很有意思。

（三）山水传说在民俗风情游中对旅游者体察各地的风土人情具有重要作用

在不少山水传说中，反映了与此山此水有关的民俗活动。

有的山水传说,述说了与某山某水有关的民俗活动的由来,如湖州的《二月十九游毗山》,无锡的《珍珠姑娘》等。有的山水传说,述说了与某山某水有关的民俗活动同某位历史人物的联系,如浙江海盐的《秦兰》,上海金山的《为啥叫秦山》等。有的山水传说,述说了依托于某山某水的民俗活动所反映的当地经济生活、民间信仰等综合因素,如湖州的《蚕花娘娘三到含山》等。

表现民俗内容的山水传说,江南各地均有,它们把对山水风光的描绘与对有关民俗活动的介绍结合起来,亦即把民俗活动及其背景山水风光同时讲来,是挺有趣的。游人们若在适当时节来到这样的山水环境中,参与特定的民俗活动,便能沉浸在民俗文化的热烈氛围之中。

近些年,随着人们物质生活水平的提高,对精神生活的要求亦越来越高,其中的一个标志是旅游活动迅速增加,旅游事业日趋兴旺。旅游,作为一种生活方式,对山水传说的传播起着重要作用。首先,由于旅游活动的开展,使一些原已不太完整或久已失传的山水传说,重新在人们口头上讲述起来,变成了活态的传说,它们经过导游者和游客们这些媒介,回到群众中去,从而在更大范围流传开来,并在基本情节上呈现定型化的特点。其次,由于旅游活动的开展,各地人口频繁流动,地区之间山水传说相互传播,使那些情节相近的山水传说或同一类型的山水传说,产生了相互渗透和交融的现象。第三,由于旅游活动的开展,进一步促进了对山水传说的挖掘整理和书面形式的传播。这些都促使旅游和传说相辅相成共同发展。总之,江南的山水传说与山水旅游的确密不可分。加强对山水传说的挖掘、研究和利用,必将促进旅游事业的进一步发展。

综上所述,数量庞大的江南山水传说,由于它们具有历史文化价值、美学价值、教育价值、社会价值,因而它们的文化价值是十分显著和重要的。江南山水传说的文化价值,值得有关部门和旅游者、研究者加以充分的珍视。

第二章　江南山水传说的美学意义

江南的山山水水,在世人面前,呈现着一幅无比秀丽的图景;江南的山山水水,是大自然对这一地区甚至是对全人类的美的赐予。江南山水传说,在中国各地山水传说中,不仅在数量上占着很大比重,而且在美学风格上独树一帜。江南山水传说具有特殊的、重大的美学意义。

第一节　江南山水传说的审美特点

作为民间文学的一个组成部分,同时作为山水文化的一个分支细脉,江南山水传说在创作上和欣赏上,具有鲜明的审美特点。而这些审美特点的形成,有着深刻的人文原因和美学原因,其具体表现则是多方面的。

一　山水传说与山水之美

山水传说,是民间众多的无名美学家兼"不识字的作家"(鲁迅语),对其劳动生息地周围的山山水水的审美表述,是一种以山水风物为依凭物的传说故事。

马克思指出:"劳动创造了美"。① 劳动人民不仅创造了许许多多美的产

---

① 马克思:《1844年经济学——哲学手稿》。

品,还改造了人与自然的关系,"创造"了一个作为审美对象的自然界。他们是征服自然斗争的胜利者,他们以胜利者的姿态来欣赏山水,他们创作的山水传说充满着胜利者的豪情和美感。具体地说,劳动人民在某一山水环境中,长期生活和从事生产活动,他们对本地的山山水水,已经到了谙熟能详、深知底里的程度。在山水审美中,有一个很重要的因素,乃是"情"。中国古代文人早就指出了这一点。梁代文论家刘勰说过:"登山则情满于山,观海则意溢于海。"①唐代大诗人李白居留皖南宣州期间,常去城北的敬亭山游赏,他说:"相看两不厌,只有敬亭山。"②宋代著名词人辛弃疾则说:"我看青山多妩媚,料青山,见我应如是。情与貌,略相似。"③他们所言的人对山水,都强调一个"情"字。文人们是如此,劳动人民当然更是这样。劳动人民热爱家乡的山水,对山山水水怀有深厚的感情。他们中有很多人有着创作的才能。于是,他们把对山山水水的观照、感知,结合自己的生活经验、各种知识,以感情为中介,通过联想和想象,编创出许多的山水传说,对周围山山水水的美极尽赞颂宣耀之能事。

由于山水传说有着赖以存在的依凭物即某一山水风物,因而它的美首先体现于这一山水风物本身的自然美。这个依凭物之所以能唤起人们编织有关它的美丽奇幻故事的强烈愿望,除了某些山水间的名胜古迹如苏州虎丘山的千人石,杭州西湖的白堤、苏堤,南京莫愁湖畔的观棋楼等等与历史人物在历史上的地位、名气以及他们曾涉足于那一带的原因而唤起人们编织故事以外,山水风物本身所具有的美也是山水传说形成的一个重要原因。车尔尼雪夫斯基说过:"美感的主要特征是一种赏心悦目的快感。"④山水风物之美是激发传说创造者想象的诱发物,由于它的美,促使人们将自己美好的理想、愿望附丽于它身上,从而产生了七彩斑斓的山水传说。例如黄山东海有一处名胜,叫做"仙人指路"。这里,有一块尖如手指的奇石,高高地架在一座山峰上,准确地指向白鹅岭的登山梯道。相传,在很早以前,一个儒生、一个和尚、一个道士,

---

① (梁) 刘勰:《文心雕龙》《神思》篇。
② (唐) 李白:《独坐敬亭山》诗。
③ (宋) 辛弃疾:《贺新郎》词。
④ 《美学论文选》第97页。

黄山"仙人指路"

结伴前来黄山探幽寻奇。他们从黄山东路苦竹溪入山,经过开门石、九龙瀑、仙人榜、云谷寺、白沙矼,来到石门溪边。再往上走,已是山穷水尽,无路可通。三人坐下歇息,一会儿都进入梦乡。三人做了同样的梦:一位仙人用手指点前面登向鹅峰方向的道路。醒来,果见对面山峰上新出现了一块像人手指模样的巨大尖长的奇石,均明白这是仙人迷途指路。三人按照"仙人指路"的方向,终于踏出一条登山道路,从石门溪到达了白鹅岭,同时也游览了风景绝妙的狮子峰前的散花坞。从此,来黄山的游客,都随着仙人所指的方向登上狮子峰、始信峰,饱览黄山的山色风光。千百年来,这块奇石,指引着游人寻幽探胜,领略黄山的绮丽风光。这是黄山上指路仙人故事的一种说法。这一类山水传说,是由山水之美引起人们的美感,驰骋想象,而创作出来的。

江南山水传说所揭示的山水之美是多方面的。这是因为,江南的山山水水本身就是美妙无比且丰富多姿的。江南,在地理上处于亚热带和北温带的交接地区,纬度适中,气候温和,而由于雨水较多(在 800 毫米/年—1 500 毫米/年之间),亿万年的冲刷,造成了山姿峰容起伏、奇峰异石众多。山上植被覆盖率高,景观丰富。同时,江南又是一个富于地表水的地区,江、河、湖、荡众多,许多地方有山有水,山水相映,山温水软,秀色可餐。在这种山水风貌的基础上,所产生的山水传说,自然旖旎多姿,优美动人。

山水传说的美不仅体现在山水风物本身的自然美,更重要的是体现在渗透于山水传说内容的社会美。因为,山水风物是人的物化,即"人化的自然",它可以随着人们知觉视点的转移而投向"自然的人化",即在山水风物上打上了人类活动的印记。如游人来到太湖佳绝处的鼋头渚,登上南犊山之巅,向南眺望,湖水无际,水天一色;视线折向西方,则见梅梁湖①上,三山隐现在浩渺碧波之中,中犊山和大、小箕山可望而不可即,游人仿佛置身于一个天造地设的雄阔境界之中,觉得大自然是何等的雄伟壮丽。而细观鼋头渚公园内的亭台楼阁、花径小筑、摩崖石刻等物,则处处烙上了人工的印迹。如果再实地游览三山,中犊山,大、小箕山等处,则对自然与人工的交融越发感受深切,美感便不断产生出来。这时候,重温关于鼋头渚的传说《哑巴仙姑》,关于三山的传说《神龟山》,关于大、小箕山的传说《小箕山和大箕山》等等,便对这一带的山水美景感受更为深切。其他如杭州西湖风景区,在保持山水的历史风貌的基础上,千百年来人工点缀的印记更为深刻。即便是黄山这样以自然山岳为主的风景区,也或多或少地留下了人类活动的印记。这些,在诸多山水传说中均有所反映。

"我们不是用眼睛而是用理解力和心灵看到大自然。"②这句颇合哲理的话,用于民间山水审美,也是恰当的。山水传说来自民间,植根于人民生活的土壤之中,人们通过把山水历史化、人格化,使之同社会生活联系起来,反映他们的生活处境,描述他们的劳动和斗争,寄托他们的情怀和思绪,以及他们对生活的憧憬、希冀,反映时代精神和人民的心声,能真实地表现社会现实,揭露社会矛盾,揭示科学的社会真理。这就是山水传说内容的社会美、精神美。它是与人民的功利观、是非观联系在一起的。

山水传说是地方性极强的一种民间风物传说,和其他地区的山水传说比较,江南山水传说在美学品位上呈现着鲜明的地域性。江南山水传说,不同于北中国山水传说的雄浑,也不同于大西南山水传说的奇谲,而具有清丽、婉约、细腻、伶俐等的审美特色。这一美学特色的形成,首先是由于江南山水风物的自然美,有异于其他地区山水风物的自然美。正如有人所说:"东南山水(即本书所称的江南山水——引者按)深具一种清旷灵秀、虚静淡远的美之特质,它

---

① 梅梁湖,即太湖之西北一隅,在无锡境内,是一个袋形大水湾,周围秀峰叠起。
② 英国评论家、散文家、画家哈兹里特(1778—1830)语。

既不同于中西南山水的荒蛮诡秘(此据开发较迟的古代中西南山水风格),又不同于北中国大地的粗犷苍凉。"① 在江南山水的这种美之特质的基础上,便产生了如此风格的江南山水传说。江南山水传说的美学特色的形成,还有着区域文化性格的因素。这一地区,包括了吴越文化区(苏南、浙江、开埠前的上海),江淮南片文化区(宁、镇、扬),以及徽州文化区(皖南)。这几个文化区,紧相毗邻,具有相近的文化性格,因而这里的山水传说表现出近似的、共同的地域特色。而由于上述几个文化区的文化性格上有着同中有异的差别,所以江南各地的山水传说在美学风格上又有细微的差异。这层意思,本书后面将有专节论述,此不赘言。

上述诸项,是江南山水传说的文化基因,也是研究和论述江南山水传说的创作和欣赏的审美特点的前提。

二 江南山水传说创作上的审美特点

山水传说,是以山山水水和有关胜迹为依凭物,对之进行解释,而创作出来的传说故事。也就是说,山水传说的创作,往往是由山水景致感发某种感情和意志,引起对社会人事的某种联想和想象,从而创作出故事。山水传说的艺术结构,是由依凭物的自然形态部分和由依凭物敷衍出来的传说故事部分组合而成的。依凭物的自然形态部分和由依凭物敷衍出来的传说故事部分是缺一不可的,两者组成了一个有机的整体。如果没有特定的、具体的依凭物,就没有依托点,不成其为山水传说,也就没有山水传说之美可言;反之,如果没有传说故事部分的点缀和宣扬,自然物便只是孤立的自然物,显示不出那种奇妙神秘的色彩。山水风物是山水传说的依托点,传说故事部分则是山水传说的侧重点。

山水传说的这种组合形式美,充分体现了劳动人民正确的审美观:他们重山水风物的自然性,但更重山水风物的社会性;他们重山水风物与真的联

---

① 程世和:《论东晋名士与东南山水在中国山水文化史上的地位》,载《东南文化》1996年第2期。

系,但更重山水风物与善的联系。江南劳动人民长期生活在优美的山水环境中,他们创作山水传说,是循着:感知山水景物→展开联想和想象→艺术创造这条思路,包括三个重要的环节。那么,江南劳动人民在创作山水传说的过程中,在这几个环节上的审美特点到底如何呢?

(一) 感知细致入微

江南地区,山清水秀,景色妩媚。这里居民点比较稠密,民间同山山水水的关系比较贴近。而江南人民自古以来生活在山水相依的环境中,从事稻作生产,"饭稻羹鱼"①,在性格上比较柔婉、敏感、精细。所以他们对山山水水的感知和观察比较细致,甚至纤毫入微。这里起关键作用的是人们的劳动实践。恩格斯指出:"随着劳动而开始的人对自然界的统治,在每一新的进展中扩大了人的眼界,他们在自然对象中不断发现新的、以往不知道的属性。"②劳动人民取得了改造山河的胜利,他们面对山山水水时,联系自身,自然而然地产生美感,造成故事。

对于山,他们能看出其远近层次,了然其四时变化。这便有了《常熟山》、《唐伯虎画常熟山》之类的传说。据说如果乘坐小船在常熟虞山附近的弯弯曲曲的州塘河中行驶,眼望虞山,弯过来一个景色,弯过去又是一个景色,虞山显得气象万千和美丽多姿。

对于水,他们能体察其灵动,领略其妙处。这便有了《娲皇砂》、《金沙泉的由来》、《莫里峰与响水涧》等传说。《娲皇砂》说,莫干山的泉水特别清莹、凉润、香甜,因为此山的泉水是远古时代女娲娘娘亲手赐予的娲皇砂泉。《金沙泉的由来》说,浙江长兴顾渚山的金沙泉,是东海龙王的三太子路过此山时一脚跺出来的,从此一直流着又清又甜的泉水。《莫里峰与响水涧》说,古时候苏州洞庭东山原浸没在大海里,有一位莫里娇姑娘,在山上发现了清清的泉水,并骑着犀牛到东海龙宫里取来净水瓶,将净水瓶从山顶往下倾倒,使海水退下,而清水长流,泉水经过二十四湾,缓缓流淌,淙淙有声,成为东山名胜之一

---

① 语出司马迁:《史记·货殖列传》:"楚越之地,地广人稀,饭稻羹鱼,或火耕而水耨。"
② 恩格斯:《自然辩证法》第151页。

"响水涧"。

(二) 联想和想象丰富多姿

黑格尔认为,"最杰出的艺术本领就是想象"。① 而"心灵与大自然结合使才智富有成效,并产生想象力"。② 联想和想象,是艺术创作的开始。江南人民富有联想和想象的能力,从对山山水水的感知和观察出发,任凭神思驰骋,思绪翱翔。正如马克思所说:"人还按照美的规律来制造。"③人们面对山水,发现其美,浮想联翩,由自然景物编织故事,从而产生了各种各样的山水传说。

从创作心理来看,山水传说的创作过程主要是一种"移情"活动。"移情"取决于两方面的条件。客观上,确实有适于移情的文化事象,如美好的山水景观、悠久的历史古迹和多彩的民间习俗。主观上,人们通过实践活动(生产和社会实践),产生了爱憎倾向、审美情趣以及对于现实生活的情绪性感受。当人们面对某一特定的山或水对象时,便依靠艺术想象使主观因素与客观事物有机融合。此时关于对象的表达便寄托了创作者的思想感情和审美意趣,从而具有引发"认同作用"的感人力量。

联想,包括形似联想和神似联想。

形似联想,是从山山水水的外形特征引起的联想。形似联想所创造出来的美,就是形似之美。如《狮子回头望虎丘》把苏州两座相距十多公里、在宏观审视上构成一对审美对象的山——虎丘山和狮子山,描绘得活龙活现,此呼彼应,惟妙惟肖。《凤凰山》把苏州太湖边上这座凤凰形的小山丘,形容成有头有尾有双翅,仿佛真会飞的一样。《龙马夺珠》、《龙马斗》把无锡西南的龙山(惠山)和马山,比喻作巨大的龙和马,两者发生矛盾冲突,生发出惊心动魄的故事,充分表现了民间美学家、口头文学作家的想象力和创作才能。《鹅鼻嘴》把江阴长江边黄山的状如鹅鼻的一只山脚,想象成是天廷玉皇大帝之侧的天鹅女的长脖子化成,说是天鹅女到此游玩,被玉皇大帝罚下凡间,在长江边点化成石头。而《九龙山》把浙江平湖乍浦海边形似卧龙、连绵一起的九座山峰,说

---

① 〔德〕黑格尔:《美学》第一卷,第357页。
② 美国作家、思想家梭洛(1817—1862)语。
③ 马克思:《1844年经济学——哲学手稿》。

成是东海龙王的三太子与渔姑娘所生的九个龙子所化。

神似联想,是抓住山山水水的神韵、本质展开联想。神似联想所创造出来的美,就是神似之美。杭州灵隐寺前的一座小山,卓然独立,宛如从天外飞来,因称飞来峰。民间由此编创出济公在危急中救助全村村民逃离,帮助村民躲开了一座天上飞落的山峰,幸免于难的故事,含有对济颠和尚乐于助人、机智性格的赞美之意。九华山天柱峰,笔立擎天,层岗突兀,如巨鳌头生一角,直插云端。因旁有五老峰,状如五个仙人,有一则传说便讲述五仙踏着云涛漫游天柱的故事,讲得形象生动,煞有介事,并把这一组景观起名为"天柱仙踪"。雁荡山的灵峰和倚天峰,两峰日看如双掌相合,夜观似夫妻相依,故名夫妻峰。传说从前灵峰寺南住着个张天官,其子丑陋,人称"丑八怪"。因他有钱有势,骗得灵峰寺北石将军如花似玉的女儿为媳。娶亲时,张天官让戏班小生赵聪明冒充儿子"丑八怪"与石小姐行合卺之礼。洞房内,石小姐与赵聪明互生爱慕。丑八怪进入洞房驱赶赵聪明时,石小姐以为丑八怪是强盗,呼叫捉拿。丑八怪道出李代桃僵之计,石小姐方知受骗,一脚踢倒丑八怪,奔回娘家。石将军为雪奇耻大辱,发兵将张府踏平,将丑八怪杀死。石小姐又羞又恨,与一见钟情的赵聪明相约,欲见上一面,而后离开人世。观音大士成全他俩,当他们见了面,相偎相依时,用手一指,把他们变成两座山峰,使之"日日合掌,夜夜夫妻"。这一传说,寄托了人民的愿望,表达了人民的爱憎,把山水传说的神似之美发挥得淋漓尽致。

(三) 艺术创造新奇繁丽

劳动人民是最富有艺术创造力的。劳动创造了人,也创造了人的审美能力和创造能力。高尔基说过:"人民不仅是创造一切物质价值的力量,也是精神价值的唯一的、永不枯竭的源泉,无论就时间、就美还是就创作天才说,人民总是第一个哲学家和诗人,他们创作了一切伟大的诗歌,大地上一切悲剧和悲剧中最宏伟的悲剧——世界文化的历史。"[①]江南劳动人民不仅在改山换水方

---

① 〔苏〕高尔基:《个人的毁灭》(1908年作),转引自〔苏〕尼·皮克萨诺夫《高尔基与民间文学》,第113页,中国民间文艺出版社1981年版。

面作出了卓越的贡献,而且在艺术创造上具有不凡的才能。他们面对周围美丽秀逸的山山水水,在充分联想和想象的基础上,创造出众多新奇繁丽的山水传说。其艺术创造形形色色,方方面面:

远古时代的变革。如《箬帽峰》因苏州穹窿山的一座山峰形似一顶大箬帽,而生发出一个远古时代这一带人民战胜自然灾害、开辟草莱以启山林的故事。《凤凰山》讲述了苏州西南太湖之畔史前期稻作文化和渔猎文化的形成。《缥缈峰上金兰花》讲说太湖一带上古时治理洪水中的可歌可泣的故事。

天上人间的联系。如《玉女》、《玉女潭》讲述观音菩萨到太湖西岸的宜兴造花园,派玉女镇守,以及玉女与当地人民的联系。《超山梅花与石笋仙子》讲述石笋仙子在杭州超山战胜妖魔、种植红梅的故事。

山中灵物的故事。如《金宝狮》讲述无锡吼山镇山之宝金宝狮保护穷人,战胜恶魔,表达了人民的愿望。《珍珠姑娘》讲述无锡吼山一位仙女辛勤装点山林、汗珠凝成珍珠,以及战胜坏人的故事。《金牛洞》讲述茅山与华阳洞、仙人洞齐名的金牛洞中的金牛惩服贪心人、帮助穷苦人的故事。

英雄人物的奉献。如《石公石婆》讲述古时候太湖中的一座山峰下一对老夫妻战胜恶魔、以身奉献的故事。《莫里峰与响水涧》讲述远古时洞庭东山那位莫里娇姑娘为民造福,战胜海侵,使山上山下清溪常流的故事。

优美动人的爱情。如《秦履峰的金鸡》歌颂无锡马山秦履峰上一对生死与共的青年夫妻的坚贞爱情。《僧尼石》讲述无锡鸿山一个青年和尚与一个青年尼姑的恋爱故事。均哀婉曲折,令人感切。

恰如前述,江南劳动人民从对具有一定空间广延性的山水的感知开始,通过以感情为中介的联想和想象,创造出表现具有时间延续性的动态生活的语言艺术——山水传说,把自然美和社会美熔为了一体。因而,江南山水传说具有独特的艺术魅力,具有很高的审美价值。

值得指出的是,山水传说的创作方法,在本质上是积极浪漫主义的。这不仅是说,山水传说常常把人间与天界、与神仙联系起来,而且,更重要的是,山水传说在精神实质上总是积极向上、想象奇妙、充满诙谐之趣和乐观情绪的。例子不胜枚举,几乎每一则山水传说,都或多或少地洋溢着积极浪漫主义的精神。例如有一则关于杭州西湖的传说,说西湖里住着一位女神,长得比天宫里的仙女还要美丽。这位女神手上总是托着一颗闪闪发光的明珠,照得西湖五光十色,千姿万态,照得西湖山清水秀,百花争艳。还传说西湖女神是一个好心肠的人,对穷苦人总是百般扶持,还惩罚那些作恶凌弱的坏人。西湖南山下的一对青年渔民藕儿和红莲,得到西湖女神的搭救,帮助红莲跳出渔霸的魔爪,为他们报了仇。据说后来他们和西湖女神住在一起,月夜里常常在荷荡里泛舟。从此,西湖里的藕长得更好,在花丛中还新出现了一种红莲,绽放在碧波涟漪的水面上。① 这则传说,把西湖描绘成人、仙共居的奇妙世界,浪漫主义气息扑面而来。

如果要举更为突出的例子,不妨听一听黄山传说中一则《仙人把洞门》②的故事:黄山天都峰下,有个大石洞,仿佛一座大城门。相传它是人间通向天上的天门,也是众仙下凡必经之路;《天仙配》里的七仙女,《天河配》里的织女,《宝莲灯》里的三圣母,都是从天上驾雾腾云,落在天都峰顶,穿过天门,下凡来人间的;人间也有不少得道成仙者,经此升天而去。传说猪八戒曾从这个石洞门到天都峰,溜上天宫,偷回玉帝的一只大西瓜。他下了天都峰,经石洞门奔回北海狮子峰下,将西瓜往一座高岩上一放,用拳头击开西瓜,大口地吃起来。这就是清凉台下一组怪石形成的"猪八戒吃西瓜"景点的由来。又传说桃花峰水帘洞的三狮王穿过石洞门,登上天都峰,飞到王母瑶池。三狮王偷了仙桃,两腋窝和两腿窝各夹一只,用嘴衔住一只,飞回天都峰顶。玉帝发觉此事,即派四名天将追赶偷桃的三狮王。三狮王一见,吓得大叫一声,把五枚大仙桃往路边一放,垒成了桃山,后来化作一堆仙桃石。发生了这几件事,玉帝便撤换了把守天都峰石洞门的前海大仙,改派坚守神职的仙人日夜把守之。这就是"仙人把洞门"这一名胜的由来。这则山水传说,把许多神话传说人物集中起来,将天都峰下的石洞门说得神乎其神,把听众和游人带到一个神秘的艺术幻想的境界。

---

① 《西湖女神》,见《杭州的传说》。
② 参见何悟深:《黄山:故事传说、风景名胜》,天津人民出版社1985年版。

这是山水传说表现出积极浪漫主义精神的一些显例。在江南山水传说中,诸如此类的例子,还可举出许多。可以这样说,越是美妙的、奇丽的山山水水,关于它们的传说,含有积极浪漫主义的成分就越多、越浓烈。这是山水传说创作上的一个带有规律性的法则。

三 江南山水传说欣赏上的审美特点

在山水旅游的景观欣赏中,游人们一边游览山水风光,一边听着相关的传说,进行对照和品味,这是一种多层次、全方位的审美活动,能将三度空间扩充为四度空间(立体加时间),从而获得单纯的文学欣赏和单纯的山水欣赏所无法达到的审美感受。人们接触山水传说时,脑海里不断地浮现鲜活的社会生活图景,其中的山山水水有情韵,有神态,有动感。山水风物和山水传说联系和交融在一起,往往给人们带来深长的韵味和新鲜的美感。山水风物因传说而变得更为亲切,传说也因山水风物而获得了形象的表现。两者结合起来,便能完美地融汇"空间艺术"(大自然造化和人工加工的山水风物)的形状美和"时间艺术"(山水传说)的动态美,给人们以悠长浓郁的情趣。

以上是从一般山水传说欣赏上的审美特点来说的。江南山水传说欣赏上的审美特点,还有它的独特之处,具体地说,主要有以下几个方面。

(一)"化美为媚","媚"上加媚

古人对江南山水特色的评价是一个"媚"字。如明人袁宏道说:"东南山水,秀媚不可言,如少女、时花,婉约可爱。"[①]又如明人王思任说:"天下山水有如人相:……意态清远,吴得其媚;……韵秀冲停,和静娟好,则越得其佳。"[②]"媚"和"佳",是江南山水的个性特征。山水传说讲说山山水水的动态美,而动态美胜于静态美。正如莱辛所说:"媚就是在动态中的美……我们回忆一种动态,比起回忆一种单纯的形状或颜色,一般要容易得多,也生动得多,所以在这一点上,媚比起美来,所产生的效果更强烈。"[③]因而山水传说能使人们眼中的

---

① 《袁宏道集笺校》卷十一。
② (明)王思任:《珂雪斋集》。
③ 〔德〕莱辛:《拉奥孔》第121页。

山山水水变得更加妩媚动人。

差不多所有的江南山水传说都具有这一特点。而有些山水传说,专门讲述某山某水的灵动变化,就显得格外的"媚"了。如《唐伯虎画常熟山》,道出了常熟虞山移步换形、随时变化的山形景色,甚至在一日之中有七十二番变化,这就极言虞山的"媚"和美了。

而《大涪山与四平夕照》说出了茅山山脉的总体之美。《仙峰远眺》站在天目山顶,极目四望,说出了天目山的宏观之美。听着这类山水传说,眺望近山远水,人们不禁发出"江山如此多娇"的赞叹。

(二) 引发对山水新形象动态的进一步想象

山水传说不仅表现了山水的新形象,而且能引发人们对山水新形象动态的进一步想象。如南京的《赤山、方山、夹山和青龙山》,说出了这几座山峰在大地上这么排列的由来;上海的《石湖荡》,说出了"松郡九峰"为何呈现如此的分布状况;浙江的《九龙山》,以曲折生动的故事,描述了杭州湾北岸一脉群山九座山峰的来历。

而宜兴、金华、桐庐等地"洞天世界"的传说,最能说明山水传说是如何引发人们对山水新形象动态的进一步想象的。在幽暗的石灰岩溶洞内,各种形状的石钟乳、石笋,有的像走兽,有的像飞禽,有的像浮云,有的像瀑布,它们在一定角度的灯光照射下,呈现鲜活灵奇的动态形象。有关的种种传说,会帮助游人浮想联翩,产生"越看越像"的心理效应。

(三) 融入江南劳动人民美好的精神,使山水更具隽永的意蕴

车尔尼雪夫斯基说:"构成自然界的美的是使我们想起人来(或者预示人格)的东西,自然界的美的事物,只有作为人的一种暗示才有美的意义。"[①]江南不少山水传说充满着人情事理的社会美,因而当人们欣赏某些山水风物时,这些山水传说便生发出种种劳动人民的动人的故事和高尚的风格,使人们获得社会伦理之美的熏陶。如《背靠石》讲述茅山南麓一条山路的开辟者的奉献精神和惠泽后人的高风。《金钥匙》讲述古代一位大公无私者共共在松江凤凰山

---

① 转引自《中国山水的艺术精神》,学林出版社1994年版,第296页。

一带为乡亲们开山取宝、乐善好施的优秀品格。还有不少山水传说,通过对山山水水美景的渲染,表现了江南劳动人民热爱祖国和家乡、勤劳俭朴、聪明智慧、爱憎分明等高贵品质,以及忠诚的友谊、坚贞的爱情等高尚情操。

在游览那些山水景观时,听着这一类山水传说,游人们往往把眼前的以及山水传说所描述的山水自然美,同山水传说所蕴含并阐发的社会精神美结合起来,在思想上和心灵上得到升华,获得最高的美感享受。

以上论述了江南山水传说与山水之美的关系,以及从创作和欣赏两个角度,阐述了江南山水传说的审美特点。江南山水传说的这些审美特点,不同于其他地区山水传说,因而有着自己的鲜明、独特的个性。了解了这些审美特点,有助于对江南山水传说美学品位的研究和把握,也有助于人们对江南山水和山水传说的认识和理解,使人们在游览江南山水时获得更多更深的优美景色的感受和美好情操的熏陶。

第二节 江南山水传说与山水自然美

"山川之美,古来共谈。"①山水之美,中外共论。是的,对大自然山山水水之美的激赏和钟情,是古今中外人们共同的美学观。英国作家、批评家切斯特顿(1874—1936)说过:"描述大自然时,使我满意的词语只有仙女故事书中所使用的词语,即'魅力'、'迷惑力'、'妩媚'。"有的外国学人说:"我爱大自然,其次是艺术。"②因为,"艺术或许有错误,但是,自然并没有错误。"③说到底,"全部的艺术,教育,都只不过是自然的附属物而已。"④劳动人民的自然观比较朴素、单纯,然而其真理的内核,同中外名人所说是一致的。

江南各地劳动人民创作的数量庞大的山水传说,根据劳动人民自己的自

---

① (南朝齐梁)陶弘景:《答谢中书书》。
② 卜兰多语。
③ 英国诗人、文学评论家、剧作家德莱顿(1631—1700)语。
④ 古希腊哲学家、科学家亚里士多德(前384—前322)语。

然观、审美观,从各个角度、以各种手法,淋漓尽致地揭示了江南各地的山水自然之美。

一 山水传说与劳动人民的自然美学观

江南山水传说是劳动人民在他们的自然美学观支配下创作出来的关于山山水水的传说故事。其美学机理,有以下几层。

(一) 从以功利的观点观照自然山水到对自然山水进行审美观照

劳动人民总是从切身的感受出发,先以功利的观点观照自然山水,进而对自然山水进行审美观照;他们创作的山水传说符合这一原则。对于山,劳动人民认为那些既优于观瞻又有出产的,才是好的山,美的山。对于水体,他们认为好的、美的,当然首先是能给人们以灌溉和渔业之利的;至于那些易于泛滥的山涧和湖塘,当然不是好的、美的。劳动人民是自然美的创造者。他们针对某些山、湖的不好、不美之处,加以改造、修饰,使之成为好的、美的。这样,整个江南的山山水水始终向着好、美和更好、更美发展变化。直到今天,江南已经锦绣遍野、江山多娇了。从江南的山水传说,可以清晰地看出这一条发展的轨迹。

(二) 以主人翁资格对山水自然美作最权威的表达

劳动人民是大自然的主人,他们与周围的自然山水有着天然的内在联系,最懂得山水自然美的奥秘,对山水自然美有最权威的表述;他们创作的山水传说富有健康向上的特色。江南山水的美,有些是天然的,有些经过历代劳动人民的修饰、装点。劳动人民在山山水水间生活,首先是作为美的创造者,其次才是美的观赏者。他们在创造山水美的过程中,深入腹地,改山换水。在与自然山水的关系方面,可以说,最优秀的旅行家也不能同他们相比。因而对山水自然美,劳动人民认识得最深,理解得最透,在他们口中表达得也最为到位。在江南山水传说中,涌动着一股正气和朝气,这是令任何美学家都不能不折服和惊叹的。

(三) 充分展开想象的翅膀,极言山山水水的自然美

劳动人民面对壮美和优美的山山水水,显得最为旷达、乐观,经常从自然山水出发展开天上——人间以及其他种种遐想,赋予自然物以超自然的美感。

劳动人民具有丰富的实践经验,他们的想象力是极为强劲的。他们能把眼前的山、水风光,同天廷的美、海宫的美结合起来。他们能把活动于山水间的人,同神仙世界的"人物"结合起来。他们运用种种实践给他们的丰富的艺术想象力,展开绝妙的创作思维,产生了大量美轮美奂的山水传说,使江南的山水自然美显得加倍的美丽多姿。

二 江南山水传说中反映的山水美

江南山水之美千姿百态,仪态万方。江南山水传说所反映的山水之美也是多角度、多色调的。大略地分析起来,江南山水传说从以下若干方面揭示了江南山水的美感状态。

(一) 总体风韵之美

山水传说常常从某个景区的全局着眼,编创故事,借以勾勒出各该景区的总体风貌,在宏观上显示它们的美之风韵。

《太湖为啥不是圆的》[①]借"神仙造湖"的传说,描述太湖呈扁圆形,湖中及其周围有"七十二峰",勾勒了太湖山水的总体风貌。

与上述传说具有异曲同工之美的是《哑巴仙姑》[②]的传说。它述说哑巴仙姑守卫西太湖——梅梁湖畔的美丽山嘴鼋头渚的故事。王母娘娘的三斗三升夜明珠变成了"七十二峰",整个太湖仿佛一颗巨大无比的大明珠。梅梁湖是太湖西北端,马迹山和吴塘门间的一个袋形水湾。这里的千顷湖面辽阔无垠气象万千,东有乌云、峄嶂、雪浪、宝界、充山诸峰,形成湖南十二渚;西有马迹、闾口、鸡笼、莲花、青龙、舜柯等山,构成湖西十八湾。湖东北侧有惠山,湖中则有中犊、三山、拖山等岛丘。这一区域是山水组合佳丽之处,也是山水传说丰富多姿之地。众多的山水传说讲述着梅梁湖山山水水的总体风韵之美。

有的山水传说在讲述杭州西湖的总体美时,也采用了这一手法。传说古时候,天河东边的石窟里住着一条玉龙,天河西边的树林里住着一只彩凤。它们将仙岛上的一块晶亮的石头,用多年的功力和工夫琢磨成一颗珠子。不料,

---

[①][②] 均见《太湖传说故事》。

这颗明珠被王母娘娘发现，派天兵偷去。王母娘娘过生日那天，将这颗明珠拿出来向众仙炫耀。玉龙、彩凤发觉，便赶来索取。争抢之下，明珠滚出金盘，从天上掉下。金龙、彩凤保护着明珠缓缓落地。明珠一落地，霎时变成清亮亮的西湖。玉龙、彩凤舍不得离开自己的明珠，分别变成雄伟的玉龙山和青翠的凤凰山，守护陪伴着它。从此，凤凰山和玉龙山就静静地待在西湖边上。①

苏南大平原上，有一大一中一小三个湖——太湖、滆湖、长荡湖，传说由玉皇大帝女儿们的三面镜子变化而来。太湖居东，面积最大；滆湖居中，面积第二；长荡湖居西，面积最小。几万年来就这么排列着。②

一则流行于浙西天目山区的《天池》传说，由东天目山和西天目山两座山峰的两个池子，生发了一段曲折生动的故事，给人以东、西两天目的总体之美。这个传说说：很久以前，天目山叫浮玉山。山顶有个天池，据说每年八月中秋，月亮走到天空当中时，天池里就会浮出一块滚圆的宝玉，天空中宝玉似的月亮，映着天池里月亮似的宝玉，真好看。传说那时候，浮玉山下住着一对年轻而勤劳的夫妇天生和天姑。一次，天姑上山劳作时被蜘蛛精布起的有毒飞丝毒瞎了眼。她和天生在乡亲们支持下顽强抗争，天生终于在中秋之夜奔上峰顶，在天池里网到一块宝玉。回到家里，天生把宝玉递给妻子。天姑看不见，一失手，跌在地上，碎成两半。天生眼明手快，抢起一半。还有一半竟找不到了。忽然，天姑脚边一阵"汩汩汩"响，冒出一根水柱来，不一会就变成一孔半月形的山泉。天生捧起一捧泉水，为天姑抹洗双眼。天姑的眼睛竟治好了，比原来更加清澈明媚。天姑非常欢喜，对天生说："这么好的宝贝，应该送一半到西峰去，可以多治好一些人的眼疾。"于是，天生捧起半块宝玉，把它放在西峰脚下。不久，那边也涌出一孔清澈的半月形山泉。这就是东、西两峰"洗眼池"的来历。这两个池子，双双对对，明明亮亮，像仰望蓝天的两只眼睛，人们就叫它们"天目"，"浮玉山"也改称为天目山了。

"仙峰远眺"在天目山大仙峰顶，列为"天目八景"之一。传说有一天，王母

---

① 《明珠》，见《杭州的传说》。
② 《太湖、滆湖、长荡湖》，见《常州民间故事集（二）》。

天目山天池

娘娘在何仙姑、护镜玉女、红桃姑娘、碧桃姑娘等陪同下,腾云驾雾来到天目山二仙峰。王母娘娘见这山山势峥嵘,古木参天,奇峰幽谷,飞瀑流泉,胜迹众多,赞叹不已。她们很快来到桃园里,满枝满树挂着大大的鲜桃,个个红艳艳香喷喷。她们边走边看,不知不觉已到了大仙峰绝顶。纵目远眺,则上至宣歙,下至金陵,千余里如入画图;太湖隐约在望,钱塘江俯而可视,临安、於潜、孝丰一带,万壑千峦,群山起伏,很是壮观。王母娘娘在山巅玩得痛快,直到太阳快要落山才驾起云头回天廷去。[①] 这就把天目山四周的山水布列和风光,从宏观上描绘得气势磅礴,雄伟多娇。

　　上海市松江县(区)西北境,有一系列小山,史称"松郡九峰",亦称"云间九峰"。"九"为约数,这一带实则有十余座山峰。这些山峰,林木深秀,有众多的

[①]《仙峰远眺》,见《天目山的传说》。

奇石名泉,自然风光秀美。传说从前,现名石湖荡的地方,是个湖光潋滟山色佳丽的仙境,湖边的蓬莱山、佘山、天马山、凤凰山、小昆山、机山、北竿山、横云山、辰山、玉屏山这十座小山好似十位仙子,有的像在湖畔浣纱,有的似在湖滨翩翩起舞。某年,王母娘娘欲在东海观赏普天下神山仙子跳舞,玉帝下旨这十位仙子前往东海,十位仙子不忍离开这里,惹得玉帝、王母大怒,命将她们迁往东海,永镇凡间下界,不得返回天廷。各路神仙纷纷替十位仙子讲情,玉帝和王母才答应由蓬莱山仙子一个顶罪迁往东海。过了多年,九位姐妹相约乘月夜去东海看望蓬莱山姐姐,不意惊动天神,被镇住在东去的路上,从此那石湖变成了空荡荡的一片大湖,年久淤泥沉积,变成了一片平地,叫石湖荡。而那九座小山便排列在现在这些地方。①

太湖泄水的三条主要河道——吴淞江(下游叫苏州河)、东江(后演变为黄浦江)和娄江(其尾闾即浏河),传说是东海龙王三个儿女所化。吴淞江是大姐,东江是兄弟,娄江是小妹。他们一起离开太湖,从洞庭东山旁出发,在三江口分手,一起约定:看谁先回到东海老家。机灵的小妹妹往北走,沿外跨塘、唯亭、昆山、太仓,从浏河口一跃就入了长江。性情急躁的老二朝南走,慌慌张张淌过澄湖,穿过急水港,在淀山湖歇歇脚,看看方向不对,急忙折向北,大步流星地由黄浦江出了海。大姐选的是正东方向,按理说这条路最近,应该第一个到达目的地,谁知反落了后。原来她是慢性子,还带领着儿子同行,老担心路上会发生什么问题,逢滩让路,遇墩绕道,慢吞吞地走着。娘儿俩走进昆山地界,到了华翔浦(有南华翔、北华翔),儿子说:"妈妈,往北走,路近。"娘说:"别以为近就好,还是朝南走稳当。"儿子着急了:"快走呀,不然要落在舅舅、阿姨后面了!"娘说:"哪里会呢?我们的路最近,不要急……"儿子生气了,甩开娘的手,用力往前一跳,跳出了好几里。老半天后,娘才绕弯赶到。后来,人们就把儿子走的这条河叫"剿娘江"。("剿",当地口语,意即抄近路、抢前头。)大姐连忙加快脚步,不过还是拐了几个弯,总共走的路程最长。直到苏州河口,看老二早已出海,来不及赶上。因此,三江之中只有吴淞江没有入海口,它是

---

① 《石湖荡》,见《松江县故事分卷》。

借的黄浦江出海。① 这则传说,把太湖下游的三条主要江河的地理路径和水流特征叙述和描绘出来了。

《方山的传说》②说:从前,南京这地方是个大湖。湖中有三座山,就是现在的紫金山、五台山、清凉山。当年秦始皇赶山塞海到了南京,给了一个在湖边洗菜的老太太一头猪。它落在水里变成了一座山。越长越高,越长越大。秦始皇走没多远,见那山长得太高了,便举起神鞭一抽,把它分成三截带一点:一截就是现在的方山,是山底;一截就是现在赤山湖里的赤山,是山腰,它的底跟方山的顶一模一样,四角方方的,因而赤山又叫小方山;还有一截就是现在的东山,又叫东山头,是山顶;鞭梢带一点泥,落下来也成了一座山,就是现在的竹山。鞭子落地拖了一下,开了一条河,就是现在的秦淮河。这则传说,把方山、赤山、东山、竹山以及秦淮河这些相邻的山河介绍出来,给人以一个总体的印象。

与这则传说相近的《赤山、方山、夹山和青龙山》③编述了上述几位山神之间的交往和纠葛的故事,描绘了古来有名的江宁县湖熟地区的山川风光。几位山神经一番争执,赤山神在湖熟东边的赤山湖畔住下;夹山神在湖熟南边的茅草洼蹲下;方山神搬到两山中间的高岗上住;三座山距离湖熟均为十五里;而青龙山神独自搬到离湖熟二十多里的山窝窝里去住。从此老百姓就留下这样四句话:"赤山流血一脸红,夹山头上长窟窿,方山调停中间坐,青龙山有气躲山中。"

镇江西南四十公里有两座大山:高丽山和冷山,山头高高的,直插云端;镇江东北四十公里有座圌山,矮墩墩的孵在长江边。传说这三座山是兄弟三个,是当年小秦王从昆仑山用神鞭为填塞东海而赶来的。又传说圌山头上原长着八个峰,放开胆子拼命跑,跑到江西地界,把它身上的一个山峰掉到长江里,这就是小孤山。跑到镇江西边,又丢了一个山峰在长江里,这就是金山。跑到东边,又丢了一个山峰,这就是焦山。后来,圌山上的五个山峰,脱离了圌山,蹲在水边上,脸朝长江背对圌山,这就是五峰山。圌山头上光秃秃的,把脸

---

① 《剿娘江》,见《昆山市资料本》。
② 见《南京的传说》。
③ 见《江苏山水传说集》。

向着西南方,呆呆地望着两个哥哥(高丽山、冷山),独峰独岭地孵在长江边上。① 这则传说,生动地介绍了镇江的一些山峰,呈现着总体风韵之美。

《瘦西湖》②这则传说,讲述清代乾隆年间,扬州三个盐商给保障湖更名,争议不下。恰值旁有一位读书人,便请他起个名字。那书生说:"扬州的这个湖,是可以与杭州的西湖相比,而清瘦过之,依我之见,称'瘦西湖'可也。"三个盐商一致认为这个名字起得好。从此,"瘦西湖"之名就传开了。这个"瘦"字,再好不过地点染了此湖的美的风姿。

以上是江南山水传说表现山水风光的总体风韵之美的若干实例,其所展现的是一幅幅鸟瞰式的山水画卷。

(二) 山水辉映之美

山、水组合,谐然一体,刚柔相济,虚实相生,静中寓动,动中寓静,不仅流漾出盎然的生气,而且构成了无穷的意味、幽远的境界、神妙的美感。山、水和谐实在是一种具有大自然灵气的超艺术境界。凡对山、水相依的自然景观,劳动人民总是将两者联系起来加以审美观照,极力说出该景观的山水辉映之美。

明丽的富春江,向以具有"三峡之险"、"漓江之秀"而闻名于世,两岸夹山,风光旖旎,景色宜人,胜迹遍布。元朝诗人李恒诗曰:"天下佳山水,古今推富春。"关于富春江的传说颇多,它们与富春山水之美互为表里,相得益彰。

江苏宜兴的玉女潭(亦名玉女山庄),位于太湖西岸的莲子山。莲子山的悬崖绝壁间有一水潭,似一面镶着绿色花边的明镜,闪闪发光。潭深六十四米,潭水清澈,久旱不竭,淫雨不盈,三面崖石环潭,仿佛壁立深渊。相传古代有玉女在此修炼,或传古有神女出没于此,因得名。传说玉女是玉皇大帝的一个女儿,因到天河洗澡而触犯天条,为躲避坐天牢,来到这太湖西岸的莲子山。玉女拿出鬼斧神工的本领,在绝壁上凿了一个深潭,接通了太湖,把湖水引到山上,后人就把这个潭叫做玉女潭。山神也在山上雕塑了一只石象。玉女和山神还同心协力,在山上筑了"会仙台",造了"芙蓉城",挖了"三珠洞",建了

---

① 《赶山塞海》,见《金山民间传说》。
② 见《江苏山水传说集》。

虞山和尚湖

"青云龛",种了"蟠桃石",垒了"普贤峰",装点了"青骡岩",布置了"飞云谷"。由于玉女在莲子山上多年的营造,所以这里风景如画,古迹遍布,环境幽雅,俗话说:"玉女潭边走一走,苏杭两州不必游。"①极言其景色的优美。

　　常熟的虞山,由西向东延伸,奇石危崖,巍峨峻拔。虞山西南,有与山平行的尚湖。虞山与尚湖,山水相映,山明水秀,景色优美。虞山的山体,形状如牛。传说它是由仙人牵来的。仙人为给老牛找到一个够吃的地方,先将老牛牵到南塘圩、万段圩,最后牵到常熟九万圩,老牛再也不肯走。仙人发火,一记敲在老牛尾巴上,尾巴断掉,所以北面有座小山,就是它掉下的尾巴。尾巴在北岸,牛身在南岸,牵牛的绳变成了常熟的一圈城墙。牛绳桩就是一座塔。牛角就是两只亭子,一只叫辛峰亭,一只叫朱雀亭。牛食盆在山脚下,变成山前

---

① 《玉女潭》,见《太湖传说故事》。

湖(即尚湖)。牛睏着,头对东,尾巴在西北角。① 这一荒诞而有趣的传说,把虞山和尚湖说得惟妙惟肖,充分展示了这里的山水辉映之美。

(三) 象形逼真之美

在江南的山山水水中,由于大自然的造化,有着许多象形的山、湖、峰、石等。劳动人民便依据这些景物,加以艺术的想象,编创出传说故事,从而体现了这些山水景物的象形逼真之美。

这类山水传说在古代早就产生。如会稽仙鸡山传说云:"上有石井、石床,非人力所能举。旁有石鸡,云是扶桑飞下,因以为名。"②

苏州虎丘山向有"江南五辇之表"、"吴中第一名胜"之称。宋代著名文学家苏轼(东坡)说过:"到苏州而不游虎丘乃憾事也。"当今苏州旅游部门向人们亮出一句广告词:"春看花会,秋逛庙会,苏州人一部春秋尽在虎丘。"以此吸引广大游客。是的,恰如古人所说:"虎丘宜月,宜雨,宜烟,宜春晓,宜夏,宜秋爽,宜落水,宜夕阳,无所不宜。"③故而虎丘终年游人如织。

《虎丘名称的由来》④活龙活现地描绘了苏州虎丘山的象形逼真之美。这则传说篇幅不长,全文照录:

> 苏州的虎丘山是一只大老虎变的。
> 这只老虎前身伏,后身立,尾巴翘,模样可凶啦!
> 正山门前有两口井,原来是老虎的眼睛。
> 正山门口那个大踏渡,就是老虎的嘴巴。
> 二山门的"断梁殿",是老虎的咽喉。
> 山的最高处,是老虎的屁股。
> 云岩寺古塔就是老虎翘起的尾巴。
> 这只大老虎再凶,人也有办法对付它。聪明的匠人师傅故意造个"断

---

① 《常熟山》,见《苏州民间故事》。
② 见夏侯曾先《会稽地志》(据《舆地纪胜》引)。
③ (明)李流芳:《题虎丘图》。
④ 见《苏州民间故事》。

梁殿",算是戳破老虎的喉咙,叫它永远不能伤人。

传说把虎丘山形容成一只生气勃勃的大老虎,真是讲活了,讲绝了。

苏州城西二十里有座岈笋山,因山状如卧狮,俗称狮子山。而城西北七里,就是虎丘山。从虎丘山顶向西南方向眺望狮子山,极似狮子伏地回首,因而苏州人俗谓"狮子回头望虎丘"。传说开天辟地时,苏州这块地方原是一片汪洋大海,虎丘山是海上涌现出来的一个美丽小丘,名"海涌山"。远古时代野兽多,有一次海涌山上空出现一只怪兽,样子像狮子,专门危害人畜。有一个男子汉身材高大,且勇敢聪明,是制服各种禽兽的能手。因为他像老虎那样勇猛、矫健,所以大家都叫他阿虎。阿虎让伙伴们照着老虎吼声造了"鼓",照着豹子叫声造了"锣",照着狼的嚎声造了"笛",照着凤凰鸣声造了"箫"。某夜,怪兽飞来,阿虎率众人敲起锣、鼓,吹起箫、笛,高举火把在山上山下来回舞动。美丽的海涌山,像一只毛色斑斓的猛虎在夜幕中翻腾吼叫,因此海涌山又得名为"虎丘"。却说那怪兽张牙舞爪,望见火光,听见"百兽"吼叫,猛扑过来。阿虎将手中火把用力一挥,霎时乐声停止,火光熄灭。怪兽失去了扑捉的目标,眼前发黑,心里发慌,身体发抖,于是一头扎倒在海涌山西南方,四脚跌断,身陷泥地,再也爬不起来。但它很不服气,所以回过头来,怒目瞪视着置它于死地的阿虎。后来这怪物也变成了一座山,因为它像一只狮子,故称狮子山。从此苏州又多了一景:"狮子回头望虎丘"。①

无锡鼋头渚以西,浩瀚缥缈的太湖之中,有三个似断若连的山岛:东鸭、西鸭和三峰,这就是著名的太湖三山,因形似乌龟,俗称乌龟山,相传系东海龙宫中的大将神龟所变。传说很早以前,东海龙王为惩罚一群野蛮海盗而水淹三阳县时,善良的神龟变成一只大海船,让老百姓全部登了上去,经由鼋头渚上岸来到无锡地区,海盗全部葬身鱼腹,而神龟则奉东海龙王之命长期留在太湖里守卫无锡。②

---

① 《狮子回头望虎丘》,见《太湖传说故事》。
② 《神龟山》,见《江苏山水传说集》。

有的山水传说,在较大范围内描述山水的象形逼真之美。例如无锡惠山南北宽二点二公里,东西长二十余公里,形若九条巨龙盘踞在太湖北面。关于惠山之龙同太湖中的马山之马一度激烈相斗,有不少的传说。例如有一个传说,说无锡有座龙山,龙山有三个山峰,七十二个摇车弯。山南太湖中有座马山,与龙山遥遥相对。相传龙马夺珠,打得不可开交,造成灾祸。东海龙王查明九太子打死马太保(东岳大帝的儿子)的士兵三名,打伤七十二名,命将九太子重打三记大板,鞭抽七十二下;三记大板,就有三个茅峰,七十二鞭,就有七十二个摇车弯,这就成了九龙山。东岳大帝也刑罚了马太保,动了三下大刑,抽了四十九鞭,镇锁在太湖中,这就是马山的三个冠嶂峰和四十九个小山头。马山在太湖中,龙山在陆地上,龙离水,马入湖,它们就规规矩矩为老百姓造福。①

江阴黄山,俗称小黄山,是紧靠长江边的一脉青山,壮观秀丽。这小黄山伸向江边的一只山脚,状若鹅鼻。传说很久以前,玉皇大帝身边有一个天鹅女,长得很好看,名字叫阿鹅。阿鹅虽然身在仙境,可她不甘心老是陪着玉皇大帝。她羡慕人间男耕女织、自由自在的日子。一次,她趁玉皇大帝午睡之际,偷偷逃出仙界,跑到人间。她一路玩,一路跑,不知不觉地走到江阴黄山。玉皇大帝醒来,发觉身边少了天鹅女,就派托塔天王李靖去找。李靖拨开云层一看,阿鹅正在长江边的山上游玩呢。玉皇大帝大怒,降下圣旨:"命天鹅速速回宫!"天鹅女不肯回宫。玉皇大帝更加光火,下令将阿鹅罚下凡间,在长江边把她点化成石头。阿鹅一心向前奔,结果形成现在这种样子:脖子伸得老长,一只鹅头支到长江里。人们都很喜欢阿鹅,就把江阴黄山这只山脚叫做"鹅鼻嘴"。②

南京城南面有一座牛首山,远远望去,活像一头伏着的大水牛;走到山顶,就像爬到了牛的脊梁骨上。有一则传说说:从前有个辨宝的人,同情佃户们的苦楚,告诉大家牛首山为神牛所变,只要把它拉起来,周围几十里地,神牛一

---

① 《龙马夺珠》,见《无锡民间故事精选》。
② 《鹅鼻嘴》,见《江阴市民间故事集》。

夜便能耕完。拉它起来也不费事,只要用村东头一棵喇叭花的藤穿上老牛的鼻子,再用村西头的一丛茴香草引它,神牛就起来了。不料这个秘密泄露,由狗腿子传到财主钱迷耳朵里。入夜,钱迷亲到牛首山下去牵牛。钱迷把牵牛花藤子穿到牛鼻子上,但他没有采茴香草来引神牛。钱迷和狗腿子们拼命地拉,把神牛鼻子拉豁。神牛鼻孔喷血,周围几十里的土地变成了红土。钱迷拼了老命用力拉,一跤甩出八丈远,撞在一块大石头上,撞死了。①

浙江温岭城东北七八里的横湖畔,屹立着一座奇峰,活像个身穿长裙、翘首远望的妇女,它就是当地著名的一景"石夫人"。这座在青山绿水间的石夫人峰,有一个悲壮的故事。传说它是东海边的一个寡妇,被封建的族长逼死而后化成的。②

"天下第一奇山"黄山的山山峰峰,特多逼真的象形之处。黄山的传说中,有不少描写这种象形逼真之美的作品。例如,黄山天都峰的西侧,半山寺对面的悬崖上,有一组巧石形成的名胜,名为"金鸡叫天门"和"五老上天都"。这组巧石形状蹊跷,从半山寺门前看去,它极像一只金鸡;若从龙蟠坡或天门坎看去,又像五位老人向天都峰攀登。游人从前海上山,到了半山寺峰首遥观天都峰畔,那只叫天门的金鸡,头朝着天门坎,姿态生动逼真,正在那里扑打着双翼,好像喔喔啼声仍在空中飘荡。这就是黄山有名的"金鸡叫天门"。游人过了半山寺,来到龙蟠坡或到了天门坎,回首东望时,那只叫天门的金鸡,则又变成了五个老人携手扶杖,攀登高峰的形象,这便是有名的"五老上天都"的奇景。这五位上天都的老人,也就是化作金鸡的五位道长。

那么,金鸡为什么要叫天门呢?只因进了天门坎,才得见黄山的奥秘,见到黄山真面目。相传从前天门坎有两扇巨大石门,紧紧封闭,游人到此,只好扫兴而归。有一次,从西岳华山来了五位道家长老,不甘打退堂鼓,便一起摇身变鸡,一人变鸡头,两人变双翼,两人变双腿,顷刻间变成了一只大金鸡。这只大金鸡向着天门坎振翅高鸣,守天门的天兵听见鸡叫,便打开天门。(当年

---

① 《神牛》,见《南京民间传说》。
② 《夫人峰》,见《国清寺》。

玉帝派天兵守黄山天门坎时,曾有旨意:"不闻天鸡叫,天门永不开。"今天天鸡叫了,天兵们立即遵旨行事。)五位道长尽情地游览了黄山胜境的五海风光和群峰景色。然而当他们下山时,见两扇石大门又关锁起来。于是五位长老又摇身一变,变成一只大金鸡,每天五更时分便向着天门坎振翅高唱。守门天兵每天清晨听到天鸡叫声都要开天门。时间一长,天兵们感到厌烦,从此天门不再关闭。① 以上就是所谓"金鸡叫天门"和"五老上天都"的传说,是从不同的角度,看一组象形的巧石所生的观感而生发出来的。

又如,传说黄山莲蕊峰旁的圣泉峰上由怪石所构成的"姊妹放羊"这一有趣的奇景,是容成子的两个女儿和常跟随她们到处觅食的小山羊,变化而成的。而云门峰上,有浮丘公的三个女儿化成的怪石,组成了"姐妹谈心"这一天然奇景。相传四千多年前,轩辕黄帝在黄山采药炼丹,得道成仙乘龙上天以后,还有许多跟随轩辕在黄山炼丹的侍臣、使女及工匠等人,被留在了黄山。其中有五个童女,两个是容成子的女儿翠玉、红霞;三个是浮丘公的女儿丹云、紫薇和青霜。她们都是从小随父上山,侍奉轩辕,一向坚持洞中修炼。自从容成子和浮丘公跟随轩辕升天后,她们五个便留在黄山,年深日久,化成了"姊妹放羊"和"姐妹谈心"两组怪石。②

还如,在黄山西海门前的一座高峰上,有一处引人入胜的奇景,叫做"仙女绣花"。一块巧石状如仙女,身着古装衣裙,亭亭玉立于云雾之中。仙女胸前的顶圆如盘的奇松,恰似一架绣花用的花绷。远远望去,仙女正在飞针走线,刺图绣花,形象生动逼真。相传某年玉皇大帝做寿,瑶池王母准备送一幅寿帐给玉帝,便从侍女中挑选了一位最聪明的刺绣能手——香玉来绣这幅寿帐,提出这幅寿帐不绣天上景色,要绣人间风光、山水松石、瀑布流泉……还要绣出春夏秋冬、阴晴风雨的不同景色。仙女香玉感到为难,王母便叫她到人间最美妙的名山三天子都描绘刺绣。仙女香玉面对眼前的奇峰飞瀑、松石烟云,挥动灵巧的双手,把三天子都的美景一一绣上花绷,终于把为玉皇祝寿的寿帐绣

---

① 《金鸡叫天门与五老上天都》,载《黄山:故事传说、风景名胜》。
② 《姊妹放羊与姐妹谈心》,载《黄山:故事传说、风景名胜》。

成。可是，正当仙女收拾针线回转天廷复命时，西海龙王的儿子来到仙女身边，对仙女表达爱慕之情。仙女被龙子的深情打动，重整花绷，挥起双手，刺绣着朵朵情花。后来，两人拉着手，步云踏雾前往西海龙宫去了。几经沧桑，这里却留下了仙女绣花时的英姿，傲立在黄山的西海岸边，为人间遗下了美妙佳话。①

再如，黄山狮子峰顶有巧石，形如石猴，它极目远眺滚滚云海，这就是"猴子观海"一景。传说孙悟空由石猴修炼成活猴，就把他的原身石头扔到狮子峰顶。起先，它是蹲着的，好像在吃桃，脚底下几块石头就像是堆着的桃子。后来，猴子站起来，成了现在的样子。原来，石猴看不惯黄山大财主臧员外欺压穷人，便飞沙走石，砸死臧员外，淹没了臧员外的房屋田园。石猴怕飞石砸伤他人，就站了起来，注视

黄山"猴子观海"

着太平县方向。从此，石猴再也没有蹲下去。②

以上均是江南山水传说所反映的山水的象形逼真之美的实例。人们在这类山水间边漫游边听有关传说，饶有风趣，兴味盎然。

（四）多姿多彩之美

劳动人民在优美的山水环境中长期生活和劳动，他们对山水景观景物观

---

① 《仙女绣花》，载《黄山：故事传说、风景名胜》。
② 段宝林、江溶主编：《中国山水文化大观》第469页。

察细致入微,积累了丰富的审美感受。因而他们能运用山水传说描述这些景观景物的多姿多彩的变化,体现其流光溢彩之美。

传说常熟虞山是活的,这座山多变,有的说"一天七十二变",有的说"一年七十二变"。春夏秋冬,早晚中昼,阴晴雨雪,山的颜色也就不同。山倒映在水里,水面的色彩更是变化无穷。过去有不少画家,都画过虞山,可是画来画去画不像。俗话说:"要画常熟山,真是难上难。"元代四大画家之首黄公望等人,以虞山风景为蓝图,专攻山水画,开启了独具特色的虞山画派。到了明代,也有两位大画家画过虞山,一位是沈石田(即沈周),一位是唐伯虎(即唐寅)。这两位高手,也是下过很多苦功,才把虞山摸透画像的。

唐伯虎画虞山的传说,说得非常具体生动:一次,唐伯虎从苏州雇了小船到常熟画虞山。小船驶进了虞山附近的州塘河,此河很长,弯弯曲曲,共有"九曲十八湾"。唐伯虎铺开宣纸,拿起笔,作起画来。艄公慢慢地摇,唐伯虎却快快地画。因为从州塘河看虞山,弯过来一个景色,弯过去又是一个景色,艄公摇一橹,山就变个样。要是画得不快,那能画得像?所以,唐伯虎画了一张又一张,张张画稿丢在船舱里。从早晨画到日落西山,终于画好最后一幅画,开船回苏州。唐伯虎的好友祝枝山,早在码头上等候,小船一靠岸,立即迎上去。一见船舱里尽是画稿,心里万分欢喜。他把画稿拿起来,只见一幅一个景色,一幅一个山势,一数共有七十二张。再一幅一幅地连接起来,好一座美丽多姿的虞山,"一天七十二个变化"都画在上面了,栩栩如生,好像虞山就在眼前。①

还有一个传说②,说有一次唐伯虎上昆山玉峰山(即马鞍山)画山景,画来画去不满意,竟将一大堆画稿连同画笔点火焚化。唐伯虎是画家中的高手,难道画不好山景?原来,据说这座山也是活的,景色也有七十二番变化,因而唐伯虎没有画像。这当然只是传说而已,却形容了玉峰山山景山色的多姿多彩。

(五) 奇洞幽景之美

江南多岩洞,最集中的地区有苏南的宜兴,皖南的贵池、宣城、广德等地,

---

① 《唐伯虎画常熟山》,见《常熟掌故》。
② 《唐伯虎焚笔马鞍山》,见《昆山市资料本》。

浙江的金华、桐庐等地。江南的岩洞,曲折幽深,给人以神奇之感。关于这些岩洞,有着许多光怪陆离的传说故事。如太湖中洞庭西山的林屋洞,《郡国志》曾记道:"昔阖闾使灵威丈人入洞,秉烛昼夜行七十日,不穷而返,得素书三卷,上于阖闾,不识,使人问于孔子,孔子曰:'此禹石函文也。'阖闾又令再入,经二十日却返,云不似前也,惟上闻风涛声,又有异虫挠人扑火,石燕、蝙蝠大如鸟,前去不得,穴中高处照不见巅,左右多人马迹。"这一记载,传说的成分居多,所谓"行七十日"、"经二十日",还有"得素书三卷"云云,显系虚构。但透露了此洞之大之深,显示了奇洞幽景之美。劳动人民在发现这些岩洞并加以开发中,对这些岩洞的布局和构景烂熟于心,便生发出种种的传说故事,仿佛这些岩洞是地下的风景线,又是传说故事的富丽宝矿。

此举宜兴西施洞为例。西施洞位于宜兴南部的青芝岭。西施洞是宜兴洞天世界的又一人间仙境。奇妙的是,西施洞中的大厅、小穴、钟乳、石笋、石壁上形形色色的点缀,以及妆台、溪水等等,均可与西施的一生行止联系起来,加以印证和说明。全洞游程七百米,游览面积六千五百平方米,有七宫、六十七景之多。惟妙惟肖,生动逼真,令人赞叹。

西施洞第一宫苎萝宫,有若耶溪(又称浣纱溪)、苎萝山、浣纱石、西施妆台等景物,形象地记录了西施青春少女时代的身世和活动环境。第二宫消夏宫,有相思亭、琴心剑胆石、西施贝、学绣石诸景,反映了西施进入吴宫后的经历和思想感情。第三宫桃源宫,有西施村、东施村、龙眼泉、捧心柱以及西施贴身侍女住的月波楼等景。第四宫泪泉宫,有吴王井、尝胆阁、映月桥、泪泉、泪池等景,表现了越国失败后"娘娘哭国"的种种迹象。第五宫馆娃宫,再现了当年苏州西南郊灵岩山上的奢华场景。第六宫碧云宫,有采香泾、归美桥诸景,反映了西施美人计成功,夫差自刎而死,勾践重建越国。第七宫清虚宫,西施功成后一度隐居在苏州象山(灵岩山)脚下之莲花宝地,亦有落雁亭等景物作为佐证。①

游览一遍西施洞,听着导游者娓娓动听、幽默诙谐的解说,对美人西施一

---

① 参见邵忠主编:《太湖风光》,同济大学出版社1991年版。

生的经历能大体了然于心。这除了洞中景致与西施其人其事颇吻合外,在很大程度上依靠民间传说的绘声绘色,煞有其事。

江南各地诸山洞的许多传说,往往都具有助游人之兴、点景致之睛的作用和效果。

(六) 泉瀑飞动之美

山间的溪、泉、瀑、涧、潭、池,好像大树上的青藤,体现出清秀温柔、飞舞多变的阴柔之姿来。它们使山岭景色富有阳刚和阴柔相结合之美。

富春江七里泷峡谷岔柏坞的葫芦瀑布,瀑高近百米,宽1.5米,从陡壁间一个葫芦形的石窟底部飞泻而下,气势磅礴,如玉龙出谷。传说那个宝葫芦来自一位仙人(扮作讨饭老人),用它舀水,水甜又能充饥;把水倒在伤处,能使伤处痊愈;还能保佑好人遇难呈祥。宝葫芦嵌上岔柏坞的悬崖后,清泉从中流出,成为瀑布。① 这是一个仙物(宝葫芦)化瀑的传说。

承天氡温泉,在浙南泰顺县的丛山里。透过曲折有趣的传说,人们知道:从前有一块庐山仙母的仙玉石,掉进象鼻山的溪坑深潭,潭里的水就升温,一年到头涌不尽,热气腾腾,潭底碧清,磷光闪闪,真是好水!沐一沐,能治病,能长命。它使得象鼻山上的山花开得更早更好看,树上的鸟儿也叫得更早更好听。②

黄山紫石峰下的温泉,古名汤泉,又名汤池。这"天下名泉",与奇松、怪石、云海并称为"黄山四绝"。黄山温泉是从岩缝中涌流出来的一股热水,久旱不涸,久雨不溢,经常保持摄氏42度左右。水质透明,洁净甘美,可饮可浴。③ 黄山温泉的源头,相传来自朱砂峰。峰下洞中产朱砂。因而黄山温泉亦称"朱砂泉"。传说黄山温泉每隔三百年要流一次朱砂红水。志书中的确记载有这样的事。④ 志书中还记载这个温泉有治疗疾病的作用:唐大历年间,歙州刺史

---

① 参阅《中国风景名胜故事词典》第192页。
② 《承天氡温泉》,见《浙江风物传说》。
③ 《图经》:"黄山旧名黟山,东峰下有朱砂汤泉可点茗。"
④ 据《黄山志·汤山灵验记》:宋元符三年(1100年)"数池尽变朱色,洋洋若流血";明成化中(1465—1487年)"泉忽变赤,流三日,……一僧浴之,寿逾百岁";明万历乙卯(1615年)"朱砂又复涌出,遍溪皆赤,芳洌异常,饮者宿疾咸愈"。

薛邕患有时疫,浴之痊瘳,于是立庐舍,设盆杅,以病入浴者多愈;明崇祯年间,有患疯癣者,到温泉浴后,很快就好;清代有个胡须苍黄的老人,到温泉里洗澡一百天,胡须就变黑。以上种种传说,说明黄山温泉自古以来就被人们看作是一股神秘之水,是非同凡响的一处名泉。①

在黄山香炉峰和罗汉峰之间的千仞悬崖上,瀑布分九叠倾泻而下,一叠一潭,九叠九潭,气势雄壮,曲折多姿。相传远古时代的黄山是一片汪洋。过了若干万年,海水下退,黄山成了山峰陆地。有九条苍龙,变成了失水的困龙,在黄山五海之间寻找出路。有一天它们爬到了东海门旁,只见东边天际出现了一片汪洋大海(实际是波翻浪涌的云海)。于是九条龙摆成了一字长龙阵,一条接一条,从香炉、罗汉两峰之间的悬崖上向茫茫云海飞冲而下。一幅气势雄伟、美妙多姿的九龙戏水图出现了,从此黄山有了"不让匡庐"的九龙瀑。九龙飞下高岩方知那茫茫大海不过是云海,进退两难,只得就地凿潭安家落户。九个深潭凿成后,碧水满潭,潭水溢而不泻,形成了九瀑九潭的奇观。②

浙江有三大著名瀑布:一是天台石梁,二是雁荡大龙湫,三是青田石门洞。清人袁枚对这三处瀑布作了具体生动的描绘,并作了比较。天台石梁——石梁飞架两山坳间,下临万丈深涧,瀑布飞洒,前人有"石梁雪瀑"之称,是天台山第一绝胜处。"水来自华顶③,平叠四层,至此会合,如万马结队,穿梁狂奔。……喧声雷震,人相对不闻言语。"④雁荡大龙湫——在雁荡山西谷,高八十余米。"未到三里许,一匹练从天下,恰无声响。及前谛视,则二十丈以上是瀑,二十丈以下非瀑也,尽化为烟,为雾,为轻绡,为玉尘,为珠屑,为玻璃丝,为杨白花。既坠矣,又似上升;既疏矣,又似密织。风来摇之,飘散无著;日光照之,五色映丽。"⑤青田石门洞——地处瓯江中游,风景优美。"其瀑在石洞中,如巨蚌张口,可吞数百人。受瀑处,池宽亩余,深百丈。疑蛟龙欲起,激荡之声,如考(敲)钟鼓于瓮内。"⑥关于以上三大瀑布,当地均有传说,神

---

① 《微妙的温泉》,见《黄山:故事传说、风景名胜》。
② 《九龙瀑布》,见《黄山:故事传说、风景名胜》。
③ 华顶:天台山脉的一山峰名。天台山上下八重,整体形象仿佛一朵盛开的莲花,而华顶峰正处于花心的顶端,故称。
④⑤⑥ (清)袁枚:《浙西三瀑布记》。

奇而美妙。

浙江诸暨的"五泄"瀑是江南名瀑之一,早在一千多年前,北魏水文地理学家郦道元(466或472—527年)所撰巨著《水经注》内就记述了五泄的山水。五泄,在今天也是名闻江南的一处旅游胜地。

五泄,即是五道瀑布的意思,在诸暨县城西六十里的五泄山上,以东、西两龙潭组成景区。旅游界有"五泄争奇于雁荡"之誉。沿五泄寺西侧北向行约百余步,即闻瀑声似滚雷,遥见瀑从山壑峻崖间飞流直下。此处水位落差达31.2米,是全瀑最长处,但见瀑势奔放豪畅,一似蛟龙出海。此是第五泄。对第五泄,古人以赞叹的语言加以描绘:"瀑行青壁间,撼山掉谷,喷雪直下,怒石横激如虹,忽卷掣折而后注,水态愈伟,山行之极观也。"[①]四泄处瀑呈"之"字形下注,落差19.7米,若脱缰烈马,奔腾怒嘶而去。三泄处如明文学家王思任所描述

雁荡山大龙湫

的:"诸态备出,倾者、滚者、飞者、跳者、煮者、突者,冲而过者。"随着山势坡度缓减,虽此处落差也达17.8米,但因水流由窄变宽,散成许多湍流,漫浮流去。攀登第三泄顶部后西拐,即见二泄。瀑布如白练垂崖,水势高急,落差为7.1米。南端有一深潭,其形狭方而长,似若深不见底,俗呼"棺材潭"。二泄不远处即为一泄,此处水位落差仅五米,但因高悬山巅,隽永奇巧,瀑流视若幽悄。泄下有大小两潭,俗称"大小脚桶潭",又称大小龙潭,水深似不可测。

以上是五泄景区的东龙潭瀑布。游东龙潭观瀑后折向西行,峰回路转,峰

---

① (明)袁宏道:《观第五泄记》。

峦颇奇。西龙潭水自石河泻下,倾沫散珠,宛若玉屑飞溅,虽瀑势大逊于东龙潭,但也别具姿态。①

关于五泄,当地流传着不少生动有趣的传说,其中有的传说着意点染了它的动态的美。

(七) 建筑名胜之美

匠心独运、得体适宜的建筑,是山林和水域美化中的主要构件。它们为山水增色,给山水添景,实是不可少的。江南各地山水景区中的各式建筑多得难以计数,均各呈现着它们的美。

无锡五里湖(太湖的一个内湖)畔,有一座美丽的湖滨花园——蠡园。蠡园三面临湖,亭、廊、堤均傍水而筑,精致纤巧,色彩和谐,是太湖边上一处秀丽的园林胜景。蠡园虽建于近代,但它的取名却要追溯到春秋吴越时期的范蠡。传说范蠡功成之后,与西施曾经泛舟于此湖,并在湖畔居住。今天人们游览壮丽优美的蠡园,仍会忆起这位两千多年前的古人。历史上忠臣、美女之魂,更给蠡园披上了美的轻纱。

杭州西湖,除自然山水组合极其美妙外,湖上的多处园林建筑甚为美观得体,它们以"借景"的手法,按照"以景抒情、以情写景"的造园特点,把诗情画意渗透其中,如"葛岭朝暾"借日景,"三潭印月"借月景,"断桥残雪"借雪景,"双峰插云"借山景云景。孤山的西泠印社和西湖中的小瀛台是保存较完整的园林建筑,它们充分体现了我国自然式山水风景园林特色,具有江南园林的细腻、淡雅、古朴、明快的格调。西湖山水园林之美,为无数人们所激赏,是风景、历史、艺术的最佳结合。关于杭州西湖的传说,丰富而多彩,活跃于其中的角色,有天上神仙,有历史名人,有僧人逸士,有智慧勇敢勤劳的村姑渔夫……这些山水传说的内涵极其丰盈,即便在描述建筑名胜之美方面,也是异常精到的。

扬州瘦西湖最具代表性的景观要数湖上的五亭桥和湖边的白塔,这两处景观成为瘦西湖的主体性建筑。五亭桥长十多丈,高二三丈,桥上筑有五座亭

---

① 参阅《双休日旅游指南(浙江·安徽卷)》,第 99—100 页。

子,中间那座亭子最高,左右各有两亭对称,亭与亭之间以廊相连,亭角瓦顶金碧辉煌,图案精巧美丽。桥身为拱券形,桥下大小纵横共有十五孔,皆可通行船只。整座桥看上去比例适当,典雅瑰丽,既稳重大方,又不失玲珑别致,成为我国古桥中的独特建筑。据传说,五亭桥赏景的妙趣在月圆之夜。原来,每当"明月照高楼"之际,五亭桥的十五个桥孔中都会投下一轮圆月之影,所谓"月满时每洞各衔一月,金景晃漾",在游人眼前是一幅各洞异景,互相争辉的梦幻般的景色。

瘦西湖莲性寺的白塔,其造型与北京北海公园中的白塔相似。白塔与横卧波光中的五亭桥交相辉映,显得更加秀丽典雅。

五亭桥和白塔的建造,都与清代乾隆皇帝有关:五亭桥始建于清乾隆二十二年(1757年),是当地商人为迎接乾隆南巡而建造的。而传说乾隆第一次南巡到扬州游瘦西湖时,发现湖边的莲性寺及其旧塔与北京北海公园中的琼华岛及其白塔非常相似,便遗憾地对侍从说,这里和北京"燕京八景"中的"琼华春阴"相比,差了一座白塔。一个大盐商知道了乾隆的心意,便拿出重金从皇帝侍从手中取得了北京白塔的建筑图样,赶紧召集工匠,准备建筑材料,竟然在一夜之间就将白塔再现于瘦西湖边。① 从此,白塔与五亭桥在瘦西湖上便相映生辉,成为很有特色的一个景观。

(八) 山间树卉之美

山间的古树、名花,实是山林风景的有机构成部分。劳动人民是植树造林的英雄,又是欣赏这种优美景色的民间美学家。他们常常通过山水传说表现山间树卉之美,并表达热爱这些自然风物的纯真感情。

苏州太湖之畔光福邓尉山脚下邓尉庙内,汉代邓尉手植四棵古柏,近两千年来饱经风雨雷电,使粗壮苍劲的它们,呈现四种形状,称为"清"、"奇"、"古"、"怪",十分贴切地点出了它们各自的神韵。二十世纪最末一年的五月间,有一位文化名人到此重游细看,描述道:"'清'者仍挺立望天,傲骨凌空。'奇'者虽经雷劈两半,树根仍盘踞牢固,新枝逢春,绿意盎然。'古'者树皮似经风雷撕

---

① 《五亭桥与白塔》,见《中国名胜古迹故事》。

裂,又重新环绕贴牢,面容歪扭皱裂,古趣环生。'怪'者雷击倒地三折,枝干似乎早已枯朽了,而地面树梢青枝绿叶,仍尽力抬头迎客。它们的强大生命力使我很受感动。"[1] 苏州有一则传说说,"清"、"奇"、"古"、"怪",并不是有人所说乾隆皇帝题的名,而是一位种树老头提的名。传说当年乾隆皇帝下江南,与大臣和珅等人同游此地,看到四棵古柏形状古怪,遂询问一位老农,老农各以四句话一则的谜语,道出了"清"、"奇"、"古"、"怪"。[2] 这就巧妙而精到地将四棵古柏的美的特质一言中的地点出了。

民间常常由山间的树卉、鸟鱼,编创传说故事,赋予它们以某种人文的、美学的色彩。在黄山白鹅岭下,始信峰前,有黑虎、连理、龙爪三松,它们同列黄山十大名松之榜。其中的连理松,传说为唐玄宗与杨贵妃所化。他们生前密誓,"在天愿作比翼鸟,在地愿为连理枝",并相约百年之后,同到黄山修真养性,遂化为此松。

安徽九华山上有三宝:一是"娃娃鱼",二是"金钱树",三是"叮当鸟"。这里说一说后两者。

"金钱树":这种树世上稀有,一串串的叶子状若金钱,到九华山的人总要拾上几片金钱树叶,留作纪念。相传很久以前,九华山上住着一户人家,父子两个,女人早死。老头子后来找的老伴心狠手辣,绰号"尖辣椒"。尖辣椒带来一个儿子。过了几年,两个儿子先后成亲。不久,老头子病故。尖辣椒害死了老头子的儿子、儿媳(且已有身孕)。后来,在坟上长出一大一小两棵金钱树。据说它们是那儿媳和未出世的孩子变的。从此九华山遍山长出了金钱树。[3]

"叮当鸟":这种惹人喜爱的小鸟,常栖息在九华山的树木和竹林中。这种小鸟,红红的嘴巴,黑白相间的羽毛,形若画眉,性喜鸣叫。它们常常鸣在朝晖中,唱在暮霭里,伴着风雨、泉声和袅袅的香烟,终日不止。一声声"克叮当","克叮当",酷似杵臼捣药之声,因称"叮当鸟",又叫"捣药鸟"。"捣药鸟"有许多神奇的传说,迷醉着到九华山来的游人。

---

[1] 张光年:《沪苏日记》(四),载 1999 年 8 月 10 日《新民晚报》第二十版。
[2] 《清、奇、古、怪》,见《苏州民间故事》。
[3] 《金钱树》,见《安徽民间故事》。

瓯江蓬莱

　　九华山非但风景绝胜,而且灵草异香,神木擎天,野生药材,难以胜数,白菊花、丹皮、杜仲、黄精等约有一千余种。自古以来不仅僧尼药农,世世代代,在这里采药济人,驱除病疫。而且传说金地藏,居庙堂食黄精,成仙得道;道家创始人葛洪,曾来九华山采药炼丹,双峰十丈洞北的葛仙洞和卧云庵北的葛仙炼丹井,便是其遗迹。三国时,道家赵广信自东吴来九华山,采药炼成"九华丹"。龙虎山张天师来到九华山,也炼出了"九华大药"。① 人们游九华山,闻"叮当"鸟鸣之声,怀念那些采药济世的人,不由得生出绵绵思古之幽情。

　　浙江南部瓯江中流,屹立着一个美丽的绿色小岛,素称"瓯江蓬莱"。江心屿上有一棵"爱情树",是一株樟树和一株榕树相抱而生的连理树,已有八百多年树龄,常有夫妻、情侣在树下留影。传说,明末礼部尚书顾某家的一个八岁孩子,藏匿在这树的树洞里,避过了一场劫难。

---

① 《叮当鸟》,见《安徽旅游》。

（九）人景交融之美

山水风景不仅是大自然中的静物,而且处处活跃着人的姿影,体现着人的创造。山水美的最高境界,便是这种人景交融之美。纵览所有的旅游景观,只有追求自然要素与人文要素的有机组合,才给人以真正的无尚的美感。

例如,劳动人民在太湖这样的优美环境中长期生活和劳动,于是产生了种种神奇美妙的传说。《金饭碗》[①]就是这样一个传说。传说从前太湖里龙马相斗,闹得湖中翻江倒海,鱼虾不生,湖边鸡犬不宁,五谷歉收,一片荒凉。太湖边上住着一老汉,靠摇摆渡船为生。他心地善良,对来摆渡的穷苦人分文不取。有段日子,有个光脚跛足的老道人天天乘老汉的渡船往返湖上,老汉不但不要他的船钱,还每次扶他登船、上岸。天气冷了,老汉就把一双芦花蒲鞋送给他穿。一天黄昏,老道人过了湖,下了船,却回过头来,从怀里掏出一只破饭碗赠给老汉,便告辞远去。老汉拿着破饭碗回到家里,在昏暗的油灯下,破饭碗发出了金灿灿的光,端起来沉甸甸的,原来这是一只金饭碗！老汉抓了一把秕糠放进这碗,秕糠竟变成金谷玉粒！老汉恍然大悟,知道这是一只聚宝盆,那老道人一定是八仙中的铁拐李。但老汉不愿独自一人发财,打定主意要让整个太湖变得富饶,要让太湖之滨的父老乡亲们都过上好日子。于是他把金饭碗丢到湖心。从而,一夜之间出现了奇迹：太湖岸边长满了青青的芦苇,湖里生出了各种各样的鱼虾,田里结出了金黄饱绽的稻谷,果园里挂满了枇杷、杨梅、蜜桃、橘子。从此,太湖又焕发出光彩,太湖之畔成了著称于世的江南鱼米之乡。

江南各地都有这样描述人景交融之美的山水传说。

（十）土物特产之美

有些山水传说可以帮助人们了解各地与山水有关的民间工艺美术等地方风物。比如无锡一个关于惠山泥人大阿福的传说,说很久以前无锡锡山、太湖一带有四只妖怪,就是毒龙、恶虎、刁马、臭鼋,经常损坏庄稼,危害百姓。有个圆头大脸的小孩大阿福挺身而出,提着棍、挟着枪、拿着刀,并接过百岁老伯的

[①] 见《无锡民间故事精选》。

一把宝剑,立誓除掉妖怪。大阿福在太湖边遇"四妖",毒龙首先窜过来,大阿福佯装不敌往北退却,猛一转身,枪戳毒龙喉咙,经几个回合较量,把毒龙刺杀在锡山西面。毒龙变成了一带青山,就是龙山(惠山),其喉咙处那个枪洞变成一口井,就是二泉。接着,大阿福用粗棍打伤了刁马,刁马逃到西太湖边就断了气,变成马山,山腰那个坳就是挨着粗棍的地方。臭鼋逃到太湖边,大阿福用大刀向它砍去,鼋头缩进硬壳;太阿福狠狠一棍,打得鼋背裂开,鼋头直伸;大阿福对准臭鼋的头颈举刀一砍,臭鼋的头颅被砍下,变成了鼋头渚。最后,大阿福的宝剑刺进恶虎身子,恶虎惨叫着直往东南方向逃去,逃到苏州城外死去,变成了虎丘山,宝剑的劈痕成了虎丘山上的剑池。

大阿福除灭四妖,他却因伤势过重而不幸死了。乡亲们为了纪念他,照着他生前模样,用家乡的惠山黄泥捏了个胖乎乎的泥娃娃,涂上油彩,供在屋内,代代相传,传到如今。这就是惠山泥人"大阿福"。① 这则传说,讲述了"大阿福"的来历,介绍了惠山、马山、鼋头渚、虎丘山等著名山水景点,显示了与山水有关的土物特产之美。

这是无锡泥人"大阿福"与无锡、苏州一带山水的传说。其他地方也有类似的山水传说,如苏州刺绣与苏州山水的传说,湖州毛笔与湖州山水的传说,宜兴陶器与宜兴山水的传说等。它们都描述了各地山水之美和土物特产之美。

三 江南山水传说与旅游美学

江南山水传说充满着民间的山水美学观,它与旅游美学有着密不可分的关系。

(一)山水传说能激发游人的山水审美意兴

山水传说能诱发游人的游意,激起游人的游兴,提高游人的审美能力,开拓山水审美的深广内涵。游人在往游某一处山、水之前,听听有关这一处山、水的传说,会产生很大的诱惑,起到引人入胜之效。游人在游览某一处山、水

---

① 《大阿福》,见《无锡县民间故事集》。

之时,听着有关这一处山、水的传说,能提高游览的兴趣,增强和加深对眼前的山水美的领略和理解。

(二) 山水传说能帮助游人享受到山水景观的"意境"之美

山水传说既述说山山水水的"形似"之美,又勾勒其"神似"之韵,能帮助游人享受到山山水水的"意境"之美。山水传说把历史人物或神仙"人物"纳入山水的环境中,演说一幕幕的活剧,这就能把游人自然而然地引进这些山水环境中,使游人也成为活动在其间的角色。这样,游人的"亲临其境"的感受便越发真切和深刻了。

(三) 山水传说能使游人获得更大的山水美的欣赏乐趣

山水传说能增添山水景观的更加优美的魅力,把游人眼中的"三度空间"扩大为"四度空间",唤起游人的形象思维和意象思维,使游人获得更大的欣赏乐趣。所谓"三度空间",就是游人感受和意识到的山水景观的立体之感。而所谓"四度空间",除立体之感外,还有时间之感,即沧桑之感、历史之感。游人在山水传说的启示诱导下,"浮想联翩"①、"思接千载"②,边进行山水之游,边从事艺术创作,把游人的游览活动升华为一种高级的审美活动和文化活动。

综上所述,江南山水传说是在山水自然美的基础上创作出来的。而江南山水传说的大量涌现,为江南山水的自然美注入了新的灵魂,长起了有力双翅,使江南山水之美越发神采飞扬,给广大游人以无上的美的享受。

第三节　江南山水传说与社会精神美

"善"与"美"是相互联系的,一致的。人类早就认识了这一道理。古希腊哲学家苏格拉底说过:"凡是从某个观点看来是美的东西,从这同一观点看来也就是善的。"③古希腊哲学家、科学家亚里士多德也曾说:"美是一种善,其所

---

① 毛泽东七律《送瘟神》小序中语。
② (南朝梁)刘勰《文心雕龙·神思篇》中语。
③ 《西方美学家论美和美感》,商务印书馆1982年版,第18—19页。

以引起快感正因为它是善。"①江南劳动人民在创作山水传说时,除了以朴素纯真的自然观为指导,还有他们的高尚正义的社会观起作用。他们较之一般的山水诗人和文士,更加全身心地感受着自然,体验着社会,思考着人生。因而江南山水传说除了揭示山山水水的自然美之外,还寄托着劳动人民的思想感情和他们体味到的某些人生哲理,显示了他们的精神美。

正如外国谚语所说:自然是反映真理的一面镜子。法国作家、哲学家、历史学家伏尔泰(1694—1778)说:"大自然蕴含着远胜人类施教的影响力量。"美国作家、诗人、哲学家、政治家爱默生(1803—1882)说:"从大自然学习崇拜课程的人,是最幸福的人。"这些话是可以"洋为中用"的。革命导师恩格斯对包括传说在内的民间故事的教化作用有着很高的估价。恩格斯指出:"民间故事书还有这样的使命:同圣经一样培养他的道德感,使他认清自己的力量、自己的权力、自己的自由,激起他的勇气,唤起他对祖国的爱。"②车尔尼雪夫斯基也说:"民间文学充满了革命、活力,它淳朴真实,总是发散着健康的道德气息。"他又说:"民间文学充满了清新、活力和真正诗意的内容,民间文学永远是崇高的、智慧的……它纯洁,渗透了各种美的因素。"③在当今社会主义精神文明建设和发展旅游事业的大好际遇下,对江南山水传说中的社会精神美,是值得好好阐发和研究的。

一 山水传说与劳动人民的社会观伦理观

自有人类以来,因要处理人与人的关系,就产生了社会伦理意识。社会观和伦理观,在人类社会中是广泛存在、无处不有的。作为人际关系方面的社会观伦理观的外延和延伸,劳动人民在认识和改造山山水水时也寄托着社会观伦理观,在创作山水传说时表现出浓郁的社会伦理意识。

(一)赋自然以生命,创人间之真意

劳动人民在欣赏山水之美,依据山山水水的形貌,编创传说故事时,往往

---

① 《西方美学家论美和美感》,商务印书馆 1982 年版,第 41 页。
② 恩格斯:《德国的民间故事书》。
③ 见《车尔尼雪夫斯基论民间文学》,载《苏联民间文学论文集》第 154 页,作家出版社 1958 年版。

把山山水水看作仿佛是有血有肉、有灵性的东西,从而生发、演绎出曲折生动的情节。不少山水传说把人间社会的伦理关系和伦理观念,移植到山山水水间,分辨出善恶、忠奸、良莠、美丑……

例如关于苏州天平山群石成因的传说,在描绘自然景物之时,把人间的伦理诉说得淋漓尽致。传说很早以前,天平山是一座荒山,山上有一只鹦鹉,羽毛如锦,双目能识别各种妖魔鬼怪,它整天在天平山上空飞来飞去,保护上山砍柴、放羊的贫苦农民,不让他们被妖怪伤害。在这座荒山上,有个妖怪山魔王经常出现,这个妖怪专喜欢吸人的血。有一天,一个十八九岁小伙子到山上放羊,山魔王变成一个十七八岁的漂亮大姑娘,跌在山坡上佯装昏迷。小伙子上前照顾,"姑娘"苏醒过来,抱住小伙子,要吸小伙子的血。这时鹦鹉飞来,拆穿了山魔王的阴谋诡计,救下了小伙子。从此山魔王对鹦鹉恨之入骨,一心要把鹦鹉治死。有一天,鹦鹉站在山坡一块凸出的大石头上,山魔王便化作一个巨人,搬起一块大山石,朝鹦鹉砸去。鹦鹉连忙伸展翅膀飞开。那巨石落在半山的乱石上,就是现在的"飞来峰"。鹦鹉傍在一座山峰上嘲笑"巨人","巨人"现出了山魔王的原形,伸出利剑似的手掌,一掌劈在山峰上,山峰被劈成两爿,就成为"一线天"。鹦鹉看到山魔王瘫在山顶上,便抓住山魔王的背心肉,把它拎起来飞向天空。山魔王双脚乱踢乱甩,许多山石被他踢得滚下山坡。尖尖的山顶顿时变成了平顶头。那些山石散落在山坡上,就是钓鱼石、灵龟石、蟾蜍石、卧龙峰、剪刀峰、狮子峰、骆驼峰、卓笔峰,以及大石屋、头陀崖、白云洞、莲花洞等等,千姿百态,成了天平山上的种种奇景。鹦鹉把山魔王从半空中摔下来,落在"一线天"前面的山坡上,山坡被冲出一个大洞,山魔王深深地陷在洞里。不料,山魔王竟没有摔死,突然死死抓住鹦鹉的双爪。鹦鹉索性把山魔王踩在脚下。从此,山魔王出不了洞,鹦鹉也飞不起来了。鹦鹉用整个身体捂住了洞口,只有头部露出在洞外,天长日久就变成了化石,这就是天平山上有名的"鹦鹉石"。① 这则传说,把大自然和大自然的力量人格化,赞颂了作为改造河山的英雄化身的鹦鹉,寄托了劳动人民的思想感情。

---

① 《鹦鹉石》,见《太湖传说故事》。

(二) 以山水之形貌,述劝世之故事

这类山水传说,在江南各地普遍流传。因为劳动人民从山水的形貌,很自然地会产生相应的传说故事;这种传说故事,又很便利于他们社会观伦理观的阐释。

例如浙江缙云县仙都风景区,有两块巨石:一石如静坐的老妇人,脊背微驼,神态凄凉;一石如亭亭玉立的青年女子,却没有了头颅。相传这里有一个小媳妇经常虐待婆婆,她的不孝行为激怒了天公,天公就派雷神打下了她的头颅,于是就成了现在这个模样。这就是"婆媳岩"。① 这则传说,赋予岩石以生命,反映了中华民族尊老爱老的道德观念。

又如九华山云外峰东北,天柱峰之西,有两座山峰,称为双峰。相传宋时,陵阳山下有个石兰姑娘,长得很美,山霸欲娶为侧室。山霸派人说媒,石兰不从;山霸命家丁去抢人,石兰躲进深山,削发为尼。山霸剃光头发,扮作和尚,闯入禅堂与石兰硬要成亲。石兰拼死挣脱,逃出寺院,山霸紧追不舍。石兰走投无路,哭告苍天。忽然一声霹雳,山坡上顿时出现两座山峰,石兰保住贞洁,山霸亦化作秃头和尚似的山峰,永远达不到其卑鄙目的。② 这则传说,同情一个无辜的姑娘,对作恶多端的坏人加以严厉的谴责。

(三) 爱憎分明,褒贬着力

山水传说中那些有关社会伦理的作品,寄托着劳动人民的思想感情,表现出鲜明的爱憎观念和扬善抑恶的态度。

例如苏州天池山顶有一块上宽下窄的倒立石,传为春秋时吴王夫差贴身卫士大吉的化身。大吉看不惯夫差沉湎声色,直言相谏,反被重打四十大棍。一次,夫差偕西施到天池山游玩,命大吉上树掏喜鹊蛋给西施烹菜。不料大吉太重,压倒树枝,一头栽下。西施见鸟飞蛋打,不由一笑。夫差以为她爱看大吉从树上栽下的姿势,便命大吉倒立在地,以取悦西施。大吉却发现,倒立着看夫差,反而顺眼多了。自此,他常到天池山以倒立取乐,久而久之,终于化为倒立石。③ 这则传说表达了人们对荒淫君王的憎恶,也洋溢着对刚正义士的赞扬。

---

① 参阅《旅游天地》1978年第1期。
② 参阅《中国风景名胜故事词典》第228页。
③ 参阅《中国风景名胜故事词典》第161页。

又如无锡北乡西高山上有三座青石小桥。传说,从前有个贪官胡某,大肆搜刮民脂民膏,并乱用库银。皇帝派钦差大臣前来查察。胡某听取师爷计策,赶紧请工匠在西高山上造起三座并无实用价值的小石桥,取名"积善桥"、"青龙桥"、"迎龙桥"。钦差大臣一到,胡某贿之以重金。钦差大臣回京后向皇帝枉奏:"胡某系为方便行人而动用库银造了三座石桥,实乃天子治国有方,才出了此等贤才"云云。昏庸的皇帝信以为真,一桩贪赃枉法的大案就此了结。① 这个传说鞭挞了贪官,讽刺了皇帝,充分表达了劳动人民的爱憎感情。

有的山水传说则表现了对恶的鞭挞,对善的称颂。如安徽九华山二天门下登山古道上,有一块定心石,又称草帽石。传说古时候有个少年从山上打柴归来,被一阵旋风吹飞了头上的破草帽,却在路边树枝上捡到一顶新草帽。他戴上新草帽,浑身舒坦,肩上柴担也轻了许多。当夜,少年得白胡子老人托梦,说这是一顶宝帽,并传授取宝秘诀。此后,少年常用取来的金银财宝接济乡邻。称霸一方的财主闻讯,向少年骗得秘诀,抢走帽子。财主跑到山中取宝,他刚念完秘诀,那草帽忽然腾空而起,化为一块磨盘大的石头,把财主牢牢压在下边。从此除了一害,乡亲们再也不用胆战心惊地过日子,便把这块石头称为"定心石"。② 这则传说歌颂了打柴少年,给恶财主以应得的惩罚,表达了人民的愿望。

总之,当山水传说涉及到人间社会的种种情事时,均表现出劳动人民的社会观伦理观。劳动人民的这些伦理观念,就总体来说,是积极的、健康的,可以作为优良的文化传统为今天的人们所继承,作为社会主义精神文明建设的有益借鉴而代代传承下去。

二 江南山水传说中蕴含的人的精神美

江南山水传说中,浸透着劳动人民的社会观伦理观,具有丰富的社会精神美。据我们研究,主要有以下若干方面。

---

① 《三座两尺桥》,见《无锡民间故事精选》。
② 参阅《中国风景名胜故事词典》第 228—229 页。

(一) 江南山水传说中的伦理道德之美

一切好的、善的、美的道德意识、行为规范,也就是美的伦理、美的道德(美德),就是伦理道德之美。它们在江南山水传说中有着很好的体现。

1. 以爱国爱乡为美

列宁说:"爱国主义就是千百年来巩固起来的对祖国的一种深厚感情。"[①] 大凡爱国主义者,必然热爱家乡的河山大地。山水传说中,常常流露着劳动人民对家乡的爱,同时也充满着对祖国的爱。

传说无锡东乡吼山里有一头金宝狮,乃是镇山之宝。某年三月初三,一个大贪官带了一伙人来,企图劫走金宝狮。看牛老汉周大伯面对顽敌,见义勇为,以一头玉宝狮(对应物)引出金宝狮;并念口诀使得金宝狮将大贪官等人吞进肚里,从而保护了镇山之宝。[②]

异曲同工之妙的是,传说吼山顶上三茅峰旁住着一个珍珠姑娘,聪明勤劳,一年四季忙着打扮吼山,忙着汗珠滚滚流遍山,在她汗珠流得最多的地方汇成了一口"珍珠池"。某珠宝商听说此事,带人来盗宝,勇敢灵巧的珍珠姑娘站在三茅峰顶连连撒下大珍珠——变成大冰雹,砸得那伙贪婪者落荒而逃。[③] 同样保全了吼山的珍宝。

无锡东乡鸿山一带,有一个"白龙瞟娘"的传说:鸿山龙娘庙的女菩萨龙娘,生前原是附近村庄上一个童养媳,美丽、善良,吃苦耐劳。她受尽公婆折磨,某天上山打柴时累倒在一棵大青松下。松树上的水珠滴进她嘴里,于是她怀了孕。半年多后一个雷雨之夜她在山洞里产下一条小白龙,她当即死去,死前嘱咐小白龙每年生日回来看望娘亲。往后,每年夏历七月十七,白龙总是飞回,鸿山一带降下及时雨,确保稻禾长势,稻谷丰收。[④] 这则传说中的白龙,牢记母亲的嘱咐,年年生日总是飞回故乡,降下浇苗好雨。这是母子情、子报恩、不忘本、不忘根的一曲颂歌。

[①] 《列宁全集》第28卷,人民出版社1956年版,第168—169页。
[②] 《金宝狮》,见《太湖传说故事》。
[③] 《珍珠姑娘》,见《太湖传说故事》。
[④] 《白龙瞟娘》,见《太湖传说故事》。

2. 以公字当先、乐于奉献为美

大公无私,公而忘私,先公后私,以及乐于奉献的精神,是劳动人民的基本道德、优良品质、高尚风格。江南山水传说中,有很多体现这些可贵精神的作品。

有的山、水,据说因历史上一些人的高尚行为,感天动地而形成。例如一个传说说,从前茅山叫句曲山,满山遍野长满药草。山脚下住着姓茅的弟兄三个,茅大、茅二和茅三。他们舍己为人,做了不少好事,最后为给灾区人民运送稻谷,跳入浪涛滚滚的长江而殉义。后来,在茅家弟兄三个住过的地方,长出三座大山,即大茅峰、二茅峰、三茅峰。这就是茅山的来历。①

沿着金牛洞②附近的山间小道向茅山顶攀登,到半山腰最陡的地方,有一块形似靠背椅的大麻石,叫"靠背石"。从前,在大茅峰造起道院后,四面八方的人都要上茅山朝山进香。道士们到处找人造路。茅山东、西、北三条路都由民工签约修造。唯南面一条路因山坡陡,无人愿承担。七八天后,来了一位老汉张大保子,此人身高体壮,一天能吃斗把米的饭,干起活来胜过五六个小伙子,是茅山地区有名的千斤大力士。他毅然承包修造这条山路。契约签订后,他立即动手干了起来,干着干着,他的两只手磨出了血泡,腰也痛得直不起来,便在一块石头上靠了靠,又干了起来。他一直干了七七四十九天,终于,一条从南山脚通往茅山顶宫的"之"字形山路修造好了。他见登山的人很累,就把原来自己腰痛时靠背的石头,扛到最陡的地方竖着,并向朝山的香客介绍:"靠背石上靠一靠,身体健康不可少。"后来,每当人们走过这块石头前,就要烧烧香,叩叩头,靠靠背,纪念为民造福的张老汉。③ 这则传说中的这位老汉,忘我苦干,做了好事,确实值得学习和纪念。

传说虎丘山半山腰的憨憨泉,是从前山上庙里一个叫"憨憨"的挑水和尚,依照山前大河里船上一位老人(实为仙人)的指点,在山壁下挖掘不止,终于刨

---

① 《茅山的传说》,见《江苏山水传说集》。
② 在茅山南麓,金坛县薛埠镇附近。
③ 《靠背石》,见《金坛县资料本》。

出泉眼,一股清泉冒出地面。这就是憨憨泉(又叫海涌泉)的由来。① 这则传说,传扬了小和尚憨憨在艰难中找泉、挖泉的事迹,赞美了他吃苦耐劳、乐于奉献的高尚精神。

传说古时候苏州象山(即灵岩山)原是座荒山,山脚下住着一个张老老,懂点医道,山上又有药草,他给人看病从不计较诊金,活到六十多岁,已不知治好了多少人的病,大家都称他"活神仙"。八仙中的铁拐李不服气,变作一个被毒蛇咬伤的叫化子。张老老用嘴把铁拐李腿上伤口里的毒汁吸出来,敷上解毒草药,蛇伤很快痊愈,铁拐李也心服了。张老老死后,乡亲们为了纪念他的好处,就在他家茅草房的后山墙即一块岩石上雕刻了张老老的像,碰到有人生病,就到那块岩石前去求求张老老,以消灾灭病。以后越传越神,说是那块岩石有灵验。有人还在岩石背后凿了"望佛来"三个大字,说是在那里可以望见佛祖下凡来。因为传说那块岩石有灵验,就把这座山叫做灵岩山。② 这则传说中乐于治病救人的张老老,被人们所称颂以至神化,恰恰表达了人民群众对专门做好事的人的感激和追慕之情。

松江县城北十余公里有一座凤凰山;与凤凰山隔河相望,有一座小山,当地人称"凤凰头",据说里面藏着"七缸金八缸银"。传说从前凤凰山下住着一位青年农民共共。他在山的阳坡上开荒种瓜,某年种了三亩地南瓜,适逢大旱,只结了一只小南瓜。共共收获时,这只小南瓜竟变成了一枚金钥匙。共共把这稀奇事告诉乡亲们,乡亲们鼓励他去取宝。共共带着金钥匙到小山脚下,打开了宝库,只见赤金白银堆积如山,奇珍异宝光华夺目。他想,庄稼人用不

虎丘山憨憨泉

---

① 《憨憨泉》,见《太湖传说故事》。
② 《岩山有灵称灵岩》,见《江苏山水传说集》。

第二章 江南山水传说的美学意义　107

着这么多金银,于是只抓了几把碎银揣在怀里就离了宝库,小山的缝道合拢了。回到村里,共共把银子分给了穷乡亲。四乡灾民都来找共共帮助,共共有求必应,穷苦的人们需要多少,他就到宝库里取多少。取来后分给大伙儿,自己只留一点儿。这是很久以前的事了。据说直到清朝光绪年间,有人还看见共共在凤凰山一带向灾民们分发银子。那时他已白发苍苍,可是一身穿戴还像个庄稼人模样。人们为了纪念这位大公无私、扶贫济困的好人,便把那座有宝库的小山叫做共共山。①

这些山水传说,都赞美了公字当先、乐于奉献的精神,以此作为精神美的一个重要标志大加褒扬。

3. 以正直、正气为美

正直、正气,在劳动人民看来,是为人的基本品质,是处世的基本要求。江南山水传说在宣扬伦理道德美时,很强调这一点。

苏州石湖畔七子山,因山上有七墩,故名。这些墩,当为古吴军事设施,称烽烟墩,又名望越墩。民间却编创了这样一则传说:乾隆皇帝下江南到苏州,准备游石湖,指名要吃"松鼠桂鱼"。地方官令渔民李氏兄弟下湖捉桂鱼,限他们每人捉十条,每条重一斤,三天内交齐,违令者斩。弟兄七人在风浪里捕了两天两夜,不仅鱼数未凑齐,而且捉到的鱼非大即小不符规格。第三天,乾隆皇帝的龙船开进石湖,旌旗招展,好不威风。船上官员吼叫:"前边小船快快躲开,冒犯天颜,要杀头的!"弟兄们正为捉不到鱼儿着急,一听全都来了气,横竖是个死,让这位皇帝老倌儿也尝尝水的滋味吧。七兄弟跳下水,潜入龙船下,一齐用力掀翻龙船。那些贪官污吏多数喂入鱼腹。乾隆皇帝也落下湖,被几个会水的侍卫死命救上了岸。结果,七兄弟被官府抓去杀头,当地人把他们葬在这座山上,即以"七子山"名之。② 这七位青年渔民,充分表现了劳动人民的硬骨头精神。

雁荡山北麓有个仙姑洞。传说清代有个玉莲姑娘,长得如花似玉,邻村财

---

① 《金钥匙》,见《松江县故事分卷》。
② 参阅《中国风景名胜故事词典》第155—156页。

主欲逼其为妾。玉莲跳进山洞,抢人者追进洞内。玉莲钻到山洞尽头,却是另一洞口,洞下是绝壁悬崖。玉莲跳崖时,被观音大士救下。那财主得到严惩。后人敬佩玉莲,尊她为仙姑,称此洞为"仙姑洞"。① 这则传说中的玉莲,是不畏强暴的民间女子的一个典型。

苏州甪直有一条很宽的河,叫澄河。很久以前,澄河边的一个村庄里,有一个老头要给儿子娶亲。他家里很穷,办喜事要用不少台凳、食具,村里借不到,便请人写了一张借条,到镇上去租。老头子把借条放在帽子里,突然一阵风吹来,把他的帽子吹到河里去了。帽子里的借条,也落到水面上,被漩涡卷入水里,眼睛一眨,河岸上堆满了台子、凳子、碗、酒盅等物。老头子高高兴兴地叫了一些人,把东西搬回家。他给儿子办完喜事,叫了几个人,一面把台凳、食具丢进澄河,一面拜谢澄河的河神。不久,澄河借家具的事传遍了这一带的农村。有个老太婆起了贪心,想用这个办法发点财,也请人写了一张借条。她拿了借条,丢到河里,等了几个时辰,河里漂出了她要的东西。她高高兴兴地把东西都运回了家。以后老太婆不仅没有把借的东西还给澄河,而且一次又一次地骗了澄河的东西。有一次老太婆又到澄河边上骗东西,忽然刮来一阵大风,把她吹到河中淹死了。后来,再有人向澄河借东西,澄河就不肯借了。② 这个传说,借澄河河神的威严,肯定了劳动人民的正直、正气,鞭挞了极少数人的欺诈和贪欲。

4. 以互助、礼让为美

山水传说常常将教育意义寓于对某一山水景物的介绍和说明之中。有些山水传说宣扬了人与人之间的互助、礼让,树立以此为美的观念。例如一个传说说,苏州虎丘山有个石洞,人称"仙人洞"。据说,从前这个山洞与四川峨眉山的一个石洞(也叫"仙人洞")相通,两洞相距数千里,却极神奇,从苏州到峨眉,日出进洞,日落即到。然而人进洞后必须在黄昏戌时以前出洞,若错过时辰就出不了洞,并要化为石头。传说某日苏州府一个差役,奉命送一份紧急公

---

① 参阅《中国风景名胜故事词典》第205页。
② 《澄河》,见《太湖传说故事》。

文到四川成都府去;同一天四川成都府有个商人贩了一批蜀地土产到苏州来销货。午时三刻,差役和商人在仙人洞中半途相遇,恰恰这一段洞体狭小只可一人通过。差役说有公事在身急于要到四川,商人说货物搁不得时辰,两人都争着向前不肯相让,以至僵持在各自的位置上。戌时刻,洞内一片漆黑,两人化为两块巨石,把洞给堵塞了。从此这两个仙人洞都成了又黑又湿的死洞,有其名而无其实了。①

无独有偶。据说常熟虞山和昆山玉峰山的山脚相连,山洞相通。要是手里举着一支小蜡烛,从玉峰山的山洞走过去,不等蜡烛点完,就能从常熟虞山山洞里出来。传说玉峰山下住着一个阿坤,平时贪吃懒做,他听说虞山山洞里藏着珍珠,便准备了一只竹篓和一支小蜡烛,从玉峰山山洞里钻过去。虞山脚下住着一个阿兴,他也手不勤脚不俭,他听到玉峰山山洞里藏有宝贝,便从虞山山洞钻过来。两人走了一会儿,相遇了,一个说:"你向后退,让我过去。"一个说:"要么你从我胯下钻过去。"两人谁也不肯让谁。直到蜡烛点完,数天过去,两人还是不肯让步,结果都饿死在山洞里。时间一久,这两个自私自利的人变成了两块挡路石,堵塞了通道。从此,从昆山玉峰山到常熟虞山的山洞,就走不通了。②

以上两则山水传说,颇有寓言性,各讽刺了两个自私而愚蠢的人,从而教育人们在生活中应当发扬礼让精神,才于人于己都有好处。

(二) 江南山水传说中的人情意志之美

某些山水传说,常常采用将山水神化、赋予山水以生命、并穿插人的活动等手法,颂扬了高尚、深挚的人情意志之美。

1. 以坚贞爱情和诚挚友谊为美

纯真、坚贞的爱情,是人世间的一种挚情。其价值是十分宝贵的。这是不少山水传说所编织的故事和阐发的思想。

传说从前在无锡马山的一个山坳里住着姓金、姓银两户人家。金家有个

---

① 《仙人洞》,见《苏州民间故事》。
② 《挡路石》,见《昆山市资料本》。

儿子叫金金,银家有个女儿叫银银。金金、银银长得都很俊秀,两人青梅竹马,你帮我助,甚为要好。两家老人早就看出孩子们的心意,金老银老一句话就说定了儿女的亲事。成亲那天,来宾们看着新郎人品出众,新娘出挑得天仙般美丽,无限羡慕这幸福的年轻一对。谁知拜堂时,突然从门外卷来一阵怪风,卷走了新娘银银。新郎金金连夜上山寻找妻子,遇到仙人铁拐李,对他说只有变成一只金鸡才能找到银银。金金在神仙帮助下变成一只金鸡,终于斗败劫走银银的蜈蚣精。被关在秦履峰暗洞里的银银,闻声提了一盏明灯赶来。从此,变成金鸡后的金金永远守着银银。每天夜里,银银总提着明灯陪伴在金金身旁,出现在太湖马山秦履峰上,情真义深的一对情侣永远相伴相随在一道。而破坏人间纯真爱情和美满婚姻的妖精终究落得了可耻可悲的下场。① 金金银银情长谊深,爱情坚贞,遭遇重大困难亦不变心。

  天台山桃源洞外有四座石峰,民间于此编创了一个"双女峰"的传说:汉代,山下的贫苦青年刘晨、阮肇,为了医治乡亲的疾病,进天台山采乌药。他们不辞辛苦,不怕艰险的精神,深深感动了红桃仙子和绿桃仙子。当刘、阮迷路、饿昏时,两位仙女便帮助他们脱险并采到了乌药,还把他们带到"桃源洞",向他们表示了爱慕之情。刘、阮表示回乡医好乡亲的病,再来完婚。数月后,当刘、阮再次来到天台山时,却什么也不见了。他们呼喊"红桃仙子"、"绿桃仙子"。山中的一位老公公告诉他们:玉皇大帝知道红桃、绿桃私交他们,又帮助他们采走了乌药,大发雷霆,鞭打姐妹俩,如今两位仙子已变成两座石峰,永远站在桃源洞外了。刘、阮听罢,急向桃源洞奔去,扑向两座石峰。他们也化成石头,永远和两位仙子站在一起了。② 这个传说,歌颂了真挚的爱情,让人间的真情实爱像山岗巨石永存,寄托了人们的情怀。

  在黄山的传说中,颇多这一类表现青年男女纯真爱情的故事。例如黄山的卧牛峰和仙女绣花石,在人民的创作中,演绎成一个哀切感人的爱情故事。传说从前,黄山脚下住着一位老人和他的孙女。老人每天上山采药,孙

---

① 《秦履峰的金鸡》,见《江苏山水传说集》。
② 《桃源洞》,见《浙江风物传说》。

女善于绣花,美若天仙,大家称她为天女。一天,老人爬上一个山峰,采摘灵芝仙草。一条黑龙窜来阻挠,并把老人摔下百丈深渊去。霎时,山腰里"飞"出一个砍柴的年青人,把老人接住。同时拔出腰间的砍柴斧子,与黑龙打斗一场,把黑龙砍跑。年青人送受伤的老人回家。老人了解到这个英俊的小伙子名叫大牛,父母早已双亡,便把他收养在家,叫他与天女先以兄妹相称。大牛与天女郎才女貌,一见钟情。大牛惦着山上那黑龙害人,决心进山为民除害。村民和天女也支持他去把黑龙杀死。临别时,老人对大牛说,"等你胜利归来,就让天女与你结婚"。大牛进入深山,与黑龙激战,黑龙向大牛喷出毒汁,大牛乘机把黑龙的头砍了下来。大牛获胜,他正想快快下山,把好消息告诉天女和乡亲们。可是这时黑龙喷在他身上的毒汁发作,他跌倒在山上,渐渐化成一座独立挺拔的山峰,这就是黄山上的卧牛峰。天女天天等着大牛归来,她为大牛绣好了一条漂亮的腰带,还绣好了花头巾、花衣、花裤……时间一天天过去,大牛始终没有归来。天女盼望着,不断在低头绣花,也渐渐变成石头。堆放在她身边的腰带、棉衣、花袄,也都变成了彩色缤纷的云朵。① 天女变成的绣花石与大牛化成的卧牛峰遥遥相望,千秋万代,像脉脉含情的一对恋人。

又如黄山圣泉峰下有一座高岩,上面有一块巨石,形状像是一位英俊的青年;在它的下面另有一巨石,酷似一只虾蟆,昂起头向着上面的青年。人们把由这两块巨石构成的奇景,叫做"刘海戏金蟾"。相传这是当年刘海牵着金蟾在溪边游戏时留下的化石。关于这,黄山一带民间流传这样一个故事:黄山脚下汤口村有个青年农民刘海,一次在桃花峰下,救下了被大蟒缠住的一只金色的蟾蜍(由贾山南海龙王的女儿巧姑所变)。巧姑龙女倾心于刘海的英俊相貌、善良性情,还有把她从凶蟒口中解救出来的恩情,使她深深地爱上了刘海。一天刘海到白龙潭边伐木,发现一串金钱,叮当作响,却是金蟾在水下牵动丝线所致。不提防上次那条吞吃金蟾未遂的大蟒,突从背后向刘海扑来。小金蟾急忙从水中跃出,从刘海眼前跳向他的背后,引导刘海转身发现凶蟒。刘海

---

① 《仙女绣花石》,见《中国名胜传说》。

抽出砍柴刀,把恶蟒斩作两段。结果金蟾变回一位漂亮的大姑娘(即龙女),与刘海一同回到汤口村,结成眷属。①

再如在黄山西海门左右两侧的左数峰和松林峰上,各有一块奇石形成的名胜,一处叫"仙人晒靴",一处叫"仙人晒鞋"。传说古代西海左右两"岸"各有一座道院,仙都观里住着老道道玄及其徒弟太清,紫霞宫里住的是老道姑炼玉及其徒弟妙善。太清和妙善都是自幼出家,被各自的师父严加管束和熏陶。度过十几个寒暑后,太清十九岁,妙善十六岁,才有一次见面的机会。两位小道人一见如故,当两个人知道彼此就住在对面的山峰上时,真是相见恨晚。两人相约借砍柴提水之便,每天幽会谈心,成了情投意合的恋人。时间一久,隐情终于被各自的师父发觉。仙都观和紫霞宫里都颁布了严格的禁令,老道和老道姑给自己的徒弟划定了打柴、担水不得逾越的界限。西海后面的一条山溪便成了隔绝双方的"天河"。

然而,热恋中的太清和妙善,都在想方设法会见自己的恋人,倾诉彼此思慕的深情。有一天老道和老道姑都因事下山,太清和妙善出了山门,冲破师父给划定的那条无情线,又重新见了面,他们互相约定:只要师父下山,就以暗号通知对方,一个是晒一只靴子,一个是晒一双鞋。从此,这对深山恋人都在寻找幽会的机会,以便用晒靴晒鞋的暗号通知对方。但是这样的机缘并不容易碰上。有一天他们的师父都下山了,西海两岸的山峰上,一边晒出了靴子,一边晒出了鞋。太清、妙善喜出望外,飞也似的奔向他们经常幽会的地方。情话总是说不完的,他们正谈得高兴时,双方的师父都回山了。两边的山峰上传来"太清快回来!""妙善快回来!"的悠长喊叫。太清、妙善知大祸临头,看来师父们是绝对不会答应这桩姻缘的。这一双情侣,抱着"与其两山相望,不如同归于尽"的决心,携手来到西海门前,相抱在一起,纵身跳进了茫茫云海。对他们深深同情的山神化作一双白鹤,把他俩从云海深处轻轻托起,飞向了碧空。"仙人晒靴"和"仙人晒鞋"这对名胜,作为美妙的神话传说的见证,留在西海门

---

① 《刘海戏金蟾》,见《黄山:故事传说、风景名胜》。

两侧的山峰上。① 传说中的一双青年男女,他们的爱情在经历了磨难曲折以后,终于得到了玉成和升华。

诚挚的友谊,向为人们所珍视。有的山水传说着重礼赞了这种友谊。例如安徽泾县桃花潭,景色雅致,唐代大诗人李白应泾川豪士汪沦之邀,曾到此漫游。事前,汪伦在给李白的信中说,此地有"十里桃花,万家酒店"。李白欣然赶来,却不见桃花和酒店,汪伦说:"十里桃花,是指十里之外有一桃花渡口;万家酒店,是说桃花潭之西有姓万的人开的酒店。"李白大笑,遂与汪伦赶赴十里之外的万家酒店,豪歌狂饮。临别,李白作《赠汪伦》诗曰:"李白乘舟将欲行,忽闻岸上踏歌声。桃花潭水深千尺,不及汪伦送我情!"桃花潭自此名闻遐迩。②

2. 以坚忍、顽强为美

劳动人民崇尚意志坚定,激赏坚忍不拔、顽强斗争的人,把坚忍、顽强看作人格美的重要方面。

洞庭西山石公山

---

① 《仙人晒靴》,见《黄山:传说故事、风景名胜》。
② 参阅《中国风景名胜故事词典》第250页。

在诸种太湖成因的传说中,有这么一个故事:远古时没有太湖,这里是一片大荒原,穷苦人在此地垦荒种植,缺水灌溉,难有收成。有个名叫石顶真的中年汉子决心到南天河取点水来。他经历千辛万苦,克服常人难以想象的重重困难。终于到南天河边向护河将军讨得一瓶天河水。他又经原路艰难返回,赶到大荒原的中心地段,把瓶中之水倒出来,顷刻蓄成一个大湖,从此这里种粮养鱼水源充沛。这个大湖人们就叫它"太湖"。石顶真变成了一座山,立在太湖中,其山形好像一个男子汉持瓶倒水的样子,后人就叫它"石公山"。①

明代大画家沈石田(即沈周)的故乡吴县湘城乡有个小湖,从这个小湖向北望去,就是虞山。传说沈石田为了画好虞山,每天雄鸡报晓就起身,直到太阳落山才回去,在湖畔边看边画。不管严寒酷暑,刮风下雪,不知画了多少年,画纸用掉几大捆,湖水用掉多少担,坚持画下去,最后终于把虞山画好了。后人推崇沈石田坚忍不拔的精神,就把这个小湖称为"画师湖"。②

(三)江南山水传说中的智慧勇毅之美

智慧、勇毅,是人的一种优良的素质和一种优美的人格,向为人们所称道。有些山水传说以曲折生动的故事,歌颂了这种智慧、勇毅之美。

1. 以智慧和有力为美

在改造自然的过程中,在阶级斗争中,历代劳动人民表现出了无穷的智慧和力量。这是改造环境、战胜敌人、推动社会进步的重要条件。一部分江南山水传说表现了这样的主题。

无锡惠山二泉之水,艳称"龙津螭唾",早就誉满天下。唐朝宰相李德裕很爱这里泉水,责令地方官通过驿站把二泉水传递到京城长安,劳民伤财。诗人皮日休作诗给予辛辣的讽刺:"丞相常思煮茗时,郡侯催发只嫌迟;吴关去国三千里,莫笑杨妃爱荔枝。"关于惠山二泉,民间有一个生动感人的传说:惠山原叫龙山,龙山头上有口龙泉,泉水清澈甘美,人称"泉中之泉"。唐朝,无锡一知县官步前两任的后尘,装运数十船贴上"一泉"标记的龙泉水进京献贡皇帝,企

---

① 《石顶真取天河水》,见《无锡民间故事精选》。
② 《画师湖》,见《苏州民间故事》。

天下第二泉

图邀功升官。百姓们忍无可忍,要同官府拼一个死活。有位惠老头不主张硬拼,和大家商量再送一趟,并采用有效对策。运载龙泉水的船抵京后,故意按下不动。皇帝传下圣旨对运泉水之民"格杀勿论"。在法场上,惠老头挺身而出,说:"小民们无罪;犯欺君之罪的是县大人;龙泉水是'二泉水',二泉之名来于'泉中泉',这是家喻户晓的。我们两天前就赶到京都,只因明明是'二泉'水,县大人在标记上却写着'一泉',因此小民们不敢贸然送进宫来。"于是案子暂且搁下。不久,皇帝到江南游山玩水,在无锡龙山听到"二泉名酒阿要?""二泉名茶阿要?"的吆喝声不绝于耳。皇帝命小贩:"拿二泉名茶来看看。"皇帝一出口,满山的摊贩、游客都喊开了:"皇上也说是'二泉',勿是'一泉'……"一下子"二泉"之名喊遍山坡,传遍各地。于是皇帝赦放运送泉水的百姓们,而将无锡三任县官全部削职为民。其实,"二泉"之名是惠老头新起的,"二泉名酒"、"二泉名茶"是按惠老头的布置赶制出来的,摊贩和游客也是惠老头事先安排的,从此,"天下第二泉"名扬天下。为了纪念惠老头,人们就把龙山改称惠山。① 这则传说,赞颂了惠老头智勇双全的品格,他为了众人的生命安全,在危急关头敢于斗争,且富有智慧,想出了保护人民、惩治贪官的佳谋良策,终于取得了胜利。惠山以他的姓为名,他是当之无愧的。

与上述传说相仿,浙江金华有这么一个传说:金华双龙洞的外洞,有两个探出洞口的石龙头,像活的一样,长年累月地守护着双龙洞的汩汩流泉。传说清代某年,县老爷、府太爷和抚台老爷都出于讨好慈禧太后的目的,将右边的那只龙头凿下,用船送往京城。百姓中有个叫长山大哥的人,想出一个计策,

---

① 《二泉》,见《太湖传说故事》。

对抚台老爷说"这只龙头是活的,能吐水,但如果损坏了,或者安装得不得法,就会失灵,必须有一个当地手艺高的石匠跟去安装才行",又自我介绍说"我是双龙一带人,八岁就跟爷爷学打石头,当地就算我的手艺高,派我去最合适"。于是抚台老爷让他随着龙头一道上京城。长山大哥经过仔细打听,知道这次运龙头上京城,抚台老爷是坐八人大轿,走陆路;龙头用船装,走水路。他悄悄地和乡亲们商量好对付办法。船半路在苏州停泊时,长山大哥请押送的兵丁喝酒喝得酩酊大醉。长山大哥和双龙百姓打开箱子取出龙头,又把几袋石头装了进去。龙头被双龙百姓扛回家乡,安装到原来被凿去的地方。运送龙头的官船到京城后,抚台老爷叫人扛着箱子去奉献给慈禧太后。不料打开箱子一看,里面没有什么龙头,却是一些乱石头。慈禧太后大怒,抚台有口难辩,忙把长山大哥找来询问。长山大哥向慈禧和抚台行了礼,解释道:"我早就向抚台老爷说过,双龙洞的龙头是活的。也许是它使了解身法,自己早跑回双龙洞去了。"慈禧太后派人一打听,果然石龙头又回到了双龙洞。从此,就再也没人敢来拿它了。[1]

浙江省天台县北的石梁瀑布,其奇其美很有特色。清代著名思想家魏源在一首诗中十分传神地描绘了它的奇美:"天台之瀑奇不在瀑在石梁:如人侧卧一肱张,力能撑开八万四千丈,放出青霄九道银河霜。"[2]传说从前天台山脚住着个织布匠石梁,是个保护天台山的英雄。某夏,石梁织成三百尺白布,一天,趁半夜凉爽挑着布上山。只见山雾中停着一只大筏,几个怪人在那里挖掘珠宝,把挖出来的珠宝往筏上装。原来,那是一些到天台山盗宝的仙人。石梁抖开白布,把布的一头系在仙筏的尾上,一头系在山边一块很大的岩石上。他曾听老辈说过,凡人脚底的血滴过的东西,神仙便近它不得。于是他用布剪在脚底猛刺几下,把血滴在仙筏系布的地方,血和布凝在一块。公鸡啼了。仙筏载着珠宝飞不多远便飞不动了,仙人们发觉原来是给长长的白布拉住了,布上滴了脚底血,不但扯不断、解不掉,连仙筏也回不了天了。这些仙人中有太白

---

[1] 《追"龙头"》,见《浙江风物传说》。
[2] (清)魏源:《天台石梁雨后观瀑歌》。

金星、西王母、雷公雷婆等。石梁不为他们的利诱所动,并在他们的威胁之下宁死不屈。最后雷公雷婆发出一声霹雳,悬崖震塌近百丈。仙人们丢下一仙筏珠宝急急奔回天府。石梁在霹雳声中倒下了,他变成一根长长的岩石横躺在山崖上,手中还死死拉住白布不放。被扯住的仙筏跑不了,便变成一座桥,就是今天离石梁不远的"仙筏桥"。石梁手中的白布,变成一道长长的流水,即为"石梁瀑布"。① 石梁舍身保护天台山,成为人们千古传颂的地方英雄。

钱塘江畔月轮山上六和塔,系北宋初年,吴越王钱弘俶为镇江潮而建。在民间,却有这么一个传说:钱塘江边住着渔民夫妻俩及其儿子六和。六和之父被汹涌的潮水淹死,其母也被潮水卷走。六和发誓用石块填满钱塘江,以绝潮患。某次六和抛下的一块石头,正中龙王之头,砸歪了一只龙角,龙王痛得直叫。龙王要六和不再抛石块。六和要龙王将其母送回,以后不准乱涨大潮。龙王怕六和把钱塘江填没,只得答应。从此钱塘江潮水比原先小了。人们感谢六和制服龙王,就造了一座宝塔,取名"六和塔"。② 六和不惧龙王,抛石块迫使龙王不乱涨大潮,保护了钱塘江两岸的田地,受到人们的感谢。至今,人们瞻望高高的宝塔,便想起六和的智慧、力量和勇气。

天台山石梁瀑布

---

① 《石梁和仙筏桥》,见《中国仙话》。
② 参阅《中国风景名胜故事词典》第 188 页。

2. 以顺应自然、予取恰当为美

顺应自然,就是遵循客观规律,这是办一切事必须具备的基本知识;予取恰当,就是安分,知足,而不贪心。这是一种好的伦理意识和行为规范。

江苏溧阳丫髻山半山腰有个青龙洞,一进此洞,能看到左边石壁上有个洞眼,外观似喇叭状,外口大,里头小,有一条斜向的石槽,这就是"淌米眼"。很多年前,远处来了个大头和尚,到青龙洞里修行。青龙洞附近人烟稀少,大头和尚在洞里修行经常饿肚。有一天,大头和尚正盘坐在洞里,听到"沙沙"之声,一看,石壁上一个小拇指大小的洞眼在向外淌米,米一粒一粒地顺着石槽淌下。大头和尚赶紧拿过饭钵放在石槽下张米。淌米眼虽然有米淌,但淌得很慢、很少,淌一天,才勉强够大头和尚吃三餐粥。这样过了十天半月,大头和尚想,光吃粥的日子不好过,最好一天能吃上一餐干饭,再有点零钱花花,这个淌米眼里肯定有不少米,就是眼太小,不如把它凿大点,可以多淌点米。大头和尚找来凿子和锒头,对着淌米眼凿啊凿,淌米眼忽然不淌米了。大头和尚气得扔掉凿子和锒头,出了青龙洞,到别处去了。现在看到的淌米眼,外口大,就是那个贪心的大头和尚凿的。① 这个传说,以事实嘲弄了一个贪得无厌的人,教育人们必须遵循客观规律,顺乎自然,不可心存非分之想。

与此类似,雁荡山插龙峰下,有一个龙鼻洞。传说从前附近一寺院内有一个小和尚,某日失手打破一只饭碗,遭老和尚毒打后逃至那山洞内,发现龙鼻孔中往外流大米。从此,每当老和尚派他买米,他便到此取米。寺里客人多,龙鼻孔流出的米多;客少则流出的米也少。老和尚发觉小和尚买的米多过他给的钱,便悄悄跟踪,见小和尚在龙鼻孔下接取大米。贪婪的老和尚妄图把龙鼻孔中的大米一下子全弄出来,卖钱归己,就用扁担往龙鼻孔中一捅。只听一声巨响,山石横飞,老和尚葬身乱石堆中。自此,龙鼻孔不再流大米,而是滴着一滴一滴的泉水。② 现实给了贪心者以当头棒喝。

山水传说常常用如何对待山间宝物,来教育人们正确处理意外之财。

---

① 《青龙洞的传说(二)》,见《溧阳县资料本》。
② 参阅《中国风景名胜故事词典》第204页。

例如，江宁县有座方山，传说里面有许许多多宝贝。从前，方山脚下有一对穷苦的老夫妻，向地主租借一块土地，以种瓜度日。某年大旱，庄稼都枯死，老夫妻的瓜地上也干得只剩下一棵半死的瓜秧。老两口每天跑到老远的秦淮河边拎水来浇。浇呀浇，瓜藤上结出了两只大西瓜。他们原准备把瓜留种的。有一天来了个衣衫破烂的年轻人，又饿又渴，倒在瓜地边。两个好心的老人摘下一个大瓜，给那年轻人吃。年轻人吃了瓜，顿时恢复了体力，临走前送给老两口一把小铁锤，说是能帮他们还清一身的债，并指点他们：方山的东南角上，有个高高的土墩，用这锤敲三下再敲三下，就会打开石门，可以走进去，随意拿取珍宝，但待在里面不能超过一顿饭的工夫。两位老人照那年轻人说的去做，果真进了宝库，见里面堆满珍珠宝贝，金牛、金瓜等多得数也数不清。"苦来的才是正财"，老两口只拣了一个金娃娃，抱着出了洞，他们想只要还掉向地主借的高利贷，就心满意足了。他们刚出洞，石门就关闭，眼前依然是那个高高的土墩子。老头子把金娃娃抱到地主家还债。地主又惊奇又眼红，拼命追问金娃娃的来历，老头子被逼得没法，只好一五一十地说了出来。地主强买下老头子剩下的另一只西瓜，装作种瓜人，坐在路边等那神秘的过路人。

过了两天，那过路的年轻人居然来了。他吃了地主的瓜以后，又掏出一把小铁锤，把告诉老人的话向地主重复了一遍。过路人刚走，地主赶紧去找他指点的地方，像两个老人遇到的情况一样，也用金钥匙打开了石门。面对着满满的奇珍异宝，地主高兴得手舞足蹈，恨不得把所有的财宝统统带走。一顿饭的工夫过去了，地主还在抓这拿那，恋恋捞取，忽然一声巨响，石门猛地关闭起来。贪得无厌的地主再也没出来。① 这一传说，将穷苦的老夫妻与贪心地主的两种不同的态度和不同的结果作了对比，有肯定有鞭挞，寓意颇深。

又如，在黄山的后海深处，有个深水潭，叫"翡翠池"，古称"油潭"。其东岸有一只大"油缸"。油缸上面不远的河中有一个大石窝，名叫"炒籽锅"。锅里有无数鹅卵石，象征着榨油的菜籽。油潭的西岸，有一套榨油用的"榨床"。那"榨床"上终年流水不断，好像是油从榨床上源源流进油潭。

---

① 《金钥匙》，见《江苏山水传说集》。

油潭附近有座古庵叫松谷庵,庵内有一百多个和尚,山高僧多,庙里供食缺乏,连炒菜和佛前点灯的油都发生困难。松谷庵的长老定慧大师,在极其清苦的生活中,礼佛课诵,勤修苦炼,感动了山神。山神对全寺僧众供奉一潭菜油,在定慧梦中点化可在三更时分,用扁担去挑油。自此以后,松谷庵每晚都派一个和尚前往油潭挑油,解决了用油烧菜和点灯的问题。

十年后,长老定慧圆寂,松谷庵换了当家和尚。他只知吃油点灯,忘记了长老"去油潭挑油要保守仙机"的临终嘱咐。他经常派小和尚下山卖油赚钱。结果油潭有油的秘密传遍山下各村,夜里大家争着到油潭取油。喧哗之声惊动了山神,山神知是松谷庵的和尚们贪得无厌,泄露仙机,惹出了这场是非。山神放出火龙,把油潭里的油烧干。从此,油潭又变成一池清水。①

这个曲折生动的传说故事,有说服力地阐发了顺应自然、予取恰当的道理。

(四) 江南山水传说中的悲剧美和喜剧美

劳动人民把山山水水中的某些特殊形式的景物,引申到人间社会中来,或把人间社会中的至情至爱、至悲至切等等强烈的情感"移植"到某些山水景物上,生成带有戏剧性的故事,从中透露出悲剧美或喜剧美来。鲁迅指出:"悲剧将人生的有价值的东西毁灭给人看,喜剧将那无价值的撕破给人看。讥讽又不过是喜剧的变简的一支流。"②江南山水传说中,每多这些情况。

灵岩山东南坡有一块站立的男子汉形状的石头,人称"痴汉等老婆",并编创了一段悲壮而凄惨的故事,赋予它以时代内涵和伦理意义。传说秦朝时,灵岩山下一户农家,丈夫阿夯身高力大,勤劳善良;妻子阿巧心灵手巧,长得标致。离山不远的木渎镇上有个叫龚龙(外号龚扁头)的巡检司,得知秦始皇挑选大力士当卫士,便找岔子把阿夯送到京城,接着欲占阿巧为妾。阿巧以智和勇挣脱了龚扁头,但在此地待不下去,沦落他乡。后来,阿夯逃出京城咸阳回到家乡,见自家房屋已被烧,阿巧也不见了。他闯到龚家报仇,打死龚扁头等

---

① 《翡翠池》,见《黄山:故事传说、风景名胜》。
② 鲁迅:《再论雷峰塔的倒掉》(1925年作)。

人,火烧了他的衙门。阿夯原是一个老实善良之人,现在做了从来不愿做的事,发了疯。他爬上灵岩山坡,日夜站着,望着东方,痴心地等着妻子归来,久而久之变成一块石头。① 以上这则山水传说,是一出人生的悲剧,充满悲壮的意味。

钱塘江北岸有座山,叫望夫山。此山的得名,乃因:阿霞的新婚丈夫阿山被财主逼着出海运木头。约定的七七四十九天时间已过,阿山还没有回家。阿霞站在屋前的山岩上,流着眼泪向海里望。黄昏,海上突然起雾。阿霞着急地喊"阿山哥!"阿山船在海雾中,正绕山脚,过险湾,突然听到到处喊"阿山哥",阿山应了一声:"嗳",一失手,船碰上山岩,撞散了。阿山死了。阿霞还是天天叫,后来哭死在山岩上。山岩上就竖起了一块又高又大的石头,远望像一个人,成年成月站着,向海里张望。这就是阿霞的化身。人们就把这山叫做"望夫山"。那块像人形的石头叫做"望夫台娘子"。② 这则传说,反映了青年夫妇的一往情深,等待至死,精诚所至,化为巨石。与前文所述苏州灵岩山的"痴汉等老婆"有异曲同工之妙。

九华山十王峰西北,有一巨石,状似石龟,翘望北斗,名曰"金龟朝北斗"。传说天宫王母的侍女玉女与北斗星君的徒儿金童偷偷相爱。王母发觉后,怒将玉女变成一条鱼儿,贬入九华山百丈潭。金童悄悄下凡与之相会。北斗星君十分同情,用法力把他们变成凡人,让他们结为夫妻。王母闻知大怒,亲来九华山,用手一指,把玉女变成一棵树,这种树名叫"玉女幢";又把金童变成石龟,定在峰顶,使他们永世不得相见。但石龟爱心不死,终日眼巴巴地望着北斗,盼望北斗星君再来搭救。③ 其情其景,同样充满悲剧的气氛。

浙西江郎山,上有三爿石,是著名风景点。三爿石也称三片石,古时又称江郎石、灵石、郎峰。相传古代曾有江姓三兄弟登其巅,化为三座石峰,故名。当地人说:三爿石是灵石,能随势上下浮动,这当然只是人们的幻觉,但由此亦可见它的雄奇多姿。传说,从前江郎山是个海口,自此处可以直通东海龙

---

① 《痴汉等老婆》,见《太湖传说故事》。
② 《阿霞娘子望夫山》,见《京杭运河之光》。
③ 参阅《中国风景名胜故事词典》第225页。

宫。东海龙王有个小女儿海公主,羡慕人间男耕女织,夫妻恩爱,偷偷爱上了山下的江氏三郎。蛤蟆将军、老鳖精和虾兵蟹将齐来作乱。江姓三兄弟经恶战,制服了这些水族,而他们却被海水浸得发硬化作石头了。这就是后人称的"江郎三爿石"。海公主哭得昏死过去,化作杜鹃鸟,围着"三爿石"边飞边叫。这一传说,将奇异的山景赋予悲剧的氛围,呈现着一种崇高之美。①

还有一些山水传说,讽喻挪腾,妙趣横生,颇富幽默感,带有喜剧的色彩。

三 以特殊手段为精神文明建设服务

根据马克思主义美学的原理,美是社会实践的产物;人们的审美意识是通过社会实践对于客观世界的美的反映;而美与善有着内在的联系;尤其在社会主义条件下,美与善达到了高度的统一。山水传说的一个重要功用,在于帮助游览者作山水美的欣赏。而山水传说的另一个重要功能,乃是"寓教于游",即让游览者一边在山山水水间游览观光,一边听述有关某些景物的富有寓意的故事,在饶有兴味之时,在不知不觉之间,接受某种社会伦理观念的熏陶。

(一)伦理说教与山水审美相结合

山水传说中的伦理说教,往往与山水审美结合起来。也就是说,山水传说是边引导人们游览山水风景,边进行伦理说教。

山水传说在进行山水审美之时,着重对壮丽山河作赞美,对与山山水水有关的优秀历史人物作歌颂,从而阐扬爱国主义的思想,抒发爱国主义的感情,使人们接受爱国主义的教育。例如人们在游览杭州山水时,听有关岳飞与某些山水关系的传说;人们在游览无锡黄埠墩时,听有关文天祥与此墩关系的传说;人们在游览镇江山水时,听韩世忠梁红玉与金山关系的传说;人们在游览浙江海边的某些山水时,听戚继光在这一带抗倭的故事;对这些民族英雄倍加钦佩,激发起爱国主义的思想感情。这是大家都深有体会的。

同时,山水传说在如上的审美活动中,通过对实有景物的描摹,歌颂劳动人民尤其是优秀人物的种种美德。例如鲁班、鲁妹(《鲁妹造伞》)的勤劳智慧;

---

① 《江郎"三爿石"》,见《衢州市故事卷》。

惠老头(《二泉》)、长山大哥(《追"龙头"》)、石梁(《石梁和仙筏桥》)的智勇兼备和舍己为公等等。

另一方面,山水传说在对山山水水进行审美以外,还对某些山水进行审丑(审美的对立面,属广义的审美)。这是因为,在江南的山山水水间,也有一些山水比较的"丑",或怪奇,或阴寒,或险恶,或荒诞……这些山水,谈不上是美的,却也是一种自然界的存在,给人以某种与美感、愉悦、恬适等等相反的感觉。围绕它们产生的某些山水传说,在对有关山水进行审丑时,引申到人间社会,鞭挞了种种恶行。例如南京清凉山鬼脸城的传说,就是这方面的代表作。

(二) 富有想象,启人思绪

劳动人民在创作山水传说时,想象力特别丰富,能透过种种表面的风光,深入地沉思,飞扬地想象,编创出曲折生动、发人深省的故事情节来。

太湖西岸,有座山岗,人称"磨盘山"。磨盘山下有个村庄,叫陶家庄。从前,村庄里有一个叫陶百万的大户,陶百万家里有个小长工,叫陶青,干着磨猪食的活计。某夜,他听到外面隐隐约约传来"咕噜噜"的声音。他顺着声音,寻到一座高山脚下。终于在山坡上发现一个小山洞,磨声就是从这个小山洞里传出来的。他走进洞口,走了一程,看到洞底一盏明灯下,放着一只宝磨。突然传来说话声,询问他要磨什么。陶青不贪财,说只要磨五斗糯米粉,以便分给村上穷苦人,做点团子过个年。可是村上穷苦人太多,陶青只好一再去找神磨,要求帮忙再磨点糯米粉,分给全村所有的穷苦人家。

陶青到山里磨糯米粉的事,传到陶百万耳朵里。陶百万想发大财,便叫来狗腿子进福商量出一条计策。夜里,陶青悄悄地溜出陶家来到山洞,打算请神磨再磨一点糯米粉,接济村东的孤老太。一进洞,陶青就念起秘诀。磨盘立即转得飞快,转眼间白花花的糯米粉已经磨出来了。不料,陶百万带着进福偷偷跟在陶青后面,将秘诀学了去。这时,陶百万命进福把陶青拉出山洞,绑在一棵树上。

陶百万在山洞里迫不及待地念起秘诀来。按他的诀词,磨盘里吐出了黄金和白银。磨盘不停地转,金银不断地增多,越堆越高。陶百万高兴得手舞足蹈。进福走进洞来,也高兴得拍手拍脚。

黄金、白银越堆越高,很快就把陶百万和进福埋住了。原来这磨盘要磨什么东西,在念秘诀时,就要把数量讲清楚。陶青不爱钱财,只为穷苦乡亲磨五斗糯米粉,磨完五斗,磨盘就自动停下来。陶百万不晓得这个奥秘,又贪心不足,只想金银越多越好,磨盘当然停不下来。磨盘继续"咕噜噜"地转,金子、银子慢慢地把这个山洞堆得密不通风,最后,连洞口也被封住。陶百万、进福被金子、银子埋葬在里面,再也出不来。

翌日清晨,村上穷乡亲们得到消息,赶来把陶青从树上救下,然后走近那座山,只听见山中还响着"咕噜噜"的磨盘声。从此,大家就把这座山叫做磨盘山。① 这则传说,赞扬了小放牛陶青一心为他人的精神,鞭挞了陶百万之流的贪得无厌,爱憎之感和是非之感是何等的鲜明。

与上述传说相似,还有一个传说:镇江南部有座大山,状如磨盘,中间有洞,像磨脐,因称磨脐山。相传几百年前,山下有个小放牛的,给歪嘴老财主放牛。某日他牵牛到磨脐山上吃草,把牛绳搭在牛背上,让它自由自在地吃,不料到天黑时牛不见了。他整整寻了一夜,都没见到牛的踪影。歪嘴老财主一听不见了牛,抓起鸡毛帚子又打又骂,要他赔牛;并限他三天,若找不回来,就叫他像牛一样地拉磨、耕田。小放牛围着磨脐山转了三天三夜,终于在山上找到一个水缸口大小的洞。他壮着胆子进了洞,越来越亮堂,见到老黄牛牵着磨。小放牛赶忙上去解绳子,却解不开,更牵不动。忽然出现一位慈眉善目的白发老爹,问他来做什么。小放牛一五一十说了来意。白发老爹指着老黄牛说:"它是金牛,我把它收回来磨粉子,给天下穷人吃用。"白发老爹叫小放牛到磨盘上抓几把金豆子去赔牛。小放牛只抓了一把,灌进口袋。白发老爹叫他再抓几把。小放牛说只要够赔牛就行了。

小放牛回到歪嘴老财主家。歪嘴老财主原想发作,见小放牛掏出金豆子赔牛,喜上眉梢。问明原由,歪嘴老财主要小放牛带他进山洞拿金豆子。小放牛只得带他上了山,进了洞。老财主见到金牛,伸手就牵。老黄牛把他踢倒在地,他好容易才爬起来。白发老人冷笑地对歪嘴老财主说:"好,你抓吧!"歪嘴抓了一把又一把,灌满了四个口袋,又把布兜肚灌得鼓鼓的。财主恶狠狠地对

---

① 《磨盘山》,见《太湖传说故事》。

灵岩山乌龟望太湖

小放牛说："跟我回去,明天再来。"小放牛不肯走,歪嘴老财主动手就打。白发老人见他又恶又狠,贪得无厌,骂声"畜牲",用手一指,道声"变",只见老财主的四只口袋伸长为四条腿;兜肚变成个大肚子;脖子长了,头也大了,财主变成黑牯牛。从此,白发老人让小放牛留在洞里,两头牛归他管,白天是老黄牛拉磨,夜里叫黑牯牛拉磨。[①] 好人、恶人终于得到了应有的归宿和报应。这则传说的教育意义同样是很大的。

(三) **幽默诙谐,情趣盎然**

劳动人民是世界的创造者,他们具备改造世界的能力,具有自信和幽默的气质。因而,劳动人民创作的山水传说中,不乏幽默感。不少人情事理,便在幽默、调侃中表达和显露出来。

灵岩山半山腰有一块形若乌龟的山石,翘望着太湖,人称"乌龟望太湖",

[①] 《磨脐山中隆隆声》,见《江苏山水传说集》。

样子挺可笑。传说这石乌龟是太湖里横行霸道的大鳖的同党、水族衙门里营私舞弊的官老爷老乌龟,由如来佛用定身法把它钉在灵岩山上。① 这则传说,说明了善恶总有报应的道理。而在讲述之中,颇为幽默、诙谐,有情有趣,令人忍俊不禁,又能从中得到某种启示。

　　从以上的粗略分析,可知江南山水传说中的社会精神之美是十分丰富和有光彩的,其思想艺术特色是相当鲜明的。劳动人民在其中寄托了自己的思想感情,表达了自己的伦理观念,这是我们在研究时须加特别留意的。研究江南山水传说的社会伦理观念,是很有意义的。列宁指出:"无产阶级文化(包括道德——引者注)应当是人类在资本主义社会、地主社会和官僚社会压迫下制造出来的全部知识合乎规律的发展。"②江南山水传说是历代江南劳动人民创造的优秀的人民文化之一,清新、自然、朴素、健康,具有我们国家江南地区民族文化的特色,它们带有民主性和革命性,足可提供社会主义精神文明建设的参考。

　　山水传说具有很高的美学价值。它的美学价值,不仅包括自然山水之美,而且包括社会精神之美。优秀的山水传说是劳动人民的优美情操和高尚的道德品质统一的产物。因而山水传说可以巩固、加强和提高人们的美感和道德品质。这就是我们重视和珍贵江南山水传说的社会伦理意义的根本原因。让我们在山水旅游中,更好地领略山山水水之美,并经受精神上的陶冶和洗礼吧。

---

① 《乌龟望太湖》,见《太湖传说故事》。
② 《列宁选集》第 4 卷,人民出版社 1972 年版,第 348 页。

第二章　江南山水传说的美学意义

第三章 江南山水传说的人文意蕴

江南山水传说的人文意蕴极其丰厚。其中显现着江南地区历史上的重大变革情况，闪发着众多历史人物的遗泽光芒，反映着各个区域的文化特征。可以毫不夸张地说，江南山水传说从一个重要的侧面，体现着江南地区的一部文明史。因而江南山水传说的人文意蕴是很值得研究的。

第一节 江南山水传说与人文历史

江南山水传说充满着江南地区人文历史的内涵。江南山水传说是江南地区人文历史的一个支脉，或者说是一个投影。江南地区的人文历史，在江南山水传说中得到了充分的反映。

一 江南山水传说与江南史

传说不等于历史，却有历史的影子。日本著名学者柳田国男先生说："传说的一端，有时非常接近历史，甚至界限模糊难以分辨；而其另一端又与文学相近，有时简直要像融于其中。"[1]民间传说是典型的艺术化的历史，或者说是

---

[1] 〔日〕柳田国男：《传说论》。

具有历史性的艺术。

从宏观的观点看来,山山水水是历史演变的产物,山水间的胜迹则是凝固的历史,因而从某地的山水胜迹可以看到该地的历史脉络。古人有言:"看山如观画,游山如读史。"这话言之有理,相当精辟。

一地方的历史沿革,必在山山水水间留下历史的印痕。大量的山水传说,叙述、说明了这种历史的沿革。所以,某类山水传说可以说是一种民间的历史。

在江南的山山水水间,曾经发生过一系列的历史事件,历史上的各种人物都在江南山水间有过踪迹。从江南的山水传说,可以看到与山水胜迹有联系的历史人物和历史事件。江南山水传说,在某种程度上反映了江南的历史。这一类山水传说,在民间起到了形象化的历史教材的作用。

二 人文历史的投影,"凝固历史"的解释

山水胜迹,是各地的"凝固历史"。在山水传说中,有着各地人文历史的投影。相当数量的江南山水传说,就是这种"凝固历史"的解释;在这类山水传说中,可以看到江南地区人文历史的若干投影。

(一) 山水传说与远古概貌

从部分山水传说可以看到江南地区开天辟地的概貌和先民们开辟草莱、以启山林的踪迹。

登上苏州穹窿山的最高峰箬帽峰,俯眺周围山峦,顿有"一览众山小"之感。确实,它比西边的邓尉山、玄墓山,东边的天平山、灵岩山、阳山高得多。俗话说:"阳山高又高,不及穹窿半截腰。"可是据说上古时,这座山却比其他山低得多,而且山梁中间是凹下去的,当时人们认为这个山口就是天之口,沿传下来,后来就用"口天"两字合在一块来作为这一带的地名,称为"吴"。穹窿山南面有一大片竹林,林中经常有大象走来走去。玉皇大帝看中了这块宝地,在密林深处建了一座行宫。有一回,一伙荆蛮人(苏南人最早的祖先)追逐野兽,从西北方进入山口,在此以猎象为生。这一来惊扰了玉皇大帝,玉皇大帝命兽神把大象赶走,使猎人们无以为生。猎人中有个百岁老人箬翁智慧过人,他知

道玉皇大帝和人们作对,就出了个主意,叫大伙儿砍去竹林,开荒种田。玉皇大帝十分生气,命火神在太阳经过这里时加上三把火,晒得种田人热不可耐。箬翁教大家用箬叶做成平顶帽来遮阳。玉皇大帝又命水神,当雨车经过这里时,把东海的水吸过来,下倾盆大雨。箬翁便叫大家把平顶的箬帽改成山尖形,这样暴雨也难不倒种田人了。但是雨下得实在太大,眼看庄稼就要被淹,箬翁和大家一起摘箬叶,做成一顶像山顶似的大箬帽,由几十个壮汉抬住帽檐,把庄稼田遮起来。可是就在大箬帽做成时,箬翁病倒了。玉皇大帝见暴雨也制服不了人们,便命风神在严冬时节大刮狂风,从西北方向经山口向南刮。大家赶紧去请教箬翁,病得沉重的箬翁,临终留下最后一句话:"箬帽顶风!"于是大家赶快把大箬帽抬起来,用帽头对着山口,果然有效。玉皇大帝命风神设法毁掉大箬帽,风神便把风反个方向吹进帽底。种田人没防备大风猛一转向,大箬帽脱了手,化成一座山峰。从此它就像一道屏障,世世代代替种田人遮挡西北风。玉皇大帝没有办法,就不再到穹窿山来。人们为了纪念箬翁,就把这座箬帽状的山峰起名为"箬帽峰"。① 这则传说,描绘了远古时代江南吴地的自然风貌和先民们改造原始环境的种种努力。

新石器时代,江南地区出现了稻作文化的萌芽。早期的稻作生产状况在有的山水传说中有所反映。例如太湖胥口外有座山,叫凤凰山。有则传说说,远古时江南还不生长水稻,先民们过的是渔猎生活。每年九月初九重阳节那天,总有一只五颜六色的雄凤凰,从太阳出来的方向飞来,它嘴巴上衔的一串金黄色的金链条落了下来,并和雌凤凰相会。于是下一年重阳节,人们发现金链条一串串地挂在湖滩的青稞上,这就是稻谷。胥口外的凤凰山,远远望去,活像一只展翅欲飞的金凤凰,头南尾北,两侧是一道道沙丘,像是铺开的一对翅膀。据说那是雄凤凰飞走后,雌凤凰活活急死的遗体。因为老凤凰死了,一群小凤凰只好下太湖觅食,变成了成群结队的凤尾鱼。② 这则传说,介绍了苏州太湖之畔自然风物(凤凰山、水稻、凤尾鱼)的来历,当然这是想象性的,却也表现了民间的某些观念和心理。

---

① 《箬帽峰》,见《太湖传说故事》。
② 《凤凰山》,见《太湖传说故事》。

太湖里有个小山岛,相传古时候大禹治水时曾在这里召集各路首领开会,后人遂称禹期山。治水将完工时,大禹打算留一只石鼋作为"镇妖石"镇住太湖水龙。于是,他将禹期山上一块颜色好看的大石头凿成一只石鼋。因此禹期山又称为鼋山。到了宋朝,有个贪官朱勔听说太湖里鼋山上有只石鼋,想把它运到京城献给皇帝。一天,朱勔带着奴仆来到鼋山,只见那只石鼋周约一丈,高可三丈,鼋身上刻着两句诗:"鼋头戴山山不崩,东望东海西吴兴。"朱勔指使奴仆把石鼋装走,可是人再多,石鼋就是抬不动。老百姓说这石鼋是神物,朱勔听了大怒,下令把鼋头敲掉。一个奴仆抡起铁锤朝鼋头打去,轰隆一声,鼋头断下顺势滚下湖去。湖面上即时刮起一阵龙卷风,朱勔被卷进太湖喂了鱼鳖。风平浪静后,只见鼋头落水处出现一座小山,活像伸起的鼋头。于是后人把原来的鼋山称为"鼋背山",把旁边的小山称为"鼋头山",两山相距很近,远远望去,真像一只浮在水面上的大鼋。① 这则传说,显示了大禹治水的遗泽和朱勔大闹"花石纲"的劣迹。

(二)山水传说与吴越春秋

山水传说留下了江南地区漫长历史足迹的踪影。尤其是春秋吴越的故事,在江南的不少山水传说中有精彩的反映。

苏州虎丘山上有一块大磐石,平削而广大,可站立千人,叫"千人石"。传说春秋末年,吴王阖闾死后,有上千人被赶到这里造墓。这一千名手艺高强的工匠,从山上凿石穿底,用金银浇铸铺坑,整整三年才造成,墓中还殉葬了"扁诸"、"鱼肠"等三千柄宝剑。坟墓落成的头天晚上,吴王夫差和他的心腹伯嚭来到虎丘山麓一座桥下,定计谋害那一千名造坟的工匠,以保守坟墓的秘密。夜晚山顶上静悄悄的,工匠们辛苦劳累了不少日子,都东倒西歪地睡卧在磐石上。有一个年轻工匠,听说山下老母亲病得只剩一口气,便趁守卫的官兵打瞌睡,偷偷从磐石上溜了下来,走过小桥时,忽听桥下有人低声说话。原来正是伯嚭在向夫差献计,要在天亮前,以喝完工酒、看鹤舞为名,在酒中下毒药,害死一千名工匠,将他们一起殉葬。这年轻工匠闻此情况,赶快奔回山顶,向工

---

① 《鼋山石的故事》,见《无锡民间故事精选》。

匠们报告凶信。工匠们闻知凶信,想一起冲下山逃跑,但是警备森严,无法脱逃,过了一会,只听山上山下鼓乐齐鸣,仙鹤飞舞。数千官兵手执斧钺刀戟,气势汹汹地把工匠们团团围住。立即点名传令,请工匠们喝完工酒,看鹤舞。工匠们心中早已有数,大家举起酒樽一齐朝磐石上狠狠地摔下去。夫差知已泄密,立即回避,号令官兵动起手来。工匠们奋勇抵抗,在磐石上同官兵展开肉搏,终因没有武器,统统被杀害。千人之鲜血染红了偌大的山石,因此叫"千人石"。① 这是春秋吴国的一段史事。

是的,关于吴越春秋的历史故事,常常附着在江南山水之间。如苏州灵岩山顶有过一座美丽的宫殿叫馆娃宫,是当年吴王夫差特地为他的妃子、越国美女西施建造的。这座宫殿造得像月宫一样美丽辉煌。宫后建造了一座御花园,园内花木四季常青。山巅造了一座琴台,每当星月交辉,清风习习,吴王就伴着西施在琴台上饮酒操琴。过琴台,有一条长廊叫"响屧廊",据说廊下地皮挖空,放了许多大缸,缸上铺了木板,吴王让宫女们穿了木屐在廊上跳舞。宫女们裙子上系着小铃,发出叮叮当当的声音;木屐踏在木板上,发出铮铮淙淙的回响,形成好听的"音乐",吴王最喜欢听。

西施高兴时也穿起木屐跳舞,跳得又累又热了,便在殿前的一个池塘里沐浴。因为她和宫女们身上的脂粉香气太多,所以这个池塘叫"香水溪",又叫"胭脂塘"。吴王还命人造了一只精巧的小船,他和西施经常在池塘里"泛舟采莲",这就是所谓的"山顶行船"。

西施到吴国后,一心思念故国,心中闷闷不乐。吴王为博得西施的欢心,在御花园中另开了一个小池塘。在一个月明风清的夜晚,池塘内微波荡漾,月影闪闪,西施用双手掬起池水,月影立即映在手中。她对吴王说:"你看,我能玩月于手中。"吴王赞美西施聪明,西施却得意地笑了。于是这个池就叫"玩月池"。

据说西施在灵岩山上只有过两笑半,第一次笑即是上述在玩月池,第二次笑在西施洞,还有半笑在山顶上。

---

① 《千人石》,见《太湖传说故事》。

有一次吴王和西施到馆娃宫避暑,走到半山一个石洞边,吴王得意地说:"这个石洞关过越王勾践,他曾在这里蓬头赤脚当马夫。"西施听了很难过,脸上却不得不装出笑容。吴王忙问:"爱妃有什么好笑,莫非我讲得不对?"西施忙岔开说:"这石洞里凉风习习,好像回到了家乡,心里很高兴。"吴王听了说:"天下以爱妃为最美,以你的名字最好听,这个洞就叫它'西施洞'吧!"西施嫣然笑着。这是西施在灵岩山上的第二次笑。

还有半笑是这样的:一次,西施和吴王在山顶远望太湖。西施想,太湖那一边就是越国,有朝一日事成后,倒要考虑一条近便的去路。她便向吴王说:"我看到前面有一座小山,叫什么山呢?"吴王说:"那是香山。"西施问:"为什么叫香山?"吴王说:"我命人从越国带来的香草,都种在那山上,这香草炼出来的香水,是专门供给你用的,所以叫香山。"西施听了露出一丝笑意(即所谓"半笑")说:"到香山去可怎么走呢?"吴王说:"这里下山到木渎乘船就可以到香山。"西施摇摇头说:"要兜这样大一个圈子,太远啦!"吴王听了,马上叫人拿来弓箭,对准香山方向一箭射去,命人:"以箭开河!"不久,一条笔直的河开好,吴王与西施经常乘坐画舫,一路吹箫弹曲到香山去采香草。这就是"箭香泾",又叫"一箭泾"、"箭泾河"、"采香泾"。

西施想方设法利用吴王的荒淫,消耗吴国的财力,使吴国百姓怨声载道,让吴王失去民心。有一次她对吴王说:"大家都说我西施生得美,我自己却看不到。"吴王便叫人在山顶上开井,把井水当镜子照,山顶上开井真是万难,百姓怎能不怨恨呢?这就是至今还留在灵岩山顶的"吴王井"。

越王勾践经过"十年生聚、十年教训",向吴国大举进兵。吴国终于被越国吞灭。越国打了大胜仗。但是越王勾践是一个只能共患难、不能同富贵的人。据说,越王命人骗西施上船,到了太湖中心,把她绑上大石条,推入湖中,沉溺而死。范蠡赶到馆娃宫接西施,扑了空,知道西施被越王杀害,自身也难保,就赶紧逃到无锡五里湖隐居。也有人传说,范蠡接西施一起逃到了无锡,后又到江西经商致富,这就是所谓"陶朱致富"。① 这是西施、范蠡与苏州、无锡一带山

---

① 《西施和馆娃宫》,见《太湖传说故事》。

水关系的一个传说。

范蠡、西施与无锡蠡湖关系的传说,也很著名。蠡湖之滨的蠡园,风景极为壮丽。蠡园之名来自蠡湖,而蠡湖原叫五里湖,又因西傍漆塘山,俗称漆湖,系太湖之一角。它的改名是因为范蠡。相传春秋末年越国大夫范蠡帮助勾践打败吴国,功成身退,和西施泛舟这湖上,所以后人称其为蠡湖。传说范蠡和西施在蠡湖东南一条小溪边居住时,听说越王勾践把文种等一批功臣处死,勾践夫人把宫女沉溺江中,两人悲痛地驾舟在小溪上连叹三声,因而这条小溪就叫"三叹荡"。随后,西施登上小溪中的小土墩,蹬足眺望越国都城,泪水流湿衣襟,这个墩后人就叫"西施墩"。又传说范蠡和西施在五里湖隐居终身,生前常在湖上荡船,死后葬在湖畔不远处,该湖乃称蠡湖。①

江南地区,范蠡和西施的行在颇多。如浙江嘉兴南门外一里,有个环境优美的范蠡湖。据说,此湖的水脉,原与南湖相通。湖边有座水榭,叫做"西施妆台"。夏天,孩子们下湖游泳,能摸到许多美丽的五彩螺。范蠡湖中的螺蛳为啥是五彩的呢?传说当年越国发愤图强,终于打败吴军,攻入吴都姑苏。范蠡在吴宫寻着了西施,对她说:"据我看来,越王是个只能共患难,不能同富贵的人。现在越国已经复国雪耻,我们责任已尽,日后变化难料,我们还是趁早走了吧!"西施早就爱上了范蠡,一听范蠡说得有理,便毅然决然跟范蠡离开吴宫。他俩改名换姓,驾着小船,往来于无锡、姑苏、嘉兴一带,做丝绸生意。后来在嘉兴南门外定居下来,范蠡特地造了个梳妆台,西施每天早晨对着青铜镜梳妆打扮后,随手把洗脸水倒入湖中。哪晓得湖里的螺蛳吃了西施的胭脂水,变成彩色螺了。后来,人们知道在这里隐居的就是范蠡和西施,于是就把这湖叫作"范蠡湖",把水榭叫作"西施妆台"。清代著名学者朱彝尊写过这么一首诗:"落花三月葬西施,寂寞城隅范蠡祠。水底尽传螺五色,湖边空挂网千丝。"说的就是这件事。②

在往后的一些历史时代里,亦有类似的山水传说反映了各时代的历史

---

① 《蠡园》,见《无锡县民间故事集》。
② 《五彩螺》,见《嘉兴市故事卷》。

状况。

(三) 山水传说与近现代变革

近现代的若干史事,也在山水传说中有所反映。例如荣德生造长桥和吴子敬造吴桥的传说故事便是这一类例子。

有一次荣德生(1875—1952)去漆塘,在湖边渡口等船。许久才有渡船摇上来。上了船,船小人多,风又大,摇到湖心,小船摇晃起来,吓得船上的妇女小孩又喊又叫。船上有个人认得荣德生,荣德生却不认识他。这个人挤到荣德生面前,故意高声说:"我们无锡有个发财人,开了几爿大厂,就是舍不得在这里造座桥。"船上有个老头说:"你这个人说话不吃力,这么宽的湖面,得造多长的一座桥,荣德生一个人造得起吗?"那个人见有人搭腔,越发高声说:"他荣德生造得起梅园,还造不起一座桥?他赚钱只顾自己享福,怎么舍得造桥方便别人?"老人反驳道:"你这个人不要瞎说荣先生,荣先生不是小气人。"这两人一直争到小船靠岸,荣德生只是听着,上了岸,他又看了一眼湖面,才慢慢走去。到荣德生六十岁那年,他果真在这个渡口动工造起桥来。桥长百丈,桥孔六十,因为桥造在宝界山下,所以取名叫"宝界桥";又因为桥特别长,所以又叫"长桥"。①

无锡北塘吴桥横跨在黄埠墩西面的大运河上。这里河面宽阔,风急浪大,水流湍急,常常船翻人亡。长期以来,人们南来北往,只靠渡船,很不方便。上海丝业界名人吴子敬,一天来乘摆渡船;摇摆渡的阿二,非要坐满二十人才开船,任吴老板说多给一些钱也不肯提早开船。阿二并激道:"无锡荣德生独资造长桥,你吴老板这样大气派,为啥不造一顶吴桥方便方便大家!"吴子敬气得脸发红。后来,他狠狠心,真的造了一座吴桥。"吴子敬一怒造吴桥",现在无锡北塘一带还有这一传说。②

如果一一排列起来,反映历史事件印痕和历史人物踪迹的那些山水传说,组成了江南历史的一条长长的轨迹。读者们是不难认识和体会的。

---

① 《荣德生造长桥》,见《无锡民间故事精选》。
② 《吴子敬一怒造长桥》,见《无锡民间故事精选》。

三 反映历代劳动人民对山山水水的改造、开发

一部分山水传说,讲述了历史上治山治水和美化山水的活动。在这些活动中,虽有朝廷专员、地方官吏等牵头,但作为对山山水水改造、开发的主体,却是历代劳动人民。这些山水传说述说了劳动人民对山山水水的改造、开发,是颇有历史意义的。

(一) 从山水传说看改山换水

山水传说中不乏这样的例子,即折射了古代人们在江南地区改山换水的情景。

西汉张渤,在太湖一带治水有功,被人们神化为神。无锡鼋头渚上面的那座山叫南犊山,鼋头渚对面湖中心有一座中犊山,同中犊山隔湖相对的是北犊山。传说很早以前,南犊山、中犊山、北犊山连成一座很大的笔架山,分隔太湖,封住河口。是谁凿开两个山凹凹,凿出南、北两个犊山门的呢?据说是一条猪婆龙用牙齿啃出来的。传说,这条猪婆龙化作一个男子汉张渤,带领千家万户凿开两个水口。在工程进行的过程中,遇到了种种困难。在最后的关键阶段,张渤以猪婆龙的原形亲自啃山凹凹,工程终于完成。可是由于他露了原形,被玉皇大帝派天兵天将抓去坐天牢。经太白金星说情,允许猪婆龙每年定期回人间一次。这一日是夏历二月初八,无锡人把这天称作"张渤生日",并在南门外造了"张元庵"供奉张渤,年年设祭,香火不绝。①

湖州龙溪江,是西汉武帝时,有个兼管农田水利的搜粟都尉赵过征集民工开凿的。它自太湖引水南来,环城而去。传说河成水到时,一位白胡子老爹看见河面上闪闪波光,说是龙鳞,那赵大人莫不是条青龙,长河是他所化?而城北黄龙山的那个大洞,相传是一条搅得干旱的黄龙所据。湖州老百姓为此将这条长河起名"龙溪江",把那个水洞叫"黄龙洞"。自从有了这条龙溪江,湖州便水旱调匀,五谷丰收,成了鱼米之乡、丝绸之府。②

---

① 《猪婆龙啃开犊山门》,见《无锡民间故事精选》。
② 《龙溪江与黄龙洞》,见《湖州市故事卷》。

在今杭州之地,秦置钱唐县,据南朝刘道真《钱唐记》说:"在灵隐山下,至今墓址犹存。"灵隐山在哪里?说法不一,大都主张在西湖以西的山麓或山间盆地。秦汉时代,今杭州市区还是一片潮汐出没的海滩,至少今城南江干一带,尚未成陆,江面宽阔。为了防止海潮侵袭,据说汉末地方官华信,招募百姓筑海塘,答应运土石一斛给钱一千,因而参加运土石的人很多。不料运到以后说不筑了,百姓无奈,只好倒掉土石离去,这样海塘也就堆成,所以叫"钱塘"。当然,这一传说未必可靠,但可以说明汉末这里已经开始修筑海塘了。①

(二) 从山水传说看山林和水域美化

江南地区山林和水域美化做得比较充分,因而这方面的山水传说也较多。如前述宜兴玉女潭即玉女山庄这一名胜,除自然山水外,还有不少人造景点。所谓玉女和山神造景云云,不过是一种托词,实际上是历代劳动人民装点修饰而成。

杭州西湖白堤横亘在西湖东西向的湖面上,它将"西湖十景"中的"断桥残雪"和"平湖秋月"作为起讫点,将西湖分割成外西湖和里西湖。苏堤纵列在西湖南北向的湖面上,其起点和终点也包含了"西湖十景"中的两景,即南端的"南屏晚钟"和北端的"曲院风荷"。它将西湖中的小南湖、里西湖、岳湖与外西湖分割了开来。这样,白堤和苏堤就把整个西湖分割成了五个大小不等的湖面水域,使西湖风光显得层次错落,步移景换,意境动人。白堤和苏堤又像两条美丽的纽带,把西湖众多的景点联为一体。说起白堤和苏堤,人们便自然地联想起唐代和宋代两位大文学家白居易和苏东坡。

由于白堤与白居易的姓正好巧合,而白居易在杭州担任刺史时确曾在西湖附近建过一条堤,于是人们便自然地把白堤与白居易联系了起来。实际上,白居易当年在杭州筑的堤称为"白公堤"(因年代久远,早已荒废),与今天的白堤(白沙堤)是两条湖堤。白居易在杭州担任地方官期间,为老百姓兴修水利,治理湖水,所谓"惟留一湖水,与汝救荒年"。所以当白居易离任时,当地老百姓扶老携幼,含泪相送。而白居易本人也依依不舍,留下了"处处回头尽堪恋,

---

① 参阅赵永复:《十大古都》,上海古籍出版社 1992 年版,第 141 页。

就中难别是湖边"的诗句。后人为纪念白居易,便把白沙堤改称为白堤。

宋代文学家苏东坡与杭州的关系,更为密切。苏东坡曾先后在杭州担任通判和知州。苏东坡来到杭州后,看到西湖中淤塞严重,便下决心整治。他动用了二十多万个人工,将已经淤塞了一半的西湖中的湖泥葑草挖出,并用这些挖出的葑泥修筑了一条长堤,纵贯西湖南北。当地人们为了纪念这位治湖利民的地方官,便把这条长堤称为苏堤或苏公堤。在苏东坡的管理下,西湖景色愈加美丽。他也写下了不少歌咏西湖的诗句,其中最著名的是《饮湖上初晴后雨》诗:"水光潋滟晴方好,山色空濛雨亦奇。欲把西湖比西子,淡妆浓抹总相宜。"①

苏州东南澹台湖上的宝带桥,是一座曲拱大长桥。中秋节之夜,月光映照,从每个桥洞中均可看到一个月亮,一长排桥洞下的水面上有一长串月亮在晃动,美妙非凡,如入仙境。这座宝带似的长桥的建成,据说有唐代苏州刺史王仲舒的资助(他捐献了祖传宝带),然而主要还是千百名能工巧匠智慧和汗水的结晶。

太湖中,鼋头渚西北斜对面有两座山:小箕山和大箕山。传说这两座山是由无锡东乡吼山背后鸡笼岭里两只见义勇为的锦鸡变成。人们为纪念锦鸡,在小箕山上造了一座"锦园",在大、小箕山之间筑了一条"锦堤",把这两座山装点成为优美的风景名胜之地。②

清代乾隆皇帝对宋朝范仲淹的为人很敬仰,他下江南曾到过苏州天平山,命苏州知府在天平山麓建造了"高义园",还亲书"高义园"三个大字,刻在石坊上。范仲淹与天平山的传说故事颇多,其中一个是这样的:范仲淹小时候家里很穷,和母亲一起住在天平山脚下的咒钵庵里,一天只吃三顿薄粥,冬日便吃凝冻的粥块,读书肚子饿了,就拿一块吃吃。范仲淹的同窗好友石曼卿家中很富,看见范仲淹吃"白云糕",十分感动,便送了不少酒肉菜饭给范仲淹。但范仲淹将这些酒菜原封不动地放着,仍吃冻粥块,以吃苦自励。石曼卿叫人用

---

① 《白堤、苏堤与白居易、苏东坡》,见《中国名胜古迹故事》。
② 《小箕山和大箕山》,见《太湖传说故事》。

糯米粉仿照范仲淹的"白云糕",做了方糕,天天送去。范仲淹晚年入相,仍不忘石曼卿过去对他的好处。有一次,范仲淹通过儿子慷慨地把自己的俸禄五百斛麦子连同运输的船只一齐送给已家道中落、父母和妻子都亡故的石曼卿。后来,范听到石去世的消息,哭了三天三夜。据说,天平山钵盂泉旁一块巨石上有个石纹人影,活像一个站在钵盂泉旁掉泪的老人,人称"仙人影"。[①]

扬州瘦西湖自六朝以来即为风景胜地。该湖原名炮山河,又名保障河。因绕长春岭(即小金山)而北,又称长春湖。因为此湖与杭州西湖相比,另有一种清瘦秀丽的特色,故称"瘦西湖"。清代钱塘(杭州)诗人汪沆有诗云:"垂杨不断接残芜,雁齿虹桥俨画图。也是销金一锅子,故应唤作瘦西湖。"瘦西湖之名遂著称于世。它原是纵横交错的河流,历代经营沟通,运用我国造园艺术,因地制宜地建造了很多风景建筑。由史(可法)公祠向西,从乾隆御码头开始,沿湖过冶春园、绿杨村、红园、西园曲水,经大虹桥、长堤春柳,至徐园、小金山、钓鱼台、莲性寺、白塔、凫庄、五亭桥等,再向北至蜀冈平山堂、观音山止,湖长十余里,犹如一幅山水画卷。既有天然景色,又有扬州独特风格的园林,是名闻遐迩的风景区。关于瘦西湖风景区的形成和命名,民间有着不少的传说。

(三) 从园林传说看城市山林的辟建

园林,是自然山水的浓缩性再造,是城市里的山林。"江南园林甲天下。"苏州、杭州、扬州、南京、无锡、湖州、上海和各地城镇,有着大批精致美妙的古典园林。关于江南园林,民间也有很多的传说。从这些园林传说,可以看到历史上江南地区城市山林的发生、发展的大体风貌。

关于园林的传说,大致有以下一些情况:

1. 状摹园林工程之宏丽和匠师技艺之高超

如上海豫园有一座大假山,幽谷洞壑,扑朔迷人,如入重山叠嶂。它由明代假山高手张南阳设计筑成。传说建此假山时,主人亲自登门邀聘张南阳,并答应张南阳提出的一切条件。张南阳到工地后,接连两月不是在黄石堆中攀上爬下,便是和工友们一块吃喝。监工的管家看得心中着急,报告主人。主人

---

① 《高义园》,见《苏州民间故事》。

说,张南阳这样做,必有他的打算。果然不出所料,张南阳腹稿打定,工友们精神养足,动工不到七天,就出色地完成了这项著名的假山艺术工程。①

2. 讲述某某园林的沿革变迁

如苏州拙政园,初为唐代诗人陆龟蒙(?—约881)住宅,元时为大宏寺。明正德年间(1506—1521),御史王献臣官场失意,辞职还乡,买下寺产,改建成宅园,并借用晋代潘岳(247—300)《闲居赋》"灌园鬻蔬……此亦拙者之为政也"的语意,取"拙政"二字为园名。王献臣有一独子,吃喝嫖赌,挥霍无度。王献臣忧心如焚,到大街上拆字摊求卜,他随手写了一个"拙"字。测字人说:"这个'拙'字,从'手'从'出',所问之事,挥手即去。"王献臣无比失望,暴病而终。王献臣死后,其子嗜赌尤甚,一夜之间,竟把这座名园输给他人。② 这就是这座江南名园的一段沿革史。

3. 叙述某某园林名称的由来

如苏州网师园,原为南宋史正志万卷堂故址,号称"渔隐"。清乾隆时由宋宗元重建,借"渔隐"原意,自比渔父,故称"网师园"。又传说宋宗元有独子双喜,一次到澹台湖边钓鱼,不慎跌落湖中,幸得渔翁王思父女相救。后来双喜拿了二百两银子去致谢。王思父女坚持不受,双喜越发敬重他们。自此,他常去湖上拜望,渐渐与王思的女儿桂芝姑娘互生爱慕之意,感情日深。但他知道父亲决不容许自己和一个渔家姑娘结亲,就瞒着家里和桂芝偷拜天地。婚后夫妻恩爱,育有二子。双喜的父母蒙在鼓里,多次为儿子议亲,儿子总是推说等功名成就后再提婚事。双喜二十四岁中了举人,他看再也瞒不下去,只得向父母实情相告。宋宗元见两个孙子长得非常可爱,又觉得王家父女舍身救人,颇有侠义之风,可钦可敬,就高高兴兴地把儿媳请回家里。不久又把王思接入府中养老。为表示对渔翁的敬爱,就把花园改名"网师",还把附近一条小巷改名为王思巷。③

---

① 参阅《中国风景名胜故事词典》第140页。
② 参阅《中国风景名胜故事词典》第148页。
③ 同上。

4. 传说园林中某某山石的轶事

如苏州留园停云馆前院，有三块高大湖石，居中一块名冠云峰，两旁的一名岫云峰，一名瑞云峰；此三湖石，形巨挺拔，集"瘦"、"漏"、"绉"、"透"之优绝，世称"留园三峰"。传说北宋时，徽宗赵佶要在汴京（今开封）造御花园，命朱勔赴苏州搜罗奇石。洞庭西山有户姓石人家，祖孙三代以凿湖石为生，技艺精湛，名冠一时。但他们拒绝为昏君贪官效力，趁夜驾船躲入湖边芦苇丛中。朱勔大怒，亲率官兵入湖搜捕，遍寻不见，向芦苇丛中乱箭齐发。天明时，官军在芦苇深处发现祖孙三人的尸体已化为三块高大的湖石，石上大大小小的孔洞，还在汩汩淌血。朱勔又惊又喜，命人装石上船，准备回京请功。不料船行至湖心，突然狂风大作，浊浪滔天，船翻石沉。朱勔知惹怒湖神，若打捞必性命难保，急忙上岸逃走。至明嘉靖时，三块湖石突然出现在苏州市上，被徐时泰购得，置于东园（留园前身），保留至今。①

5. 描绘某某园林的风景特色

如无锡惠山东麓的寄畅园是江南著名的山麓园林，建于明朝。它除了一般园林所必具的假山池塘楼台亭阁外，通过借景的手法，尽纳锡、惠两山的景色，在有限的空间内造成深远不尽的意境，为其他园林所不及。关于寄畅园的传说颇多，这些传说除反映了某些历史人物与此园的关系、在此园的活动，还表现了它的独特风

无锡寄畅园

---

① 参阅《中国风景名胜故事词典》第152页。

光和特有景物。

6. 附会某某皇帝与某某园林的关系

如苏州狮子林荷池边有个真趣亭。传说乾隆皇帝某次下江南,到狮林禅寺游玩,由尚未授职的新科状元黄熙迎候。乾隆见园中石狮形态各异,一边在假山石中左盘右旋,一边听着黄熙妙语连珠的讲解,觉得十分有趣。他们来到一座亭子下边,见亭上没有题额,乾隆立即索来纸笔,写了"真有趣"三字。黄熙见皇上题名平庸,灵机一动,奏道:"臣见皇上御题铁划银勾,神采飞扬。其中那个'有'字更是百媚千娇,就请皇上把这个字赐给小臣吧。"乾隆眉头一皱,马上明白了他的弦外之音,就将"有"字裁下,赐于黄熙,留下"真趣"二字作了亭额。①

又如上海嘉定古猗(一作漪)园,明嘉靖年间(1522—1566)始建,初名猗园。清乾隆十一年(1746年)修葺扩充后改今名。传说此园是明朝一个京官为其母亲建造的仿皇园。园落成后,有人参奏皇帝,说此人建"四面厅"、种盘槐树,妄图"面南称孤"。皇帝闻之大怒,立即派人将其满门抄斩,将死尸埋在竹枝山下。后来竹枝山长出的矮竹,叶子均镶白边,人称"吊孝竹"或"冤竹",至今高不过膝。②

7. 追叙某某文人与园林的关系

如建于宋代的苏州沧浪亭,五代末年时,此处原为吴越中吴军节度使孙承祐别墅。北宋庆历五年(1045年),苏舜钦(1008—1048)被削职后,以四万铜钱购下这所废园,临水筑亭,因有感于渔夫《沧浪之水》歌而命之为"沧浪亭",并作《沧浪亭记》。他的好友欧阳修(1007—1072)闻知,专门写了一副对联从安徽滁州寄来。联云:"清风明月本无价,可惜只卖四万钱。"苏舜钦见下联粗俗无味,不知老友用意何在,只好先将上联挂起来,待请饱学之士妙手成偶。可是,人们听说上联出自欧阳修之手,一时无人敢续。一年,苏舜钦大病初愈,在亭中举杯小饮,想起病中乡亲们不断看望,经常将洞庭东、西两山的各样鲜果

---

① 参阅《中国风景名胜故事词典》第149—150页。
② 参阅《中国风景名胜故事词典》第142页。

和太湖鲜鱼送来给他品尝补养,又帮他洒扫庭院、灌园锄草等种种情谊,顿感乡情温暖如春,遭贬愁绪一扫而光,不由诗兴大发,凭栏吟道:"东出盘门刮眼明,潇潇疏雨更阴晴。绿杨白鹭俱自得,近水远山皆有情。"吟罢,顿觉若用"近水远山皆有情"去对"清风明月本无价",岂非上乘佳构?于是,他致信欧阳修,请他把这个下联补写出来。欧阳修一见"近水远山皆有情"之句,拍案赞道:"果然珠联璧合,天衣无缝。"当即挥笔书联,并专程赶来向苏舜钦道贺。后来,这副楹联就被刻在沧浪亭石柱上。①

8. 讲说某某园林中发生过的故事

如苏州耦园因住宅东、西各有一园,故名。始建于清初,后归卸任官员沈秉成。沈夫妻情深,特聘画家顾沄主持,大事扩建,并在枕波轩前挂着一副对联:"耦园寓佳偶,城曲筑新城。"表达了园主夫妻双隐归田后在园中枕波、听橹、织帘、吟诵的柔情蜜意。沈秉成死后,此园落入一个荒淫无耻的富商手里。此人妻妾成群,还垂涎府中一个丫环,伺机奸污了她。丫环含恨上吊自尽。曾与之暗暗相爱的一个奴仆决心为她报仇。一天,趁富商酒醉夜归,一脚将他踢进荷花塘中,自己也跳塘自杀。此事传开后,有人把枕波轩前的那副对联换了两个字,改为:"耦园寓假偶,城曲筑死城。"讥刺这个富商妻妾虽多,情意却假,害人害己,落得个人死园空的下场。②

又如嘉定古猗(一作漪)园竹枝山上的缺角亭,1931 年"九一八"事变后由南翔镇乡民所建。亭缺东北一角,表示东北沦陷;另三个角各举一拳,表示中国人民收复失地的决心。侵华日军入侵后,常进古猗园砍树、拆毁亭阁。一次,拆至缺角亭时,只见一白发老人站在亭前,怒视日寇。一个日军头目见状,欲行凶拔刀砍老人。老人一个鹞子翻身,敌人的屠刀劈在石头上,打断的刀尖飞入另一日本兵的胸口。此时,园内风声大作,似千军万马杀来。日军大惊,急急逃出古猗园,此后再也不敢来拆缺角亭了。③

江南园林传说实为江南山水传说的一部分。这些传说洋溢着浓郁的江南

---

① 参阅《中国风景名胜故事词典》第 149 页。
② 参阅《中国风景名胜故事词典》第 148—149 页。
③ 参阅《中国风景名胜故事词典》第 142 页。

人文气息,颇具特色,弥足珍贵。

以上从三大方面阐述了江南山水传说与江南人文历史的关系。足见山水传说与人文历史是密不可分的。山水传说是人文历史的一种载体,山水传说也是一地方人文精神的一个组成部分。

第二节 江南山水传说与历史人物

山水传说中,有相当一部分作品,讲述了山山水水与某些历史人物的关系,或某些历史人物曾到过此山此水,留下了踪影和故事。当然,山水传说所讲述的历史人物的故事未必绝对的真实,但至少折射了历史人物的若干活动和业绩,具有相当的参考价值。江南各地的山水传说,每多这方面的情况。

一 山水传说与历史人物的关系

历史上著名的政治家、文学家等,其足迹往往比较广泛,常常涉猎山山水水,因而山水传说便自然地讲述他们与山山水水的关系。江南山水传说与历史人物的关系,不外乎以下几种情况:

(一) 某些历史人物与江南山水确有关系

地处长江下游三角洲南部的江南地区,是中华长江文明的一部分。早在史前传说时代,大禹在江南一带治水,留下了许多古迹。黄帝也到过江南,在黄山炼丹经年,又传说其飞升处是浙江缙云仙都。自有文字记载以来,一系列著名的历史人物,与江南的关系更是有史可据的。例如春秋吴越时期的阖闾(?—前496)、夫差(?—前473)、勾践(?—前465)、伍子胥(?—前484)、范蠡、文种等人,他们的活动,是吴越春秋史的一个重要内容。秦始皇巡游江南数次,留下了很多的古迹和传说。颜真卿(709—785)、白居易(772—846)、苏东坡(1037—1101)等人都在江南做过官,为民办过实事、好事。范仲淹(989—1052)是苏州吴县人,他与这一带的山水关系密切。岳飞(1103—1142)、韩世忠(1089—1151)、梁红玉、戚继光(1528—1587)等人都在江南地区抗击过敌寇,其坚贞不屈的豪气直贯长虹。明朝开国皇帝朱元璋(1328—1398),在江南打过仗,在南京当过皇帝。直至近现代,许多历史人物都与江南山水有过关系,并在山水传说中有所反映。

(二) 某些历史人物与江南山水有所关系,又有民间附会的因素

山水传说中的历史人物活动和事迹,多有渲染的成分。而对有些历史人物与江南山水的关系,其附会的因素可能更多一些。例如东汉开国皇帝刘秀(前6—57),在王莽之乱时曾逃亡江南,被追逐,屡屡在义士的掩护下逃过难关。而关于刘秀在江南山水间的某些传说故事,在大体有其事的前提下,不免有虚构的情节。其他如关于康熙皇帝爱新觉罗·玄烨(1654—1722)、乾隆皇帝爱新觉罗·弘历(1711—1799)与江南山水的关系,在某些传说中,也惯用虚构手法,加以夸张渲染,以求绘声绘形,曲折生动。这是一部分山水传说与历史人物的状况。

(三) 某些历史人物出现在江南山水传说中,基本上是民间假设的

有些历史人物,或在历史上名声很大,或富有神秘气息、传奇色彩,民间关于他们与江南山水的关系,往往编创出一些传说故事加以弘扬。然而这些传说故事,多半是假设的,凭空想象的。这些传说故事,说得活龙活现,煞有介事,不过还缺乏充足的根据来证明确有其事。这种情况,在相当一部分的山水传说中,或多或少地均有所存在。这也正好说明了,某些山水传说中历史人物的故事和历史事件的过程,同客观的历史事实是有所距离和差别的。对于这部分山水传说,只能是:讲者姑妄讲之,听者姑妄听之而已。

二 折射历史人物的活动和业绩

唯其某些历史人物与江南的山山水水确有关系或有所关系,因而不少山水传说讲述了他们在江南的故事,这部分山水传说折射了这些历史人物的活动和业绩。

(一) 远古人物的踪影

史前古史传说中的人物如大禹、黄帝等,与江南山水的关系,在江南山水传说中有所反映。

1. 大禹与太湖平台山、金陵凤凰山等

大禹,是历代人民心目中的英雄。大禹在江南一带有很多治水的历史功绩。前人记曰:"太湖中小山之名崄者有四,其上皆有禹王庙,惟北崄最称灵异。"①有一个传说说,早先太湖里有个妖怪叫"崄"。平时它盘踞山头,见有船来,就下水兴风作浪,拱船吃人。大禹决心为民治害,他来到太湖,看见有一处湖水在往上冒,再看湖区的三里周围还有六个地方在冒水。大禹以为是湖底的一个大泉眼和六个小泉眼,哪知走近一看,原来是崄在水里翻滚。大禹从身上解下一条长带向崄头抛去,崄头被套中。可是这妖怪力气很大,把长带绷断。大禹纵身一跳,跨上崄背,双臂用力揿住崄头,把崄头揿到湖底。老百姓都来帮忙,抬来一只特大铁锅覆到崄头上,然后将沙石泥土堆上去,堆成一个平平的大土墩,崄终于被征服。从此,这座山就叫平台山。大禹纱带落下的地方,就是平台山两边的西沙罩,也叫"西沙带"。远望平台山,呈紫红色,据说是铁锅化成的铁砂。②至今人们乘船航行在太湖中,经过平台山,仍会想起三千多年前的大禹。

传说古代金陵(今南京)是出凤凰的地方。城南有座凤凰山,夏禹王来此治水时,曾召集风伯、雨师、雷公、电母以及其他人马,商议治水大事。禹王答应凤凰从金陵西南的三江口搬到凤凰山住,但要作为吉祥物的凤凰(据说金陵若无大凤凰,金陵宝地就会变海洋)令百鸟衔去三江的土泥,使大江之水滚滚东流,将金陵的大水退净。相传,"凤凰山"之名就是后人据此而叫起来的。③

常熟虞山之巅有剑门,气势磅礴,为虞山佳绝处。峰巅之巨崖如刀劈斧斩,豁裂达数十米,倚天绝壁,上干云霄。传说当年大禹治水经此,因石挡道,拔剑砍之,顿时天惊石破,爆裂巨缝,故有"剑门"之称。④

当然大禹与江南山水的传说还有不少,此不一一述举。

---

① 《太湖备考》卷十六《杂记》。
② 《大禹治崄》,见《苏州民间故事》。
③ 《凤凰山》,见《南京的传说》。
④ 《剑门钥匙》,见《常熟掌故》。亦传,此处原有庞然大石,吴王夫差于此试剑,将巨石劈裂为二,呈石门状。

虞山剑门

2. 防风与封山、下渚湖等

传说禹王治水时,找到一大部落的首领漆氏。漆氏告诉大禹,该地治水的功劳全归他儿子。禹王见小漆氏身材异常高大,治水方略很好,且有不少良才一起治水,便请小漆氏辅佐自己治水,并将一块山水齐备的宝地封赐给小漆氏立国为王。这块宝地介于浙江德清封山和禹山之间,方圆百里之广。封山是一座弓形山,冬季能抵挡西北风,因而禹王赐小漆氏姓"防风",国称防风国,王称防风王。防风国内有个大湖叫防风湖,即今下渚湖。登山下望,下渚湖四周千河百港,形成汪汪水网,一派水乡泽国风貌,故防风氏别称"汪网氏",也称"汪芒氏"。①

防风与江南山水的传说,多集中在浙江北部一带。

---

① 《防风立国》,见《德清县卷》。

3. 黄帝与缙云仙都山、黄山石笋峰等

传说黄帝打败了蚩尤,就铸了一只大鼎来庆祝胜利。天上飘来一片彩云,彩云中降下一条黄龙,来接黄帝和大臣们登天。黄帝就是在浙江缙云仙都升天的,现在仙都石笋峰还有放鼎的遗迹。因为宝鼎太重,那地方被大鼎压得凹陷下去。日子久了,里面积满了水,人称"鼎湖"。湖里长有大莲花,色彩特别鲜艳,因为它是黄帝脚踏着骑上龙背时的花朵儿,格外好看。大家都来采。后因采摘者太多,天上刮起一阵神风将它收了去。只有一个很小的花瓣儿,被风吹到一座山上,日夜发出闪闪金光,人称"金花"。这座山就是今天的"金华(古'花'字)山"。下面的县城即"金华县"。①

传说黄帝升天之处,在缙云县仙都山。县名的由来,《大明一统志》载:"以县有仙都山,古称缙云山,故名。"而仙都山的命名,却与一则传说有关:相传唐朝天宝八年某日,在缙云独峰山上,突然霞光四射,五光十色,只听得丝竹管弦,仙乐鸣奏,但见朵朵彩云,徐徐下降,环绕独峰山萦回飘荡,直至夜深方渐渐隐去。地方官亲睹异景,上报玄宗皇帝,唐玄宗叹曰:"是仙人荟萃之都也!"亲书"仙都"二字以赐,这就是"仙都"名称的来历。仙都山地处括苍山北麓,其间有九曲练溪,山水飘逸,景色神奇,如同世外仙境。被誉为"天下第一石"的鼎湖峰,依傍练溪拔地而起,奇特挺秀,崖壁上有明万历年间的摩崖石刻"鼎湖胜迹"四个大字。

上述传说,除介绍仙都风光外,还述说了其西北一百多公里的金华山。

与雁荡龙湫、匡庐瀑布并称"天下三奇"的黄山石笋,耸立在黄山后海。传说,很早以前轩辕黄帝在黄山采药炼丹历时八个甲子(四百八十年)。黄帝最爱吃嫩竹笋和鲜韭菜,当时黄山却缺少这两样东西。丞相容成子和浮丘公,便派人到山下移来一些笋根(即竹鞭)和韭菜种子。容成子把笋根种植在后海的望仙、五老、始信、上升诸峰之间的石缝中;浮丘公则把韭菜籽撒在黄山的层峦叠嶂之上。于是,满山的嫩笋和鲜韭菜,为轩辕及其侍从们提供了食用不尽的菜蔬。后来轩辕黄帝带着他的左右丞相容成子和浮丘公乘龙上天,其他侍从

---

① 《金花》,见《浙江风物传说》。

也各奔东西。这样,竹笋和野韭菜便无人去挖、去割了。时间一久,韭菜年年生长;竹笋则成了宝塔一样的大笋,逐渐变硬,终于变成了石笋。现在狮子、碁石、石门、白鹅诸峰上的野韭菜,就是当年浮丘公撒下的种子。那石笋矼上的根根石笋和高耸云霄的石笋峰,则都是容成子栽植的竹笋变成的。①

黄帝与江南山水的传说,除以上所举,别处还有。

(二) 若干帝王的行迹

历史上某些帝王,在民间流传的故事颇多,在山水传说中也常常有着他们的踪迹。

1. 秦始皇与天目山、茅山、马迹山、秦淮河等

东天目山大仙峰西北高处有一块巨石叫"试剑石";西天目山顶东南坡有一块高约五丈的巨石称为"宝剑石",又叫"剑忘石"。传说都与秦始皇(前259—前210)南巡时上天目山发现并采得灵芝有关。据说前者是秦始皇以"工布"剑劈试而成;后者是秦始皇将宝剑插入山地,竟变成了巨石。②

茅山山脉延绵数十里,山峰很多,几乎每个山峰均有传说。其中一个关于四平山的传说,与秦始皇有关:秦始皇想长生不老,一次他东游时得梦,梦中仙家指点他:"欲求不老术,茅山有仙道。"于是,秦始皇带领随从直奔茅山。茅山道人隆重接待,领秦始皇游览茅山道观。道观屹立峰巅,巧夺天工,茅山奇特的山洞,幽深曲折,洞中有洞,秦始皇大饱眼福,赞不绝口;再游山,登峰顶,环顾四周,群山林立,把茅峰团团围住,真是"群山托峰",巍巍壮观。秦始皇站在峰顶狂笑道:"唯我独秀!"向上望,头接红日,如入太空;往下看,白云绕脚,如腾云驾雾。可朝南看,只见一座大山,山峰直插云霄,遮住了视线。他脸一沉:"此为何山?"茅山道人答:"玄武山。万岁,就是这座山,仗着山高,挡住南来的日月精华,破坏了我茅山风水,也阻碍了万岁成仙之路。"秦始皇听了大怒,即命王灵官前来搬山。王灵官奉旨来到,手执钢鞭对玄武山拦腰一抽,只见一个巨大的山峰朝东南方向飞去。那山峰落在长荡湖边的柚山附近,叫大

---

① 《石笋和野韭菜》,见《黄山:传说故事、风景名胜》。
② 《试剑石》、《宝剑石》,见《天目山的传说》。

涪山。而那玄武山留下的是座四四方方的平顶山，成了茅山门前一平台，据说是仙人出入茅山的台阶。后来，文人雅士来此观赏奇景，发现山形四方，呈平顶，故题名为"四平山"。晴日傍晚，四平山上落日余晖，层林尽染，美景如画，"四平夕照"之称由此而来，成为"金坛八景"之一。①

　　太湖西北部的山岛马山（马迹山），其西南端有一个小山嘴，上有一个土墩，脚蹬时咚咚作声，竟像是鼓声。相传吴王夫差曾在此亲擂战鼓，所以叫战鼓墩。传说秦始皇有一次巡视南方，来到此山。他骑在一匹神马上，向前一望，只见白茫茫的一大片，无边无沿，水天相连，就是太湖。他用鞭子在马屁股上一抽，神马四蹄生风，在水面上飞奔。秦始皇双目一闭，只听见耳旁风声呼呼，待他睁开眼睛，马已停在一块大石排上。秦始皇想到东海边看日出，便举起鞭子朝马屁股连抽三记。神马之头高高仰起，四足腾空，秦始皇一晃，一只脚离开马蹬，往前一踢，一只靴子甩了出去，落在一座山峰上，此山峰后来就叫"秦履峰"。当时，因马被秦始皇打痛，四足一蹬，在大石排上踏出了四只马蹄印，人称"马迹石"。这个山岛也就称为"马迹山"。②

　　南京秦淮河亦与秦始皇有关。秦淮河古名龙藏浦，又名淮水。相传秦始皇东巡会稽，过秣陵，掘断连岗接石头城处，即凿开江宁县方山、石跪山，引淮水北入长江，始有秦淮河之称。唐人记曰："当始皇三十六年，始皇东巡，自江乘渡。望气者云：'五百年后金陵有天子气。'因凿钟阜，断金陵长陇以通流，至今呼为'秦淮'。"其注云："其淮本名龙藏浦，其上有二源：一发自华山，经句容，西南流。一发自东庐山，经溧水，西北流入江宁界。二源合自方山埭，西注大江。其二源分派，屈曲不类人功，疑非秦始皇所开。古老相传，方山西渎江土山三十里，是秦始皇开。又凿石跪山西，而疏决此浦，后人因名秦淮也。"③

　　杭州在秦时为钱唐县。秦始皇三十七年（前210年），也就是他在世在位的最后一年，始皇南巡九疑山（今湖南境）后，沿长江顺流而下，经丹阳（今安徽当涂东北丹阳）到钱唐，本欲在此渡浙江（今钱塘江）。传说宝石山下有当年缆

---

① 《大涪山与四平夕照》，见《金坛县资料本》。
② 《马迹山》，见《无锡民间故事精选》。
③ （唐）许嵩：《建康实录》卷一《吴上》。

船石的遗迹。城南包山以西诸山,原名秦望山,相传也是秦始皇企图渡江的地方。但是由于江面辽阔,波涛汹涌,只好到西边江面比较狭窄处①去渡江,在那里东往会稽(今浙江绍兴),祭祀大禹,立下了著名的"会稽刻石"。②

秦始皇与江南山水的传说还有不少,这里不及尽举。

2. 刘秀与茅山等

传说东汉开国皇帝刘秀(前6—57)在茅山脚下有遇难、成亲和招兵的一段经历。刘秀被王莽追兵逼近至茅山之麓现在叫神亭的地方,被一位耕田老汉岑彭相救;接着与岑彭的女儿成亲。岑彭(?—35)陪刘秀到茅山访问了两位勇士姚(铫)期(?—34)和马武(?—61)。四人一齐来到茅山脚下龙草滩。滩上有一块鼓形巨石。岑彭说:"你们三个人,都来踢石鼓,谁踢响石鼓,就保他夺天下、坐江山。"姚期、马武分别踢了石鼓的东、西两面,石鼓都是一动不动,只各留下了一个大脚印。而刘秀对石鼓连踢三脚,三声巨响,天动地摇,把茅山的一座山峰震得一分为二,即"南震山"和"北震山"。姚期、马武听得巨响,双双跪倒在刘秀面前,愿跟随他打天下。他们招兵买马,扩充地盘,打了千百次仗,终于建立了东汉王朝。刘秀做了东汉皇帝(光武帝),其岳丈岑彭却在战火中死了。刘秀在茅山脚下造了一座岑彭庙;又在当初藏身的地方造了一座"神亭"。王莽追赶刘秀的那座小山,叫做神亭岭。踢石鼓的地方是龙草滩。③关于刘秀遇难被救、终于夺下天下的传说故事,在江南各地多有流传。上述这个传说,虽然有些附会之说,但从总体上反映了刘秀的这段经历,具有一定的参考价值。

3. 梁武帝萧衍与莫愁湖

在南京莫愁湖公园郁金堂的内壁上,嵌刻着梁武帝萧衍(464—549)写的《河中之水歌》,是给一个普通女子莫愁写的诗。莫愁是洛阳人,自幼聪明,采桑、养蚕、纺织,识一些字,能写几句诗文,还跟父亲学了一手采药、治病的本领。她十六岁那年,父亲上山采药时摔死。建康商人卢员外帮她办了老父的

---

① 据考证大概位于今浙江富春。秦时尚无富春之名,富春乃汉朝由余杭分出。
② 参阅赵永复:《十大古都》,上海古籍出版社1992年版,第139—140页。
③ 《刘秀的传说》,见《金坛县资料本》。

后事,把她带回家中,给自己的儿子做了妻子。卢员外原是梁朝的将官。一天,梁武帝来卢家商议军机,瞥见莫愁女,被她惊人的美丽吸引住。梁武帝起了歹心,先把卢员外之子支开当兵,又找茬子害死卢员外,然后下旨选征莫愁女进宫。第二天,莫愁女来到长江边上,上了一只小船,要远离建康,避开梁武帝的迫害。乡亲们闻讯赶来,站在江边呼唤莫愁女。莫愁女站在船上,听到喊声,心如刀绞,想想走又不好,不走又不好,急得没了主意,便不由得狠跺一脚。小船摇晃前进,其经过处马上生出一条圩埂,围成一个大湖。湖刚围好,小船倾翻,莫愁女落水而死。人们为纪念她,便把此湖叫做"莫愁湖"。也有人说,莫愁女并没有死,她划着小船飞快地离开了。乡亲们都护着这位好姑娘,等梁武帝派的追兵赶来时,都假说莫愁女"自杀"了。梁武帝心中有愧,就作了《河中之水歌》来为自己遮羞。①

4. 刘备、孙权与北固山溜马涧

三国时,刘备(161—223)从荆州赶到镇江来招亲。新妇就是孙权(182—252)的妹妹孙尚香。孙权之母吴国太在北固山上多景楼相完女婿,便叫孙权在甘露寺宴请刘备。席间,刘备见宽阔的长江里波浪起伏,一只打渔的小船行驶自如,对孙权说:"人家说南方人会弄船,北方人会骑马,这话一点也不假啊!"孙权听岔了气,以为刘备讥笑他不会骑马,就一定要跟刘备赛马。早先,北固山从前峰到后峰有条长长而弯曲的小路,叫龙埂,又叫溜马涧或跑马坡。这条路宽仅尺余,两边都是悬崖陡壁,孙权要和刘备在这条路上赛马。刘备无奈,只得奉陪。孙权拗着气,将马缰绳一拎,就一马当先,拼命地跑了。刘备有意让他三分,紧紧跟在后面。两匹马从山下经过这条龙埂直望山上跑,眼看就要到后峰了,这后峰的顶端是悬崖,下面就是滚滚长江。孙权未勒住缰绳,马快冲下江了。刘备将马肚子一夹,赶上前去,一把拉住孙权的马缰绳。孙权还没弄清怎么回事,马就停住了。不过马的一只前蹄已经踏空,一块山石已被它踢下江去,极为惊险。至今,靠江边的山崖上还留着"溜马涧"三个大字;北固

---

① 《莫愁湖》,见《江苏山水传说集》。

山的峭壁上刻着"勒马"两字。① 这就是当年孙权与刘备赛马的所在。

5. 吴越王钱镠与钱塘江、蹬开岭

钱塘江的潮水从来就很大，潮头既高，来势又猛，因此两岸的堤坝，总是这边才修好，那边又被冲坍。唐末吴越王钱镠(852—932)，勇猛无比，人称"钱王"。钱王治理杭州时，感到各种事情都还容易办，就是这道江堤难修。每次江堤刚刚要修好，一下子大潮又把它冲坍。手下人反映：江里有个潮神，专跟我们作对，等到江堤修得差不多了，他就兴风作浪，鼓起潮头，把它冲坍。钱王听了满肚火，决定到八月十八潮神生日那天，派一万名弓箭手到江边。不料那一万名弓箭手，迟迟未到齐。有个将官报告，弓箭手来江边时，要经过一座宝石山，这地方山路狭窄，人马难行。钱王立即赶去宝石山巅，只见山的南半边有条裂缝，他便用两脚用力一蹬，这山竟然被他蹬开，中间出现一条宽宽的道路。从此那个地方就叫"蹬开岭"，钱王的一双大脚印，至今还深深地留在石壁上。

钱王回到江边，一万名弓箭手已经排好阵势。他向江里说："潮神，别再发潮水了！你若执迷不悟，仍然发潮水来冲堤，莫怪我手下无情！"可是潮神并未理睬钱王，但见远远一条白线，飞疾滚来，等到涌近，奔腾翻卷着直向岸边冲来。钱王喝令"放箭"，他抢先"飕"的一箭射去。岸边万箭齐发，直射潮头。霎时射出三万支箭，逼得那潮头不敢向岸边冲来。钱王又下令"追射"，那潮头只好弯弯曲曲地向西南逸去，最后在远处消失。江堤得以造成。百姓为纪念钱王射潮的功绩，就把江边堤坝叫做"钱塘"。②

6. 赵构与黄龙洞、金鳌山拦葬滩

提起湖州黄龙洞，民间有很多传说，其中一个说：南宋初，小康王——宋高宗赵构(1107—1187)被金兵追赶，沿着太湖向南奔逃，逃到湖州北郊的一座小荒山时，眼看金兵越追越近，情势紧迫。这时，一条巨大的黄鳝挡住去路。康王心急慌忙，顾不了许多礼仪，就向黄鳝跪下恳求说："黄鳝，黄鳝，你若能救

---

① 《溜马涧》，见《镇江民间故事》。
② 《钱王射潮》，见《杭州的传说》。

我逃脱这场劫难,我有朝一日登上九五之尊,就封你为龙。"黄鳝让开一条路,让康王躲进自己住的山洞,在洞口护着。金兵追到此,看看不见了康王踪影,只一条黄鳝挡住大路。金兵举刀要杀黄鳝,黄鳝跃起,口咬尾打,把金兵打得死的死伤的伤,剩下的掉头就逃。康王终于脱离危险。后来他在临安(今杭州)登了帝位,没有忘记曾经救过他的黄鳝,就封黄鳝为黄龙,那座小荒山为黄龙山,黄龙住的山洞为黄龙洞。现在,黄龙没有了,那山那洞还在。①

浙江椒江市东面,有一座风景秀丽的小山,它位于台州湾海口,山形活像一条游动的金鳌鱼,名叫"金鳌山"。北宋末,金兵南侵,宋高宗赵构落海而逃。当他坐船从明州(今宁波)到台州湾时,所带干粮已吃完。他正感到绝望,船随水转,海边忽然出现一座秀丽的小山,山下炊烟袅袅。侍从们告诉他:这是金鳌山。赵构便命系船登岸。当一行人来到金鳌山下的茶滩边时,茶树丛中跑出一群采茶姑娘。姑娘们见到赵构乘坐的龙辇,原以为是谁家迎亲的花轿,后来才知是皇帝驾到。赵构饿得慌,恳求姑娘们弄顿饭给吃吃。正值兵荒马乱,姑娘们哪里拿得出像样的饭食,只有一个姓邴的姑娘从家里手捧一个用盆子盖得严严的大碗,笑着走到赵构面前说:"皇上在宫中吃腻了鸡肉鸭肉,请尝尝美味的'鳖肉'吧!"赵构一尝,又苦又涩。仔细一看,原来是麦碎粉做的饼。赵构大怒。邴氏姑娘不慌不忙地说:"这种苦物真的称'鳖',不过不是水中的鳖,而是'麦鳖'。咱们这里的穷百姓,在这兵荒马乱、青黄不接的辰光,只好剪下田里没成熟的麦穗,捣成碎粉,做成麦鳖饼充饥。咱们穷百姓能吃上麦鳖饼已经很不错了。皇上过去在宫中吃的山珍海味,穿的绫罗绸缎,哪里知道咱台州穷百姓的苦日子!如果早前能下来吃吃这麦鳖饼,恐怕不至于落到今天这种地步了。"赵构想想一月多来的逃亡生活,又想想过去,觉得姑娘的话说得也有道理,便微微点头,说:"是呀!朕自登位以来,从没体察过民情,实在对不起天下的百姓呀!想当初三宫六院的贵妃、娘娘,只知讨朕欢心,谁也没有像你来劝导过朕。好姑娘,朕今天就封你为'麦碎娘娘'吧!"金人乱平后,赵构回到临安,想到台州百姓的贫苦,便下了一道圣旨,免去台州六县三年皇粮。邴氏姑

---

① 《小康王与黄龙洞》,见《湖州市故事卷》。

娘死后,大家感激她生前为民请命的恩德,便在金鳌山下建起一座"麦碎娘娘庙"。同时,把她和姐妹们拦过龙辇的那片茶滩,称为"拦辇滩"。①

7. 朱元璋与黄山鳌鱼洞、汤泉山温泉、莫愁湖胜棋楼、玄武湖、狮子山

鳌鱼洞横亘在黄山百步云梯至天海途中,悬嵌于鳌鱼峰下的绝壁上。它既是黄山优美的洞景之一,又是前海登山至北海的必经之路。鳌鱼洞,也就是鳌鱼的嘴巴。登山游人先要从鳌鱼嘴里钻进鱼肚,再从鱼肚里爬出来。"山路行疑绝,悠然一罅通。悬崖云影处,经出石巢中。"这是前人描写鳌鱼洞的诗句,于此可见鳌鱼洞的险要与奇妙。因为这个洞在鳌鱼峰腰,所以叫做鳌鱼洞;洞外屹立着一块三角形巨石;洞额上刻有"天造"两个大字。

说起黄山鳌鱼洞,不但过洞有异趣,而且关于此洞来历的传说更神奇。相传这里本没有什么洞,只有一道绝壁悬崖。明朝开国皇帝朱元璋(1328—1398),当年同陈友谅(1320—1363)等争夺天下时,领兵进入黄山,一则回避陈友谅的追兵,二则借此一览黄山胜境。朱元璋的部队自汤口入山,经慈光寺、天门坎,上玉屏峰,过莲花沟,再下百步云梯。一路上的秀丽山色,使朱元璋入了迷,甚至忘记了追兵在后。忽传陈友谅的追兵已到。朱元璋急忙命令部队加快步伐向鳌鱼峰方向奔跑。谁知到了鳌鱼峰下,千仞绝壁挡住了去路。朱元璋只好求助于神灵。直到陈友谅的追兵距此只有两里路时,朱元璋只得再向苍天求救。霎时,狂风骤起,天地变色,高岩上沙石纷纷坠落,岩壁内有如闷雷轰鸣。奇迹出现了!只见悬崖上崩下一块三角形巨石,高岩内出现一个三角形大洞口。于是,朱元璋率领兵将穿洞而过,继续北行,到了黄山之巅的天海画境,心情豁然开朗。陈友谅的队伍追到鳌鱼洞口,见洞里有蜘蛛网,认为朱元璋不是由此逃走的,便退兵,掉头下山去了。② 在这个神奇的传说中,朱元璋居然遇难呈祥,脱离险境。

朱元璋在南京做了三十年皇帝(洪武帝),他与南京的山水,留下了不少的传说故事。

---

① 《拦辇滩和麦碎娘娘庙》,见《国清寺》(浙江风物传说丛书·台州篇)。
② 《鳌鱼洞》,见《黄山:故事传说、风景名胜》。

南京江浦县西北隅有座汤泉山,山边有个温热的矿泉,冬夏常温,四时如汤。朱元璋听人说,洗了汤泉之水,可治瘤疾,去疮痍,无病的人也可健康长寿,他便到汤泉去沐浴。他走到泉边,只见眼前一片热气蒸腾,水珠飞溅,犹如云漫雾绕,一时欣喜若狂。可是,当侍从将他衣襟解开后,忽然眉头一皱,发起怒来。原来,他突然想到"猪不能入汤"这句话。"猪""朱"同音,犯了忌讳。刘伯温看出了苗头,对侍从说:"从今日起,将汤泉改名为香泉。"朱元璋听刘伯温说罢,立即又喜笑颜开,解衣入泉池沐浴。洗完澡,他感到身心舒适,精神倍增,盛赞泉水之美。①

南京水西门外莫愁湖,朱元璋定都南京后,这里曾是他的外花园。传说某年春天,朱元璋命开国功臣、下棋名手徐达(1332—1385)到外花园的湖滨楼上共弈围棋。徐达棋艺不凡,以退为进,险些让朱元璋这盘棋陷入难以招架的困境,且用黑子在棋盘上摆成了"萬歲"(万岁)两字。这局棋朱元璋虽然输了,心里却显得格外高兴,因为他开了眼界,确实看到徐达下棋的真本领。为了表彰徐达,朱元璋就把这座楼连同莫愁湖一道赏给了徐达,并把楼名定为"胜棋楼"。②

传说朱元璋的军师刘伯温(1311—1375)看出南京玄武湖是块货真价实的"龙地",假如朱皇帝日后葬在这块,对明朝的万代江山真是大吉大利。但朱元璋和马娘娘对洼地作墓地不悦,把刘伯温喊来责问。刘伯温解释说,玄武湖不是平常的湖,里面卧着五条龙,是一块天下少有的龙地。朱元璋和马娘娘不信,刘伯温只好陪着朱皇帝、马娘娘一同来到玄武湖边。刘伯温举手往湖心一劈,湖水顿时翻搅起来,湖心蹿出五条青龙,飞到天上去了。朱皇帝好不后悔,只好重选别的葬地了。③

南京城之西北,长江南岸,矗立着一座小山。舟行长江中,南望此山,形若青螺,也像美人的发髻,自古民间喊它青螺山,并生发传说故事。而在山南看此山,状如狻猊,故又叫狮子山,同样有故事传说。元末,朱元璋在此山指挥伏

---

① 《汤泉》,见《南京的传说》。
② 《胜棋楼》,见《南京的传说》。
③ 《五龙飞去了》,见《南京的传说》。

兵打败劲敌陈友谅军队,为大明王朝建都南京奠定基础。明初,朱元璋曾拟在此山之顶建造阅江楼,下令众文臣各自以《阅江楼记》为题作文,他也亲自撰写一篇,但限于当时的经济实力,加上连年征战,楼阁未能建造。直到新的历史时期,人们深感在这个绝佳地点,有建楼览胜的需要,终于在2001年9月高大雄伟的阅江楼建成,结束了六百年有记无楼的历史。如今游人们登上阅江楼(七层52米),一睹大江风光和金陵美景,心胸为之大开。这座阅江楼,与武汉黄鹤楼、长沙岳阳楼、南昌滕王阁合称长江四大名楼。

8. 康熙与佘山、灵隐寺等

松江佘山还有个名字叫"兰笋山",这名字的来历与清代皇帝康熙(1654—1722)有关。相传从前佘山有一户人家,小夫妻俩善于种兰花,种出来的兰花花色艳丽,花形奇美,格外清香。某年松江县官前来赏花,不巧一阵狂风将山上的兰花花瓣全部吹落,县老爷不悦,说下次如再看不到兰花,一定重罚。为了对付狂风,小夫妻俩在兰花园地四周种上翠竹。第二年县官来佘山如期看到了兰花,临走时对小夫妻俩说:明年奏请皇上来赏花,不得有差错。第三年,康熙皇帝下江南,来到佘山时,只见遍山长满竹笋,却不见一朵兰花。原来,挡风的山竹长得旺盛,竹根蔓进兰花园,从地下冒出数不清的笋尖,挤得兰花只长叶不开花。康熙皇帝看不到兰花,要治小夫妻俩欺君之罪。机灵的小娘子双手捧着一只盖碗,双膝下跪呈上。康熙皇帝见了,问碗中何物,小娘子说是献给皇上品尝的佘山特产兰花竹笋汤。康熙皇帝命太监传来,太监端上,揭开碗盖,散发出一股异香,康熙皇帝闻到香味,情不自禁地尝了一口,兰香浓郁,鲜美可口。康熙龙颜大悦,不但赦免了这对小夫妻,还为佘山赐名,亲笔写下"兰笋山"三个大字。从此,佘山及其所产兰笋闻名江南,以后又培育出了上佳的兰笋茶。①

康熙皇帝下江南,来到杭州。他在西湖四周到处游山玩水,吟诗题字。一天,他到灵隐寺游玩。老和尚陪着康熙皇帝,在寺前寺后、山上山下转游了一遍。康熙皇帝见灵隐有高高的山峰,清清的泉水,山上长满绿荫荫的树,四面

---

① 《佘山为啥叫兰笋山》,见《上海的传说》。

开遍红艳艳的花,真是一个好地方。他心中一悦,就吩咐在寺里摆下酒席。趁皇上酒兴正浓,老和尚乞求皇上替山寺题块匾额。康熙皇帝点了点头,叫人铺好纸,抓起笔刷刷几下,白纸上就出现了一个"雨"字。由于他酒喝得有点醉了,手腕有点发抖,落笔又忒快了些,这个"雨"字竟占了大半张纸的地位。正为难间,大学士高江村在自己手掌心写了"雲林"两字,装做磨墨,挨近康熙皇帝,悄悄地摊开手掌。康熙皇帝一看,便写下"雲林禅寺"四个大字。还说:"这地方天上有云,地下有林,叫'云林寺'挺合适。"从此,灵隐寺就挂着名不符实的"雲林禅寺"的匾额。①

9. 乾隆与小昆山、箆箕巷、浒墅关等

传说某年,清代皇帝乾隆(1711—1799)来游松江小昆山,走过牵马石边,见一清泉,甚为喜悦,便御笔挥写"白驹泉"三字。后人将此题字镌刻在泉边。相传九峰寺的大钟铸造于明代正德年间,钟声远扬。传说乾隆来此巡幸下山后,从水路沿走马塘到了天马山福田寺游玩,还能听到从小昆山传去的九峰寺大钟的钟声。②

大运河自西向东,从常州城的西门、南门到东门,绕城而过。明清时期,近城的沿河两岸,自然而然地形成了热闹的街市。老西门旁边有个大水关,大水关里面是城里的内河,大水关外面便是大运河。这里有一座高大的石拱桥叫"新桥",往西就是怀德桥。从新桥到怀德桥这一段大运河的北岸沿河滩一条街,叫花市街。花市街在乾隆年间改名为箆箕巷。改名之由,传说与乾隆皇帝下江南,在常州的活动有关。③

大运河上的名镇浒墅关,人们一直将"浒"误读成"许",据说和乾隆皇帝有关。传说乾隆下江南,乘坐龙船沿古运河南下。一日,乾隆登上船头饱赏两岸风光,前面出现一个市镇,定睛一看,关卡上竖着一面旗子,上写三个大字"浒墅关"。当时因刮大风,旗角卷起,将"浒"字三点水掩盖,乾隆信口说:"这里叫

---

① 《康熙游灵隐的传说》,见《杭州的传说》。
② 《乾隆游小昆山》,见《松江县故事分卷》。
③ 《箆箕巷的故事》,见《常州民间故事集》。

许墅关。"皇帝是"金口",于是以讹传讹,"浒墅关"俗读成"许墅关",流传至今。①

(三) 忠臣良将的功绩

历史上忠臣良将的人格精神,在民间很有影响;他们的事迹,经常在山水传说中有所传颂。

1. 姜尚与江阴花山和常熟虞山、尚湖

江阴有座花山,人称"江南小泰山"。花山东麓有段山景,形状像条头上尾下的大鲤鱼,活像欲跳过花山顶似的。传说这个山景是姜子牙(姜太公,名尚)钓鱼钓上来的。那时花山四周还是一片大湖,上花山要乘船。周文王欲讨伐纣王,到南方找到隐居在此的姜子牙,请姜子牙出山当军师。姜子牙要试试周文王诚心不诚心,便提出要周文王背他上花山看景致。周文王答应,他走一步,姜子牙就在背上数一步。周文王一口气背着姜子牙走了八百零八步,实在背不动了,只好把姜子牙放下来,歇歇气。姜子牙对周文王说,替他数脚步,就是替姬姓周朝数坐江山的年代。周文王听说,便要继续背姜子牙,想背满一千步。姜子牙说再背就不算数了,并叫周文王先回去,自己还要在这里钓鱼散散心。周文王走后,姜子牙坐在山脚下一块石头上钓起鱼来,忽然一条大鲤鱼被钓了上来。姜子牙一甩就把大鲤鱼甩到了花山顶。那鲤鱼离开了水,跳个不停,一跳跳到半山腰里。姜子牙朝着那鲤鱼说"就在那里歇着吧",于是那鲤鱼不动了,天长日久变成了石头。姜子牙那时已快八十岁,他钓鱼是想试试自己的力气,一看自己的力气还不小,就回去做了周文王的军师。后人就把姜子牙在花山钓鱼的地方叫做"钓鱼墩"。②

这个传说,煞有风趣,它显然有虚构渲染的成分,但所反映的姜子牙在江南隐居的经历和周文王礼贤下士的风范,应当说还是比较真实可信的。同样也是关于姜尚,江阴东面不远的常熟,则传说着他曾避纣隐居在虞山的山洞石室,垂钓于尚湖之畔。③ 据有的研究者称,这一传说的内容,有着地理上的依据

---

① 《浒墅关》,见《苏州民间故事》。
② 《花山钓鱼墩》,见《无锡民间故事精选》。
③ 《姜太公与尚湖》,载《常熟掌故》。

和历史上的理由。① 当然,是否确凿,尚须进一步考证。

2. 孙武与虎丘山孙武子亭

苏州虎丘山东岭,有孙武子亭。春秋晚期齐国军事家孙武,被吴王阖闾聘为将军。孙武主张兵不在多而在精,只要训练有素,纪律严明,即使女兵也可以一当十。阖闾就选了一百五十名宫女,由两个心爱的妃子作队长,交给孙武训练。训练中,两个妃子带头不听号令,众宫女嘻嘻哈哈笑成一团。孙武三次申明军令,两个妃子依然不听指挥。孙武即令武士把她们绑了起来,推出斩首。吴王大惊,令人持着节杖前来求情。孙武说,他已受大王重托做了将军,军中之事不是儿戏,终于把那两个妃子杀掉。又选两个宫女当队长,再行操练,果然有令必行,有禁必止,进退有序,指挥如意,训练成一支纪律严明的女兵。不久孙武率吴军取得了伐楚战争的胜利。后人在虎丘山建亭以为纪念。②

3. 徐福与慈溪达蓬山

浙江慈溪东南部有一座达蓬山。登临此山之巅,东望大海,颇为壮观。山上古迹遍布,包括秦渡庵遗址和摩崖石刻。相传秦朝徐福率众东渡前,曾在此山上下积聚粮草,整装集训。后世流传着关于徐福与达蓬山的传说,丰富而生动。

4. 李纬与嵊泗圣古港和圣姑礁

东海中的嵊泗列岛大洋山岛煤山口外侧有圣古港和圣姑礁。传说南朝时,解粮官李纬南粮北运,船在该岛避风,正值岛上闹饥荒,每天都有人饿死。李纬便径自在岛上放粮赈济。皇粮散尽,感到无法向皇上交差,就跳海自尽。人们喊这里为"圣古港",意即"圣人作古处"。李纬粮船误了限期,皇帝派御林军捕杀李纬全家。李纬的两个妹妹和他女儿逃出寻到洋山,知李纬已死,三个女子亦一齐跳水自尽。后来圣古港里长出三块礁石,传说乃三位圣姑所变,称为"圣姑礁"。③

---

① 参阅《常熟掌故》。
② 参阅《中国风景名胜故事词典》第154页。
③ 参阅《中国风景名胜故事词典》第202—203页。

5. 颜真卿与南京乌龙潭

早前,南京清凉山脚下有一个深潭,潭水碧清,附近人家淘米洗菜,浇灌庄稼,全靠它。据说后来因潭里住进一条黑龙,这一方就不得安生了。这乌龙性子暴,常常引来雷暴雨,并把潭水搅得又臭又浑。老百姓受尽灾难。唐朝某年,颜真卿(709—785)调到南京来做官。颜真卿不仅写得一手好字,还很体恤百姓。他一到南京,听说清凉山脚下有黑龙作怪,就下决心要治住这条恶龙,为百姓除害。颜真卿搬到潭边小庙里住。白天,他就在庙里办公事;晚上,坐在房里看书,成夜不睡,等黑龙出来。他和两个侍卫一直等到第七天夜里,黑龙作怪,平地刮起一阵狂风,满天乌云翻滚,潭里浪头猛撞堤岸。颜真卿叫两个侍卫带了宝剑,先到堤岸上看看。他自己拿起大笔在一张纸上写了八句话:

恨尔孽龙,为害黎民,
作恶多端,其罪非轻。
今日晓谕,尔要当心,
如不改悔,定夺尔命!

末尾具上"颜真卿"三个大字。他拿着这张"晓谕",大步赶到堤上,把它丢进潭里。说来奇怪,这张"晓谕"一下水,顿时风平浪静,乌云散光,又是一轮明月,照得潭水如镜。这就是"神笔镇恶龙"。从此,潭边的老百姓安居乐业,就将此潭取名为"乌龙潭",把那庵改成颜真卿祠堂,一直传到后世。① 这个传说,说得神乎其神,然而颜真卿有功于治理南京的山水,以及他书法的神秀,却是事实。

6. 白居易与西湖白公堤

唐朝诗人白居易(772—846)在杭州做过三年刺史。他对西湖治理很严。一次,他去游湖,看到南面的湖边上有人在挑土填湖,建造亭台楼阁。白居易罚他开葑田一百亩。又有一次,他从白沙堤上散步回来,看见有人从山上砍了两株树背回来当柴烧。白居易罚他补种十株树。这样,白居易在杭州三年,把

---

① 《神笔镇恶龙》,见《南京民间传说》。

西湖整治得水绿山青,使老百姓能够安居乐业。白居易在西湖修的堤早已湮没,但千百年来杭州人一直把原来的一条白沙堤叫做"白公堤"。①

7. 王仲舒与苏州宝带桥

很早以前,苏州东南澹台湖的水,西灌太湖,东通大海。这里湖面阔,水流急,风浪大,难以行船,不好拉纤,老百姓年年月月盼着有座桥。唐朝苏州刺史王仲舒体贴民情,捐献了祖传宝带,拟造一座长桥。可是遇到了难题:这里湖深水急不好打桩。……苏州人有句俗谚:"造桥造塔都要神仙帮忙。"传说八仙在这水域竖起了一排排木桩。这事很快传开,传到了刺史王仲舒耳朵里,他便亲自来到湖边,果见桥桩已打好,遂下令选好吉日良辰开工造桥。这座桥,由于是王仲舒捐赠祖传宝带造起来的,故名宝带桥。②

8. 苏东坡与西湖苏堤

北宋诗人苏东坡(1037—1101)在杭州当太守时,发现西湖长年不治,湖泥淤塞,葑草芜蔓,就感慨上书,决定要学唐朝诗人白居易,疏浚西湖,为杭州人做件好事。即将开工,苏东坡却被一件事难住了:挖出来的葑草淤泥堆放何处?如果堆在西湖四岸,既妨碍交通,又污染环境。如果挑到远处,费工费时,何年何月才能将西湖疏浚好?他到西湖四周走走,看看如何更好地处理这件事。无意中,他听到两首渔歌,知道老百姓渴望西湖南、北两岸间筑起一条长堤,以方便人们的交往。苏东坡决定在西湖上筑一条长堤。消息传开,南山北山渔民、农民和城里市民都闻讯赶来,自愿出工出力。苏东坡申报朝廷,决定拨出一批大米,以工代赈。人多力量大,从夏到秋,终于在北山至南山间筑好七段长堤,段与段间留了六处水道。接着造了六顶吊桥放下,让两岸乡亲通行。长堤上种上桃树和柳树,为西湖添一美景。后人为怀念苏东坡浚湖筑堤的政绩,就将这条南北长堤称为"苏堤"。③

9. 卫泾与马鞍山文笔峰

江苏昆山市马鞍山(亦名玉峰山)西山紫云岩之巅有一座文笔峰,为玉峰

---

① 《白居易的故事》,见《杭州的传说》。
② 《宝带桥》,见《太湖传说故事》。
③ 《苏堤春晓》,见《西湖女神》。

最高点,有"壮观东南蠹天柱"之誉,并有"抚摸此笔能得灵气"的传说。此峰高两丈,形若一支朝天巨笔,相传为纪念昆山历史上第一个状元卫泾而建竖。(一说为纪念昆山顾炎武、归有光等著名文人而立。)卫泾是昆山石浦人,南宋淳熙甲辰科状元,先后在朝为官四十年,常以范仲淹的"先天下之忧而忧,后天下之乐而乐"策励自己,自号"后乐居士"。后人为纪念卫泾,把他故乡石浦六鳌山改名为状元山,又在马鞍山建立文笔峰。明代的顾鼎臣、清初的顾炎武(亭林)等人都为文笔峰写过诗文。康熙南巡时,到昆山游览马鞍山,也为文笔峰题诗。①

10. 海瑞与苏州渡僧桥

传说明朝万历年间,苏州阊门外大运河上还没有一座桥,只有四个摆渡口。这里河面宽阔,水深流急,来往行人全靠摆渡船过河。

一天,虎丘山庙里的老和尚,为了修造寺院,想赶到城里去化缘。由于他穿得破烂,船夫竟不让他乘船摆渡。老和尚非常生气,发誓化了缘筹足钱先在这里造一座桥。老和尚一气之下,跑到渡口附近的茶馆里,把刚才遇到的事情向茶客讲开了。大家告诉他,那船夫靠山硬,谁想在那里造桥,只怕谁就会遭到打击报复。茶客中有个叫王强的,性情刚直,对老和尚说,造桥的事,除非到南京去请海瑞(1514—1587)大人出来做主,才有指望。于是老和尚去南京,进右都御史府见到海瑞,请求赐个桥名。海瑞欣然地在老和尚化缘簿的第一页上写了"渡僧桥"三个大字,旁边一行小字写的是:"右都御史海瑞为虎丘禅寺法师造桥题名"。老和尚回到苏州,拜见王强,王强在化缘簿上挥笔写道:"王强助米二十担。"并说本地县官就是那摆渡船夫的靠山。老和尚依王强指点,拿了化缘簿到县官那里去化缘。县官不肯出钱,但他看见了海瑞的题字,对化缘造桥之事不敢阻挠。老和尚拿了化缘簿到处去化缘,不久就募到了很大一笔捐款,很快在摆渡口建成一座精致结实的大石桥,是苏州最有名的一座石拱桥。②

---

① 《卫泾与文笔峰》,见《昆山市资料本》。
② 《渡僧桥》,见《苏州民间故事》。

（四）民族英雄的豪气

民族英雄是中华民族的精英和脊梁,他们的壮烈事迹和崇高品格,永远地留在山山水水间,留在历代人民的心灵里。

1. 岳飞与齐山翠微亭、牛头山、惠山听松石、岳坟精忠柏亭等

安徽贵池齐山之巅有翠微亭,在亭内俯瞰清溪,高爽可爱。据《一统志》载,它是唐代诗人杜牧(803—852)任池州刺史时构筑的。南宋抗金名将岳飞(1103—1142),在戎马倥偬之暇,曾慕名上翠微亭览胜。他放眼祖国"好水好山",想到北方尚有大片国土被金兵铁蹄践踏,感到肩上责任重大,于是吟诗《池州翠微亭》一首以抒发满腔豪情:

经年尘土满征衣,特特寻芳上翠微。
好水好山看不足,马蹄催趁月明归。

但是岳飞没有来得及实现自己的愿望和抱负,于绍兴十一年被卖国贼秦桧(1090—1155)以"莫须有"的罪名杀害了。① 然而岳飞写的这首诗,以及他上齐山翠微亭的踪迹,却长久地留在青史上。

南京西南郊有座牛头山,是当年岳飞同金兀术(？—1148)大战的地方。岳飞早做准备,隐蔽人马,引金兵上钩,来一个关门打狗,大获胜利。金兵大败,落荒而逃。金兀术好不容易找到一条小沟,从水路溜掉了。现在牛头山南坡的半山腰还能看到一道长长的石垒墙,传说就是当年岳飞大败金兀术时留下来的,那一个个山洞,就是当年岳飞藏兵的地方。②

无锡惠山寺大同殿大门内侧六角亭里,有一块像床榻那样的大石头,这就是石床。传说宋朝民族英雄岳飞率领军民奋起抗金,在宜兴、常州一带大败金兵,金兀术丢盔弃甲一路逃来,逃到此地便死猪似的瘫在这块石头上喘气。忽闻一阵秋风吹来,周围的松树飒飒有声,金兀术误以为宋军追兵赶到,吓得心

---

① 《岳飞与池州翠微亭》,见《安徽旅游》。
② 《岳飞大战牛头山》,见《南京的传说》。

惊胆战,急从石头上跳起来拼命逃窜。因而人们把这块石头叫作"听宋(松)石"。①

杭州岳坟里有个小亭子,里面陈列着几段又圆又粗、乌黑发亮的石头。原来,这些石头是当年岳飞被秦桧杀害的风波亭旁的大柏树变的。那棵大柏树经过几百年的风霜,已变得像又黑又硬的石头一样了。杭州百姓在岳王庙里造了一个小亭子,把这些柏树变成的石头陈列出来。因为这柏树同岳飞一样精忠不屈,就称它为"精忠柏"。这个亭子,就叫"精忠柏亭"。②

2. 韩世忠、梁红玉与杭州飞来峰翠微亭、镇江金山

岳飞被害后,南宋爱国大臣和将领们义愤填膺。韩世忠(1089—1151)曾当面责问秦桧:"'莫须有'三字何以服天下!"结果被解除了兵权。从此他常头戴一字巾,足跨小毛驴,寄情于西湖山水之间。一日,韩世忠登临飞来峰,忽想起故人岳飞和他的诗作《池州翠微亭》,由此想到岳飞一生驰骋抗金沙场,精忠报国,立下殊功伟绩;想到一代忠臣良将竟遭奸佞小人诬陷,遗恨黄泉;想到自己的不平境遇,心中感慨系之。为寄托对故友怀念之情,韩世忠在飞来峰山腰建造了一座"翠微亭"。这样,那池州的翠微亭就重现于杭州,成为人们喜爱的游览场所。③

南宋建炎四年,金兀术率三十万金兵,直向京口(今镇江)杀来。守卫京口的是南宋名将韩世忠和他的妻子梁红玉。韩、梁到金山察看地势,商议战术,决定先伏兵在西边的鲇鱼套芦荡里,然后诱敌前来,打它个措手不及。金山屹立在长江之畔,此处江面辽阔,江山雄壮。北宋诗人杨万里(1127—1206)诗曰:"万里银河泻琼海,一双玉塔表金山。"④这十四字是对这一景观的绝妙写照。然而,金兵南侵时,这里却成了水上激战之处。一日,金兀术带领五百条战船从南京方向顺流而下,来犯瓜洲。梁红玉在金山顶上,英姿飒爽,猛然击起一通战鼓。韩世忠率领战船,从瓜洲水寨出发,扯帆迎敌。听到梁红玉的二

---

① 《听松石床》,见《无锡县民间故事集》。
② 《精忠柏》,见《杭州的故事》。
③ 《岳飞与池州翠微亭》,见《安徽旅游》。
④ (宋)杨万里:《过扬子江》诗。

通鼓,韩世忠指挥战船,变化队形,且战且退,转眼间隐进鲇鱼套芦荡里。梁红玉擂响三通鼓,只见芦荡里事先埋伏好的战船,如同离弦之箭,都飞了出来。金兵三十万人,一下被打死、淹死、打伤了一大半。金兀术坐在一只特制的战船上,企图溜走。梁红玉见金兀术乘坐的船往哪里走,就怎么击鼓。韩世忠随着鼓声,指挥战船追击。追得金兀术丧魂落魄,胆战心惊。梁红玉击鼓战金山,宋军把金兀术围困在鲇鱼套的芦荡里七七四十九天,差一点把他生擒活捉。直到现在,人们站在金山顶上,还好像听到那"咚咚咚"的战鼓声。①

3. 戚继光与桃渚点将台

浙江临海县城东南约一百二十里处,有一座风景秀丽的桃渚城。明朝嘉靖年间,民族英雄戚继光(1528—1587)为抗击倭寇,曾在桃渚城浴血奋战。桃渚城北面山崖上,有一块巨岩,名"点将台"。提起它,当地民间传诵着戚将军授计救桃渚的故事。原来,戚继光正率军在海门围剿入侵的倭寇,忽然桃渚千户翟铨派人送来急信,报告一千多名倭寇已从海边登陆,正悄悄向桃渚进发,而桃渚只剩下几十名老兵,请求戚将军速速回兵救援。当时,海门的倭寇尚未全歼,不能回兵。但是桃渚的危急局势,也不能不管。戚继光沉吟了一下,终于想出一个妙计,把这个办法写在信中,叫传信人把信带给翟铨,要他依计而行。半夜时分,倭寇的两名探子到桃渚城下探看虚实。只听见城北山崖上,传来洪亮而急促的声音。两名探子听到戚将军在点将,吓了一跳,匆匆逃回报告倭酋。次日一早,戚继光率领明军大队人马,扛着"戚"字帅旗,急急向桃渚城奔来,在城内几十名老兵接应下,先截住倭寇退路,进而四面夹击,把倭寇杀得全军覆没,片甲不留。事后人们才知道:那夜按照戚继光授计,站在城北山崖上故意大声点将的,是翟铨,回答他的是几个老兵。当地百姓为纪念戚将军授计救桃渚的恩德,就把那块崖石叫做"点将台"。②

(五)义军领袖的风骨

历代农民起义的领袖们,出于群众,高于群众,是被压迫群众的代表,他们

---

① 《梁红玉击鼓战金山》,见《镇江民间故事》。
② 《戚继光点将台》,见《国清寺》。

的突出事迹,也常常成为山水传说的一个重要内容。

1. 陈硕真与落凤山

新安江畔的文佳岭,又称落凤山。唐高宗时,睦州(治今建德梅城)女子陈硕真(?—653),反抗封建统治,揭竿起义,自称"文佳皇帝",先后打下了桐庐、於潜(今属临安)、睦州,直向歙州(今安徽歙县)进逼。唐王朝派扬州刺史房仁裕、婺州刺史崔义玄率兵镇压。因寡不敌众,陈硕真败退到此。官兵将山头团团围住。陈硕真率领将士在此同敌兵血战,被俘牺牲,义军也全部战死。后人为纪念这位农民女英雄,把这座山岭称作"文佳岭"。另传,陈硕真就义时,有彩凤落于山顶,负陈而去。故又称此山为"落凤山"。①

2. 方腊与齐云山方腊寨、卯峰山方腊点将台

齐云山主峰西侧独耸峰上有方腊寨。传说北宋宣和年间,方腊(?—1121)率领数万起义军,杀富济贫,连破六州数十县。官府闻风丧胆,调兵配合当地地主武装,加以镇压。方腊退守在齐云山独耸峰上。官兵强攻不下,便将该峰重重包围,欲困毙之。一连数月,义军粮草将绝。方腊将仅剩的一点米做成饭,喂饱黄犬,把它驱赶下山。官兵将黄犬射杀,剖腹一看,大吃一惊:"原来山上的狗都吃米饭啊!"方腊巧施妙计,涣散了官兵军心,终于冲出包围圈。后人为纪念这位义军首领,将峰巅的城堡,称为"方腊寨"。寨内塑有方腊像,供游客凭吊。②

浙江建德梅城东北卯峰山上有方腊点将台。传说方腊起义军攻克青溪县城(今淳安县淳城镇),在向睦州进军途中,投军农民越来越多,到睦州城外已超过十五万人。这样多人,缺少将领,怎样组织指挥打仗呢?方腊和几位起义领袖登上卯峰,传令:"新投军的各路英雄,不分男女,凡能从新安江边一口气跑上卯峰山,面不改色、气不发喘的,即点之为将。"几位起义领袖对这种点将方法有疑虑,方腊说:"来投军的都是种田打柴的乡亲,谁也没有学过兵法、武艺,只要把千仇万恨记在心头,有胆量、有蛮力,像咱们一样,打几回仗,不就学

---

① 参阅《中国风景名胜故事词典》第 192 页。
② 参阅《中国风景名胜故事词典》第 238 页。

会本领了么。这是咱穷人的点将法。"大家点头称是。方腊站在山顶,一声令下,山下的义军潮水般地向卯峰山顶蜂拥而上。有的健步如飞,有的轻捷似箭。自小在家乡翻山越岭、追豹打虎的打猎姑娘方百花[①]行走如飞,攀悬崖,登绝壁,不大工夫来到方腊面前,脸不红,鬓不乱,人们称赞不已。方腊大喜,即挑选了方百花等一批将领,编好队伍,连打几个胜仗。从此,卯峰山山头被称为"方腊点将台"。[②]

3. 方百花与百骑山、将台山百花点将台

建德梅城东北有一座百骑山。传说,方腊在卯峰山刚点罢将,忽报十万官兵从杭州赶来,先头部队已过桐庐。方百花请战,方腊应准。方百花率领一百名骑兵,来到一座山下,察看地形,令把带来的百面红旗插遍周围山头;动员群众把五十面大鼓架在树林中助战;让一百名骑兵分为两组,围绕山头轮换奔跑;她则带领两个女卫士隐蔽在官路边的树林中。不久,官兵来到,见山上红旗飘扬,山下尘土冲天,弄不清方腊在此埋伏了多少兵马,不敢前进。官军头目来到阵前观看,不料被方百花的神箭射中,滚下马来。四面山头突然鼓声大作,杀声震天,百名骑兵像天神一样飞下山来。官兵主将已死,顿时大乱,大败而逃。睦州城内官兵闻讯,胆战心惊,星夜逃跑。义军占领了睦州。为纪念方百花机智勇敢为义军立下的战功,人们把这座小山称为"百骑山"。[③]

杭州西湖玉皇山东侧将台山顶有百花点将台。将台山原叫秦望山,山顶平坦,西南端突起一块高地,人称"点将台"。相传方腊在淳安起义后,派方百花率先遣人马直逼杭州,在将台山安营扎寨,等候义军大队人马到来。镇守杭州的两个官兵将领假扮杭州绅士,抬馒头到将台山"犒军"。他们依据分发馒头的数量,摸清了先遣兵力,便在万松岭埋下伏兵,于涌金门暗藏炮火,令官兵们佯装无精打采,引诱方百花进攻。方百花一马当先,杀到涌金门下,身负重伤。方腊大军赶到,方百花带伤冲上涌金门城楼,协同作战,杀掉了两个官兵将领,占领杭州。但方百花终因流血过多而壮烈牺牲。后人便把方百花安营

---

① 方百花,方腊起义军女将领。传说为方腊之女或妹,参加起义后任元帅。
② 参阅《中国风景名胜故事词典》第 194 页。
③ 参阅《中国风景名胜故事词典》第 194—195 页。

扎寨的山头称为"百花点将台"。①

4. 李秀成与七十三个隐身墩、方山

无锡东乡坊前镇蠡塳巷一带，方圆三里内，土墩墩东二排，南二排，西二排，北二排，每排八个墩墩；当中还有一排，有九个墩墩，其中一个墩墩最大最高。这些墩墩，有各种各样的形状名字，有的像青龙，叫龙墩；有的像老虎，叫虎墩；有的像狮子，叫金狮墩；有的像凤凰，叫彩凤墩；当中一排的正中一个墩墩，像灯塔，叫天灯台。这就是七十三个"隐身墩"。这是当年太平天国忠王李秀成(1823—1864)和大将陈炳文，为抵抗清兵和封建地方武装，吩咐部下领义兵在几天内垒起的。李忠王让太平军将士们预先埋伏在七十三个墩墩间，布好战阵。当清兵和封建地方武装窜来时，那最大最高的天灯台上天灯点亮，太平军众兄弟众姐妹一声呐喊，杀了出来，见五十杀五十，见一百杀一百，洋枪队洋炮队几乎被杀光。从此，"七十三个隐身墩"的故事，就一直传到现在。②

太平天国革命失败次年秋，给忠王李秀成扛过帅旗的陶正昌回到南京方山家乡。他与乡亲们天天晚上聚在一起说忠王、骂朝廷，想念太平军。转眼春天到了，陶正昌选在夏历三月初十(忠王给农民分田地纪念日)，组织青壮年们擂起十面大鼓，敲响十面大锣，并亲自举着一面"神"字大旗，举行庙会活动，明是敬神，实为敬忠王。这项活动举行三天：第一天请神，第二天敬神，第三天送神。不几天，远近几十个村子都敲锣打鼓，敬起神来。从此，年年三月这几天，方山脚下到处锣鼓喧天。人们还踩着鼓点跳舞。群众爱演的方山大鼓《麻雀蹦》，就是这样来的。③

（六）地方功臣的贡献

为民办实事、好事的地方功臣（官吏、平民），他们在某地的改山换水中作出过杰出贡献，因而他们的所作所为，长留在人民的心目中。某些山水传说传扬了他们的功绩。

---

① 参阅《中国风景名胜故事词典》第 187 页。
② 《七十三个隐身墩》，见《无锡民间故事精选》。
③ 《方山鼓声》，见《南京民间传说》。

1. 莫里娇与洞庭东山

苏州西南太湖之畔的洞庭东山最高峰莫厘峰,相传春秋时吴国大夫伍子胥迎母于此,古称"胥母山"。隋代莫厘将军生前曾居此,死后又葬此,遂改名"莫厘峰"。民间又称"莫里峰",传说远古时太湖一带本是大海,洞庭东山上曾有一位莫里娇姑娘,在山上发现了清清的泉水,并骑着犀牛到东海龙宫里取来净水瓶,将犀牛角竖在山顶,将净水瓶从山头上往下倾倒,使海水退下,而净水瓶一直流下清泉水,经过二十四湾,边流淌边发响,成为东山名胜之一"响水涧"。东山人不忘莫里娇,所以把最高峰称为"莫里峰"。①

2. 桐君老人、白姑与桐君山

浙江桐庐富春江与分水江(即天目溪)汇流处,有一座桐君山,此山与桐庐县城一水之隔。传说上古时,这里是一片沙洲,沙洲上有一株高大的桐树。一老人结庐桐荫之下,在此采药、种药,遍尝百草,为民治病。问其姓名,即指桐以示之,因被尊为"桐君老人"。他依仗正义和法术,勇斗瘟神,最后化成一座山头把在沙洲上喷瘴吐雾、祸害百姓的瘟神压在山下,百姓得救。人们便称此山为"桐君山"。桐庐县也因桐君结庐于桐荫下而得名。②

关于桐君山,民间还流传着一个与之有关的烈女故事。桐君山顶有一座白塔。传说,从前桐君山下吴家村吴贵田老汉,有个独生女儿白姑,容貌俊秀,心灵手巧。一天,白姑在山上砍柴,被正在打猎的花县令看见。花县令打听到白姑是吴贵田老汉的女儿,便派师爷唐七携聘礼前来提亲。吴老汉一口回绝。唐七临走时偷偷将一个小东西放在吴家的墙缝里。接着,唐七带领一班衙役来到吴家村,声称县太爷的祖传宝珠昨夜被盗,奉命前来搜查。他们在白姑家,从墙缝里找到宝珠后,把吴老汉抓进县衙,宣称吴家村是盗贼之窝,派人封住山林,守住江岸,不准村里人砍柴捕鱼,声言只有将白姑嫁给县太爷,方能了结此案。白姑为救爹爹和乡亲,答应婚事,但提出两个条件,一是放爹爹回家,取消封山封江禁令;二是八月初七过江成亲,要县太爷亲自到江边迎亲。花县

---

① 《莫里峰与响水涧》,见《太湖传说故事》。
② 参阅《中国风景名胜故事词典》第190页。

令满口答应。成亲之日,白姑要花县令陪她一起上桐君山,与她打柴的山林告别。两人登上山顶,白姑趁其不备,猛将花县令推下崖去,掉进桐君潭。白姑也纵身跳下。白姑跳下去的地方,潭水清澈;花县令葬身之处,水面混浊。两股水流,泾渭分明,至今如此。吴家村人为纪念白姑,在桐君山上建了这座白塔。①

3. 春申君黄歇与黄浦江

黄浦江,从淀山湖到吴淞口,蜿蜒一百一十四公里,它是上海的命脉,被上海人亲切地称为"母亲河"。关于黄浦江的开凿,世代流传着一个古老的传说。相传古时上海还是一片荒凉的沼泽地,其中蜿蜒着一条河流。由于它河床浅,雨水一多便泛滥成灾,雨水少了又河底朝天,人们骂它"断头河"。某年楚国国王将这片土地分封给春申君黄歇②(?—前238)。黄歇不辞辛苦,足迹踏遍断头河两岸,走访百姓,草拟了治理断头河的办法。次年秋,黄歇带领百姓挖河筑坝,苦干多日,眼看即将告成,可是经费花得差不多了。黄歇很着急。回到家里,黄歇把遇到的困难给夫人说了。黄夫人表示可以将陪嫁银子拿出来。黄歇夫人的义举,使百姓们深为感动,家家户户都学她的样,纷纷解囊捐资,很快就凑起一大笔治河工程基金。"人心齐,泰山移。"不久,断头河被治理好了,河道向北直通长江口,流入东海。从此,这条大河两岸雨多不怕涝,雨少不愁旱,农业、渔业都发达起来,百姓们过上了好日子。人们感激黄歇的恩德,为了纪念他的治水功绩,就把这条大河叫做"黄歇浦江",简称"黄浦江"。③

4. 张渤与太湖犊山门

西汉张渤,在太湖一带治水有功,被人们神化为神。无锡鼋头渚上面的那座山叫南犊山,鼋头渚对面湖中心有一座中犊山,同中犊山隔湖相对的是北犊山。传说很早以前,南犊山、中犊山、北犊山,这三座犊山连成一座很大的笔架山,分隔太湖,封住河口。是谁凿开两个山凹凹,凿出南、北两个犊山门的呢?

---

① 参阅《中国风景名胜故事词典》第190—191页。
② 黄歇是著名的"战国四公子"之一;另三人是齐国的孟尝君田文,赵国的平原君赵胜,魏国的信陵君魏无忌。
③ 《春申君义修黄浦江》,见《中国名山秀水故事》。

是一条猪婆龙用牙齿啃出来的。传说,这条猪婆龙化作一个男子汉张渤,带领千家万户凿开两个水口。在工程进行中,遇到了种种困难。在最后的关键工段,张渤以猪婆龙的原形亲自啃山凹凹,工程终于完成。可是由于他露了原形,被玉皇大帝派天兵天将抓去坐天牢。经太白金星说情,允许猪婆龙一年一度回归人间。这一日是夏历二月初八,无锡人把这天称作张渤生日,并在南门外造了"张元庵"供奉张渤,年年设祭,香火不绝。①

5. 赵过与龙溪江

浙江湖州龙溪江,是西汉武帝时,有个兼管农田水利的搜粟都尉赵过征集民工开凿的,它自太湖引水南来,环城而去。传说河成水到时,一位白胡子老爹看见河面上闪闪波光,说是龙鳞,那赵大人莫不是条青龙,长河是他所化?而城北黄龙山的那个大洞,相传是一条搅得干旱的黄龙所据。湖州老百姓为此将这条长河起名"龙溪江",把那个水洞叫"黄龙洞"。自从有了这条龙溪江,湖州便水旱调匀,五谷丰收,成了鱼米之乡、丝绸之府。②

6. 梁鸿、孟光与鸿山

无锡东乡鸿声镇东北的鸿山,山上古迹和景观颇多,旧有"鸿山十八景"之说。传说鸿山与东汉人梁鸿、孟光有关。梁鸿是陕西人,因不满于朝廷苛政,与妻子孟光来到江南吴泰伯墓地古皇山脚住下,一面虚心学习当地的种田经验,一面热情传播北方的先进耕作技术,种稻养蚕,男耕女织,"举案齐眉",相亲相爱,年岁越大,感情弥笃,成为历代好夫妻的典范。他们死后都安葬在这座山上,后人就把此山改名"鸿山",把他们带领百姓开凿的从太湖通至无锡城区的河道叫作"梁溪河",还在鸿山上造了"梁鸿庙"。又传说梁鸿和孟光为了解决鸿山地区的灌溉用水,开挖了一口泉,泉水常年满盈,使鸿山一带田禾年年丰收。人们便把这口泉叫作"鸿泉",并传有"西有梁溪③,东有鸿泉"之语,纪念梁鸿孟光造福子孙后代的功德。④

---

① 《猪婆龙啃开犊山门》,见《无锡民间故事精选》。
② 《龙溪江与黄龙洞》,见《湖州市故事卷》。
③ 梁溪:源出惠山,南通太湖,北至无锡市区双河口与江南运河相接。一名梁青溪,始筑于南朝梁大同中,因以得名。而民间盛传梁鸿对此河早有疏凿之功。
④ 《梁鸿与鸿山》,见《无锡县民间故事集》。

7. 周大伯与吼山

无锡东乡查桥镇东面有一座吼山,传说山里有一头金宝狮,乃是镇山之宝,假若把它捉去,吼山就要大吼,山崩地裂,种田人就没法过活。要想金宝狮出山,有一个秘诀,即:"三月初三,午时三刻,看吼山的山顶映在哪家水缸里,则其水缸底下就有一头玉宝狮。拿着这玉宝狮朝吼山拜三拜,念念有词:'金宝狮听听,金宝狮醒醒,玉宝狮请请,玉宝狮迎迎。'于是山门大开,金宝狮便会出来。"这个秘诀,吼山一带的人差不多全晓得,可是大家都保住秘密。可恨地痞癞头阿四出卖良心,把秘诀泄露给一个大贪官。某年三月初三,这大贪官为劫走金宝狮,率一帮人由癞头阿四带路窜到吼山。

快到午时三刻,这伙人在看牛老汉周大伯家的水缸里查看到吼山山顶的影子,便搬开水缸拿走玉宝狮。他们拿着玉宝狮对吼山拜三拜,但金宝狮没有出来。原来他们忘了口诀,只好把周大伯抓来叫他诱出金宝狮。周大伯佯装应允,从大贪官手里接过玉宝狮,对吼山跪下默念口诀。只听一声巨吼,山腰闪出万道金光,金宝狮真的从山林里窜了出来。大贪官等人冲上去欲捉金宝狮。周大伯又面对吼山念道:"金宝狮乖乖,把嘴巴开开,荤素食送来,拿胃口开开。"于是金宝狮张开血盆大口把大贪官、癞头阿四等坏家伙全部吞进肚里。周大伯哈哈大笑,但他知道盗取国宝的坏人没有死尽,有玉宝狮在,金宝狮就保不稳,便用尽浑身之力,将玉宝狮向山腰扔去,一片红光,轰然一响,山门闭上。从此金宝狮和玉宝狮再也不出山,吼山再也不会吼,然而"吼山"之名却叫开了。① 这个传说中的周大伯,可算是对吼山及其周围一方的有功之臣。

(七) 文人画家的轶事

各个时代的文人画家,总是对山水风光情有独钟。他们在江南的山山水水间留下的踪迹和轶事,成为山水传说的重要素材。

1. 陆机、陆云与小昆山、机山

上海松江小昆山因出过在文学等方面作出过突出贡献的"二陆"(陆机、陆云),民间传说是一座"灵山",笼罩着浓浓的文化气息。山上的三圣阁,祀奉文

---

① 《金宝狮》,见《太湖传说故事》。

圣孔子、武圣关公和岳王,楼台高大,登楼眺望,九峰三泖的秀色尽收眼底,真所谓"平川百里"、"烟波锁江"。可以想见当年陆机(261—303)、陆云(262—303)在此读书、著文的情景,令人神往。

机山在松江县城西北约11.5公里处,其东麓与天马山相望。因西晋大文学家陆机曾居此而得名。机山下原有平原村,因陆机曾为平原内史,故名。机山虽是一座小山丘,但传说远古时大禹治水路过这里,在山上留下了一只仙鹤和一条白龙。机山有了这两样灵异之物,从此便山上百鸟云集,河中锦鳞戏水,成了山清水秀的风景之地。

陆机、陆云的祖父陆逊、父亲陆抗,都是三国时东吴的大将。吴国灭亡后,兄弟俩回到松江,因见机山风景秀丽,就在此结庐隐居,用心钻研文章辞赋。不久,他们都成了很有成就的文学家。陆机、陆云的文名传遍天下,皇帝知道后几次下旨征召,熟人纷纷登门相劝,因除义兴(即宜兴)三害而出名的建威将军周处是陆云的学生,也来信请老师出山。陆云动了心,对哥哥说:"你我本是将门之子,一辈子隐居在此,终究不是办法。如今国家正当用人之际,不如趁此机会出山干一番事业,也好荣宗耀祖,青史留名。"陆机本来不肯答应,但架不住陆云口若悬河地再三劝说,也就勉强同意。两人不愿空手去见皇帝,陆云心想,松江鲈鱼味道鲜美,闻名天下,便亲自动手到河里捕了一条三尺多长的特大四鳃鲈鱼,晒成鱼干,准备带到京城洛阳去贡献给皇帝。谁知这条大鲈鱼是大禹留下的白龙所变,被陆氏兄弟捕去后,机山上的仙鹤失去伙伴,整天不住地哀鸣。临行那天,陆机见仙鹤左右盘旋,哀叫声催人泪下,不禁又犹豫起来。陆云见了,一把拉住哥哥说:"春秋时卫懿公因好鹤而亡国,这种不祥之物不值得留恋。何况天下之大,岂独华亭有鹤?"这话被天空中的仙鹤听到,知道已留不住他们,便长鸣一声,窜入云天。陆机心中惆怅不已,只得跟着陆云上了路。

兄弟俩来到洛阳,陆云兴冲冲地向皇帝献上鲈鱼。朝中有位大臣张华,素以博学闻名,在一旁对皇帝说:"圣上,这不是鲈鱼,是当年禹王留下的白龙。只要在鱼身上浇上一杯苦酒,它就会恢复原形。"皇帝听了,半信半疑,命人照张华说的办,但见一道耀眼的五彩光芒闪过,鲈鱼倏地化作一条白龙,腾空而去。以真龙天子自居的皇帝以为陆机、陆云在戏弄自己,有些恼火,但因为兄弟俩是自己下令召来的,不便于杀,就将他们投闲置散不予重用。后来晋室大乱,成都王司马颖把陆机、陆云抓起来杀了。临刑之际,陆机后悔自己当初不该听信弟弟的话,以至遭此杀身之祸,再也听不到故乡的鹤鸣了,不禁对陆云叹息道:"华亭鹤唳,岂可复闻乎?"其实,自从陆机、陆云走后,机山上就再也没有仙鹤了。但"华亭鹤唳"的传说,却和机山一起流传了下来。①

2. 王羲之与兰渚山兰亭、昇山、焦山

著名的兰亭,在浙江绍兴市西南兰渚山下。有小溪曲水流经此处。临溪有流觞亭。亭西有王右军祠。亭东有鹅池。鹅池畔有鹅池碑亭,碑上"鹅池"两字,传为王羲之(321—379,一作303—361)手书。据记载,东晋永和九年(353年)三月初三,王羲之同谢安等四十一人,相会于景色秀丽的兰亭,并举行祓禊之礼。他们坐在曲水边,让酒杯随溪水缓缓漂流,酒杯停在谁身边,就罚谁饮酒作诗。事后,汇集了这次盛会上所作的三十七首诗。王羲之为之写了诗序,即《兰亭集序》,成为千古名篇。②

浙江湖州城东一二十里的昇山,汉朝时曾叫乌山,也叫欧阳山。传说是欧阳氏的封地。东晋时,郡守王羲之在山上建造了一个亭子。某日亭子落成,王羲之带领一批郡吏幕僚,登上乌山。王羲之叹道:"百世之后,谁知我王逸少与诸位昇登此山呢?"一位幕僚说:"太守大名,留之何难?刚才你说'昇登此山',则请大笔一挥,题名昇山!"王羲之说未带纸笔。这时飞来一对天鹅,一只口衔一支蘸着饱墨的大笔,另一只口衔一张白纸,在头顶飞绕三圈,落在王羲之面前。王羲之想,这是天赐良机,便从天鹅嘴角取过纸笔,题了"昇山"两个大字。不提防这对天鹅又将纸笔衔住,飞上天空,以至消失在白云深处。王羲之说:"'昇山'飞上天,奇哉奇哉!"从此,这山就改名为昇山。③ 这个传说,把大书法家王羲之神化,刻画了他性格的飘逸欲仙的一面,将昇山与王羲之久远地联系了起来。

---

① 《机山与"华亭鹤唳"》,见《上海的传说》。
② 参阅《中国风景名胜故事词典》第220页。
③ 《王羲之与昇山》,见《湖州市故事卷》。

镇江焦山上的《瘗鹤铭》名气很大,因为传说这个碑上的字,是大书法家王羲之写的,它和陕西的"石门铭"一起被称为中国的两大名碑。

相传东晋某年春天王羲之到焦山游览,在一座小庵里看到一对仙鹤,向空中飞去,盘旋起舞,他看呆了,赞叹要是写字个个都像这样灵活,那该多好。当家和尚见王羲之这么喜欢仙鹤,答应卖给他。因王羲之到别处办事,他将两只仙鹤请庵里暂且照管。可是数月后王羲之办完事回来,一只仙鹤已经病死,另一只则绝食而亡了。王羲之难过得不得了,由当家和尚陪着来到埋葬仙鹤的面临长江的小土山。回去后写下了"瘗鹤铭"三个大字。"瘗"是埋葬的意思,"铭"是记载的意思,又有镂刻之意。接着写了一百多字的碑文,其书法真是神来之笔。整个石碑上就好像有无数只仙鹤展翅飞翔。从此,这座无名小山就有了名字,叫做"鹤山"。后经变故,石碑掉进滚滚长江。幸而从江里捞出五块残石,被连成整块,嵌在焦山宝墨轩的正中墙上,几个潇洒纵横、浑厚奇妙的大字,每天吸引着络绎不绝的书法爱好者和兴致勃勃的游客。①

3. 李白与皖南山水

唐代大诗人李白(701—762)到过皖南、浙江不少山水胜地游历和居留,留下了颇多的传说。如黄山名泉之一鸣弦泉下,有一块大石头,相传李白曾经在它旁边醉卧,后人在那块大石头上刻了"醉石"两个大字。相传,鸣弦泉上的"鸣弦泉"三个大字,是李白亲笔所书。鸣弦泉下的小水潭,因为李白在那儿洗过酒杯,后人又在旁边岩石上刻了"洗杯泉"三个字。这样,醉石、鸣弦泉和洗杯泉三处古迹构成了黄山的一组特殊名胜。

唐天宝年间,李白曾往来于安徽南陵、宣城、秋浦等地。他几度游览黄山,写下了赞美黄山的美妙诗章,在黄山留下了许多有趣的传说故事。一天,李白沿着桃花、紫云两峰间的山溪逆流而上,不觉到了飞泉千尺、峭壁穿空之处。这里泉水像琴弦一样从高岩倾泻而下,落在古琴般的岩石上,发出铿锵悦耳之声,如瑶琴独奏,似丝竹齐鸣。这便是鸣弦泉。在鸣弦泉附近,矗立着一块苍苔满布、足有楼房那样高大的巨石,屹立在白云溪畔。李白坐在大石边自斟自

---

① 《瘗鹤铭》,见《镇江民间故事》。

酌,即景赋诗。李白醉醺醺地绕着那块大石头转了三个圈子,醉卧下来,进入梦乡。李白醉酒,似乎把大石头也熏醉了。等到李白醒来,耳边鸣弦泉的琴声相伴,一勾新月斜挂在古松枝下。李白兴致很高,乘着月光走到鸣弦泉下,在一个小水潭中洗了酒杯,准备再来喝酒时,发现酒已喝光,只好背起酒壶走回住地。[①]

黄山北海的散花坞,有一对景观奇绝的峰石。这便是"梦笔生花"和"笔架峰"。"梦笔生花"系山涧深谷一根崛起的擎天石柱,恰似一支巨大的毛笔。一株奇松生长在石柱上面,好像一朵鲜花开放在巨笔的尖端。在它的左首,有一座山峰,顶分五岔,形似笔架,对应成趣。相传,好学不倦的李白,在少年时代,有一天深夜,在睡意朦胧中到了一座海上仙山。一阵清风徐徐吹来,松海中忽然有一支十多丈高的巨大的毛笔耸出云海。李白想:"我若能得此生花妙笔,用大地作砚,蘸海水为墨,拿蓝天当纸,来描写人间美丽景色,揭示朝廷腐恶,呼吁人民疾苦,是多么好啊!"忽闻一阵仙乐,并见五色光芒从笔端射出,接着一朵鲜艳的红花在笔尖开放。那支生花玉笔向李白身边移来,他伸手去取,当快要摸到粗壮的笔杆时,不觉一惊而醒,原来是春宵一梦。后来,李白来到黄山,当他游览到北海散花坞时,一见这支生花的玉笔,不觉失声大叫:"啊呀!从前我梦中所见的妙笔,原来就在这里!"李白梦笔生花,不仅使黄山增添一景,而且传为千古佳话。[②]

唐天宝十二年(753年),李白受当朝权贵的排挤打击,怀着失望和悲愤的心情,浪迹江湖,漫游到了宣州(今宣城)。他常常登临城北的敬亭山,写下了流传千古的诗句:

众鸟高飞尽,孤云独去闲。
相看两不厌,只有敬亭山。

敬亭山古名昭亭山,为黄山余脉。山上林木茂盛,云雾环绕,幽谷流泉,鸟鸣花

---

① 《李白与醉石》,见《黄山:故事传说、风景名胜》。
② 《梦笔生花》,见《黄山:故事传说、风景名胜》。

香,景色佳丽。南朝诗人谢朓任宣州太守时,曾经写了许多描绘这里自然景色的诗篇。唐代以降,经诗仙李白的品评,使敬亭山更加名蜚天下。旧时山上有李白题书"云根"两字的刻石,名为"云根石";还有"李白独坐处",并建有一座拥翠亭。山下宛溪、句溪两水清澈如镜,分外宜人。①

安徽黟县城南有李白钓台(又称寻阳台)。李白于天宝十二年曾游县南墨岭山、霭峰等地,且在此垂钓。台下有深潭,有尺许赤眼鱼泛游其间。台周丛生独特的小竹,片片竹叶上皆有一椭圆形墨点。传说李白在此垂钓时,兴致所至,常挥毫作诗。一次笔端蘸墨太浓,随手一甩,墨汁落入台下竹丛之中。青竹仰其诗名,如获至宝,自此雨涤不掉,令人叹为观止。李白《钓台》诗曰:"磨尽石岭墨,寻阳钓赤鱼。霭峰尖似笔,堪画不堪书。"②是对这一景点的绝妙写照。

桃花潭,又名玉镜潭,在泾县西南,潭水宜于造酒。据传,唐天宝十四年(755年),泾县名士汪伦,听说李白游泾,写了封信表示欢迎,诡云:"先生好游乎?此地有十里桃花;先生好饮乎?此地有万家酒店。"李白欣然来到,汪伦热情款待,用桃花潭水酿造的美酒与李白同饮,实告说:"桃花者,潭水名也,并无十里桃花。万家者,店主人姓万也,并无万家酒店。"李白大笑,两人畅饮至夜。汪伦款留李白数日,临行时赠马八匹,官锦十匹,并亲自送行。李白感其意作《赠汪伦》诗一首:

李白乘舟将欲行,忽闻岸上踏歌声。
桃花潭水深千尺,不及汪伦送我情。

十分称赞汪伦好客之贤。后人在桃花潭旁建有"踏歌台"、"桃花潭阁"。这里风景秀丽,物象幽奇,花卉芬馥,优美的自然风光与人间的真挚友情相映生辉。③

---

① 参阅《安徽风物志》第 278—279 页。
② 参阅《中国风景名胜故事词典》第 251 页。
③ 参阅《安徽旅游》第 59 页。

李白晚年优游安徽马鞍山市的采石矶,留下了不少传说。采石矶位于马鞍山市西南五公里的翠螺山麓,高约五十米,峭然伫立于扬子江南岸。它同岳阳城陵矶、南京燕子矶,统称为"长江三矶"。山势险峻,风光绮丽。采石矶的悬崖上,建有一台,突兀江上,很为险峻。传说李白醉酒从此台上跳江捉月而死,故名"捉月台"(原名舍身崖,又称联璧台)。李白骑鲸飞升去月宫后,人们将他留下的衣帽葬在采石山上,立坟祭悼,这就是现存的李白衣冠冢。还修了捉月台,这就是传说中李白捉月骑鲸的遗迹。[1]

4. 颜真卿与虎丘山

大凡有名的寺院,大多建筑在山里,叫做"山藏寺"。而虎丘的云岩寺却造在山下,成为"寺藏山"。传说这与唐朝年间,云岩寺老方丈征求大书法家颜真卿(709—785)书写"虎丘剑池"四字有关。

说是有一年,时任苏州太守的颜真卿游虎丘,老方丈把他迎到山上,陪他游览,颜真卿看见剑池两旁悬崖峭壁,池水很深,又听说吴王阖闾的墓就葬在池底,看得出了神。老方丈趁此机会,乞求墨宝,说:"大人才华出众,一字千金,老僧请求给虎丘剑池写四个大字,不知大人意下如何?"颜真卿听后,风趣地说:"既然一字千金,那四个大字,就是四千两银子啰,但不知方丈如何付法?"老方丈说:"现在小寺香火清淡,银子一时拿勿出,可否将小寺暂且抵押一下,明年一定如数奉上。"颜真卿哈哈大笑,说道:"你这座小寺能值多少银子,我勿要;除非拿虎丘来抵押,才能抵得上呢!"老方丈想了一会儿,表示同意用虎丘山作抵押,请颜真卿快动笔。颜真卿当即抓起如椽大笔,在白纸上写了"虎丘剑池"这铁划银钩般的大字。老方丈很满意,不久就在剑池之旁竖了块"虎丘剑池"的大石碑。然而那四千两银子怎么办?后来老方丈想出个计策来:"颜真卿不要寺院,我把虎丘山包在寺院里,他就拿不去了。"老方丈就请人在虎丘四周挖了道小河,将虎丘山团团围住,然后在山脚下朝南开了个山门,山门上挂了一块"云岩禅寺"的匾额。这样一来,虎丘山被藏在寺内,完全归云岩寺所有了。

---

[1] 参阅《安徽旅游》第76—77页。

虎丘剑池

次年春天,已升任刑部尚书的颜真卿因公来苏,顺便到虎丘看看,只见寺门造在山下,把虎丘藏在寺内,不禁呵呵大笑,想不到当年一句戏言,使虎丘改变了面貌,由山藏寺变为寺藏山了。① 稍后,宋代诗人王禹偁(954—1001)作诗展示虎丘山寺的风貌特色:"尽把好峰藏寺里,不教幽境落人间。"②正与传说之意相合。

5. 白居易与天平山白云泉

天平山上有个白云泉,又名钵盂泉,泉水清洌,很有名气。说起来还与唐代著名诗人白居易有关。白居易(772—846)任苏州刺史时,遇有空闲,喜欢到天平山走走。有一天白居易来到天平山,登上半山腰,忽听得一阵哗哗哗的流水声。他拨开草丛,发现一股清清的泉水从石缝中流出,顺着陡峭山壁,一直流向山下。白居易想,用这样的泉水泡茶,味道一定很好。第二天,他亲自带

---

① 《寺里藏山》,见《苏州民间故事》。
② (宋)王禹偁:《游虎丘山寺》诗。

来一只白瓷钵盂,用竹管将泉水引入钵内,煮开后用来泡茶,果然水清味甜。更为稀奇的是,这泉水水质很硬,在满满的茶杯内投下十几枚铜钱,杯口的水只会向上隆起,而不漫溢。于是白居易和山民商量,在半山腰凿石为池,泉水流蓄在池内,清澈见底,好似明镜,天上飞过的片片白云,映入池内,也看得清清楚楚。白居易见此情景,高兴地提起笔来,写下了"白云泉"三个大字。山民把字刻在石上,从此,白云美泉就传扬开了。①

6. 杜牧与池州杏花村

唐朝诗人杜牧(803—852)曾以"千里莺啼绿映红,水村山郭酒旗风"②的诗句描写江南明媚的春光。唐会昌四年(844年)九月,杜牧由黄州调任池州③刺史。杜牧是带着怀才不遇的心情来到池州上任的,因此常常闲庭独步,借酒浇愁。第二年清明节,他独自一人外出郊游。他打听到城西不远有个杏花村,村中有一家黄公酒垆,出售自酿的美酒。于是,便信步向城西而去。当他走了一里多路,忽然下起濛濛细雨。初来乍到,路途不熟,只见一个牧童骑在牛背上,迎面而来,杜牧便问酒店在何处。牧童指着前边一片杏林说:"那边就是!"杜牧纵目远望,只见那一片杏林之中,隐隐约约飘动着一面青帘(酒家悬挂的酒旗),轻风细雨迎面扑来,似乎送来了一阵阵酒香。他便加快脚步,进入杏林,来到黄公酒垆。他要来酒菜,自斟自酌,信口吟诗一首:

　　清明时节雨纷纷,路上行人欲断魂。
　　借问酒家何处有?牧童遥指杏花村。

这就是脍炙人口的清明诗,杏花村也因此而闻名天下。④

7. 皮日休与惠山石床

无锡惠山寺的那块床榻似的巨石,与文人骚客颇有关系。有一个传说说,

---

① 《白云泉》,见《苏州民间故事》。
② (唐)杜牧:《江南春》诗。
③ 唐代池州又称池阳郡,治所设在秋浦县(今贵池县)。
④ 参阅《安徽风物志》第288—289页。

自古以来这块石头周围松柏层层,四季常荫,历代文人雅士和来往游客都喜欢站在这里看山景、听松声,或在上面坐卧歇息。晚唐诗人皮日休(约834—883)为此写了如下诗句:"千叶莲花旧有香,半山金刹照芳塘;殿前日暮高风起,松子声声打石床。"于是这块石头就叫"听松石床"。①

8. 范仲淹与苏州天平山

北宋著名政治家、文学家范仲淹(989—1052)出生在吴县香山镇。范仲淹幼时家境清贫,曾在天平山下的咒钵庵内刻苦读书。朝朝暮暮,风风雨雨,看熟了天平山,爱上了天平山。后来,他在朝中做了大官,想把祖坟移葬到天平山来。一个风水先生对他说:"这天平山是块绝地,石头都朝下长。这里葬了坟,一百家有九十九家要断子绝孙。"范仲淹却说:"绝就绝我一家,让九十九家子孙繁衍、百世荣昌吧!"范仲淹为官清正,直言进谏,遭到奸臣诬陷,到了晚年,将他贬官回乡。有一次,他在天平山又听到一个风水先生说:"这座山上的石头有如乱箭穿胸,是块'五虎扑羊'的绝地,谁要是葬在这里,他的后辈永生永世做不了官。"范仲淹听了,反而决意在天平山麓买下一块山地,把祖先灵柩移葬来。然而奇迹出现了,传说就在灵柩下葬那天夜晚,天平山一带下起特大雷雨,电闪雷鸣,山摇地动,胆大的人看见天空中一条金龙和一条银龙,盘旋升降,光彩四照。次日晴空万里,人们一看天平山,石头都朝天竖起,好似千万块朝笏。原来玉皇大帝为范仲淹的高尚品德所感,就命风伯雨师、雷公电母、金银二龙,施发神威,使天平山一夜之间改变面貌。至今在该山附近的木渎镇一带还流传着几句顺口溜:"范仲淹行作好良心——感天动地;天平山死地变活地——万笏朝天。"②

9. 林和靖与杭州孤山

杭州西湖孤山有一座放鹤亭,其侧是一片梅林。北宋诗人林和靖(967—1028)"梅妻鹤子鹿家人"的故事就出在这里。林和靖因不满朝廷昏庸腐败,不愿意做官,就来到西湖孤山,搭了间茅屋住下来。为解寂寞,他从附近猎户那儿买来一只白鹤和一只小花鹿,给自己做伴。后来又在这四面环水的孤山,在

---

① 《听松石床》,见《无锡县民间故事集》。
② 《万笏朝天》,见《吴越山海经》。

亭边屋后栽了三百多株梅树。林和靖隐居在此,像到了世外桃源,直至终老。他有许多诗画就是在梅树下作的。有一次他画完一幅《梅林归鹤图》,在画上题了一首诗,其中有这样两句:"疏影横斜水清浅,暗香浮动月黄昏。"这佳句一直流传至今。林和靖隐居西湖孤山二十多年,眼前只有梅林一片,身边只有鹤鹿做伴。又因为他一生酷爱梅花,其晚年的诗画多数表现的也是梅花。因此人们就说他是以梅为妻,以鹤为子,所谓"梅妻鹤子鹿家人"。①

10. 沈括与镇江船山

镇江西南有座船山,相传山里有金、银、铜、铁、锡……宝贝多得很。宋代皇帝获知,一连派一个识宝的和尚、一个道士和请一个洋人到船山,均未找到宝。一天,皇帝宣来上通天文、下知地理的大学问家沈括(1031—1095),说:"久闻卿家博学多才,你辛苦一趟,速到镇江船山,把宝取来!"沈括本来就喜爱测量营造、观测气象、上山探矿、挖地找宝这些事,就是皇帝不派,他一听到消息,自己也要去的。于是他马上接过圣旨,带了两个随从,来到船山脚下。一看,满山都是怪石。但他想,是山都有宝,只要肯下功夫,总能找得到。经勘探,果真发现了铁矿石,便奏明皇上。皇帝即下圣旨,叫镇江府开采铁矿石,在船山脚下造起一座冶铁厂来。直到现在,镇江船山还在开采铁矿石。②

11. 马远与西湖曲院风荷

南宋初,宋高宗赵构建都杭州。赵构终日花天酒地,特地在西湖九里松洪春桥南堍,设立了一所曲院,招聘酿酒能手,专门酿制美酒,供给宫廷享用。某年六月,曲院满池荷花盛开。南宋四大画家③之一马远来到这里,但见满池荷花,南风吹过,清香沁人。酿酒老人以好酒相待。趁着酒兴,马远画了一幅水墨荷花,又画上曲院小屋,题上"曲院风荷"四字。从此,"曲院风荷"便大大出名,成为西湖十景之一。④

12. 唐伯虎与昆山马鞍山

江苏昆山马鞍山的文笔峰原叫焚笔峰,与唐伯虎(1470—1524)有关。一

---

① 《梅妻鹤子鹿家人》,见《杭州的传说》。
② 《船山取宝》,见《镇江民间故事》。
③ 即马远、夏圭、李唐、刘松年。
④ 《曲院风荷》,见《西湖女神》。

天,唐伯虎和祝枝山(1460—1526)乘船沿娄江东行,来到昆山马鞍山,见山上峰美林秀,山脚下清泉潺潺,不禁为如此佳山丽水发出赞叹。两人讲定,唐伯虎在山前作画,以便带回姑苏观赏;祝枝山先去街上酒店准备午宴。祝枝山在酒店里点齐酒菜,等到太阳偏西,还是不见唐伯虎到来。祝枝山找到险峻的西山峰下,只见唐伯虎坐在一块山石上,一大堆画废的稿纸正在火中燃烧,连那支玉杆笔也丢入火中焚了。原来,唐伯虎画马鞍山,画来画去画不像,画一幅撕一幅,一共画了八八六十四幅,还是没有画像,一气之下就把纸笔烧了。当然,唐伯虎画不像马鞍山,并不是他画技不好,只因他不知道马鞍山本是大禹治水时遗下的一副神鞍所化,它是一座活山,山景一天之内有七十二番变化。此后,人们把唐伯虎焚笔的地方叫焚笔峰,后来又讹传为"文笔峰"。[①]

13. 邵宝与惠山石门

关于无锡惠山石门,有好几个传说,都与邵宝有关。邵宝,历史上实有其人,为明代无锡的文学家、书法家,中过进士,当过官,居官时曾经抵制太监擅权,后以母老恳辞归里,先后创办尚德书院、二泉书院,写有著作多种。而传说故事里的邵宝,是惠山脚下的穷秀才,见义勇为,热心帮助穷苦人。

邵宝写歌谣痛骂惠山街上的地头蛇钱百万,穷百姓看了拍手称快,钱百万看了双脚直跳,意欲带了打手上门去打死邵宝。在乡亲们的劝说下,邵宝上了惠山。钱百万带着走狗追来,邵宝快步来到石门下,忽见草丛里有一块乌黑发亮的石头,就拾起石头准备同钱百万等人拼。不想邵宝刚把石头拾起,石门便打开了(这块石头原来是开启石门的宝石),他眼见钱百万等人快追到跟前,转身便往石门里躲去,石门随即关上。钱百万被关在石门外,还轧断手肘骨,痛得直打滚。邵宝在石门内,见有大量金、银,还有摇钱树、聚宝盆,可是他什么都不要,只拿了一只能治百病的宝葫芦,以便替穷人治疗疾患。钱百万知道邵宝得了宝物,就带着走狗们冲来逼邵宝交出开启石门的宝石。邵宝胸有成竹地把他们带到石门前,把宝石向上一举,嚯的一声,石门开了。钱百万和走狗们拥进石门,见洞内满是金银财宝,便贪婪地抢了起来。当他们袋里装满、身

[①] 《唐伯虎焚笔马鞍山》,见《昆山市资料本》。

上挂满、手里拿满想要出门时,石门却迅速关闭,这伙坏蛋被关死在石门里。而邵宝却变成仙人,踏着天梯上天去了。从此,无锡民间就流传着:"若要石门开,要等邵宝来。"①

(八) 名医巧匠的才气

江南地杰人灵,代有才人,包括名医巧匠。名医巧匠们,或在江南土生土长,或流寓于江南,他们与江南的山山水水有着不解的关系。

1. 干将莫邪与莫干山

传说春秋末年,吴人干将②曾和师兄之光一起,拜剑祖真人为师。干将满师后,便到莫干山,和采药老人芦花老爹的女儿莫邪结了婚,夫妻俩在山之东麓以铸剑为业。因为这里泉水水质纯净,最适宜淬火,他们便在飞瀑边的悬崖上搭了几间草房,开炉铸剑。

吴王得知干将莫邪善于铸剑,限令他们三个月铸成一把稀世宝剑。经过九九八十一天,遇到了金汁不沸的难题。他们想起师父说过的"金铁不熔化,一定要用女人身上的发肤投入炉里才行"的话,于是莫邪取来山中黄土,调以清泉水,再割断自己的头发,剪下自己的指甲,搅拌成一个泥团,又照着自己水中的面影,捏成个人像,投进冶炉。果然炉内铁水就熔化沸腾起来。反复的烧、锻、淬、磨,终于铸成阴阳二剑。每把长约三尺,青光闪闪,吹毛断发,削铁如泥。最奇的是:宝剑出鞘为二,入鞘为一。干将给它们取名为"雌雄剑"。此时,莫邪已有身孕。干将想,吴王要剑是想称霸天下,他怕我为别人铸出更好的剑,必定要杀我,看来在劫难逃。因而他常常登上悬崖,舞剑解愁。一次,他悲愤交加,双手挥起双剑向一块巨石劈去,巨石裂开两条口子,剑锋竟丝毫没有损坏。干将细看巨石,只见一条剑痕既光且深,而另一条剑痕却浅得多,干将悟得这是雄剑力大、雌剑力小的缘故。夫妻俩对吴王早已戒备在心,决定将雄剑连同神鞘藏起,将来叫孩儿为父报仇,而将雌剑献给吴王。干将进宫献剑后,吴王立即杀了他。

---

① 《惠山石门》,见《无锡县民间故事集》。
② 干将历史上确有其人。《吴越春秋》卷四载:"干将者,吴人也。与欧冶子同师,俱能为剑。"

过了十六年,干将、莫邪的儿子莫干满十六周岁。莫邪思忖报仇的时机已到,便把干将铸剑、献剑、被害一事,原原本本告知儿子莫干。第二天,莫干身背雄剑,拜别母亲,向吴城进发。半途遇一老汉,乃是父亲的师兄之光。之光讲了计谋,莫干便割下自己头颅,连同宝剑,双手捧给之光老汉。次日一早,之光袖藏宝剑,手提包袱,在吴宫前高声宣称:"玩奇童之头,请看妙术。"经官员启奏,当即受到吴王召见。之光叫快备油鼎升火,吴王传令照办。待鼎内油浪沸腾,之光打开包袱,将莫干之头丢入鼎内。那头颅随着油浪起伏,上下翻动,唱起歌来。之光叫吴王快来看,吴王忘了一切,赶忙来到鼎边。之光迅即擎出袖里宝剑,砍下吴王的头颅,掉进油鼎。油鼎内,"奇童之头"和吴王之头立即斗起来。之光一剑刹下自己的头颅,落入油鼎,伯侄两头合力将吴王之头压到鼎底。这时,剑鞘陡地变成一条巨蟒,一下吞了雌雄二剑,直向天空飞升。不久,官兵前来莫干山捉拿莫邪,忽然潭里白浪涌腾,一条巨蟒探头出水,口中飞出一把宝剑,使为首的官儿身首异处。然后,宝剑又飞回巨蟒口中。莫邪知道阴阳二剑已飞回剑池,便纵身跳进深潭。后人为纪念干将莫邪,把他们铸剑磨剑的所在处叫做剑池,把这山命名为莫干山。①

以上是关于干将莫邪与莫干山的一个比较流行的传说。还有的传说,是说其子亲自报了吴王杀父之仇,令人更觉痛快淋漓。

2. 鲁班、鲁妹与杭州西湖

传说当年巧匠鲁班听说西湖的景致好,就带了他妹妹从山东到杭州来。这一天,鲁班和鲁妹来湖边游赏,觉得西湖风景果然好看。忽然天气变了,下起一场春雨,兄妹俩一身稀湿。鲁妹向鲁班提议,各人去造个东西,要使人在落雨天也照样能游湖,看谁办法好。鲁班同意。两人约定,比赛时间为一夜工夫,到鸡叫为止。当夜,两人就分头干起来。却说鲁班找了些木头,刨得光光洁洁,雕刻各种花样,在西湖边先后造起了一座四角亭、一座六角亭、一座八角亭,又在西湖边造了第四座、第五座、第六座……一口气造了九座式样不同的亭子。正当鲁班开始造第十座亭子时,鲁妹跑来,偷偷地学了一声鸡叫。鲁班

---

① 《莫邪与干将》、《试剑石》,均见《湖州市故事卷》。

刚把第十座亭子造好三只翘耸耸的角,一听鸡叫,就停工不再造了。——这就是西湖三潭印月九曲桥上留下的那座三角亭。

过一会儿,鸡真的啼了。朝霞映着红色的亭子,显得格外美丽。鲁班坐在亭子里,看看自己一夜工夫造起来的十座亭子,心里很得意。忽然,他眼前一亮,好像迎面飞来一只孔雀。定神一看,原来是妹妹从屋里走出来,把个东西向上一张,那东西立刻变得像亭子顶一样……顶下只有一根"柱子"。鲁妹笑着对鲁班说:"哥哥,你一夜工夫造了十座亭子,我一夜工夫才造这'半个亭子',但这'半个亭子'可以抵得上千千万万个亭子。落雨天,你只好坐在亭子里面看西湖景致,我撑着这'半个亭子',可以走来走去,在湖边到处耍子。"鲁班称赞妹妹心灵巧、手艺好。鲁妹对哥哥说:"你的手艺当然比我好,你造的十座式样不同的亭子,把西湖景致打扮得更好看啦!我只不过受到你的启发,才造了这'半个亭子'哩。"从此,鲁班更尊重他的妹妹,遇事都要与她商量。据说,鲁班造的那些亭子,就是后来"西湖十景"里面的十座亭子。鲁妹造的这"半个亭子",就是西湖绸伞的有趣来历。①

3. 华佗与齐云山桃花涧梦真桥

齐云山望仙台南面桃花涧上,有一座单孔石桥。传说很久以前,杭州开绸庄的谭老板背部生大疮,百般医治未愈,性命危险。某夜,谭老板忽梦一位白发老道对他说:"快去齐云仙境,此病可救。"家人听他说起梦中之事,大喜,火速来到齐云山,巧遇神医华佗。华佗从桃花涧里挖出草药,为谭老板医治,不久即康复。谭老板捐资在桃花涧上造了一座石桥,取名"梦真桥"。②

4. 石匠(无名氏)与栖霞山千佛岩

南京东郊栖霞山上有座千佛岩。传说千佛岩有一千尊佛像,是六朝时一位石匠一个人凿出来的,最后一尊佛像一手拿着凿子,一手拿着锤子,就是凿石佛的石匠。相传当年这位石匠遵奉皇帝之命,日夜不停地在栖霞山上凿石佛。石匠手艺很高,凿一尊是一个样子,尊尊石佛都不一样,各有各的神态,各

---

① 《鲁妹造伞》,见《浙江风物传说》。
② 参阅《中国风景名胜故事词典》第239页。

有各的姿势。他一连凿了九百九十九尊,就差一尊了。这时,限期快到。太监告诉他,明天皇帝要亲自来朝拜石佛,一千尊石佛一定要在天亮前全部凿好。当夜,石匠就把最后一尊石佛凿了出来。他把铁锤、凿子一放,就睡觉去了。哪知第二天天亮起来一看,那最后凿好的一尊石佛不见了,只剩下一个空空洞洞的石窟窿。这一下,石匠急死了。正在这时,那边皇帝已到,诚心地见一尊石佛磕一个头。这时,皇帝一连磕了九百九十九个头,早已磕得头晕眼花,看见最末一个石窟窿里还有一尊佛像,便又磕了一个头,抬头一看才看清是尊石匠佛,也没有心思再问,转身说声"回去",走了。原来,那个石窟窿里的"佛像",即是石匠本人。石匠等人走完,才从石窟窿里跳下来。他怕皇帝下次再来,便又依照自己的样子,连夜凿了一尊石像,放在里头。①

5. 石匠阿巧师傅与苏州万年桥

传说明朝嘉靖年间,苏州胥门外的大运河上,一座年久失修的石桥眼看即将坍塌,城里的达官富绅便借此为由,向老百姓派捐派款,准备招募能工巧匠,重新兴建。此处河面宽,水流急,难以造桥,苏州城里城外的千百石匠,都不敢出头包揽这项大工程。

太湖边上香山地方有位手艺超群的石匠、造桥作头阿巧师傅,毅然承包了重建大桥的工程。阿巧师傅邀集了苏州一带的许多造桥巧手,共建河上长虹。阿巧师傅手艺高,盘算好,众匠人干活卖力,一座五孔大石拱桥很快落成。新建的这座"万年桥",长三十丈,宽三丈多,所用石料是太湖鼋头山上的白石,一经精雕细琢,石面平滑如镜。从桥顶到两岸各有九十多石级。桥两侧石栏杆上,每隔一丈各有一对蹲着的石狮子,共有三十二对。匠人们根据石头的原形,把狮子的姿态雕得各不相同,玲珑活泼。桥顶中央的龙门石上,中间是一个卐字,四角是四盆万年青图案。这座大石桥,无论近看或者远望,都觉得雄伟壮丽,与众不同。万年桥正式落成那天,轰动了苏州全城和四乡,人人都夸赞这座桥造得好,造得巧。② 至今,这座大石桥仍飞架在苏州城西南侧的大运

---

① 《石匠成佛》,见《南京民间传说》。
② 《万年桥》,见《苏州民间故事》。

河上,不失为古典造桥工艺的杰作。

(九) 逸士僧道的传闻

历代很多逸士和僧道,与江南的山山水水关系深切。他们喜于游山历水,甚而隐迹深山,留下了不少传说故事。这里拟分两个层次论述逸士、僧道的传闻。

先来看看历代逸士与江南山水。

1. 王子晋与仙亭山、箫台山、吹台山

传说古代一个吹箫的仙人王子晋,本是东周灵王的太子,名晋,人们称他为王子晋,也叫太子晋。他看到当时诸侯纷扰,对王宫生活产生了厌弃之心,便吹着玉箫,涉水登山。王子晋曾拜浮丘公为师。他先在嵩山,在浮丘公指点下修炼了几十年。后来浮丘公引他上了缑氏山。又后,王子晋常骑鹤吹箫,云游各地,往来于名山大川之间。某个夏夜,王子晋骑鹤吹箫,来到东海之滨的瓯越之地。他在雁荡山北部的一座高峰上停歇下来,穿过一座石桥,绕过一个山洞,到峰顶上吹起玉箫来。他一连吹奏了九曲,箫声悠扬,箫音绝妙。他吹罢玉箫,又骑鹤远去了。后来,人们便把这座山定名为"仙亭山"("亭"字,古文即"停"字),山的高峰称为吹箫峰;山上的那座石桥称为仙人桥;附近的山洞称为仙人洞(也称为北石梁洞);山下的那条溪涧称为仙溪。这些峰、洞和溪涧,构成了雁荡山北部美丽的风景区。

王子晋的遗迹,在浙南有三处,除上述一处外,其他两处是乐清城西的箫台山和温州、瑞安交界处的吹台山。①

2. 严子陵与严陵山和钓台

富春江风景最好的一段叫七里陇。两岸山峰挺秀,江中滩浅流急,是个著名的山水胜地。青山绿水之中,有一座山峰更是与众不同,它像一个身穿铁灰色长袍的古人,默默地立在江边,又像一个脾气古怪、远离尘世的老汉,瘦骨嶙峋,带着一点傲气。这山叫严陵山,是东汉名士严子陵隐居之地。这严子陵,是东汉开国皇帝刘秀少年时的同学。刘秀三次派黄禹去请严子陵,前两次严

---

① 《仙亭山》,见《浙江风物传说》。

子陵不是冷淡,就是回避,第三次被死拉硬拖到京都。刘秀亲自去见他,并把他请到内宫来。严子陵与刘秀谈了不少旧日交情,还一起午睡,睡时竟把一只脚搁在刘秀的肚子上。但严子陵终不肯戴谏议大夫的官帽,离京走了。一天,他乘船来到富春江的七里滩,见岸上有一座高山,古木参天,泉水潺潺,环境十分幽静。山上临江还有一个天然的平台。严子陵最喜欢钓鱼,留在这里钓起鱼来,觉得比在湖塘边更幽雅,于是就在此地安了家,隐居起来。这座山后来就叫严陵山,那钓鱼的石台也便称为"严子陵钓台"了。①

3. 焦光与焦山

镇江城东九里街下,有一座独立江心的秀丽山峦。东汉末年,河东地方一位年高有德的焦光,来到江南镇江。他见这江中小山环境幽僻,便在此山隐居下来。皇帝早已听说焦光是个贤人,就派官员先到他家乡,后到镇江,征聘他出来做官。钦差官跑遍镇江城里城外和金山、北固山、五洲山、黄鹤山、磨箕山、京岘山等处,最后来到江心里的樵山。焦光与几位樵夫一样装束,在树林里砍柴。钦差官没有把他认出来。钦差回到京城向皇帝复旨,说在镇江没有找到焦光。第二次,钦差官跑遍北固山的观音洞、金山的白龙洞、圌山的老虎洞、南郊的莲花洞和八公洞,最后上了樵山,居然在半山腰找到焦光住的那座石洞。焦光正坐在石床上读书。焦光假装是聋哑人,钦差官以为找错,又回京复旨。第三次,皇帝派钦差带了一队兵丁到镇江樵山,捉拿隐士焦光。此时焦光已离开原来的山洞,在后山下江滩边搭了个茅草棚,外面涂泥巴,像个蜗牛壳子,他名之"蜗牛庐"。他自己用泥巴将全身涂起来,装作一条蜗牛。那官员只好再回京城向皇帝复旨:隐士焦光已经不在樵山了。次年春天,渔民船民见蜗牛庐里冒出了笋儿,慢慢地变成了一枝枝小竹竿。人们说:青竹是条龙,焦光成仙升天了。为纪念这位隐士,遂把樵山改称为焦山。②

4. 刘伯温与黄山西海

黄山松奇石怪,白云缥缈;洞深壑幽,嶂叠岩悬,多有神仙、僧道、隐士、侠

---

① 《严子陵的传说》,见《杭州的传说》。
② 《三诏不起》,见《镇江民间故事》。

客隐居其间。相传,六百多年前的辅明军师、号称神机妙算的"半仙家"刘伯温(1311—1375),至今仍在幽邃莫测的黄山西海仙居着。这西海景色:群峰错落,叠入云霄;青松虬曲,如龙翔凤舞;怪石峥嵘,似兽走禽飞;尤其是那如絮的白云,平铺万里,从足底伸展到天边尽处,汇成了无涯无际的汪洋大"海"。传说清朝咸丰年间,有五六个药农,结伙从黄山西路入山采药,经过伏牛岭、半仙亭,两溪环绕的吊桥庵,攀峦历险来到西海石人峰下。他们忽见前面奇峰耸翠、怪石环抱处有一幢玲珑的楼阁。爬上高岩一看,原来是一栋道士古观,朱漆大门紧闭着,门额上写道"刘基仙寓"。众药农从门缝往楼阁内探望,见一位长者,道家打扮,坐在一张八仙椅上弹奏着七弦古琴。叩开门后,道长相迎。饭后,几个药农被安排在一间小客房内,内有一座石头床榻,上面铺了一些小草。众药农问:"老道长尊姓大名?"老道回答:"昔日辅明朝,天亮磨金刀,人在雪边站,四季着棉袍。"药农们又问:"老道长到此仙居多少年了?"道长伸出四个手指,表示已有四百年。次日天明醒来,众人惊奇地发现自己是睡在露天,石床铺上的乱草,原来就是石缝中生长出来的龙须草,成了天然的垫褥。"昨夜明明有座雕梁画栋、飞檐翘角、红墙碧瓦、剔透玲珑的殿阁,还有一位老道招呼大家住宿,今天怎么一无所有了呢?"几位药农面面相觑,惊奇不已。① 这就是刘伯温与黄山西海的传说。

再来看看历代僧道与江南山水。

1. 葛洪与宝石山葛岭

杭州西湖宝石山西侧的葛岭,传为东晋道士、道教理论家、医学家、炼丹术家葛洪(284—364)炼丹处。山上有炼丹台、炼丹井、抱朴庐、葛仙庵等遗址。山巅有初阳台,为观日出之胜地。葛洪,号抱朴子,年轻时酷爱僧学和神仙导引之术。② 葛洪晚年在罗浮山精心研读炼丹之术。后迁来杭州,修建抱朴庐,开丹井,筑丹台,继续炼丹。他著有《抱朴子》一书③,在道教理论上颇有影响。

---

① 《刘伯温在西海》,见《黄山:故事传说、风景名胜》。
② 葛洪的先祖葛玄,为三国时著名炼丹方士,人称"葛仙翁"。
③ 该书讲述自战国时代起各炼丹家的理论及炼丹方法。

2. 金乔觉与九华山

安徽南部的九华山,与浙江普陀山、山西五台山、四川峨眉山同称为我国四大佛教名山。它们分别是佛教四大菩萨的道场:五台山是文殊菩萨道场,峨眉山系普贤菩萨道场,普陀山为观世音菩萨道场,九华山则属地藏王菩萨道场。九华山东岩西麓的龙女泉,渗自石罅,终年不竭,清凉甘美。传说金地藏[①]乘舟渡海来中国时,恰逢东海龙女出宫游玩。龙女见金地藏年少英俊,顿起爱慕之心,遂化作一渔女,跳到金的船上。金视而不见,不为所动,只管闭目诵经。龙女跳入海中,兴风作浪,欲把他的小船打沉。金毫无惧色,顽强前行,使龙女十分钦敬。金地藏到九华山后,每日下山挑水饮用。龙女又化作砍柴村姑,守在山间小径上,故意将他的水桶打翻,然后用柴刀向崖上一砍,岩壁裂开,涌出一股清泉来。金地藏连忙拜谢,村姑含笑而去。[②] 这一传说,表现了金乔觉的人品特点和他对佛教的虔诚之心。

九华山天台峰北的闵园,为登天台的必经之地,面积颇广,古松挺拔参天,翠竹浩瀚如海,有二十座尼庵错落其中。传说唐时,此地原为闵让和的庄园。闵善行布施,斋百僧缺一时,恰好金地藏来到九华山。金刚进山中,就见一只猛虎追赶一个小孩。小孩逃进棋盘石东南的一个山洞里,老虎随后扑入。金疾步赶到,用手一指,老虎变为石虎。小孩得救后,即拜金地藏为师。原来这小孩就是闵让和之子。闵让和为报救子之恩,问金有何要求。金乞"一袈裟地",闵公慨然应允。金站立老爷顶山头,脱下袈裟,向空中一抛,但见金光一闪,那袈裟竟变成一张天网,把九十九座山峰和半个青阳城全都罩住,把城隍也吓得跑到了城外。闵公又惊又喜,遂舍地入佛门为僧,他的夫人也率众丫环削发为尼,并献出家财广建庵堂。自那时起,金地藏伏虎的山洞便被称为"伏虎洞",他抛袈裟的老爷顶则被称为"神光岭"。[③]

[①] 即金乔觉,佛教四大菩萨之一的地藏菩萨。相传其显灵说法的道场在安徽九华山。据《宋高僧传》卷二十等载,地藏菩萨降诞于新罗王族,姓金名乔觉,出家后于中国唐玄宗时来华入九华山,居数十年圆寂,肉身不坏,以全身入塔。九华山之月(肉)身殿,相传即为他成道之处。

[②] 参阅《中国风景名胜故事词典》第229页。

[③] 参阅《中国风景名胜故事词典》第226页。

3. 司马承祯与司马悔山

浙江天台县城西北三十里,有一座山,山形若凤凰,人称"司马悔山"。传说这就是唐朝有名的道士司马承祯(647 或 655—735)应唐玄宗之召,在进京途中因懊悔而返回的地方。司马承祯是唐朝"方外十友"之一,他和李白、贺知章、孟浩然、王维等人是好朋友,当时住在天台山桐柏宫。他数十年蛰居深山,专心修炼,道行很深,被人尊称为"司马炼师",名声一直传到京城长安。唐玄宗痴想长生不老,永享富贵。杨国忠上了一道奏章,说天台山桐柏宫有个司马承祯,乃是当代人间神仙,懂得长生不老之法。唐玄宗立即下圣旨,命台州太守速送司马承祯进京。圣旨到了桐柏宫,无论台州太守百般劝说,司马承祯皆不肯动身。太守府师爷献计用三百两银子买通司马承祯的一个小徒弟。小徒弟编了个太上老君暗示须司马承祯去京城一趟的"梦境",司马承祯相信了所谓老祖的"托梦",便骑马往京都方向而去。然而司马承祯在路上先后遇到一个挑柴老人和一个在溪边洗麻布的少女,都在山歌中劝他停止此行。于是司马承祯悔悟,拨转马头,回桐柏宫去了。从此那座山就叫"司马悔山",那道桥就叫"落马桥"。①

4. 济癫和尚与杭州飞来峰

杭州飞来峰,亦名灵鹫峰,与灵隐寺隔溪相对,向有"武林第一峰"之称。飞来峰给人以外界"飞来"之感,原因有二:一是它低矮瘦削、山岩突兀,与四周的灵隐山、天竺山、北高峰高峻挺拔的外貌确实有异;二是它是由石灰岩构成,而它四周的那些山峰都是由砂岩构成,显得迥然不同,它那奇幻多变的洞壑,具有独特的风格。对此,古人早就作过描摹和比拟:"湖上诸峰,当以'飞来'为第一,高不余数十丈,而苍翠玉立。渴虎奔猊②,不足为其怒也;神呼鬼立,不足为其怪也;秋水暮烟,不足为其色也;颠书吴画③,不足为其变幻诘曲也。"④民间据此编创了一个传说,而这一传说与济癫和尚有关。

---

① 《司马悔山》,见《国清寺》。
② 猊(ní):狻猊,传说中的一种极为凶猛的野兽,其状如狮。
③ 颠书:指唐代书法家张旭的草书。吴画:指唐代名画家吴道子的绘画。
④ (明)袁宏道:《飞来峰》。

传说从前四川峨眉山有座会飞的小山峰,一会儿飞到这里,一会儿飞到那里,最后落在杭州灵隐寺前,再也不飞去了。它飞来之时,济癫在杭州灵隐寺当和尚。这济癫和尚①,手里拿把破蒲扇,整天东游西荡,疯疯癫癫的。某日清晨,济癫和尚在山门外看见老远老远天空有一座小山峰向灵隐寺徐徐飞来。他推算一下,那座小山到午时三刻将在灵隐寺前面的村子上落下来。济癫和尚很着急,逢人便说今天午时三刻有座山峰要飞到这村庄上,叫大家赶快搬家。却没有一个人听他的劝告。眼看时辰不早,他心急如焚。正在这时,济癫和尚发现一户人家娶亲办喜事。他想了想,推开众人,钻到堂前,把新娘子往肩上一背,转身冲出大门,向村外飞跑。于是全村人一齐冲出村子,边追边喊"捉住疯和尚"。济癫和尚脚底生风,一下子跑出去一两里路,人们也一口气追了这么多路。一霎时,"轰隆"一声巨响。人们见自己的村子不见了,却出现了一座小山峰。人们这才明白,原来疯和尚抢新娘子,是为了救大家的性命。济癫和尚为了镇住此山,便带领大家在山上凿了五百个罗汉。从此,这座山峰再也飞不走,永远留在灵隐寺前面了。人们还给它起了个名字,叫"飞来峰"。至于那济癫和尚,听说他给石罗汉安上眼眉后,走下山来,回到灵隐寺,在弥陀菩萨的肚子上摸了三下,摇着蒲扇,笑眯眯地腾云驾雾而去,再也没有人见到过他。② 此传说中的济癫和尚,就是这么一个既好心又疯癫、既幽默又洒脱的人。

5. 雪庄与黄山皮篷

黄山东海深处,有一处名胜古迹叫"皮篷",风景特别优美。皮篷后面有锦屏、天宝二峰;右边有天医、石婴、比秀、文笔诸峰和石伞、拜云、罗汉诸石;左边有育婴、蟠桃、天外、石屋、送供、探珠、指路诸峰和曼情、舞龙台、月明僧、空生晏坐诸奇石;前面的金炉峰上,游人可以环视群峰,欣赏东海胜景。怪石林立的绿荫深处有一片古庙"皮篷"的残基,这就是明末清初著名画僧雪庄和尚栖隐的地方。传说当年信士弟子们为雪庄建造庙宇时,屋顶瓦不够用,便剥了些树皮来代替屋瓦,因称"皮篷"。

---

① 济癫和尚,即道济(1148—1209),俗姓李,浙江天台人,南宋僧人,世称"济公"。
② 《飞来峰》,见《杭州的传说》。

雪庄和尚原名道悟，又号黄山野人。道悟初来黄山时没有房舍，露宿在金炉峰下，那夜大雪纷飞，次日有人上山，见他岿然不动地在那里打坐，全身被白雪裹住，像一根雪桩，从此"雪庄"这个名字便传开了。雪庄和尚幽居皮篷三十余年，他不仅是一个精通佛理的高僧，同时又是一位名传艺坛的画家。他善画山水，画有《黄山图》四十二幅，黄山花卉一百二十多种，其中的《黄山木莲图》尤为珍贵。雪庄所住的皮篷，状如帆船，常为云雾所笼罩，因称"云舫"。相传，雪庄和尚逝世时，这只"云舫"曾载着他航行在黄山东海的云海上，从天都、玉屏两峰之间，向西天飘然而去。[①] 这位画僧，长期生活在黄山，画黄山，以至从黄山仙逝而去，他的大半生，真是与黄山深有缘分了。

6. 石谿和尚与栖霞寺匾

南京东郊栖霞山的栖霞寺，古来闻名。它与浙江天台山的国清寺、山东长清的灵岩寺、湖北江陵的玉泉寺在隋唐时并称为我国"四大丛林"。据说栖霞寺寺门口大匾上"栖霞寺"三个大字，是唐朝大书法家颜真卿的手笔。可惜经过天长日久的风吹日晒，这"栖霞寺"的"寺"字，只剩下了上半个"土"字，而下半个"寸"字没有了。江宁知府心里很着急，因为他得知乾隆皇帝即将下江南。乾隆喜欢游山玩水，栖霞山是座名山，他不会不来，要是给皇帝看到这块大匾，生起气来，那还了得！于是，知府召集金陵地方有名气的文人、墨士，都到栖霞寺去比字，哪个写得好就用哪个的，讲明写好后，中选的酬银百两。

大匾早已从大门口摘下来，横躺在大雄宝殿的方砖地上。近看这匾上三个大字，个个都有斗大，笔笔有劲，名不虚传。大家闷声不响，没有哪个敢动笔。知府再三催促，大家高低推来推去，不肯先下手。知府急得不知怎么收场是好。正在这时，寺里的小和尚石谿，走上前来愿意一试。当家和尚恨恨地瞪他一眼，意欲阻拦。知府答应让他试试。石谿和尚看看那一大堆毛笔，说是"太小"，走到寺门口在门背后拿来一把扫秃了顶的扫帚说"就拿这个写"。知府来气了，骂他"不识好歹"。他哪里知道，石谿从小就喜欢划划写写，买不起纸笔，就拿根树枝，在泥巴地上练大字，一天写到晚，写入了迷。后来，到栖霞

———————————
① 《雪庄与皮篷》，载《黄山：故事传说、风景名胜》。

寺当了和尚,专扫山门前那块场子。那大匾上的三个大字,把他迷住了。他天天扫过地,用扫帚蘸点水,在门口的大青石上写写画画。他做了七年和尚,扫了七年地,也写了七年大字,扫帚扫秃了上百把。那大青石也被他划得凹了下去。他见知府要添这个"寸"字,心里笃定得很哩。石谿讨了半缸墨汁,拿扫帚汲饱墨汁,举起臂膀运足力气,在蒙在大匾上的白宣纸上刷刷刷三扫把,一个斗大的"寸"字写出来了,又秀气,又有气势,接在颜真卿写的上半个"土"字下,活像一个人写的。在场的人个个咂嘴称赞。知府更是高兴,命快抬一百两纹银来,赏给这个小和尚。老和尚也挤出一脸的笑。石谿写好大字,对知府说:"一百两银子,我不要,给当家和尚吧。我只求能到各处游历,见识见识古今大书法家的真迹碑刻,开开眼界。"知府满口答应。后来石谿果真成了名家,不但书法好,画画也出了名,是清初金陵四大书画僧之一。①

(十) 杰出女性的佳话

江南地区,历代均涌现杰出的女性,她们中的某些人,与江南山水也有关系。这里仅举例说明之。

1. 西施与江南山水

相传春秋末年越国大夫范蠡帮助越王勾践打败吴国,功成身退,和西施泛舟无锡五里湖(太湖的一个内湖)。传说他们在此湖东南一条小溪边居住时,听说越王勾践把文种等一批功臣处死,勾践夫人把宫女沉溺江中,两人悲痛地驾舟在小溪上连叹三声,因而这条小溪就叫"三叹荡"。随后,西施登上小溪中的小土墩,蹬足眺望都城,泪水流湿衣襟,这个土墩后人就叫"西施墩"。据说范蠡和西施还在无锡西郊一村庄住过,那村庄后被称为"西施庄"。又传说范蠡和西施在五里湖隐居终身,生前常在湖上荡船,死后葬在湖畔不远处,该湖乃称蠡湖。②

浙江德清县城东北有一座蠡山,相传春秋越国大夫范蠡曾隐居于此。蠡山旧有西施妆台、陶朱古井等胜迹。现存范大夫祠。蠡山之西有马回山,相传

---

① 《石谿补字》,见《南京民间传说》。
② 《蠡园》,见《无锡县民间故事集》。

春秋越国灭吴后,范蠡与西施驾小舟逸去,勾践闻讯骑马追至此而返。这一带流传着不少有关范蠡西施的传说。

蠡山西边的离山(也叫"连山"),相传越国美女西施自越国赴吴国途中曾经驻马在此,并向几个采桑姑娘一一送过蚕花,所以这个小山岭又叫西施驻马岭。①

相传范蠡、西施到蠡山归田隐居,落脚回马岭坡下河浜边的西施坏后,范蠡亲自凿石,造了一座小石桥,以便西施梳妆时在桥上把水面当镜子照,这桥就叫画眉桥。桥一造好,西施高高兴兴地提裙上桥,但一上桥就想起故乡苎萝溪上的小桥侧影,想起在苎萝溪中浣纱的往事……不意范蠡开玩笑地叫了一声:"启奏西施娘娘!"西施一听啐道:"'西施'、'西施',你忘掉我们隐居啦?以后可要唤我小名夷光哪!"还有一次,西施站在画眉桥上,又在痴呆呆地思念故乡,缅怀亲人。范蠡忘了西施的告诫,又开玩笑地叫了一声:"启奏西施娘娘!"西施被范蠡一叫,用脚在画眉桥上一蹬,表示警告范蠡莫再健忘。由于这一蹬用力过猛,竟在石板上留下一个三寸长的脚印。这个脚印,脚跟在北,脚尖朝南,至今还深深地留在画眉桥东端北侧的石板上,凡是去看的人都说像。②

在蠡山西施坏东北,蝴蝶漾口,有个四面环水、半亩大小的墩墩,叫梳妆墩。相传有一年八月十五中秋佳节,西施带了两个侍女,登上了丹桂飘香的梳桩墩。西施的歌声琴韵,传到了天河边。七位仙女便飘降到梳妆墩上。月光下的西施美人,使仙女们看得发愣。一个仙女请西施帮她梳理发髻,西施便替这个仙女梳挽起了像自己那样高高的发髻。仙女们返回天上后,西施从衣袖里拿出仙女赠送的翡翠半月梳观看。两个侍女好奇,抢夺仙梳,仙梳一跳,跌进水里,变成一尾宝绿的大鱼。传说这仙梳变的宝绿大鱼,至今还在蝴蝶漾里来回游动呢。③

2. 白纱姑娘与白纱(沙)滩

浙江建德新安江畔有一段叫白纱滩,也叫白沙滩,其名称是为纪念古时候

---

① 《西施送蚕花》,见《湖州市故事卷》。
② 《蠡山画眉桥》,见《湖州市故事卷》。
③ 《梳桩墩》,见《德清县卷》。

一个白纱姑娘而起的。相传这个白纱姑娘纺的纱均匀细韧,织的布洁白牢固。一天,她拿了一块精心纺织的白纱布,在新安江里浣洗。忽闻对岸喊杀连天,远处尘土飞扬,近处有十余人骑着马飞也似地直奔江边,为首一人身材高大,英武雄伟,威风凛凛,身后一面大旗,旗上有个斗大的"黄"字。白纱姑娘知道是黄巢义军。她心急慌忙,忘记手里拿着那块白纱布,就失手将它抛了出去。奇怪,白纱布竟化成一道长虹,飞架在新安江南北两岸,变成一座白石桥。黄巢带了随从跃马挥鞭从桥上飞奔过来。当他们奔过桥时,官兵恰赶到对岸边。黄巢等人过江后,即向白纱姑娘作揖道谢,并请收起石桥。说罢,转身上马飞奔而去。白纱姑娘立即拎起那块白纱布,一顿,石桥就收敛了,仍变为软绵绵的白纱布。后来,白纱姑娘被官兵追上,将她抓了起来,处死了。第二天,黄巢率领义军击溃了官兵,收复了新安江两岸。并为白纱姑娘建成了一座坟墓。人们忘不了白纱姑娘,从此把新安江畔这一段叫做白纱滩,也叫白沙滩。①

3. 秀丽姑娘与女儿礁

浙江南部海域洞头洋上有一座四五丈高的岩礁,形如少女,叫女儿礁。传说从前有个叫秀丽的姑娘,跟她父亲从大陆逃荒到海岛居住,以"张网"(捕鱼)为生。她发明了"网通",以避免海蜇冲破渔网,捕捞到鱼虾。后来,她为摆脱渔霸的纠缠,纵身跳入波涛汹涌的大海。有人说:秀丽姑娘没有死。她本是天上的仙女,为了给张网人家解厄除难下凡来的,如今张网人家灾难已过,她也回仙山去了。而女儿礁至今还矗立在洞头洋上。②

4. 董小宛与镜子石

黄山前海深处,巍峨的天都峰下,矗立着一方巨石,酷似一面巨大的镜子耸立路旁。游人经过,其面目身影皆影现其中,故名"镜子石"。传说清代秦淮名女董小宛(1624—1651),为黄山的"三奇"、"四绝"风光所吸引,在青春年少时,千里迢迢,来此寻奇览胜。当时,董小宛从前海汤泉上山,来到天都峰下的半山寺时,听人说前面不远处就到天门坎,就是仙家与凡人的分界线。董小宛

---

① 《白纱桥》,见《杭州的传说》。
② 《女儿礁》,见《浙江风物传说》。

拿定主意,和仙女赛美。她漫步走到闪闪发光的镜石面前,淡扫蛾眉,从容理了一番云鬓,顺手从路旁花丛中采了一朵天女花斜插上去,然后对着晶莹的宝镜端详起来。果然美若天仙。董小宛来到天门坎,只见许多仙女已经在此迎候。仙女们一见玉貌如花、风姿绰约的董小宛,均惊叹其美。众仙女欢迎小宛进入天门坎。此处境界果然不凡,长松虬若龙,怪石如禽似兽,奇花异草,含羞带笑。真是"过此成仙侣,回来无俗人"。小宛在镜子石前开新妆,天门圣境换仙骨,容貌分外艳丽。①

三 山水传说中的历史人物所体现的优秀民族精神

在江南山水传说中,众多的历史人物的活动和业绩,长留史册,感召后人,表现出了优秀的民族精神。

(一) 开拓创业的精神

数千年来,许多杰出的历史人物,在江南的山山水水间留下了他们无数的辉煌业绩,尤其在开拓探索、进取创业的过程中,表现了可歌可泣的精神。他们的业绩和精神,被编进山水传说,在历代人民群众中传诵。大禹治水,十余年间,殚精竭虑,尽心尽力,三过家门而不入。春申君黄歇疏通黄浦江,做了许多实地考察调查,在开凿过程中与民同干,其夫人还带头捐资。白居易、苏东坡在杭州做官时,花了极大的精力治理开发西湖,把西湖建成既利于农田水利,又富有观赏价值的锦绣湖山。许多历史人物在改造江南山山水水的过程中所表现出来的开拓创业精神,值得今天的人们怀念、继承和发扬光大。

(二) 不畏艰险的精神

许多历史人物在改造、开发江南山河的变革中,在江南山水间的斗争活动,都表现了不畏艰险的顽强精神。吴越王钱镠征服钱塘江大潮,筑起坚固的塘堤,为后人的生产和生活办了实事好事。朱元璋在江南地区进行了艰苦卓绝的斗争,才建立了明王朝。戚继光在东南沿海一带英勇抗倭,充满了正义、决绝的英雄气概。诸如此类的例子不胜枚举。有关的山水传说,反映了他们

---

① 《董小宛与镜子石》,载《黄山:故事传说、风景名胜》。

的这种精神。

(三) 要求进步的精神

一系列历史人物在江南的山山水水间,进行了种种斗争活动,表现了要求进步的精神。范仲淹舍弃个人利益、破除迷信观念愿葬人称"绝地"的苏州天平山下,呈现了他高风亮节的一个侧面。白居易、苏东坡、海瑞等人治理江南水利、装点江南山水的功绩,表现了突出的要求进步和发展的精神。即便是诗人作家们,他们来到山清水秀的江南,在抒发对江南山水的赞美之情同时,将优秀的文化因子播撒在江南的山山水水之中。这些文学家以及书画家们在"文化山水"的工程中作出了特有的贡献。例如唐代,李白等诗人在"浙东诗人之路"的漫游和咏唱中,在皖南山水间的创作和和兴中,均表现了这种精神。

可喜的是,历代杰出人物所传下的优秀的民族精神,早已在江南大地上生根和开花。一代一代的江南儿女,用自己的心血和汗水,把江南的山山水水装点修饰得越来越美丽灵秀,使优美的江南山水和优秀的人文精神交融得更好,万古长青,与日月同辉。大量的江南山水传说,传颂着历史上杰出人物与江南山山水水相关的事迹,张扬着他们所体现的优秀民族精神,成了宝贵的乡土历史教材和民间山水文学的珍品。

第三节　江南山水传说与吴越文化

山山水水,各种胜迹,总是坐落在一定的地域之中。而各个地域的文化个性是不一样的。一定的地域,必然给该地的山水传说注入某种文化养分,染着某种文化色彩。因而山水传说具有地域文化的个性和特色。这种特色,具体表现在所讲山山水水的差别,风土人情的差别,讲述方式的差别,和话语特点的差别。

山水传说是地方风物传说中的一个大类,它相当程度地体现了地方的和民族的文化特征。钟敬文先生指出:"所谓'风物传说',主要是指那些跟当地自然物(从山川、岩洞到各种特殊的动植物)和人工物(庙宇、楼台、街道、碑碣、坟墓等)有关的传说。……除自然物、人工物之外,还有一些关于社会人事的,如关于某种风俗、习尚的起源等。这些传说,也应当包括在内。"①一地的风物传说,显明地体现了该地的民族文化的风采。风物传说对于富有民族和地方特色的事物,从民族的历史经验和既成心态加以表述,从而洋溢着极为浓郁的民族情调。风物传说是人们对于民族和地方性事物的集体审美评判。其中既反映了民族(或地方)的经济生活和政治生活的特点,又反映了历史地形成的生活方式、风俗习惯、性格情感、文化特征。山水传说作为地方风物传说的主要门类,体现了民族(或地方)文化,其本身也成为民族(或地方)文化独具价值的组成部分。

江南山水传说,从文化发生学的角度来考察和研究,它是在吴越文化的背景下产生的。江南山水传说一旦生成,就成为吴越文化的一种载体。诚如姜彬先生所说:"吴语地区的民间文学和当地的地理条件、生态环境和历史地发展着的社会政治、经济、文化密切联系着,它是吴越文化的一个组成部分。吴语地区由于政治、经济、文化发展的特殊过程,民间文学也有许多不同于别地的独特形态。"②江南山水传说与吴越文化的关系,犹如大江大河(吴越文化)与分派支流(山水传说)的关系。"大江有水小河满。"本节着重探讨江南山水传说与吴越文化的关系。

一 吴越文化的流泽与山水传说的萌发

在讨论江南山水传说与吴越文化的关系之前,有必要先来看一看:吴越文化的源流如何?它具有哪些特质?它在江南山水传说的产生过程中起了些什么作用?

(一) 源远流长的吴越文化

吴越文化,是我国长江下游地区的一种地域文化。它有异于北方的黄河文化,也不同于长江中、上游地区的楚文化、巴蜀文化等。

---

① 钟敬文:《〈浙江风物传说丛书〉序》(1985 年 4 月 10 日作)。
② 姜彬:《区域文化与民间文艺学》,中国民间文艺出版社 1990 年版,第 5 页。

吴,古称勾吴,其祖先生活于今苏南、皖南、浙北一带。越,古称于越,最早活动地区在今浙北和太湖东南一带。从桐乡罗家角、嘉兴马家浜、湖州邱城、上海崧泽、余杭良渚等地考古发掘的资料和历史记载,可以推知:勾吴和于越实际上是同一原始部族的两个分支。他们在历史渊源、文化传统方面有许多共同性:如稻作文化、彩陶文化等等。在远古时代,他们互为近邻,错杂相居,语音和习俗十分相近。当然,这两个分支,在各自发展的过程中,也出现了若干差异。我们将自远古至春秋吴越时期的吴地文化称为"先吴文化",越地文化称为"先越文化"。发展到春秋时期,形成吴、越两个国家。《吴越春秋》说:"吴与越,同音共律,上合星宿,下共一理。"①《越绝书》指出:"吴、越两邦,同气共俗"②,"吴、越为邻,同俗拜土"③。《吕氏春秋·知化篇》更有这样的记载:"吴之于越也,接土邻境,壤交道属,习俗同,言语通。"④由此可见,吴越地方自古就是一个统一的文化区。春秋时期吴、越两国的相互征战,交叉镇服对方,加强了同化和交流。三国时,孙权在此建立吴国。唐以后,吴越地区更加繁荣。五代时,钱镠在两浙和苏南地区建立吴越国。吴越地方作为一个统一的文化区,更加强了自身的特点。吴越文化可谓源远流长。它对江南山水传说的萌发,起到了孕育背景的作用。

(二)吴越文化的特质

吴越文化有源,也有流,它有一个发展演变的过程。古代吴越地区与中原地区隔绝,曾被称为"南蛮",古代吴越文化具有质朴野性的特点。古代"越性脆而愚,水行而山处,以船为车,以楫为马;往若飘风,去则难从;锐兵任死,越之常性也"⑤。由于自然环境的恶劣,强敌的欺凌,古代吴越人具有尚武好战的精神。秦始皇统一中国后,为了巩固其对江南的统治,强迫越民迁出城市,移入大批北人,以改变这个地区的民族结构。汉代续有北人南迁之举。而历史

---

① 《吴越春秋·夫差内传》。
② 《越绝外传·记范伯》。
③ 《越绝外传·记策考》。
④ 《吕氏春秋·知化篇》。
⑤ 《越绝书》。

上最大规模的北人南迁,当推晋代的永嘉之乱①,唐代的安史之乱②,宋代的靖康之变③之际。这三个时期,北人一大批一大批地南迁,文人学士随之南下,出现文人云集江南的景象。吴越地区的社会风尚也发生了重大变化,由尚武转向尚文,以至成为人文荟萃之地。

吴越文化有着几千年的历史演进过程,它经过不断的整合和重构,形成了一个庞大的体系,蕴藏着丰富驳杂的内涵。吴越人民具有轻礼重乐、挚爱自然、重于感情、富于想象的心理素质。吴越文化呈现独特鲜明的特点,简而言之,一是勇于开拓,善于吸纳;二是轻礼重乐,崇尚自然;三是秀美婉约,寓刚于柔。吴越文化的这些品格,也决定了江南山水传说的特点。例如吴越地区的人民,自古就有崇鸟、崇龙、崇蛇的古老文化心理,因而在江南山水传说中,颇多与鸟、龙、蛇有关的作品。

当然,吴越文化对江南山水传说的巨大影响,还有着更为深刻的意义。下文将作具体论述。

(三) 吴越人民的恋乡情结与该地区山水传说的吴越文化渊薮

本书第一章已经论述,某一地区山水传说的产生,与该地区的自然环境、民族心理、社会结构、文化传统等有着密不可分的关系。江南山水传说产生于吴越文化的背景下。如果说,吴越文化影响着江南的雅文化和俗文化,那么,它应当首先影响着江南的俗文化,即民间文化,包括民间文学(歌谣、神话、传说、故事等)。因而产生于吴越文化土壤中的江南山水传说,必然充满着吴越文化的因素。

作为地方风物传说中的一个主要品种的山水传说,带有强烈的地方色彩和淳厚的乡土气息,有着浓郁的爱乡土爱家乡的感情。山水传说是民间文学中的乡土文学。它在表现乡土风貌时,密切地结合当地的风土人情、山川风物,对于这些事物,总是以热爱家乡的情感对待,因而不仅亲切有味,带着某种

---

① 指匈奴贵族刘氏在晋怀帝永嘉年间大破晋军、攻破洛阳、纵兵烧掠、大杀王公士民的一系列事件。
② 即唐安禄山、史思明发动的叛乱。
③ 指靖康元年(1126年)冬至次年春,金灭北宋的历史事件。

自豪,并且有着深沉的爱。人们把传讲山水传说,当做表现家乡、赞美家乡的最主要的一种手段。

深层次地挖掘江南山水传说的文化基因,可以见到吴越文化的一些最基本的文化因子。

1. 浓浓的恋乡情结

江南吴越地区的历代儿女们,数千年来在如此优美的生态环境中生活和劳动,便在他们的民族心理中,形成了浓浓的恋乡情结。这种恋乡情结,既在这一地区山水传说的产生过程中起着重要的作用,又在这一地区的山水传说中得到了充分的表现。因而,江南山水传说,不仅告诉世人,吴越地区的人们有怎样的家乡,而且告诉世人,生活在这里的人们是如何对待自己的家乡。

吴越地区的人们,在山水传说中对当地特有风光的津津乐道,反映出本地风光的绮丽,表现出对本乡本土的深厚感情。

太湖号称三万六千顷,湖中和湖边缀着有名的七十二山峰,有山有水,山水秀丽,仿佛人间天堂。生活在这里的人们,自有一种飘飘欲仙的感觉,总爱把天上、人间联系起来。《太湖为啥不是圆的》[1]这个带有神话色彩的传说,把太湖说成是孙悟空大闹天宫时打落的玉皇大帝送给王母娘娘的那只镶嵌着七十二颗大翡翠的大银盆。这样,太湖就成了仙界的遗物,带有神圣的意味。此地人们把自己家乡的山水神化、美化到了极致的境界,也就是表达了对家乡的爱之深、爱之切的情感。

无独有偶。有一则关于杭州西湖的传说《西湖明珠》[2],与上述关于太湖的传说有异曲同工之美,同样表现了当地人们对家乡的爱恋和深情。

吴越地区的人们,对于家乡山水起源及其名称由来的传说,更能显示出乡土气息。

《金饭碗》[3]说从前太湖里龙、马相斗,这里一片荒凉。某位摇摆渡船的老汉乐于助人,专做好事,八仙之一铁拐李赠他一只破饭碗(实际是聚宝盆金饭

---

[1] 见《太湖传说故事》。
[2] 见《西湖女神》。
[3] 见《无锡民间故事精选》。

碗)。老汉不愿个人发财,把金饭碗丢入湖心,从此太湖焕发出光彩,太湖之畔成了富饶的鱼米之乡。对本地善良好人的称赞,也就是对家乡的赞美;山好水好人更好,这就是太湖之滨——江南人的家乡。而《无锡锡山山无锡》①讲述了锡山从"有锡"到"无锡"的变迁,原先的"有锡城"也改称"无锡城",九位勇士战胜了九条龙,九条龙变成九龙山(惠山),绵亘在太湖西北岸。当地人民传讲这一传说时,一腔乡情喷薄而出,这个传说充满了乡土的气息。

同样,浙江桐庐桐君山的传说,也表达了当地人们对家乡美丽山水的热爱,以及对德高好人的崇敬,对家乡的景和人充满着自豪的情感。

吴越地区的人们,为了突出家乡的美好,极力显示当地山川风光与别处之不同,并总是以热爱家乡的情感对待之。

太湖北岸的惠山(原称龙山)有头茅峰、二茅峰、三茅峰,山之阴有"七十二摇车弯",山势雄伟,景色秀丽,有"江南第一山"的美誉。而西太湖中的马山,有冠嶂峰等主峰和若干小山头,层岚叠嶂,山回水抱,坞深谷幽,泉石清奇,为太湖风光的又一佳地。当地人们创作了《龙马夺珠》②的传说,敷演了龙山(惠山)和马山一度激烈相斗的故事,解说了两座山独特形状和旖旎景致的成因,煞是有趣,洋溢着热爱家乡的绵绵情意。

《白龙瞟娘》③说白龙每年夏历七月十七它的生日总要飞回"瞟娘"(看望母亲),无锡东乡鸿山一带总要降下浇苗好雨。白龙年年回归,体现了它的思乡之情,也道出了人们的恋乡情绪。与此类似,流传于杭州湾北岸的《白鱼望娘》④,无论是情节还是意趣,与上述传说如出一辙。

这些山水传说都表现了江南吴越地区人民的恋乡情结,也就是对本乡本土的不可磨灭的深厚情感。这是江南山水传说地域文化特征中的一个重要和突出之点。

2. 寻根至远古

江南吴越地区的一部分山水传说,神话色彩浓厚,描述了远古时代吴越地

---

① 见《无锡民间故事精选》。
② 同上。
③ 见《太湖传说故事》。
④ 见《海盐县卷》。

区变迁的轨迹和吴越先民早期开发的业绩,从而透露了吴越文化原始状态的风貌。循着这些山水传说上溯上去,吴越文化的"根"就能找寻到了。

在那开天辟地的远古神话时代,江南不少地区曾为海侵所淹。《娲皇砂》[①]说远古时代洪水泛滥,女娲炼了五彩石补了天上那些泻水的大漏洞,又用芦草烧成灰,堙塞了滔滔洪水。之后,女娲从乾坤袋中抓出一把褐黄色砂子撒向莫干山。从此莫干山处处出现清清的泉水,称为"娲皇砂泉"。江南还有不少清澈的山泉,也许也是那时形成的吧。

到了上古传说时代,英雄创世纪的神话传说出现了。江南地区的先民们在部族首领的带领下,向洪荒遍野的大自然进军。在这个艰巨的过程中,涌现了不少英雄人物。太湖中的石公山,是这类英雄人物的一个化身。传说远古时候没有太湖,这里原是一片大荒原,穷苦人在此垦荒种植,缺水灌溉,难有收成。有个名叫石顶真的中年汉,经历千辛万苦,克服种种异乎寻常的困难,到天河边取回一瓶天河水,赶回大荒原的中心地段,把瓶中之水倒出来,蓄成一个大湖(即太湖),从此这里种稻养鱼水源充沛。[②] 这是古史传说时代的事儿。

约在公元前一千三百年,北方盘庚迁殷,中国进入有文字记载的历史时代。那时候的江南地区,山丘上森林密布,低洼处沼泽纵横;土著的荆蛮族人,在这片有待开发的处女地上劳动生息。一些山水传说,传讲了如上的景况。如《箬帽峰》[③]说现今苏州西面最高峻的穹窿山,上古时此山比周围的山低得多,山梁中间下凹,当时人们认为该山口即天之口,遂用"口""天"两字合起来作为这一带的地名,称为"吴"。一伙荆蛮人(苏南人最早的祖先)追逐野兽,从西北方进入山口,以猎象为生。玉皇大帝百般阻挠。猎人中有个百岁老人箬翁,叫大伙儿开荒种田,又遭到玉帝干扰。为抵挡玉帝命水神下的大暴雨,箬翁和大家一起用箬叶做成一顶形似山顶的大箬帽以挡雨。玉帝又叫风神大刮狂风,人们便用大箬帽顶风。不料大风猛一转向,大箬帽脱手,化成一座山峰。

---

① 见《德清县卷》。
② 《石顶真取天河水》,见《无锡民间故事精选》。
③ 见《太湖传说故事》。

从此它就像一道屏障,永远替种田人遮挡西北风。这就是穹窿山箬帽峰的来历。从这一传说可以看出荆蛮人战天斗地、开辟草莱的英勇气概。尤其是讲述了吴地命名的由来,是十分贴切和有趣的。

此外尚有大禹与会稽山的传说,防风与封山、下渚湖的传说,黄帝与缙云山的传说等,均讲述了远古著名人物与江南山水的关系。例如浙江仙都山(即缙云山)鼎湖峰,孤峰挺拔,雄奇壮观,相传轩辕黄帝曾将一只重达万钧的大鼎,置于峰顶,日夜炼丹。仙丹炼就,百鸟齐鸣,群鹤起舞。从五彩祥云中,忽降一条金甲紫须神龙。黄帝脚踩金色莲花,跃上龙背,乘神龙飞升。因丹鼎太重,把峰顶压得凹陷下去,积水成湖,故名"鼎湖峰"。① 这些传说将我们带到了三千多年以前的古史传说时代,使人约略看到吴越文化的原始状态。

3. 勾画出山文水脉

清人钱泳写道:"太湖之为震泽、具区、笠泽、五湖,前人载之甚详,可不具论。惟是襟带三州,众水所宅,东南之利害系焉。其西北则自建康等处入溧阳,迤逦至长塘河,并镇江、丹阳、金坛、茅山诸水,会于宜兴荆溪以入。其西南则自宣歙天目诸山,由临安、余杭,以及湖州之安吉、武康、长兴、乌程,合苕霅两溪之水以入,汇为巨浸。分布诸河,一由吴江出长桥,入吴淞,一由长洲出昆山,入刘(浏)河,一由无锡出常熟,入白茆,皆入于海。"② 这是古代笔记文中对太湖地区山文水脉的概括描述。具有异曲同工之妙的是,民间流传的山水传说,所讲述的太湖地区的山文水脉,同上述文字记述的内容颇为吻合。

如关于太湖地区山水的宏观布局。有一个传说说,玉皇大帝所生的七个如花似玉的仙女,从太上老君的玉虚宫拿走大、中、小三面镜子,能照见自己的花容月貌和凡间的美好景象,以至思凡起来。玉帝大怒,拿起三面镜子往下界一甩,落到苏南太平原上,化成三个湖泊,其中大的就是太湖,中的就是滆湖,小的就是长荡湖。③

再如关于太湖上、下游的"来龙去脉"。浙西的天目山脉,是江南吴地诸多

---

① 参阅《中国风景名胜故事词典》第215页。
② (清)钱泳:《履园丛话·太湖》。
③ 《太湖、滆湖、长荡湖》,见《常州民间故事集(之二)》。

第三章 江南山水传说的人文意蕴

山丘的主体;江南吴地的很多山丘,大都是天目山的余脉。天目山,又是太湖上游源头之一苕溪的发源地。《仙峰远眺》①讲述王母娘娘等五位女仙在天目山大仙峰顶居高临下纵目远眺时所见:上至宣歙,下至金陵,千余里如入画图;太湖隐约在望,钱塘江俯而可视,临安、於潜、孝丰一带,万壑千峦,群山起伏,很是壮观。这就把太湖流域西南上游的巨幅图景讲出来了。至于太湖下游的大体布局,有一个传说讲述道:太湖泄水的三条主要河道——吴淞江(下游叫苏州河)、东江(后演变为黄浦江)和娄江(下游即浏河),是东海龙王三个儿女所化,机灵的小妹妹往北走,从浏河口一跃就入了长江。性情急躁的兄弟老二朝南走,后又折北,由黄浦江出了海。大姐走正东方向,因为慢性子,拐的弯最多,走的路程最长,姗姗来到苏州河口,借黄浦江出海。②

又如关于太湖地区山水景区景观景点的巧妙安排。无锡鼋头渚是观赏太湖风光的最佳景点,从这里向南远眺,汪洋无际,水天一色;向西瞭望,三山隐隐,如在仙境;西北方向,则是大、小箕山,犊山之门……有一个关于鼋头渚的传说说,王母娘娘得了三斗三升夜明珠,藏进鼋头渚前面的太湖底,派大老鼋和仙子翠姑日夜看守。天长日久,太湖边上有个捉鱼郎与仙姑产生感情。某日风浪很大,捉鱼郎在湖边捉鱼时不慎跌进太湖。翠姑为救捉鱼郎,移动脚步和目光,致使湖底夜明珠朝上氽起。先氽起的两颗,成了洞庭东山和洞庭西山。等到救人脱险,明珠已氽起七十二颗,变成了"七十二峰",整个太湖便成了一颗大明珠。捉鱼郎和仙姑远走高飞,大老鼋被王母娘娘命雷公雷婆用霹雳打死,鼋头露出来的地方就是现在的鼋头渚。③ 这就把三万六千顷太湖和七十二座山峰的宏观布局,在故事讲述中,自然、巧妙地告诉了人们。

在江南其他地区的山水传说中,亦不乏这样的例子。

登上浙江天台山的主峰华顶峰(海拔1 098米),四周远眺,群峰如荷花之瓣,华顶正当花心之顶。传说天台山这一带原是一片大海。龙王行雨时,狂风大作,海中船覆人亡,惨不忍睹。龙王的九个儿子心地善良,各拔龙鳞八片,化

---

① 见《天目山的传说》。
② 《剿娘江》,见《昆山市资料本》。
③ 《哑巴仙姑》,见《太湖传说故事》。

作七十二瓣莲花,飘于海上,救援渔民。王母见之,欲将莲花占为己有,派出天兵天将抢夺,九龙拒不答应。太白金星使出捆仙索,捆住九龙,九龙仍不屈服,怒将海水吸干,将莲花变作天台山,使百姓永绝蹈海之苦。所以,天台山今有七十二峰。① 这一颇近仙话的传说,从宏观上讲出了天台山的山形地貌,也是当地人民对这一似神仙之乡的大山的依恋之情的结晶。

综上所述,江南的山山水水,养成了吴越人民"饭稻羹鱼"的生活习性,"断发文身"的早期习俗,如诉如咏的吴越方言(均属"吴语"),刚柔相济的民族性格。江南山水传说中,郁结着吴越人民浓浓的恋乡情结。吴越人民的恋乡情结,是江南山水传说的灵魂,是其吴越文化特征的渊薮。也就是说,江南山水传说的吴越文化特征是由江南吴越人民的恋乡情结决定和派生出来的。

二 江南山水传说的吴越文化特征

在吴越文化的背景下和土壤上产生的江南山水传说,必然地会得到这种地域文化的滋润和沐浴,从而具有吴越文化的特征。正如吴歌、江南民间故事等一样,江南山水传说的吴越文化特征是十分鲜明的。

(一)极言江南山水的秀媚佳丽

江南山水传说的吴越文化特征的一个重要标志,是体现了"吴越美学"在审视江南山水风光时迸射出的特有亮色。

我们在这里提出了"吴越美学"的概念。所谓吴越美学,是吴越文化的一个较高层面(哲学层面)的组成部分。吴越美学是江南一切物质文化和精神文化所抽象出来的审美哲学,是吴越文化的美的聚焦。吴越美学一旦形成为一种哲学原理和方法,就能以它特有的品位和眼光,鉴赏和品评江南的一切文化现象。江南山水传说的一个重要的艺术功能,就是该地区民间以吴越美学(即使是自发的、朦胧的)的眼光,解释和说明该地区山水风光之美,从而从一个重要的方面(即审美哲学的方面)来显示该地区山水传说的吴越文化特征。

江南山水之美,很早就受到世人的艳称,古代常用"秀媚"、"婉约"、"清

---

① 参阅《中国风景名胜故事词典》第208页。

远"、"韵秀"、"娟好"等字眼加以形容。如明人袁宏道说:"东南山水,秀媚不可言,如少女时花,婉约可爱。"[1]又如明人王思任说:"天下山水有如人相……意态清远,吴得其媚;……韵秀冲停,和静娟好,则越得其佳。"[2]这是古代文人对江南山水美的揭示和概括。那么,民间通过山水传说对这里山水美的评价和反映又是如何的呢?亦即历代吴越人民对周围山水风光的审美观照是怎样的呢?通观江南地区的山水传说,都浸透着"山温水软"的气息,洋溢着山明水秀的氛围。

极言青山的绰约。江南地区那许多可供观赏的山丘,经过历代劳动人民的装点修饰,山色如锦,富有魅力,吸引人们登临观光。许多山水传说以特有的艺术眼光和手法,盛赞这里山色清丽、婀娜多姿。几乎每一座青山的传说,都以自豪的口气,描绘着它的美。例如民间传说常熟虞山是活的,此山多变,有的说"一天七十二变",有的说"一年七十二变"。传说明代大画家沈周(石田)、唐寅(伯虎)都曾经为画好虞山而痛下工夫,最后终于把虞山画好了,画活了。[3]像虞山这样美丽的青山,江南地区多的是,许多山水传说对座座青山极尽称赞之能事,把原本就美丽的那些青山说得更加美丽了。又如浙东诸暨—绍兴—上虞—宁波一线,低山连绵,风光佳丽。古人说:"从山阴道上行,山川自相映发,使人应接不暇……""千岩竞秀,万壑争流,草木蒙笼其上,若云兴霞蔚。"[4]这些地方的不少山水传说,极力赞美了座座青山的丽色佳气,从而表现了江南吴越地区山川的秀美和山水传说的特有韵味。

极言绿水的柔美。太湖、西湖等大小湖泊以及长江、江南运河、钱塘江—富春江—新安江等大小河流,所呈现的光、影、形、色、味,也是极生动的风景素材。尤其是太湖流域,湖泊众多,河道成网,是典型的鱼米之乡。水,在江南的自然风光中,占着相当大的比重。水多,水柔,水美,是吴越文化区的一大特色。江南山水传说,在极力称赞青山之绰约的同时,又极力称赞绿水之柔美。

---

[1] 《袁宏道集笺校》卷十一。
[2] (明)王思任:《珂雪斋集》。
[3] 详见《画师湖》、《唐伯虎画常熟山》。
[4] (南朝·宋)刘义庆:《世说新语·言语篇》。

有的山水传说,盛赞太湖和其他湖泊的浩渺烟波,水天一色,烟树萋萋,点染出了这些湖泊特有的秀美和壮丽。有的山水传说,赞美潭、泉的清澈明净,溪流的潺潺汩汩,水质的优良清甜。如《莫里峰与响水涧》描绘了苏州洞庭东山莫里峰上,经"二十四湾"淙淙流下的响水涧溪水,把清清的山泉水说得美妙异常,并把东山这个古老山镇的清幽情调渲染至极。有的山水传说,赞美了江南运河和其他河流中的清清的流水和鱼草的生机,同样充满着绿水的柔美。

极言山明水秀的最佳组合。大自然的造化,赋予江南以特有的美丽。江南地区,有山有水,山水相倚。山、湖、溪、河等山水相结合,构成了绝妙的自然景观。无论是较大范围的太湖山水、西湖山水、富春江山水、千岛湖山水……还是较小范围的石湖山水(苏州)、虞山与尚湖(常熟)、天目湖山水(溧阳)、东钱湖山水(宁波)、东湖山水(绍兴)、南北湖山水(海盐)……都是著称于世的山明水秀、山水辉映、山水佳美的风景区。这些山山水水,秀媚佳丽,富有江南特色。江南的山水之美,不是那种雄浑之美,而是一种秀丽之美。江南的许多山水传说,恰恰反映了江南山水的这种独特之美。

所有关于江南山水之美的传说集中起来,便全面地、充分地反映了江南山水之美。把江南山水之美的特质揭示出来,其吴越文化特征便扑面而来,给人以极其鲜明突出的印象。

(二) 包含特别丰富的人文因素

江南吴越地区,地处长江下游南部。长江流域是中国历史上与黄河流域同样很早的文化发源地之一。江南有着七千年以上的稻作文化,有着数千年的先吴越文化,有着春秋战国时期的吴越文化,有着两千多年来的后吴越文化,可以说,江南地区文化历史悠久,文化蕴含丰厚。秦统一中国后,自秦始皇起,历代多位帝王到过吴越地区。而历史上三次大规模北人南迁和经济、文化中心南移,一次又一次地加厚加浓了江南地区的文化积淀。众多的政治家、军事家、文学家、艺术家……到过江南,游览过江南的名山秀水,在江南山水间留下了他们的文化痕迹。大量的山水传说,在讲述诸多历史事件、历史人物与江南山水的关系时,显示着人文的色彩,充满着文化的含量。这是江南山水传说比之于别处山水传说尤为卓然的一大文化特色。因而,含有异常丰富的人文因素,并浸润着吴越人文精神,是江南山水传说吴越文化特征的另一个重要标志。

一些山水传说叙述了江南地区地形地貌的演变和形成过程,表现了这一地区山水风光的自然特色和该地区人们改造山河的人文印记。江南地区从原始洪荒演变至今,已成为锦绣江南、鱼米之乡、形胜佳地,这是世世代代、千千万万劳动人民集体智慧和力量的产物,其中也有古代英雄人物的不朽功绩。如《大禹治崌》讲述了大禹为民治害,治服太湖里的妖怪"崌",造成了那座平台山的故事。《泰伯渎的传说》讲述了周泰伯带领江南人民开凿江南历史上第一条人工运河的情景。《猪婆龙啃开犊山门》讲述了西汉张渤带领民工凿出太湖与内河的通道犊山门,使太湖平原旱涝保收的业绩。在江南开发、建设的过程中,历史上的英雄人物确实起过重要作用。但归根到底,江南地区山山水水的开发和修饰、装点,主要还是依靠历代劳动人民的伟大实践。有的山水传说在介绍有关山水的由来和特点时,反映了劳动人民改山换水的不凡身手。可以说,江南地区的每一座青山之上,每一处绿水之中,都有劳动人民的血肉和汗水。江南的山山水水,是大自然的赐予,也是世世代代江南人加工改造的杰作。在某些江南山水传说中,可以看到这种人文印记。

一些山水传说反映了历代江南地区的若干史事和历史风貌,表现了这一地区的历史文化积淀。细加排列和分析,江南山水传说中,有着历朝历代史事和风貌的投影。而由于这一地区是春秋吴、越两国之地和三国吴的疆域,所以有关这两个历史时期的史事和风貌,在山水传说中数量最多,尤为集中。如《千人石》、《西施和馆娃宫》等山水传说,反映了春秋吴越的几个重要的历史片断。三国吴迁都建康(今南京)以后,江东要地成了都城附近的重要地区和主要的粮赋收入之地。有的山水传说对这段历史有所反映。如《石龙》[1]说,宜兴螺岩山善卷洞里有一条孽龙作怪,某户人家的一个男孩石龙,其父母将他交给一位童颜鹤发的老人,他们同火龙激战,取得胜利,使螺岩山一带重归太平。后人将此山改称"离母山",也叫"离墨山"。三国时东吴君主孙皓曾封它为"国

---

[1] 见《无锡民间故事精选》。

山",并在山上造了个"国山碑"。当然,江南地区的山水传说也反映了其他朝代的人文踪迹和轶闻逸事,同样具有一定的历史参考价值。

一些山水传说讲述了历史上著名的政治人物和文化人物在江南地区留下的足迹、事迹、风采、业绩,表现了他们在这一地区烙下的历史文化光泽和对这一地区文化的独特贡献。如反映历代帝王与江南山山水水的传说有:阖闾、夫差、勾践、秦始皇、刘秀、钱镠、赵构、朱元璋、康熙、乾隆等与有关山水的传说。这些山水传说讲述了上述帝王亲历该山该水的故事,或他们遗留给有关山水的踪迹,以显示江南地区曾沐这些帝王的"恩泽",说明吴越文化是整个中华文化的一个有机的和别具光采的组成部分。反映历代大臣、谋士、名士和民族英雄与江南山山水水的传说有:姜尚、伍子胥、范蠡、梁鸿、范仲淹、海瑞和岳飞、文天祥、韩世忠、戚继光、于谦、宗泽等与有关山水的传说。这些山水传说叙述了上述历史人物与有关山水的因缘,宣讲了他们在有关山水环境中的卓绝活动,追忆了他们在有关山水间的佳言嘉行,颂扬了他们在江南的历史功绩,使这里的山山水水蒙上了厚厚的历史光泽。反映历代文人(诗人、画家、书法家等)与江南山山水水的传说有:王羲之、李白、白居易、颜真卿、苏轼、倪云林、唐寅、黄公望、董其昌等与有关山水的传说。这些文人在江南的活动时间长、活动内容多,留下的诗文、画卷、墨宝弥足珍贵,为江南的山山水水增色甚多。

上述这些山水传说,与有关的山山水水一起,构成了富有吴越文化特征的人文景观和人文精神。它们在讲述众多人文景观的过程中,宣扬了这些人文景观的文化意蕴,从而显示了这类山水传说的吴越文化特征。

(三)凸显浓郁的吴越风情韵致

古人云:"生其水土而知其人心。"①水土,引申为"风俗"、"乡土"。由自然环境影响而形成的习尚称"风"或"风气";由人文环境影响而形成的习尚称"俗"或"人情",综合起来就是所谓"风土人情"。江南山水传说就散发出浓郁的江南风土人情,即吴越风情韵致。江南山水传说的吴越文化特征的又一重

---

① 《左传·僖公十五年》。

要标志是饱含着吴越地区的民俗意味。从国际上关于人文科学的归类来看，包括民间传说在内的各种民间文学，均属民俗学的范围。由于山水传说地方性强，它们的民俗色彩就更为浓郁。因而江南山水传说的吴越文化特征的一个基本方面，就是显现了江南的民俗风情。

江南山水传说传扬了该地区清嘉卓越的优良民风。江南民风清嘉，民勤本业，地阜物饶，衣食足而知荣辱，"仓廪实而知礼节"[①]，是一个礼仪之乡。这种优良的民风，在该地区山水传说中常有反映。本书前述的那些宣扬劳动人民高贵品质和思想感情的山水传说，就充满着这种民族传统和人文精神。

江南山水传说包含着该地区的民间信仰民俗。包括民间的佛信仰、仙信仰、山神信仰、水神信仰、鬼灵信仰和其他民间信仰。江南山水传说中，有相当数量的作品，蒙上了神话的色彩，涉及上述种种的民间信仰。它们反映了这一带民间神佛信仰的浓郁，把山明水秀的自然风光加以神化，居住在这里的人们也就好比生活在天堂之中，自有飘飘欲仙的气派。

江南山水传说显示了该地区的其他种种民俗现象。如有的反映了经济民俗，有的反映了社会民俗，有的反映了冶游民俗，有的反映了某些地方的特异民俗事象。

总之，江南山水传说中显现的种种民俗风情，是江南地区特有的民俗文化，它从一个方面鲜明地显示了该地区山水传说的吴越文化特征。（关于"江南山水传说的民俗意味"，本书下一章将有详细论述，此处就点到为止。）

（四）伶俐机巧，娓娓道来

这是江南山水传说在表现方式上所显示的吴越文化特征。江南山水传说，在艺术风格上，与吴越地区民族性格有关，与它所描述的对象（江南山水）一样，有着伶俐机巧、玲珑剔透的特色。犹如苏州评弹，娓娓讲述；犹如昆曲，缠绵美妙；犹如越剧，俏丽抒情；犹如锡剧，质朴率直。这些姊妹艺术之花，都生长在江南的沃土之上，它们具有相似或相近的艺术风格。江南山水传说的这种艺术风格，试用几个词加以概括：一为伶俐机巧；二为曲折秀俏；三为善

[①] （汉）贾谊：《论积贮疏》。原语出《管子》。

言细到。众多的山水传说实例,均能证实这些艺术风格上的特色。

江南山水传说的艺术风格,不同于北国山水传说的雄浑刚决,也有异于西南山水传说的缥缈神奇,而具有清新婉约的艺术特色。这也是江南山水传说的吴越文化特征之一。

三　江南各地区山水传说的特异风采

以上论述了江南吴越地区山水传说的共性,即或浓或淡地均带有吴越文化的色彩。而如果细分起来,江南各地区的山水传说,因所处地理环境的差异,以及历史上与中原文化交流的多寡等缘由,又有着各自的文化个性,呈现着它们各别的特异风采。

(一) 太湖地区山水传说的"吴"味

太湖流域(苏南、浙西)"吴"文化区,其文化性格偏阴柔秀婉,有人以"水性"加以形容,显得比较"文"。

太湖地区的山山水水,天目山、茅山、莫干山、宜兴山洞、太湖"七十二峰"、虎丘山、虞山、玉峰山,以至湖(州)、嘉(兴)、松(江)、青(浦)、金(山)等地的山山水水,呈现一派江南水乡的风光。太湖地区的山水传说,是太湖风光之美与吴人人文精神之奇妙的结合,清新隽永,情文双绝,具有异香扑鼻的吴文化气息和十分鲜明的吴文化特征。太湖地区山明水秀,山青水绿,山温水软,景色清丽。吴地山水的这种风采,决定了吴地山水传说的风格,也与吴文化的形成有密切关系。优美的自然风光,与吴人爱讲爱听故事的习性之结合,便产生了大量脍炙人口、人们喜闻乐见的山水传说。太湖地区的山水传说,充满着吴文化情调,吴侬软语,娓娓道来,反映着吴人善言、幽默和细到的特点。

(二) 浙江山水传说的"越"味

历史上的"越"文化区,主要指浙东宁绍一带。随着历史进程的推进,"越"文化区向南、向西扩展,逐渐遍及今浙江大部(钱塘江—富春江—新安江以南),以至江西东北部若干地方亦有越文化的扩散。"越"文化区的文化性格,偏刚韧劲直,有人以"土性"加以形容,显得比较"野"。

浙江是一个多山省份,有"七山二田一水"之说。尤其是该省南部、西部,群山连绵,山苍岭峻,多姿多娇。境内有著名的雁荡山、天台山、天目山、仙霞岭、浙东风景线,钱塘江—富春江—新安江风景线,以及浩渺的东海海域风光,普陀山、嵊泗、洞头等海岛风景区。均以各自的山水特色风光著称于世。

传说大禹治水胜利后,在今余杭"舍杭登陆",由水路改走陆路,前往会稽大会诸侯。"杭",意为舟或渡,"余杭"就是离开船的意思,因此后人把大禹离船上岸的地方叫"禹杭","禹"和"余"同音,以后便转称为"余杭"了。① "余"同"于",是越族的发语词。除余杭外,汉代还有余姚(今同名)、余暨(今浙江萧山)、于潜(今浙江临安於潜镇)、余汗(今江西余干)……这些地名,均洋溢着越文化的气息。后者("余汗"等),是古代百越人四散各地后所起的地名。

浙江的山山水水,与越文化结合,产生了大量的呈现越文化色彩的山水传说,富有绮丽、秀逸之美。

浙江大陆东临东海,沿海有不少半岛,海中有数以千计的大小岛屿。沿海半岛和海中岛屿是陆上丘陵伸入沿海或侵没海中的延续部分,其高度多在海拔三百米以下。东海海岛,最为著名的有舟山群岛的定海、普陀、岱山、衢山、泗礁山、嵊山、大小洋山,浙南的洞头列岛(包括大门岛、洞头岛等)等。这些海岛,奇峰叠起,环以海洋,其风光呈现特异风采。东海海岛上的大多数岛民为古代"外越"后裔。其文化与浙江内陆属同一个系列。关于东海海岛风光的传说,与浙江内陆的山水传说一样,充满着"越"味。

(三) 皖南山水传说和宁镇扬山水传说的地方文化特色

春秋吴越时期,吴国的疆域,西抵皖南,北越长江,因而今皖南地区和宁镇扬地区,当时均属吴越文化区。只因后世的战争、移民等原因,这些地区的居民成分、文化因素有所变化。皖南地区受楚文化影响,逐渐形成了徽州文化;宁镇扬地区受北方文化的影响,逐渐形成了江淮南片文化。但这些地区仍保留着吴越文化的若干底色;它们在地理上与太湖地区、浙西地区紧相毗邻。因而本书采取其"泛"的一面,将这些地区统统包括在吴越文化区之内。然而这

---

① 此说见(宋)《太平寰宇记》。虽是附会之说,但至少可以说明这里乃是古代钱塘江上重要渡口。关于余杭的得名,证之史实,乃因隋朝钱唐县属余杭郡,所以后来杭州也称余杭。

些地区的山水传说,毕竟有其自身的特色。

1. 皖南山水传说的徽州文化特色

皖南地区名山甚多,最负盛名的是黄山。黄山人称"天下第一奇山",著名的明代地理学家、旅行家徐弘祖(霞客)说过:"薄海内外无如徽之黄山,登黄山天下无山,观止矣!"后人于此附会道:"五岳归来不看山,黄山归来不看岳。"的确,黄山兼具泰岱之雄伟、华山之险峻、衡岳之烟云、匡庐之飞瀑、峨眉之清凉、雁荡之巧石,中国各大名山的审美特质均会聚于此,令人叹为观止。

皖南的名山,还有九华山、齐云山等。"佛国仙城"九华山以奇秀著称于世。唐代大诗人李白和刘禹锡对九华山赞美备至。如刘禹锡作有《九华山歌》,对此山极尽赞美之能事。诗前"引"中曰:"九华山在池州青阳县西南,九峰竞秀,神采奇异。昔予仰太华①,以为此外无奇;爱女几、荆山②,以为此外无秀。及今年见九华,始悼前言之容易③也。"此诗描绘九华山腾跃飞举的气势:"奇峰一见惊魂魄,意想洪炉始开辟;疑是九龙夭矫欲攀天,忽逢霹雳一声化为石。"诗人把九华山誉为"造化一尤物"。

齐云山风景秀丽,是一座道教名山。其中部,有一条充满道教色彩的月华街,宫观、院房和民居依山就势,组成月牙形街群,街心有一弯月牙形水池。山中有云岩湖,青山环抱,波光粼粼,泛舟湖上,如在画中。"楼上楼"建于上、下两层石窟中,既顺自然之趣,又充满道家的丰逸想象。其附近还有"飞天蜈蚣"、"仙人挂画"、"方腊寨"等景致。

此外,太平湖等水体亦风光绮丽。太平湖在黄山脚下,人称"黄山的情侣"。湖面被崇山峻岭所围,湖中有形态各异的岛屿,有的像鲤鱼跳龙门,有的像鸳鸯戏水,有的像出水芙蓉,均各有传说。

皖南,在上古时代,与江南其他地区一样,均属《禹贡》所称的"扬州"之域;春秋战国时代,这里先属吴国,吴被越灭之后属越国,楚灭越之后这里又属楚国。秦兼并天下,在这一带置黟、歙二邑,是有名的徽州。徽州文化与越文化

---

① 即西岳华山。
② 此两山均在河南省宜阳县境。
③ "前言之容易"意即以前说的话太随便了。

有着一定的渊源关系。《越绝书》云："黟、歙以南皆大越之民,始皇刻石徙之。"所谓"大越",意即黟、歙是越族的新居地。"越是南夷",徽州的山越是从浙江迁徙来的。皖南的一些地名,留有古越语的痕迹,如"芜湖"、"无为"、"乌溪"等,恰与"余姚"、"姑苏"、"无锡"、"句容"、"乌镇"等相似。大越之民"断发文身",善于驾舟,崇岛,善制瓷,种植水稻等,至今在徽州文化中仍可见其踪影。从历史的沿革可见,皖南地区的文化,有吴越文化的基础,又受到楚文化的浸润,在地域文化上是颇具特色的所在。

处于万山丛中的皖南山区,方言支派较多,仅徽州一地,虽多说徽州话,但"同山不同音,问路带翻译"的现象依然存在。有些村落仍然保存唐、宋古音,有"中国古音活化石"之称。

这一带,宗族深数,崇尚儒风,"养子不读书,似如养圈猪",已成为家规族训,所以千百年来,"十户之村,不废诵读"。唐宋以降,有"天下文人半徽州"之说。

这里有名闻遐迩的徽州"八古"(古街巷、古民居、古祠庙、古宝塔、古牌坊、古桥梁、古亭阁、古墓葬),精美绝伦的徽州"三雕"(砖雕、石雕、木雕),呈现着独特的皖南民俗风情。

沿江地区风俗文化既有沿江水乡的绵和,又有皖南宣(城)郎(溪)广(德)丘陵地区的悠长。

以上这些地域文化背景,不能不对该地区的民间山水传说产生影响。

多娇、奇妙的皖南山水,与传统深厚的徽州文化相结合,产生了大量优美卓异的山水传说。生活在山灵水秀环境里的皖南人民,世世代代在劳动生活中创作的山水传说,具有鲜明的地方特色和强大的艺术魅力。

2. 宁镇扬山水传说的江淮南片文化特色

南京是所谓"江南佳丽地,金陵帝王州",钟山、栖霞山、玄武湖等山水气势大度,雄伟壮丽。镇江古称京口,位于浩浩大江的南岸,江南运河的北端,地理位置重要,著名的金山、焦山、北固山均耸立大江之畔,可谓江山壮丽如画。扬州则是"淮左名都,竹西佳处",瘦西湖、蜀冈一带,风景独秀江淮。宁镇扬三角地区,文化上属一个类型,不妨称之为"江淮南片文化"。这一带的文化,在吴文化的基础上,历史上受北方文化影响较多,经交流融汇,形成了一种颇有特色的文化,其品性亦南亦北,呈过渡性的状态。这种地域文化,当然影响着该地区的山水传说,并在该地区的山水传说中有所显现。

宁镇扬地区的山水风貌,略似于太湖流域山水,而丘陵低山连绵,海拔稍高,稍为粗犷。

南京、镇江、扬州三地,在历史上有着密切的关系。东晋、南朝时期,扬州刺史的治所,设在南京(时称建康)。隋文帝开皇九年(589年)渡江平陈,在石头城设置蒋州,以江宁县为州治,将原设在建康的扬州移至广陵江都。从此扬州一名开始与今南京市分离。唐初,又曾改蒋州为扬州,到武德九年(626年)扬州再度迁治江都后,就成为今日扬州之专称了。而扬州与镇江,沿长江而南北对峙,"京口瓜洲一水间",仿佛扬子江两岸的一对巨大宝石。

东晋、南朝,中原人士南迁后,在政治上占有主导地位,江南士族为了取得上升的机会,也学习中原语言,南、北糅合的结果,遂形成一种不南不北的扬州(当时扬州治建康)语,或称吴化了的洛阳语。

该地区的民风民俗在吴文化的基调上,受北方文化影响较多。

由于语言、民俗等因素的作用,该地区的山水传说别具一种文化韵味。细加品味,它们在浓郁的江南风味之中,夹杂着些许北方的情调,其文化特色是颇为卓著的。

第四章 江南山水传说的民俗意味

山水传说的创作和流传,从广义上看,属一种民俗现象。江南山美水柔,江南人民同山山水水关系密切,他们善于编创和讲述山山水水的传说故事。民间的习尚、心理、礼俗,必然地会在山水传说中流露出来。江南山水传说的民俗意味十分浓郁,这是值得我们品尝和研究的。

第一节 江南山水传说与江南风俗

江南的山水传说与江南风俗有着水乳交融一般的关系。这里有三层意思:一是山水传说属于"大民俗"的范畴;二是江南民俗助成了山水传说的产生;三是一部分山水传说,直接反映了江南的民间习俗。这一类山水传说,江南各地均有,它们把对山水风光的描绘与对有关民俗活动的介绍结合起来,亦即把有关的民俗活动及其背景山水风光结合起来。研究江南山水传说与江南风俗的关系,理应是本书所要研究的重要内容之一,也就是说,它是本书科学理论框架的一个组成部分。

一 山水传说反映了清嘉民风

江南民风,一如其山水自然环境,明秀清嘉。如《太湖备考》"风俗"条写道："其俗厚，民间无淫冶赌博之肆。""太湖诸山，西洞庭较东洞庭稍质，而马迹山较西洞庭尤质，居者力耕，行者服贾，游闲少，争讼稀，可望家给人足，而无不测之忧……"这种清嘉卓越的民风，与秀美的自然山水相结合，必然生出优美的山水传说。当然，作为民间的山水文学作品，江南的山水传说也反映了江南的这种民风民俗。

江南山水传说体现了劳动人民热爱故土、热爱自然的高尚情操，以及他们真切地欣赏周围山山水水的美的匠心和慧眼。热爱和眷恋家乡的一山一水，是劳动人民的朴素情感，许多高尚的情操都是由此而生发出来的，许多民风民俗也是从这里产生出来的。唯其劳动人民深爱着家乡的山山水水，因而他们对家乡山山水水具有深刻的透视力，能够讲出这些山山水水的真正的美来。劳动人民在如此优美和谐的自然环境中生活和劳动，这便是产生清嘉民风的源头活水。

江南山水传说反映了劳动人民的种种高贵品格，以及纯厚朴实的民风。劳动人民热爱生活、勤奋耐劳、助人为乐、爱憎分明、讲究礼仪、尊老爱幼、纯真相爱……，是产生优良民风的基础。他们深深地扎根故土，在他们编创的山水传说中，充满着他们的社会观、伦理观，凸显出他们的美好纯洁的感情世界。江南地区淳厚朴素、民勤本业等优良的民风，在山水传说中多有表现。

江南山水传说显示了劳动人民清纯美妙的艺术素质和艺术创作上的杰出才华。劳动人民社会实践经验和生产实践经验丰富，具有想象能力和幽默感。在广大劳动人民中，蕴藏着极大的艺术创造力。他们爱听爱讲故事，劳动的间隙，饭后的小憩，便是他们讲述和聆听传说故事的大好时机。江南地区山清水秀，山美水长，劳动人民的创作天地异常广阔，因而这一地区山水传说大量涌现，这本身就构成了江南风俗的一个重要方面。

二 山水传说透示了经济民俗

有些山水传说把山山水水的自然风光与人们的经济活动结合起来讲述。从这些山水传说中，不仅可以领略山水自然风光，而且可以看到有关地方的经济民俗。

（一）有关生产活动的习俗

如清明节游含山，是"鱼米之乡""丝绸之府"浙江湖州、德清、桐乡交界地区民间的一个古老风俗。从前，游含山的农民都背只蚕种包。传说，观音菩萨每年要派蚕花娘娘到蚕区来巡视，为百姓消灾赐福。某年清明日，蚕花娘娘到含山上观音庙中，将众多善男信女一一扶起。被她扶过的人，染上了蚕气，当年蚕茧获得大丰收。第二年清明日，方圆几十里的蚕农都上了含山。蚕花娘娘又来了，她看到这么多人，心想哪能个个扶到，便变作一位当地打扮的小姑娘，在山上山下绕了三六九遍，把蚕气留在含山上，使游含山的人都染上蚕气。这年的春蚕，很多人家都获得大丰收，但还有不少人家蚕花平平。蚕花娘娘一想，明白了，含山这么大，我的双脚哪能踏遍寸寸土土？她终于想出了一个散布蚕花喜气的办法。第三年清明日，蚕花娘娘扮作卖花姑娘，挽着一篮用五彩纸扎成的蚕花，在含山上叫卖，叫卖声又甜又脆，一下子引来了很多蚕农。大家一看这姑娘漂亮非凡，她的蚕花又做得那么好看，于是大家争着买几朵带回家去。果然，这一年凡是买了蚕花的蚕农都获得大丰收。从此，清明节游含山和卖买蚕花的风俗就流传了下来。①

（二）有关定期贸易的习俗

如上海金山县（区）有一座秦山（也叫秦望山，古称仙人山、金鸡山、秦皇山）。传说秦代某年三月初一，秦始皇登临此山之巅眺望了浩瀚的大海。这一年，风调雨顺，稻谷大丰收。第二年三月初一，老百姓聚集在山脚下，盼望秦始皇重又到来，好再一次获得好收成。从此，每年三月初一，老百姓都要来到这座小山上，盼望秦始皇带来好年景。虽然秦始皇再也没有来过，三月初一登秦山却成了金山人的风俗。②

每年夏历三月初一，金山人不仅登秦山，而且在秦山脚下进行集市贸易活动。其时正值春耕大忙之前，附近农民云集此地，进行生产资料（农具等）、生

---

① 《蚕花娘娘三到含山》，见《湖州市故事卷》。
② 《为啥叫秦山》，见《金山县故事分卷》。

活资料(农产品、用具等)的交流、交换,成为秦山一带的一个习俗。后世将这个定期贸易的时间从三月初——天,延长至数日,市面十分繁荣。

(三) 有关庙会集市的习俗

如江苏江阴东南部与无锡、常熟交界处,有一座美丽的小山叫顾山。顾山的传说不少。其中一个传说说,从前一个叫顾阿二的人到顾山上去打山柴,来到半山腰,看见一个洞。探头一看,黑乎乎的。阿二生来胆大,就走进洞去,想看个究竟。他进洞后摸黑转了几个弯,见前面越来越亮,走到亮处一看,原来是山洞的出口处,只见老松树下坐着两个白胡子老人在下棋。阿二是个棋迷,便站在旁边看了起来。谁知山中方半日,世上已百年,阿二将一盘棋看完,他撑在地面上的扁担已烂了一大截。阿二赶紧出洞,打了一小担柴挑下山,回到村里,见面貌已大变,众人都不认识他。他说:"我确实是这里人,叫顾阿二。"大家听到"顾阿二"三个字,都呆住了。他们听上代的老人讲过,祖上有个叫顾阿二的,某日上山打柴,久久没有回来。他们问阿二是怎么回事,阿二把事情经过讲了一遍。第二日,顾阿二带着不少人去寻那个山洞。来到半山腰,见洞已闭掉,但还可辨洞门的痕迹。大家知道阿二碰着仙人了,就把那个洞叫仙人洞。①

以上这则山水传说,主要反映了民间的神仙信仰。顾山还有不少其他的山水传说故事。这些传说故事,尤其在顾山举行庙会集市活动时讲说、传播得很活跃。顾山的庙会集市每年清明节举行。往昔,清明节游顾山以民间拜香为主导,集民间信仰、踏青春游、集市贸易、探亲访友于一体,其规模之大、内涵之丰富,为江南庙会所罕见。此时,百贾云集,摊贩遍地,游艺杂耍,风味小吃,比比皆是;山顶山麓,山前山后,大街小巷,人山人海,热闹非凡。顾山庙会集市时间集中,地点集中,货物集中,人们都乐意前来选购物资,作备耕之需。现在,拜香活动虽已消亡,但清明节游顾山和办集市的习俗传承了下来,并因势利导,发挥它更大的积极作用。

---

① 《顾山仙人洞》,见《江阴市民间故事集》。

三　山水传说涉及了社会民俗

有些山水传说在介绍山水景物时,还反映了有关地方的若干社会民俗。

(一) 人生礼俗

如苏州虎丘山上试剑石对面,有一巨石,长圆如枕,上刻"枕石"二字,为明代祝枝山手迹。传说唐寅夫妇游虎丘,曾双双头枕此石小憩。恰有祝枝山偕妻到来,见状笑道:"以石为枕,睡得好香啊!"唐寅说:"它的确像个枕头,就以此名之,如何?"祝枝山点了点头,从僮儿手中取来纸笔,写下"枕石"二字,寻工匠刻于石上。这时,唐、祝的妻子均已怀孕,他们就让二位夫人往石上丢石子,并开玩笑地说:"谁能丢上去,就生儿子;丢不上去,就生女儿。"祝夫人先丢,石子掉在石下。唐夫人后丢,丢在石上。后唐夫人果生一子,祝夫人偏生一女。此事流传开来,到虎丘山游玩的已婚女子,常常在此丢石为戏。久而久之,竟相沿成俗。①

虎丘山枕石

---

① 参阅《中国风景名胜故事词典》第153页。

(二) 岁时习俗

如苏州城西大运河畔枫桥边,有座著名的古刹寒山寺。这寺最早的当家和尚寒山、拾得,两人极为要好。某日,寺院门前的大河上飘来一口青铜古钟。那钟把寺里的大小和尚都引来了。此钟大得出奇,朝天的钟口里一滴水珠也没有,和尚们都说它是天赐的神钟。寺里正好缺少一只大钟。众和尚用足力气拉钟,钟却纹丝不动。拾得想弄个明白,便跳到古钟里。拾得一跳上去,古钟立刻就荡到河心,而且竟然逆水朝着正东方向飘去。岸上的和尚个个吓呆了。寒山和拾得更是慌了手脚,一个沿着水边奔跑,一个在古钟里拼命想靠拢过来;而古钟却只管向远方飘去。

不久,拾得漂洋过海到了日本萨提,把古钟献给了萨提人,悬挂在村中心。寒山思念拾得,连做梦也喊着"拾得"、"拾得"。有人出了一个主意:敲钟寻人。寒山便请了冶匠,依照神钟的模样,铸了一口大铜钟,悬挂在寒山寺高高的地方。寒山寺的钟声敲响了,其钟声竟传到了萨提。拾得听到这钟声,知道是寒山思念他的心声。于是拾得也敲响萨提的那口大钟,钟声也传到了寒山寺。两边虽然隔开数千里,钟声往来,好像两个人在讲话,把两颗心连在一起了。①

千百年来,寒山寺的钟声一直吸引着远近的人们以至大洋以东的日本友人。尤其是寒山寺除夕撞钟,成为当地一大习俗。多少年来,每当旧历除夕之夜,中、日游客便云集寒山寺守岁,撞钟,此举长盛不衰,成为一大民俗景观。

(三) 特异民俗

某些山水传说,反映了各地较为独特的山水民俗事象。例如苏州虎丘山的后山有一座供奉牛马王的磨王庙,传说庙里的牛马王很有神灵。每逢旧历除夕,有钱人常常在磨王庙搭台唱戏,欠债的人都到这里来躲债,因为民间约定俗成,在这一天是不许逼债的。其实是大家在一起,人多势众,好拧成一股绳对付讨债人,讨债人不敢来。连官府也怕这种事闹大了不好收拾,还在虎丘山上立了一个碑,上面刻着严禁重利盘剥放印子钱、鞭子钱的告示。可是穷人

---

① 《寒山寺的钟声》,见《苏州民间故事》。

日子并没有好过,欠债的人还是越来越多,到年底都到磨王庙来躲债。慢慢的这习俗传下来了,这座庙也被称为"赖债庙"。① 这是苏州历史上发生过的事情,现在虎丘山上还有这庙的遗迹。

本节所论述的,大抵都是一些个案。事实上,诸如此类的民俗事象,在江南各地均有所存在。

第二节 江南山水传说与民间信仰

山山水水的优美环境,在民间看来,似乎与仙、佛和各种地方神有关,是民间诸神活动的场所。因而,人民群众在创作山水传说时,往往把各种民间信仰寄托于其中。

以江南山水传说来说,主要是与民间仙信仰、民间佛信仰、民间山神信仰、民间水神信仰有关。以下分别论述之。

一 山水传说中的民间仙信仰

旧时民间有天宫、天神、天仙等的观念。这些观念也渗透入山水传说中。江南山水传说中的民间仙信仰,主要有以下几种。

(一) 山水传说中的玉皇上帝信仰

在那则《太湖为啥不是圆的》传说里,所出现的玉皇大帝、王母娘娘,是天廷仙界的形象,属民间的玉皇上帝信仰。这类例子,在山水传说中比比皆是。

关于鼋头渚的传说不少,其中有一个传说是这样的:王母娘娘得了三斗三升夜明珠,为了稳当起见,决定藏在太湖最深的水底下,并派遣心腹大老鼋前往太湖守护珍宝。大老鼋推说自己贪酒易误事,王母娘娘便再派一个贴身仙子翠姑(她因偷食仙枣而成哑巴)同往太湖看守珍宝。临行时,王母娘娘向翠姑交代了三件事:一是要永远站在太湖边上,双目一眨不眨,一直盯着那湖

---

① 《赖债庙》,见《苏州民间故事》。

底的珍宝,因为目光移一移,湖下的明珠就要氽起来;二是要听从大老鼋的调遣;三是不许跟凡人往来。于是大老鼋驮着翠姑下界,把夜明珠藏进了鼋头渚前面的太湖底。大老鼋来到太湖后,水族将它敬为大王,终日饮酒作乐。而翠姑仙子则独自站在湖滨,长年看守着珍宝。天长日久,太湖边上有个捉鱼郎对这个哑巴姑娘动了心,对她体贴照顾,虽然两相不讲话,也好像有了你同情我、我同情你的样子。有一天,风大雨大浪头大,捉鱼郎在湖边捉鱼时不小心跌进太湖,眼看就要送掉性命。翠姑抢步过去救他。哪晓得,她前脚刚走,湖底下的夜明珠便朝上氽。开始先氽起了两颗,成了洞庭东山和洞庭西山。等到救人脱险,夜明珠已氽起了七十二颗。捉鱼郎知道哑巴姑娘为了救他,犯了天条,性命难保,便背起姑娘跑到十万八千里以外去了。王母娘娘知道了此事,便派出雷公雷婆,一个霹雳把大老鼋打死,鼋头露出来的地方,就是现在的鼋头渚。王母娘娘的三斗三升夜明珠,全部从太湖底下氽起来,变成了"七十二峰",整个太湖便成了有名的一颗大明珠。①

一个杭州西湖的传说,与上述太湖的传说,十分相像。传说王母娘娘的宝库极大,收藏的宝贝美不胜收。其中最珍贵的是一面闪闪发光、能使人恢复青春的宝镜。王母娘娘生活在天上已经千万年,所以能长生不老、保持美貌容颜,主要靠每天早晨对着宝镜梳妆打扮。王母娘娘有七个女儿,个个美貌绝伦、聪明伶俐。她们见老母每天一到晚上就容颜衰老,而第二天一早又年轻貌美,知道这是宝镜的功劳。她们都想看看这面宝镜。某年八月十五,天上开蟠桃盛会。趁玉皇大帝和王母娘娘喝醉,七位仙女推说去蟠桃园游玩,偷偷地到王母娘娘的宝库将宝镜偷了出来。大姐抢过宝镜一照,只见镜子里的自己是个十七八岁的小姑娘,高兴地嚷起来。六位妹妹争着抢夺,大姐躲闪,失手将宝镜滑出,落下云端。七姊妹急忙飞出天宫,紧追宝镜,可是始终追不上它。宝镜最后落在杭州城的西面,化成一泓湖水,便是天下闻名的西湖。因为它是天上的宝镜所变,民间俗称它为"明镜湖"。七位仙女知道触犯天条,经商量,决定不再回到天上去,就罗列在西湖这面宝镜周围,变成了围绕西湖的三面群

---

① 《哑巴仙姑》,见《太湖传说故事》。

山。大姐、二姐长得高,化为南北高峰,七妹生得最美,成了美人峰。万千年来从天界下凡的众姊妹就一直守护着这宝镜变成的西湖。①

与此类似,又传说:杭州西湖,南、北高峰和北高峰旁的玉女峰,是天宫的宝物和使镜玉女所变。某日西王母要赴蟠桃会,准备梳妆打扮,叫使镜玉女到瑶池宝镜台去取两支金钗和一面明镜。使镜玉女忽闻云端下凡间传来欢笑声和爆竹声,便用金钗拨开云雾,用明镜照看人间,不慎明镜和金钗掉落,落到杭州城的西面,变成"明镜湖",俗称"西湖";两支金钗插在湖边,变成南北两座山峰,人称"南高峰"和"北高峰"。使镜玉女被天兵天将押着来到杭州。西王母原叫她三天内将金钗和明镜取回天宫。但使镜玉女甘愿遭天规惩罚,变成湖边的一座山峰,永远守护着金钗和明镜。西王母得知此事,气得吹云散雾,所以那南、北高峰,终年是烟雾缭绕。②

在"天下第一奇山"黄山后海的风景绝妙的散花坞,群峰耸翠,万木扶疏,奇松竞俏,怪石玲珑。春天烂漫的山花,随风飘荡,犹若天女所散,香醉游人,故名散花坞。相传某日,中国四大佛教名山之一五台山上的教主文殊菩萨来到黄山说法传教,玉皇大帝知道了,命三十二个女儿及其随从侍女到黄山朝拜智慧第一的文殊。众仙女来到黄山,感到新奇可爱。当文殊说法到微妙处,玉帝命令他的三十二个女儿及其侍女数百名,向文殊的狮子宝座散花致敬。黄山三十六峰,千沟万壑,到处飞满了天女,成了仙女的世界。最后,仙女们把鲜花都在狮子、始信、仙人、上升诸峰之间散完了,整个山谷被那些飞落的天花填得满满的,形成了花的海洋;天花把这里装饰点染得千红万紫,异香飘拂,因此,人们就把这一片空旷幽深的山谷叫做散花坞。其中一种名叫"天女花"的名种山花,就是当年天女散落在这里的天花。③

以上这些关于玉皇、王母、仙女与江南山水的传说,都是非常神奇和优美的。

---

① 《仙女争镜》,见《西湖女神》。
② 《双峰插云》,见《西湖女神》。
③ 《散花坞》,载《黄山:故事传说、风景名胜》。

(二) 山水传说中的八仙信仰

这一类山水传说数量颇多,各地普遍皆有,都是讲述八仙与江南山水的故事的。

苏州人有句俗谚:"造桥造塔都要神仙帮忙。"很早以前,澹台湖的水,西灌太湖,东通大海。这里湖面阔,水流急,风浪大,难于行船,不好拉纤,老百姓年年月月盼着有座桥。尽管苏州刺史王仲舒体贴民情,捐献了祖传宝带,可是这里湖深水急不好打桩,也是无济于事。传说某夜,澹台湖边上庙里的老和尚在睡梦中忽听得敲门声,便起身开庙门,只见来了八个人,要求借宿。这八人,有年长的,有年轻的,有背着药葫芦的,有瘸着一条腿的,其中还有个女的。他们到大殿上坐下,烧了红枣白米粥吃,并收拢了枣核。天将亮,他们向老和尚道谢后,出庙门朝澹台湖方向走去。老和尚送出,见八个人在湖面上竟像走在平地上一样,边走边把枣核丢在湖里。很快地,枣核成了一长排木桩。后来开工造桥时,忽然风雨大作,随即雨过天晴,天空上架起一条彩虹。老和尚看见那天夜里来的八个人在天上行走如飞,跨上彩虹向太湖方向飞去。不一会儿,彩虹化作一座曲拱大长桥,架起在澹台湖湖面上。宝带桥就是这样造起来的。① 这个传说中充满着民间的八仙信仰。

常熟虞山东麓,有一条百余米长的山涧,长满桃树,这就是"虞山十八景"之一的桃源涧。它有一段与八仙有关的传说。小山台以北,山阴道侧,有一块巨石平台,平台上嵌着八个浅潭,好像八只酒杯,传说是八仙饮酒用过的原物。当年八仙欢聚在此畅饮老酒,尽兴席散,就结伴沿山中曲径慢行。张果老发现前面一段山坡上空空荡荡,便有意无意地将蓝采和花篮里的蟠桃核撞落。这蟠桃核来自王母娘娘的瑶池,桃核落地,顷刻间满山坡桃树成林,桃花灼灼。何仙姑责备张果老不该将天界仙种轻易送给人间,便拔下头上玉簪朝地上一划,一声巨响,数百枝桃花淹没在烟尘中。铁拐李责怪何仙姑做得太过分,便趁势踏住那颗桃核,将它深深埋进虞山腹地。待烟尘平息,山坡上出现一道三十余丈长的沟壑。经过了不知多少年代,长出一棵桃树苗,三年后结了满树蟠

---

① 《宝带桥》,见《太湖传说故事》。

桃。住在山峰的一位农民,讨了几颗桃核带回去栽种。消息传开,来讨桃核的人络绎不绝。据说如今山峰、宝岩一带的蟠桃树,都是从这里起源的。桃源涧从此得了名,"桃源春霁"便成为虞山一景。①

传说宜兴张公洞与八仙之一的张果老有关。张果老,原名张歌郎,从小爱唱山歌,见什么就能编什么唱什么,是唱山歌的祖师。一次,张歌郎偷吃了老道士的一根千年老人参,从此逃匿在外,整天唱山歌,成了歌仙,就改名为张果老。张果老虽是歌仙,却越老越不正经,总喜欢唱唱山歌骂骂人,占占嘴头上的便宜。张果老逃到外面后,他老婆等来等去等不到他回家,就带了女儿出去寻夫,一寻寻到宜兴龙山,居留在此,开荒种地。有一回,张果老骑驴到龙山,看见一个漂亮姑娘在棉花地里削草,就编首山歌唱起来:"哪家姑娘哪家花,哪家女子削棉花?哪家女子到我张果老的家,我叫她冬穿绫罗夏穿纱……"岂料竟是占了自己女儿的便宜,羞愧交加,不敢再见老婆和女儿,逃到一座山前,见山上有个洞,赶紧往洞里钻进去,转眼间人不见了,驴子也不见了。他老婆和女儿到处寻不见他,只好回家去。这个山洞因为是张果老第一个"躬"进去的,所以叫"张躬洞"。后来张果老改邪归正,做了好人,人家尊敬他,就把这个洞叫张公洞了。②

又传说,古时候有一个樵夫到宜兴湖㳇山中樵柴,走入一个山洞,看见两个白胡子老头坐在石凳上下棋。樵夫是个棋迷,见两位老翁棋艺精湛,难分高低,看得入了神。等到第三盘棋下完,樵夫告别两位老翁,重新摸出洞口。他回到村中,村上人都不认识他,他也不认识别人了。原来,"洞中方一日,世上已百年",他的孙子都已成了白胡子老头。据说,两个下棋的老翁就是张天师和张果老,因此人们把那山洞叫做"张公洞"。至今,张公洞内还留着一副棋盘,它是刻在岩顶上的。③

还有一个传说,说宜兴湖㳇镇新桥头过去有一爿茶馆,店里有个冲开水的老汉叫单老老。茶客当中,有个白胡子老头,大家叫他张老老。张老老和单老

---

① 《桃源涧》,见《苏州民间故事》。
② 《张公洞原是张躬洞》,见《江苏山水传说集》。
③ 《樵夫奇遇》,见《宜兴民间文学大观》。

老两个相处很熟。某年除夕,单老老被张老老请到他家里去坐坐。两人一前一后,往北走了三里多路,来到一座小山前。张老老拨开枯藤树杈,带单老老钻井一个山洞。山洞甚大,大洞套着小洞。石壁上爬满了石狮子、石老虎、石乌龟、石松鼠。一根几抱粗的石柱好像一棵大松树,撑住了洞顶。张老老请单老老坐在一个小洞口的一张石台旁摆棋对弈。不一会儿,外面来了六男一女,围着方桌坐下,端上来一只石盆,热气直冒。单老老往石盆里一看,只见一个白白胖胖的男小孩。张老老告诉他:"这是何首乌,尽吃无妨。"那几个吃得很起劲。单老老不敢吃,只勉强地喝了一口汤。单老老回到村上,都说他一出去就是三年。单老老把被张老老邀去作客的经过说了一遍,大家说那些人说不定就是八仙,那个女的就是何仙姑,张老老就是张果老。单老老一直活到一百二十岁才过世,要是他在洞里多吃点何首乌,寿命还要长。张老老请单老老去作客的山洞,被后人叫做张公洞;那个洞口石台上放着一盘棋的小洞,就叫棋盘洞。①

浙江海盐南北湖的传说中,有这么一个故事:在南北湖中有一座大山,形似一只横放的大葫芦,叫葫芦山。这葫芦山,早先是没有的。有一天,八仙之一的吕纯阳肩背葫芦,脚踩祥云,来到南北湖畔。忽然,他发现一棵大树上有一条三尺多长的火赤链蛇,圈成一团,慢慢地变成一只大甲鱼。碰巧,那大甲鱼被一个农夫捉住了。吕纯阳知道,这种"蛇跌鳖"很毒,人吃了很快会死去。吕纯阳想,等他吃了后,再救他性命,也好显显我葫芦里仙丹妙药的灵验。过了午时三刻,吕纯阳来到农夫家,只见那农夫正坐在小凳子上摇着蒲扇哼着小曲。一问,农夫一家四口将大甲鱼一顿吃个精光,然而个个安然无恙。农夫说:"蛇跌鳖,果然毒,嘴里贪馋要吃肉,只要老姜放得足,包你吃了勿中毒。"吕纯阳想,我这上界药师,八方行医,竟不识生姜是祛毒避邪的良药!他觉得十分羞愧,便把肩上背的药葫芦抛出门外,踩着云头回去了。据说,煮甲鱼放姜的方法,就是从那时开始通行起来的。吕纯阳抛掉的药葫芦,飘到南北湖上,便化成了一座葫芦山。药葫芦里的灵丹妙药,变成了漫山遍野的奇花异草。

---

① 《单老老游张公洞》,见《宜兴民间文学大观》。

听老人说：葫芦山上的花草，全能入药。山上的苍松翠柏，茶林竹海，因为得了仙葫芦的灵气，所以终年常青。①

传说有一天，上八洞神仙吕洞宾、蓝采和路过天目山区的南庄，坐在一块大石头上歇息。吕洞宾见东、西天目山云缠雾绕，两山中间是深深的溪谷，景色迷人，就心生一计，对蓝采和说："我们何不在两山之间架一座石桥，再将海水引进溪谷。"蓝采和表示赞成，说："东、西天目山相距三十里，到哪里去弄那么多石头？"吕洞宾说："这个我有办法。"正巧，他们的谈话，被一个采茶老大娘听见。她心里好急，如果东、西天目山之间的石桥架成，并引进海水，那么两山之间将是一片汪洋，老百姓可要遭殃了！转眼间，吕洞宾赶了一大群猪朝山上去。这漫山遍野的猪，有黑的，白的，大的，小的，多得不计其数。老大娘见了心想：山里没有养猪呀，哪来这么多的猪！一会儿，她明白了，不禁喊了出来："这些不就是造桥的石头吗？"这一喊，吕洞宾的法术被点破，那许多黑的、白的、大的、小的猪一下子都在原地呆住，再也不动了。黑猪变成黑石头，白猪变成白石头，大猪变成大石头，小猪变成小石头。后人把吕洞宾和蓝采和坐过的那块大石头叫做"仙人驻鞭"。在离南庄十里的山坡上，至今还躺着许多石头，大都长满青苔。偶尔有养猪的人家拣几块回去，放在猪栏里，据说猪就长得快。因而当地人称这个乱石坡为多宝坡。②

莫干山有聚仙台和松鼠石。聚仙台位于一览亭下断崖中，台上布满形似脚印的石穴。松鼠石位于二天门上。传说很久以前，在莫干山仙人洞修道行医的吕洞宾，接到王母娘娘庆寿的请帖，要他聚会八洞神仙，同上天廷。吕洞宾派仙鹤童子通知大家在莫干山玉蒸峰会合。第二天，其他七洞神仙先后来到，吕洞宾择一巨石摆宴接风。玉蒸峰的松鼠精垂涎三尺。铁拐李用手一指，将它点化成石头。巨石上也留下众仙的脚印。③

黄山西海景区，从悬崖峭壁间的排云亭倚栏远眺，可见几处由巧石形成的绝妙奇观，"仙人晒靴"即在其中。传说一次何仙姑邀众仙同游西海，约定先到

---

① 《吕纯阳的葫芦》，见《海盐县卷》。
② 《乱石坡》，见《天目山的传说》。
③ 参阅《中国风景名胜故事词典》第218页。

彼岸者为胜,湿靴者为输。汉钟离、张果老、韩湘子等各展绝技,竞渡西海,后世遂有"八仙过海,各显神通"之说。唯铁拐李自以为道行最深,边饮酒边观景,待众仙已到海中心时,才慌忙赶去。岂料仓促之间,一脚踏在何仙姑着法为船的荷叶上。何仙姑故意将荷叶一歪,铁拐李一脚踏空,湿了靴子。他虽然最先到达彼岸,也算输局。众仙罚他将湿鞋倒挂西海门左侧,以戒后人。①

被古人称为"佛窟仙源,山水神秀"②的浙江天台山中,有座桐柏山,桐柏山上有个紫琼台,上面生着一把石椅子,叫做"仙人座"。传说很多年以前,铁拐李在桐柏山对面万年山住下,每当十五、十六月圆之夜,他就从万年山一脚迈过百丈坑,来到琼台,坐在仙人座上,邀山中仙子饮酒赏月。

铁拐李有个徒儿,跟他学道已经三年。他也想到琼台赏月,可是师父尚不肯把飞渡绝谷的本领传给他。铁拐李看出徒儿的心思,他想试一试他的诚心。次日一早,徒儿在打扫庭院时猛听见师父房里传出呻吟声。他马上奔进师父房中,只见师父双手捂着肚子,额上冷汗直冒,在床上打滚。徒儿很着急,问师父要吃什么药。铁拐李说只有琼台上那株桃树结的桃子才能治好肚痛,要他摘三只来。徒儿虽感为难,还是朝悬崖走去。遥见琼台上有一株桃树,生着一只只红艳艳的桃子。徒儿拼命跳起,只觉得自己像一块石头似的往下沉、沉……忽觉似乎有人在他身下一托,顷刻身轻如燕,飘了起来。一会儿,到了琼台。徒儿摘下三只桃子,又在左脚落地处顿了一脚,把石崖踩出一个深深的脚印。一忽儿飞到万年山,右脚踩上崖沿,也踩出一个深深的脚印。铁拐李吃了徒儿的桃子,病马上好了。他对徒儿说:"多亏你心诚,摘来桃子救了为师一命。但不知你在跳崖时有何感觉?"徒儿说:"只觉身子坠落,后又觉有人托起。"铁拐李笑道:"刚才你一脚跳将出去,本要摔死,只因心地真诚,为师将你一托,便托到对面琼台上了。"徒儿恍然大悟,原来师父已把度崖绝技传教给他。从此天台山上的"琼台夜月"名声大振。那徒儿踩下的两个脚印,至今还留在桐柏山和万年山的崖沿上。③

---

① 参阅《中国风景名胜故事词典》第 223—224 页。
② (东晋)孔绰:《天台山赋》。
③ 《琼台夜月》,见《国清寺》。

在浙西,有一个著名的传说:很早以前,衢州一人家,有一个瞎子嬷嬷和一个孙子、一个孙女,依靠孙儿王质砍柴度日。某日,王质出门砍柴去了,有两人路过其家门口,欲借灶头烧顿饭吃吃。瞎子嬷嬷同意了。于是,那两人一个灶上、一个灶底忙开了。只见灶底的人把自己的腿伸进灶孔里烧,烧了一只又一只;灶上的人用手擤鼻涕,一把一把的鼻涕往锅里放。但烧好的却是三大碗面。二人吃了两碗,剩下一大碗,道声谢谢走了。不多时,王质砍柴回来,肚里饿得慌,便将灶头上一大碗面吃了,对嬷嬷说这样好吃的面从未吃过,问是哪里弄来的。嬷嬷一五一十地告之。王质感到奇怪,又见家里桌、凳的腿全烧焦。王质发火,拿起一把斧头,追那两人,一直追到城南一座山上,只见有两人在下棋。王质是个棋迷,便把斧头柄放在地上,坐下来看棋。那两人边下棋边吃桃,还掰半个桃给王质吃,将桃核掼在一边。王质边看边吃,吃到不想吃时,掼在一边的桃核已发芽成树。两个下棋人提醒王质:"你还不回去,看你的斧头柄都烂了。"王质赶紧回家,但回城的路样子已变,进城后找不到家了。问隔壁邻居,都说王质嬷嬷已过世几百年,后代的玄孙也已胡子花白。王质叹道:"真是山中方七日,世上几千年哪!"那座山后来就叫烂柯山。那两个烧面条和下棋的人,原来是铁拐李和吕洞宾。①

八仙与江南山水的传说很多,以上只是举其大略而已。

(三)山水传说中的其余众仙信仰

在民间的观念中,神仙的名目繁多,除前述玉皇、八仙以外,江南山水传说也引进了一些其他神仙的形象。以下举例论述之。

1. 百草仙子与坎船山

江苏镇江西南有座陡峻的山峰,远远望去,活像一条底朝天的大船,叫"坎船山"。传说古时镇江以南是一片汪洋大海。海南头,有个柳叶岛,住着三百多户人家,靠捕鱼为生。某日海里冒出个鲤鱼精,幻作白胡子老头,兴风作浪,为害渔民。岛上有个小伙子张海,发誓要杀死鲤鱼精,苦练三年练成一身好功夫。某次张海在海边上草丛中见一只青蛙被一条大蛇盘住。他挥剑杀死大

---

① 《烂柯山》,见《衢州市故事卷》。

蛇,放了青蛙。原来青蛙乃百草仙子,家住巢凤山,对张海说遇犯难事可找她。八月十五,鲤鱼精又行凶,并在井里、河里撒入瘟疫豆子,害得大人小孩都染上毛病。第二天,张海背只篓子,往巢凤山采药。在一座大山脚下遇一美貌女子,即百草仙子。张海跟着她来到山上,仙子采了一篓奇花异草给他,叫他赶快回去为乡亲们治病。张海回到岛上,用药草给病人治病,治一个好一个。鲤鱼精撒入更多的瘟疫豆子在井里、河里,使渔民们又得病。张海要跟狠毒的鲤鱼精拼个死活,在海边打得难分难解。忽然百草仙子驾着一条满载药草的大船驶来。百草仙子舞动青锋宝剑,打得鲤鱼精招架不住,一头钻进船底,使劲一顶,把药草船顶翻。鲤鱼精正想游走,张海赶上去,一剑将它砍死。后来,张海按百草仙子的吩咐,潜入船底下寻了一筐药草,为乡亲们治好病。从此,船四周的药草越长越茂盛。很久以后,海洋变成陆地,翻了的船也变成了山,就叫"炊船山"。山上长满各种名贵的药草,人称"百草山"。①

这是百草仙子与炊船山的故事。

2. 含山仙女、岑山仙女、石山仙女与含山、岑山、石山

从浙江湖州市郊东部到桐乡县西北部,自南向北排列着含山、岑山、石山三座小山。有一则传说《含山、岑山、石山》②述说了它们的来历。

传说有一次,天上的含山仙女到此游玩,见这一带绿树成荫,河道纵横,一派秀丽的水乡风光。她想,如果能在这个广阔的平原上造几座山,景致一定会更美。于是,她约了岑山仙女、石山仙女两位姐姐,在清明节之夜前来造山。大姐石山仙女做事马虎,她来到永秀这地方,正碰上几户人家在造房子,场地上堆了很多泥土、砖头,她就顺手牵羊,用那些泥土堆了个土墩,土墩上铺砖,砖上再铺石,造了一座约摸两层楼高的小山,就洋洋得意地回天上去了,这个地方后来就叫石山头。二姐岑山仙女贪玩,她来到青石这地方,只顾观赏人间百花美景,直到公鸡报晓才仓促动手造山,在麦地上堆起一个三丈来高的土墩即岑山,就匆匆上天去了。小妹子含山仙女朴实勤劳,她来到河山乡北面,一

---

① 《炊船山的传说》,见《镇江民间故事》。
② 见《桐乡县卷》。

看全是长满庄稼的农田,不忍毁田造山,她找了不少地方,最后来到桐乡和吴兴(今湖州)交界处的运河边,发现一个大漾潭,漾潭中央有个数十亩大小的独墩,墩上全是石块野草,于是打定主意在墩上造山。她从附近找来一块块石头,石块垒石块,堆到二十多丈高。然后铺上一层泥土,种上松柏和樟树。为了防止山崩,她用唾液在造山石块的缝隙里一抹,顷刻间千万块碎石结成一块,犹如钢铸铁浇,巍巍矗立在河心独墩之上。第二天,方圆几十里的人们纷纷赶来看山。可是石山没过几天差点儿给弄平了,因为上面的砖头都是人家的建房用材。岑山经过几次雷雨,东塌西卸,已不像山,不过它还在一点一点地增高。一天,有人看见山上有一些麦苗,就挑了半担粪上山浇麦。可是由于山上浇了粪,仙气给冲掉了,从此岑山就不会增高了。再说含山,看的人特别多,山也在一天天地增高,山脚直伸到河边。一年后,人们为了纪念含山仙女,在山顶上造了一座七层宝塔。宝塔建成后,成千上万的人从四面八方前来含山观光,这么多人上山一踏,这含山也不再增高了。因为那天正好是清明节,从此每年这一天人们都来踏青游含山,千百年来成了方圆数十里老百姓的风俗习惯。

这是含山仙女、岑山仙女、石山仙女与这三座小山的故事。

3. 赤足大仙与楠溪江

浙江永嘉楠溪江,有三十六湾、七十二滩,两岸奇峰雄伟,怪石峥嵘。楠溪江风景名胜区的中心有两个小岛,一形似狮子,一形似绣球。传说,天上赤足大仙一次来楠溪江游玩,见这里山清水秀,岩奇石怪,景色迷人,便定为自己的常游之处。他恐下次来玩忘记地点,就把随身携带的金狮子和绣球放在溪中为标记。大仙回去后,日久天长,那金狮子和绣球化为岩石,永远留在楠溪江中。① 这是赤足大仙与楠溪江的故事。

4. 天河六螺水云溪化山

楠溪江大若岩景区陶公洞外水云溪边,有三座山。传说从前天河里住着六只大田螺,三雄三雌。由于受不了天河冬天冰封之苦,就一起逃到气候宜人

---

① 参阅《中国风景名胜故事词典》第 212 页。

的楠溪江畔水云溪里。雌的化为三个秀丽的美女,雄的化为三个俊俏的后生,男耕女织,结为夫妻。管理天河的天篷元帅知道此事后,即差天兵天将把它们捉去问罪。六只空螺壳,留在水云溪边,久而久之,变成三座大山。因田螺来自天河,人称此山为"天螺山",又称"六螺山"。① 这是天河六螺到水云溪边化山的故事。

5. 众仙与黄山石床峰

黄山西海深处有座石床峰,它与云外、云际、石柱诸峰遥相对峙。这座山峰顶部平坦,像一张高大的床铺。相传,轩辕黄帝当年经常领着容成子、浮丘公来此睡觉休息。虽然事隔数千年,可是轩辕黄帝仍然常来此峰。山中的老药农说,他们有时在无意中看见石床峰上云雾笼罩处,隐约有人影浮动。这些人身材魁伟,衣冠古朴,并可听到铿锵微妙的音乐之声,闻到醉人的山花异香。因此,老药农都认为石床上有仙人。自从轩辕黄帝升上天廷后,向老神仙们介绍了在黄山修炼得道的经过。众神仙听说人间有如此奇山妙景,便请轩辕黄帝带领,来黄山搜奇览胜。在此游览期间,轩辕黄帝总要在石床峰上宴请众神仙。这时,众山神都要前来恭候,燃香奏乐,跪拜顶礼,香烟缭绕,仙乐盈空,香气袭人。相传,清代咸丰年间,黄山东麓有三位药农,一天来到石床峰下,忽闻峰上有笙箫管弦之声,并有阵阵幽香扑鼻而来。此后,仍有药农经过石床峰下闻到仙乐,嗅到花香。② 这是黄山石床峰仙人的故事。

二 山水传说中的民间佛信仰

民间的佛信仰,是东汉初期佛教传入中国后,经过世俗化,而形成的一种民间信仰。东南沿海地区,民间的观音信仰比较突出。当然也有对其他佛菩萨的信仰。江南的不少山水传说蕴含着民间的佛信仰。

(一) 山水传说中的观音信仰

传说宜兴的玉女潭与观音娘娘有关。说是观音娘娘想在人间造一座花

---

① 参阅《中国风景名胜故事词典》第213页。
② 《石床峰》,见《黄山:故事传说、风景名胜》。

园,以便下来散散心,地址就选在宜兴湖氵父西面的一座山头上。观音娘娘命天兵天将把最好的太湖石搬来,把最好的花草移栽到这座山上。她见东面山坡上有个清水潭,又命东海龙王把潭底打穿,直通海底,使这个水潭一年四季都有清清的水。一切就绪,再派玉女专管种花、浇花。附近人家晓得她是玉女,就把这个水潭叫做玉女潭。后因玉女帮助一孩子用潭中犀牛的角治疗其父(烧窑师傅)的眼睛,东海龙王要同玉女算账,玉女被南海观音带到南海去了。①在这则传说中,观音娘娘威力无比。这是民间观音信仰的一个突出的例子。

　　松江小昆山九峰寺的庙门与众不同,是朝北的。传说此寺唐代始建时庙门是朝南的,但小昆山山势南陡北缓,上山进香不方便。到了清代,施主们提出庙门移到北面来。当家和尚因钱不多,一直未动工。忽一日,有个衣着平常之人来到,对当家和尚说:"你在二月十九观音生日那天,请十个工匠,由我指点,不费一砖一瓦就可办好。"果然到了这天,寺庙缓缓地转了一个身,成了现在的模样。据说那人是观音菩萨的化身。② 民间流传着如上的传说,将庙门朝向的改变说成是神佛所为,这是民间信仰的一种表现。当然,传说毕竟是传说,只可姑妄听之。事实也许是,这寺庙在唐代初建后,已历千年,早已圮损,到清代重建,采纳善男信女的建议,依山势改为朝北,以便进香朝拜。

　　黄山天都峰下,天梯旁有一块似古装仕女的巨石,它面前还有一块矮小的石头,像一个跪拜的童子。传说,很早以前,南海观音赴罢王母娘娘的蟠桃会赶回南海,途经黄山。她在山坡桐树边发现一个未满两岁的小孩桐仔。原来,这小孩的父亲得病死了,今早母亲带他上山采药,又失脚落涧身死。观音变成一个六十多岁的老婆婆,在山坡上搭棚,祖孙两人过活。桐仔八岁了,观音想回南海,却突然两眼失明。桐仔上集卖掉山柴,买了点眼药。回来途中,在半山腰遇一突然失明的老大爷。桐仔咬破手指,以鲜血和眼药,把眼药点在老人眼里,眼睛就好了。可是眼药已让老人用完。第二天桐仔又起了个大早,打了柴上集市卖掉,买了眼药带回家。桐仔又咬破手指,用鲜血配好药,给老婆婆

---

① 《玉女》,见《无锡民间故事精选》。
② 《乾隆游小昆山》,见《松江县故事分卷》。

点上眼。一会儿,老婆婆眼明了。老婆婆来到天都峰前说,"我要走啦!"桐仔跪倒,边拜边求奶奶留下。结果老奶奶变成了石头,祥云缭绕中站着观音菩萨。观音用手一招,桐仔跟她驾云走了。但是他的肉身也化为石头,留在天都峰前。① 这就是黄山上观音石与童子石的故事。

黄山东北隅有座高耸入云的山峰,名叫夫子峰。夫子峰原名父子峰,有其来历:相传,从前杭州一个名叫肖义德的员外,其独子身患疑难之症,多方延医均不见效,生命危在旦夕。某日来了一位腰系白色百褶围裙的老太婆,拿出一个药方说,"我这个方子给少爷服服看,或许能把他的病治好的。"肖员外看那药方,只是普普通通的几味草药,便问老太婆住在哪里,尊姓大名,老太婆答曰:住在"黟山东北,半月洞天",姓名则为:"藋见立日,头上草生!"肖员外的儿子依老太婆的药方服了三剂,病就全好了。隔了几天,肖员外和儿子骑马离杭州到"黟山东北"寻老太婆谢恩。肖员外知道黟山就是黄山,他们走了三天到达黄山,从东北隅进了山。在山中又走了一天,走到了一座高峰之下。这时,月上东山,他们借着月光,发现那座高峰上有一个像新月一样的山洞,洞前还晾着一条白色裙子。肖员外恍然大悟,原来这里就是老太婆说的那"黟山东北,半月洞天"。同时又联想到那"藋见立日,头上草生"两句话,不正是"观音菩萨"吗!父子二人攀上高峰进了月牙洞,果然见洞里供有一尊观音像,像的面孔、衣着和那献药方的老太婆一模一样。父子二人叩拜了观音,就在这半月洞天出家了。后来人们根据这个故事,给这座高峰取名为父子峰,而夫子峰则是父子峰的讹传。②

普陀山潮音洞南,有一块巨大的岩石,岩顶有一只很大的脚印。民间据此编创出几则关于观音的传说。其中一则说,观音大士在普陀山念经讲法,修炼成佛,就上西天参拜如来去了。九九八十一天后,她飘然而回,行至莲花洋上空,但见普陀山上瘴气弥漫,成了癞头山。她便在洛迦山上住了下来。原来,观音上西天参拜如来八十一天,凡间却已过了几百年。这期间,从东福山岛的

---

① 《天都峰奇石》,见《中国佛话》。
② 《夫子峰》,见《黄山:故事传说·风景名胜》。

云雾洞来了一条红蛇精,占据了普陀山,自称蛇王。第二天,观音去找蛇精,几番周折,略施小计,终于斗败红蛇精。红蛇精仍回云雾洞去了。观音赶走了红蛇,从洛迦山上纵身一跳,跳上了普陀山。在她落脚的那块岩石上,留下了一只深深的脚印,人们叫它"观音跳"。①

普陀山潮音洞山旁边,有一座小庵堂,叫"不肯去观音院",供奉着一尊檀香木雕成的观音佛像。相传这尊观音佛像,是五代后梁时(907—923年),到中国云游的日本和尚慧锷,在五台山发现,并由五台山的方丈赠予的。慧锷欲将这尊观音佛像带回日本,建寺供奉。慧锷乘着帆船,顺着江河一直朝着东海外洋驶去。某日船到普陀山洋面,突然刮起了"观音暴"②,刮得这船东倒西歪,直打转转。慧锷没法,只好把船驶进普陀山的一个山岙里,躲避风浪。以后几天,慧锷每次扬帆启航,不是遇到洋面上白色烟雾挡路,便是遇到狂风恶浪,最后又有无数铁莲护舟,前进不得。慧锷知观音大士不愿去日本,便把帆船仍然驶进普陀山的这个山岙里。在一个渔民的导引下,慧锷手捧观音佛像,登上普陀山。见此处有金光闪闪的沙滩,绿郁郁的山峰,晨观日出,夜听潮声,与五台山相比,真是另有一派风光。于是,慧锷在周围渔民的帮助下,造了一座小庵堂,供奉这尊观音佛像。慧锷用心地把观音佛像画下来,带着观音画像回到日本,请日本工匠雕刻了一尊一模一样的观音佛像,在日本供奉起来。③

传说,观音大士想在舟山岛东端的塘头山与普陀山之间筑一条海堤,使进山香客免遭风浪之苦。观音向东海龙王求助,龙王推三阻四不肯相助。于是观音爬上佛顶山,每十天选摘下一朵白云,变成一块白石放在山坡上。过了一月又一月,观音摘云化石,不知花了多少心血,也不知摘了多少朵白云,只见满山坡全是一片白花花的石块。她选了最大的一块石头,抛到塘头山下的海里,当作桥墩。但终因玉帝阻拦,观音造桥的愿望落空了。从此,佛顶山山坡上堆满了白花花的乱石,高低起伏像雪白的浪花。后来人们把此山称作"雪浪山",

---

① 《观音跳》,见《中国佛话》。
② "观音暴":当地渔民对一种风暴的称呼。
③ 《不肯去观音院》,见《浙江风物传说》。

山上岩洞就叫白云洞。①

雁荡山有个观音洞,观音洞的石壁缝隙里有"一指观音峰"。传说,当初观音洞刻的檀香木观音像有九百九十九尺高,得花费无数两银子。观音菩萨见了,责怪方丈劳民伤财。方丈反驳。观音便施法术刮狂风,把未雕好的檀香木大观音刮得无影无踪。只听空中有人说:"诚不诚,看真心;塑巨像,害死人!"那未雕成的檀香木大观音慢慢下落,越变越小,最后缩成九寸九分长。它黏在合掌峰巨壁的左侧缝隙间,仅有一指大,活像观音像,称为"一指观音"。那方丈化作一块"和尚岩",倚在"一指观音"对面下侧的岩壁间,屈膝拱手作请罪状。②

浙江缙云城北有个黄龙寺,出北门朝东三百步,有块顶大脚小的大岩石,几十丈高,传说是神仙打坐的宝岩凳。相传很久以前,观音在普陀山修炼,一日游到仙都黄龙山,学起农家少女的针黹女红来。观音扎鞋底时不小心被角钻刺破食指,鲜血把鞋底染红一片。观音痛得将鞋底往地上甩去,谁料布鞋底染上佛血后就变成岩石生了根。那枚插在鞋底上的角钻也变成岩石,越长越高大。观音唯恐岩石穿破九重天,赶紧飞上岩顶,盘腿打坐。她念了两个时辰金刚经,才压住长高的岩石。然后开始梳妆打扮。此时,山门外来了十八勇士,见一位天仙女子端坐在几十丈高的岩石顶上,疑是遇上了妖仙。十八勇士使出推山倒海法,想将岩石推倒。观音使了个定身障眼法,将头梳折为两截塞进岩下,断梳牢牢生根,并变成岩石。等观音跃回岩顶,十八勇士再也推不动巨石一分。观音见十八勇士推得面红耳赤,不禁哈哈大笑。她将圆镜破为三块,信手甩到黄龙山口,说声"南无观世音菩萨",轻轻跃起身子往西天去了。十八勇士听到佛号,才知遇上了观音佛,赶紧在山坡跪下,合掌谢罪。观音上天后,三块破镜变成三个清水塘,就是如今黄龙寺山门前的"宝塔塘"、"木鱼塘"和"声磬塘"。而那块鞋底和角钻变成的岩石,称为"角钻岩"。岩脚垫着的那两块口薄背厚的岩石(两截梳),叫"略梳岩"。后人常常讲起观音佛梳妆的故事,称这块岩石为"梳妆岩"。③

---

① 《摘白云造桥》,见《中国佛话》。
② 《一指观音》,见《中国佛话》。
③ 《梳妆岩》,见《中国佛话》。

(二) 山水传说中的其他佛菩萨信仰

1. 释迦牟尼信仰

宜兴南部江、浙交界的金塘山北麓,有一个富丽堂皇的溶洞慕蠡洞。民间传说佛祖释迦牟尼曾经下榻洞内,故曾称"牟尼洞"、"佛祖洞"。今取"慕蠡"为洞名,乃为"牟尼"之谐音,并为纪念制陶祖师范蠡,而且此洞与隔山的西施洞相对映。

2. 四大金刚信仰

传说当年镇江长江边北固山上的甘露寺砌好了佛殿,当家和尚盼望造座宝塔。果然某夜在长江里逆水淌来一座七层铁塔。怎么把宝塔弄上山呢?某晚月光下一连走来四个身材又高又大的人,各自试着搬塔,均未搬动。当家和尚说:"俗话说,'芦柴成把硬',你们四个人力气聚到一起来搬,看能不能搬上山。"四个人商议一下,统一步调,一下把宝塔搬上了山。四个人一下子不见了。后来,照四个人的形象在甘露寺里塑了四座像,就是四大金刚。①

3. 五百罗汉信仰

天台山国清寺外,有座隋代古塔。它巍巍耸立,雄伟壮丽,却无塔头。这是何故?民间传说,与佛教神祇观音和五百罗汉有关。说是当年国清寺五百罗汉堂里的五百位罗汉,连夜动工修造宝塔。正巧观音路过,见天台山飞瀑高悬,十分壮观。为了使天台山更加美丽,观音决定在飞瀑上造座石桥,飞架两山之间。造桥缺少材料,观音就到国清寺来借。五百罗汉不肯借给,观音很生气。五百罗汉造宝塔,塔头原来放在金地岭上。观音借不到材料,只好另想办法,回石梁时,看到这个塔头,故意难难他们,就使塔头在原地定位。尽管五百罗汉想尽办法,忙到金鸡报晓,塔头总是原封不动。所以隋塔缺少个塔头。②

4. 地藏信仰

安徽九华山古称九子山。唐代大诗人李白于天宝年间三游秋浦,见九子山风光秀异,九峰林立,状如莲花,写下了"妙有分二气,灵山开九华"和"天河

---

① 《铁塔上山》,见《镇江民间故事》。
② 《隋塔》,见《浙江风物传说》。

挂绿水,秀出九芙蓉"的诗句。从此,人们便将九子山改称为九华山。到唐朝末年,九华山辟为地藏王道场,与浙江普陀山、四川峨眉山、山西五台山并称为我国佛教四大名山。

相传,地藏王俗姓金名乔觉。他一钵袈裟,来到九华山卓锡安居下来。当时的九华山没有一座庙宇,山中只有一个村庄叫做闵院,住着一个闵员外,他是九华山山权的所有者。地藏初到九华山,长年在山间树下或山洞里打坐修行。地藏的苦行修道,使闵员外十分感动和敬佩。于是,请地藏到他家叙谈,闵氏父子以上宾相待。闵员外见地藏仪表端庄,一派禅机妙语,非一般佛门弟子可比,因而对他更加敬仰。闵员外表示愿意划地给地藏在九华山中造一庙宇,问"盖庙需要多大的地盘",地藏说"只要一袈裟地就可以了"。闵家父子随地藏到了九华山的最高处十王峰。地藏从肩上脱下袈裟,抓住袈裟的领角,像渔人撒网一样,撒向了天空。这一撒立即出现了奇迹,将整个九华山罩在了袈裟之下,九华山变成了一座紫金山。从此,地藏的名声大振,各地的善男信女络绎不绝地前来九华山烧香拜佛。闵员外把所有的家财献出,在九华山建造寺院,各地施主也纷纷前来出钱立庙,逐渐把九华山建成了佛教胜地。闵氏父子拜地藏为师,成了佛门弟子。如今九华山地藏菩萨像前左右一老一少僧像,据说便是闵氏父子的塑像。[1] 这就是地藏王与九华山的传说。

三 山水传说中的民间山神信仰

江南山水传说中有不少山神信仰的传说。如《搜神记》中一则山神信仰的传说写道:

> 越地深山中有鸟,大如鸠,青色,名曰"冶鸟"。穿大树作巢,如五六升器,户口径数寸,周饰以土垩,青白相分,状如射侯。伐木者见此树,即避之去。或夜冥不见鸟,鸟亦知人不见,便鸣唤曰:"咄,咄,上去。"明日便宜急上。"咄,咄,下去。"明日便宜急下。若不使去,但言笑而不已者,人可

---

[1] 《一袈裟地》,见《黄山:故事传说、风景名胜》。

止伐也。若有秽恶及其所止者,则有虎通夕来守,人不去,便伤害人。此鸟白日见其形,是鸟也;夜听其鸣,亦鸟也。时有观乐者,便作人形,长三尺,至洞中取石蟹,就火炙之,人不可犯也。越人谓此鸟是越祝之祖也。①

这则传说中的能幻化作人形的"冶鸟",实则是深山中的一种山神。

有一则明人笔记记述了苏州支硎山的山神的传说:

支硎山,有细泉自石面罅中流出,虽大旱不竭,俗称为马婆溺,相传支道人养马迹也。万历庚子岁忽见燥枯,山中人云:有贾胡每夜烛火,凡半月取一玉蟹。②

这则传说所述的玉蟹,是一个颇通神性的灵物,也是一种变形的山神。

浙江新安江中游铁帽山下的灵栖洞天,为一组石灰岩溶洞。传说,这里原是东海龙王的龙宫,哪吒闹海时,海水倒退八百里,龙宫便留在铁帽山里。老龙王怀念这座龙宫,便命灵龟来把铁帽山搬到东海去。灵龟领了龙王之命,腰插劈山大斧,从东海经钱塘江溯流而上,悄悄来到铁帽山,一头钻入地下,驮起铁帽山就走。不料前面的鸡坞山挡住去路。灵龟放下铁帽山,去移鸡坞山,一位白发老人挥杖过来,问道:"灵龟为何搬山?"灵龟说:"这灵栖洞是龙王的故宫,我奉老灵王之命,要把它搬到东海去。"白发老人说:"海、陆早已分治,各守疆界,怎可任意来陆上搬山?"灵龟不听,抽出劈山大斧,把鸡坞山砍去一截。白发老人看灵龟不听劝告,喝道:"你这畜生,怎能驮动此山!"一声吆喝,铁帽山像扎了根一样,一动不动了。白发老人说:"我乃灵栖山神,此山由我管辖,不准搬动,快回东海去吧!"灵龟不好交差,怕老龙王怪罪,钻进灵栖洞,再也不敢出来。从此,这座宏伟壮观、秀丽奇绝的龙宫就留在了人间。③ 这是灵栖山神的故事。

---

① (晋)干宝:《搜神记(三一〇)·越地冶鸟》。
② (明)徐树丕:《识小录·玉蟹》。
③ 参阅《中国风景名胜故事词典》第 193 页。

四 山水传说中的民间水神信仰

江南地区多水（湖、江、河、溪、泉、潭、潜流、瀑布），因而含有水神信仰的山水传说较多。

（一）山水传说中的龙王、龙子、龙女信仰

龙王、龙子、龙女在民间想象中名目繁多，在山水传说中也是形形色色。前举上海青浦《泖河十八湾》传说中的海龙王的三公主，即为一个美丽善良而多情的龙女。

无锡因境内有座锡山而得名，而锡山为啥无（没有）锡呢？民间有两句老话："无锡锡山山无锡，九龙嬉锡成九峰。"传说几千年前，一个大锡球从天而降，落在太湖边空地上。后来在它的东面造了座"有锡城"。锡山这光闪闪的大锡球，引来东海龙宫九位王子纵情嬉游。九条龙带来了大水，锡山一带庄稼、房屋统统被水淹没。正在万分危急之际，来了几位勇士，战胜了九条龙，并带头挖去锡山中的锡，方圆十多里的人都来参加，很快将山中之锡挖尽，锡山顿失光芒。九位勇士还把九条龙的龙须剪光，九条龙困死在太湖边上，变成山势逶迤的九龙山（即惠山）。此后锡山一带安宁了，"有锡城"也改称"无锡城"。①

鼋头渚以西，浩瀚缥缈的太湖之中，有三个似断若连的小岛：东鸭、西鸭和三峰，这就是著名的太湖三山，俗称乌龟山，相传系东海龙宫中的大将神龟所变。传说很早以前，东海龙王为惩罚一群野蛮海盗而水淹三阳县时，善良的神龟变成一只大海船，让老百姓全部登了上去，经由鼋头渚上岸来到无锡地区，海盗全部葬身鱼腹，而神龟则奉东海龙王之命长期留在太湖里守卫无锡。②

相传很久以前，东海龙王的三太子去天廷有事，路过浙江长兴水口。他驾着云，朝下看，只见翠竹连连，古树参天，山谷两旁，峰峦陡立，特别迷人。他想反正时间还早，不如去玩个痛快再走，于是落下云头，停在一个小山头上。这儿的山特点是绿，三太子在山间丛林中玩得十分开心。因玩得太累，他靠着一

---

① 《无锡锡山山无锡》，见《无锡民间故事精选》。
② 《神龟山》，见《江苏山水传说集》。

棵树杆睡着了,还梦见自己正在果园里采桃子吃,吃得满脸都是桃汁。他想找点水洗把脸,可是找来找去找不着一点水,他一急,便从梦中醒来。三太子一摸脸,原来脸上出了很多汗,黏乎乎的,他打算找个水塘把脸洗一下,但找了半天也没找到。他一生气,就跺了一脚,脚下马上出现一个坑,一股清澈透明的泉水从土坑中涌了出来。三太子捧起水洗完脸,就腾云而去。从此,三太子跺出来的坑里就一直流着又清又甜的泉水,人们叫它"金沙泉"。[①] 这是顾渚山金沙泉与东海龙王三太子的传说。

如前所述,江苏昆山有则《剿娘江》的传说,把太湖下游的三条泄水干流——吴淞江、东江、娄江,说成是东海龙王的三个儿女。他们一起离开太湖,各行其道,先后到达东海老家。这则传说,把三个龙子、龙女的模样性格都描绘出来,十分传神,煞有风趣。

杭州湾北岸,流传着一个关于九龙山的传说:很早以前,浙江乍浦一带是平原,其东南是大海。靠海边有户渔家,老夫妻俩生有一个独养女儿,日子过得蛮舒心。一天,老渔夫在海滩上见空中一只老鹰正向地上一条青蛇俯冲袭击,便拾起一块石头朝老鹰头上掷去,正好击中脑门,青蛇得救游回海里。从此,老渔夫每天捕到的鱼特别多。几年后,老渔夫得病去世,渔姑娘继承父业。某日,渔姑娘在海边遇着一个英俊的捉鱼郎。一连几天,两人总在海边相遇。小伙子经常帮助姑娘捉鱼,每次都捉到很多鱼。老渔婆叫女儿邀小伙子来家一见,经过攀谈,母亲觉得小伙子人品端正,忠厚老实,就答应他与女儿配成一对。一晃二十年过去,小夫妻俩已添了九个小囡,个个聪明伶俐。老渔婆领小囡,小夫妻俩下海捉鱼,日子过得蛮顺当。

"世上几十年,仙界方一日",东海龙宫里的三太子,从早晨出去到下午还没回来。东海龙王派龟丞相去寻找,终于在海边上找到三太子。原来老渔婆招进的女婿,正是东海龙王的三太子,他即是青龙(蛇)所变。三太子牵挂着这户人家,不肯回去。龟丞相禀报龙王,龙王就叫龟丞相带领虾兵蟹将捉拿三太子。三太子不肯走,双方就打了起来。天上乌云乱滚,海里白浪滔滔,打了三

[①] 《金沙泉的由来》,见《长兴县故事卷》。

日三夜。青龙三太子势单力薄,边战边朝西面退去。九个龙子齐声吆喝冲了过来。龙王从东海里召来大批水族助战。渔姑娘朝着东海上的龙王叩头求情,老渔婆撑着拐杖赶来也向老亲家讨情,龙王却驱使一排恶浪压过来,老渔婆和渔姑娘葬身浪中。九个龙子手挽手挡着滚滚而来的海潮,也都淹死。青龙三太子遍体鳞伤,匍匐着声情并茂地对龙王诉说了自己怎么偷偷溜出龙宫来到人间游玩,在海滩上被老鹰袭击,亏得老渔夫相救。为了报恩,就当了渔家女婿,生了九个龙子。龙王听了很感动,责怪龟丞相不详细禀报,命龟丞相把老渔婆全家十一口合葬在一起。

几千年过去了,老渔婆和她的女儿、外孙都已经变成石头山。最东的一座叫"独山",是渔姑娘变的;海中的叫"外婆山"(外蒲山),是老渔婆变的;海岸边上连绵不断的山峦便是九个龙儿变的,叫"九龙山"。青龙三太子负伤后匍匐的地方已塌陷为"青龙江"。当年龟丞相为了赎罪,留在不远处想把他们拉拢在一起,拉了几千年没拉成功,它自己却变成了一座"乌龟山"。[①]

黄山多奇峰,群峰之间隐有幽潭。山中有名气的潭有二十个,铁线潭即为其中之一。铁线潭深藏在黄山狮子峰、丹霞峰之间的幽谷之中,相传要放九十九斤铁丝线才能探到潭底,是轩辕黄帝探玄珠处,由此可见潭水之深和它的神奇莫测了。铁线潭终年水源不断,即使三年无雨,潭水也不会枯竭。据传黄山西海有个龙王将此潭占为己有,建立了龙宫,潜居其中。这个龙王神通广大,它能呼风唤雨。因此,黄山在万里晴空之际,往往只须一朵黑云从铁线潭浮起,很快弥漫全山,好像一块巨大的幕布,一霎时把黄山的真面目遮得严严实实。如果龙王高兴起来,满山的云雾很快又浓缩成一缕黑烟,沉入铁线潭底,这时黄山的千峰万壑又展现在人们的面前。山中的药农和山下的农民,每逢气候干旱、禾苗枯槁的紧要关头,就从四面八方来铁线潭祷神求雨。或故意激怒龙王,下暴雨解除旱情。[②]

南京蛇山和峨眉岭山麓之间,有一个又弯又长的大水塘,叫乌龙潭。传说

[①] 《九龙山》,见《嘉兴市故事卷》。
[②] 《铁线潭求雨》,见《黄山:故事传说、风景名胜》。

第四章　江南山水传说的民俗意味　247

从前建康一带大旱,东海龙王敖广的小儿子乌龙和东海里的一条乌鱼精,体谅老百姓的疾苦和同情同类的困难,不顾老龙王敖广的不支持,冒着违犯天条的危险,乌鱼精从天而降,砸开泉眼,乌龙钻出泉眼,在山岙间将龙身化成一条弯曲的清水大塘。这个大水塘后来就叫"乌龙潭"。据说乌鱼精栖身在乌龙潭里,一直和乌龙相依为命。①

镇江西门外有座白龙山。传说每天寅时飘来一阵乌黑黑的云彩,卯时这团云彩又恋恋不舍地飘走。从前白龙山原叫长山,山上有条经千年修炼的旱龙,变成一位美貌的姑娘,喜穿白衣裳,人称小白龙。某年三月初三王母娘娘生日,小白龙在赴蟠桃大会的路上,碰到了东海老龙王敖广的三太子。两人一见面就谈得很投机。此后龙王三太子常到镇江长山来与小白龙相会,后来就私订终身。可是玉皇大帝不准他们成亲。龙王三太子日夜想念小白龙,后在一只五彩锦鸡和一匹宝马帮助下,天天在寅卯不透光时,龙王三太子骑着宝马,抱着鸡笼,直奔长山,偷偷和小白龙相会。这事被老龙王敖广发觉,某日三更一过,敖广偷偷尾随其后,果见三太子和小白龙会面。他气得狠击一拳,把鸡笼打到山腰里,以后此山便叫鸡笼山。敖广一剑把宝马之头斩落,宝马成为马鞍形,这山就叫马鞍山,长山就叫白龙山。从此,此地留下两句话:"白龙山东鸡笼山,鸡笼山东马鞍山。"据说,每天白龙山上那阵乌黑黑的云彩,就是宝马为了成全龙王三太子和小白龙,送三太子来和小白龙相会的。那只五彩锦鸡,还在鸡笼山里悠悠啼鸣。②

(二)山水传说中的龙信仰

中国民间龙信仰盛行,在江南各地更为浓郁,很多山、水与龙有关。而龙,是一种神性动物,在民间心目中,实则是一种水神。与龙有关的山水传说数量甚多。

杭州湾北岸九龙山之一的龙湫山,又叫陈山。这座山不但风景秀丽,还有许多动人的传说。传说很早以前,海边住着一户姓白的人家,老夫妻俩只有一个女儿,已经十七八岁。这天,白姑娘在海边张网捕鱼,忽遇一股龙卷风,说来

---

① 《乌龙潭》,见《南京的传说》。
② 《白龙山的传说》,见《镇江民间故事》。

也怪,那风并没有把姑娘卷入大海,却把她送回到了家门口。谁知这么一来,白姑娘有了身孕,十月怀胎生了个男孩子。这男孩长得很快,六七年后就跟十七八岁的小伙子一样高大结实了。他的特长是善于窜到海里去捉大鱼。一次,他下海捕鱼,遇上了龙卷风,被一个巨浪卷进大海。一连数月,白姑娘天天到海边寻找儿子,总是不见孩子回来,便悒郁而死。老俩口为女儿办了丧事,给她在陈山的半山腰修了座坟。新坟做好的第三天,海边又刮大风,白姑娘的孩子回来了。他得知母亲已死,扑在坟上大哭起来。原来这孩子是龙的后代,上次龙卷风是他父亲来接他的。老龙劝孩子留在龙宫,孩子舍不得自己的生母、外祖父母和一起玩耍的小伙伴们,只在龙宫里吃了一顿饭就赶回来。可是龙宫才片刻,世上已半年多,待儿子赶回来见娘,娘已死了。孩子在娘坟上哭了半天,变成一条小白龙。小白龙在山腰里一搅动,掘出了一条溪涧,这就是"龙湫"。小白龙把娘的坟搬了个地方,底下铺一块大圆石,上面压一块大圆石,把灵柩夹在中间,这样就谁也动不得了。这就是"叠娘石"。小白龙朝着娘的坟摇了三次尾巴,又扎到海里去了。

据说此后每年夏历三月十八小白龙就会回来望娘,这一天的陈山总是大雾笼罩,迷迷蒙蒙的。山下乍浦镇的河里有一种白色的鱼,一到这时节,其中有一大群的尾巴就会变成红颜色,有人说:"红尾白鱼就是小白龙的后代子孙,它们是跟着小白龙一起来看望奶奶的。"①

传说从前有一年,玉皇大帝对四海龙王下圣旨:三个月内不准向人间降一滴雨。龙案上的镇纸小玉龙,亲眼目睹这道圣旨,吃了一惊,如果真的这样,禾苗岂不枯黄,人畜怎不干死?两个月过去了,小玉龙见玉帝并无收回成命之意,便偷偷溜出天宫,化作一片白云,想下一场及时雨。小玉龙飞过莫干山时,突然发现山北面有个湖,细细一看,这湖上连银河,下通东海,湖水清清,取不尽用不竭。它就在湖里喝了一肚水,悄悄地到田野上空下了雨。焦枯的禾苗立刻返青,干涸的河床淌了水,人们很高兴。玉帝知道了人间降雨的消息,召来四海龙王查问,都说没有下雨;突然发现案上的镇纸小玉龙不见了,便命天兵天将去把小玉龙找

---

① 《白龙望娘》,见《海盐县卷》。

回来。小玉龙第二次去吸水,就遇到天兵天将。天兵天将要小玉龙赶快回去,小玉龙不理不睬继续向山北飞去。天将回奏玉帝,玉帝大怒,即命雷公劈死小玉龙。小玉龙第二次刚把雨水洒向人间,途中被雷公拦住,说:"玉帝命我劈死你!"小玉龙低头一看,见禾苗已是一片葱绿,人间欢声笑语,觉得死也值得。忽然一声霹雳,白云上下翻滚,变成一条洁白的玉龙慢慢从天空中落下来,落向莫干山。这时,人们才明白,及时雨原来是小玉龙下的。可是小玉龙终被玉帝处死。后来,人们为了纪念小玉龙,把它吸水的湖叫做"碧坞龙潭",成了莫干山的著名景点。有人在莫干山南面的青山上找到了小玉龙的尸骨,已变成晶莹透明的莹石。这个传说,歌颂了为民解难、自我牺牲的小玉龙,深得人们的喜爱。①

齐云山天柱峰南面崖壁上,九道瀑布并列悬挂,人称"九龙爬壁"。传说青龙生有九子,均被派到各地的名山大川任职。老六到齐云山驮碑。它生性好动贪玩,成天驮着个沉甸甸的碑座,很觉乏味,就念起咒语,将巨碑浮起,趁机脱身,去九华山、武当山、龙虎山等地邀来八位兄弟,在云岩湖的水晶宫里玩耍,数月不归。青龙一气之下,狠狠抽了孩儿们几鞭。九位龙子经不起这皮肉之苦,带着伤痕,缘壁而上,躲进迷坑,嚎啕大哭,泪水汇成了瀑布。②

绍兴东湖箬篑山,又名绕门山,当地人称它为"龙池山"。山顶有一口池,据说是白龙用尾巴剪出来的。这白龙,原是山对面村子里一个小姑娘,家贫,下河摸螺蛳充饥。一次她在河畔山脚边石缝里摸到了一颗耀眼的宝珠。她生怕宝珠被螺蛳碰坏,就含在嘴里。她听到娘的叫唤,便"嗳……"了一声,把宝珠咽进肚子。于是她慢慢地变成一条白龙。那龙池就是白龙剪出来的。龙池的水直通东湖,使这一带地方从未断过水,受过旱。这白龙飞上云中时数次探出头来望娘,留下了"九曲望娘湾"。她娘去世后,村人葬其在龙池旁叫做毛竹湾的地方。据说,白龙一年数次或数年一次挂下来望老娘的坟。只要白龙一来,这一带就风调雨顺。③

浙东四明山脉东缘的雪窦山有个高峻的千丈岩,千丈岩挂下一窜长长的

---

① 《碧坞龙潭与莹石》,见《湖州市故事卷》。
② 参阅《中国风景名胜故事词典》第 241 页。
③ 《龙池山》,见《浙江风物传说》。

瀑布，就像一条真龙倒挂在岩壁。传说，千丈岩瀑布是一条真龙所化。这条真龙早先住在山西洪洞县，因与沂河龙王斗法，身受重伤，去求道仁法师看伤。道仁法师姓霍，是西汉大将霍去病的后代。道仁法师把小白龙（化作白蚯蚓）装进药壶，走了七七四十九天，带到雪窦山，欲找蛤蟆水为其治伤。道仁法师除掉霸占蛤蟆水的大蟒精，救活了小白龙。道仁法师看到雪窦山孔峰下有块九龙抢珠的风水宝地，便决定留下修道。小白龙为谢法师救命之恩，便与之作伴，挂在千丈岩上，成了旅游胜地千丈岩瀑布。①

天台山北接四明，南连雁荡，西衔括苍，东濒东海，山上奇峰突兀，山间飞瀑似练，是祖国东南地区的一座奇山。传说，这座神秀的仙山，是东海的九龙用自己的龙鳞造成的。从前这里是一片汪洋，海水直抵括苍山脚下。东海里九条小金龙，想进山修炼，便商量在东海边造一座仙山。他们每人从身上拔下八片龙鳞，共八九七十二片，拼成一朵硕大无比的莲花，百年之后，大莲花就成了一座仙山。中间最高的山峰就是花顶，四周有七十二座小山峰。这山便是天台山。九龙后被王母娘娘贬到天台山东面的九个龙潭里，就是白龙潭。②

浙江缙云县仙都有一座离地三百丈的石笋峰，传说原是天上凌霄宫中九龙鼎上的那条玉柱龙。只因玉柱龙看到仙都地方连年大旱，于心不忍，某夜偷偷跑出仙宫，对仙都地方喷下一场大雨，解除了这一带的旱情。玉帝发觉后，将玉柱龙贬下凡间，在大地蛰伏，受罪千年。玉柱龙罪满，飞回天宫时，又一次对久旱的仙都大地喷洒甘雨。最后玉柱龙被殛成石峰，再也不能回天宫了。人们为了纪念玉柱龙，就把这石笋峰叫做"玉柱峰"。玉柱龙变成的"玉柱峰"，顶上有口大水塘，那是玉柱龙张开的嘴巴，人们叫它"鼎湖"。鼎湖喷着甘霖，溅出烟雨，流出碧水，滋润着仙都的奇峰异草，使仙都从山秃地荒之地，变成了名满神州的"皇都归客入仙都，厌看西湖看鼎湖"的人间仙境。③

（三）山水传说中的潮神信仰

潮神是水神中的一个重要角色。江南濒临东海，沿海地区民间有浓厚的

---

① 《千丈岩》，见《奉化市卷》。
② 《九龙造天台》，见《国清寺》。
③ 《玉柱峰》，见《浙江风物传说》。

潮神信仰，尤以钱塘江口一带的潮神信仰为最突出。

浙江嘉兴有一则《龙王怒惩盐官》的传说：东海龙王为惩罚盐官镇一个为官不仁、忘恩负义的大官，而下令三千蚌将以汹涌的海浪把该镇沉没；后因盐官讨饶，龙王才决定每年在盐官镇前兴风作浪一场。直到现在，盐官镇前的江面上，每年夏历八月十八总会出现一番奇浪奔腾的壮观景象，这就是海宁潮，又称钱江潮。①

北宋大诗人苏东坡曾盛赞："八月十八潮，壮观天下无！"古代诗人描绘钱塘江潮之壮观者颇多。如宋代诗人陈师道的《十七日观潮（其三）》一诗写道：

漫漫平沙走白虹，瑶台失手玉杯空。
晴天摇动清江底，晚日浮沉急浪中。

这首诗从钱塘江潮的来势写起：潮水涌来，浪花翻卷，犹如白虹奔跑。接着把钱塘江潮比喻为天上神仙饮宴时洒落人间的琼浆玉液。后二句，写出了钱塘江潮"摇动晴空"、"吞吐落日"的气魄。

钱塘江为啥一昼夜要涨两次潮，而且每次潮水要到杭州六和塔山脚下才平息呢？传说，原先六和塔里住着一个塔神，塔神有一根神鞭，这神鞭威力无穷。塔神知道东海龙王的女儿生得漂亮，想娶她为妻。龙王不愿，又怕塔神的神鞭厉害，很为难。龙女表示，为不使水族和百姓遭难，愿意嫁过去，把神鞭偷出来。龙王答应了。于是龙女嫁到六和塔，用酒灌醉塔神，连夜把神鞭送去给龙王，自己再回到六和塔。天亮后塔神发觉神鞭不见了，一口咬定是龙女偷去，就把龙女镇锁在六和塔下。塔神向龙王交涉，如将神鞭归还，可以放回龙女。龙王把这话对龙女说了，龙女表示宁愿永世被镇锁在六和塔下，也决不能把神鞭还给塔神让他为非作歹，只希望父王每日来看看女儿。龙王为天下太平，一直未把龙女赎回，那根神鞭便一直藏在东海龙宫里，他只是每日两次去看望可怜的龙女。故而钱塘江每个昼夜涨两次潮，潮水到六和塔下就停住。传说当年龙女嫁过去的日子是八月十八，所以每年此日龙宫里文武百官和虾

---

① 《龙王怒惩盐官》，见《嘉兴市故事卷》。

兵蟹将都要去朝拜这位好心的龙女,这一天的潮水也就特别大。①

潮神中,有一位著名角色,就是伍子胥。传说春秋吴国的太师伍子胥被吴王夫差赐"属镂"剑自刎后,吴王夫差下令将其尸体扔到钱塘江中。从此钱塘江就有了大潮水。吴国百姓知道伍子胥是位忠臣,死后还以汹涌的江潮来发泄自己的悲愤,就尊他为"潮神",把他的忌日八月十八定作"潮神生日",并在江边山上立祠祭祀,这山就叫"胥山",即今杭州"吴山",山上旧有伍子胥庙。再说越王勾践灭了吴国,沾沾自喜,居功自傲,对大臣文种产生猜忌,将所得"属镂"剑赐给文种。据说文种自刎后,被葬在绍兴龙山,即今"种山"。次年八月十八,伍子胥涨起大潮,冲塌文种墓地,将文种尸体卷走。当伍子胥知道文种也死在那柄可恶的"属镂"剑下时,与之言和。

吴越百姓因伍子胥死而含冤,化为怒潮,主司涨潮,叫他为"涨潮神";而文种主司退潮,称他为"退潮神"。② 伍子胥作为潮神,并不限于钱塘江中,而在吴越地区沿海一带的江、海中都有他的领域。近代南社诗人陈去病作有《中元节自黄浦出吴淞泛海》一诗:

舵楼高唱大江东,万里苍茫一览空。
海上波涛回荡极,眼前洲渚有无中。
云磨雨洗天如碧,日炙风翻水泛红。
唯有胥涛若银练,素车白马战秋风。

诗人在1908年中元节(夏历七月十五)乘船离上海赴汕头,出吴淞口,站在楼舱之上,眼望滚滚东流的大江,借苏东坡词抒发自己的豪情。海上浪涛起伏,诗人意气风发。这天,"烈日中忽遇阵雨"③,诗人在江海上眼见一幕壮观景象。诗末两句,诗人借伍子胥故事,表达自己的一腔忠愤。此处引用的就是伍子胥死后化为潮神的传说。伍死后怨气化作江涛,有人看见他素车白马行于潮头

---

① 《龙女偷神鞭》,见《嘉兴市故事卷》。
② 《钱江潮的传说》,见《西湖女神》。
③ 诗人自注。

之上。诗人称赞伍子胥为国担忧,也寄寓了自己同样的爱国之情。

五 山水传说中的复合型民间信仰

有些山水传说中,包含着两种或两种以上的民间信仰,我们称其为"复合型民间信仰"。

传说从前,嘉兴南湖有一眼神泉。方圆百十里内家家吃的是神泉水,用的是神泉水,田里地里浇的也是神泉水。神泉水养活了千千万万人,神泉水没日没夜地涌出来,任凭大家去取用。只是有一条,取水后一定得用青石板把泉眼盖好。一次,月宫嫦娥仙子来到人间,畅游各地名山胜水。某日,她游到此地,口干舌燥,便移开青石板,手捧甘泉解渴。因嫦娥不是本地人,不晓得神泉要用青石板盖住的规矩,喝足泉水后径自离去了。这一下,泉水不住地汩汩涌出,越涌越多,平地成了湖泊,再涌出来,就要淹没房屋田地,泛滥成灾了。嫦娥闻讯,知道自己闯了祸,急忙向吕洞宾求助,请他设法堵住神泉。吕洞宾一口答应,花了九十九天时间,从别处挑来无数担泥土填在泉眼上,堵住了神泉,形成了一个湖心岛。后人在岛上建造了楼台亭阁,栽上树木花草,这楼就是如今远近闻名的烟雨楼。① 这个传说中,含有月宫信仰(嫦娥)和八仙信仰(吕洞宾)。

黄山最高峰莲花峰西侧有一条三十米长的石阶,酷似靠在峭壁上的长梯,因称"百步云梯"。梯顶左有石龟昂首而立,右有石蛇直视前方,这就是"龟蛇守云梯"。传说各路神仙欲赴蟠桃会,必先经云梯上莲花峰,再由天都峰的天梯而进南天门。某年蟠桃会时,从东海逃出一只未成正果的乌龟,与莲花洞里的蟒蛇精串通一气,图谋在此守关设卡,诈取买路钱。恰逢观音大士驾云而来,拂尘一指,将它们定在此处,惩罚它们永远把守云梯。② 这一传说,含有佛信仰(观音)和精怪信仰(乌龟和蟒蛇精)。

浙江千岛湖东南部有一桂花岛。这里原是九龙源的一座小山峰。传说,九龙源的九龙王在旱年不肯降雨,其女儿趁父王酒醉偷降大雨救百姓,被九龙

---

① 《南湖神泉水》,见《嘉兴市故事卷》。
② 参阅《中国风景名胜故事词典》第221页。

王放逐到这个小山峰上。"八仙"从东海归来,路过此地,他们同情龙女,给以帮助。"八仙"临走,给了龙女一炷香,嘱咐遇有困难时,把香点着,他们即来。月里嫦娥撒下桂子,使小山上长出许多桂树。从此龙女如在仙境,日子过得十分快活。九龙王欲进一步管住龙女。龙女点香,"八仙"赶到,救龙女飞上云天。铁拐李一杖把九龙王打死。从此这里年年桂花开放,香飘数里,人称"桂花峰"。新安江水库蓄水后,山峰变为湖中小岛,称"桂花岛"。这则山水传说,同时有着民间的仙信仰(八仙)和水神信仰(九龙王)。①

嵊泗列岛西部海域崎岖列岛中小洋山岛上的双龙石,这形似两条巨龙的怪石,百米来长,龙鳞斑斑,犹如能工巧匠雕刻而成。两条石龙,一雌一雄,盘旋山顶,颇为壮观。传说,这两条龙本是东海龙王的太子和女儿。因小洋山岛底礁下住着一条大海蛇,常常兴风作浪,残害渔民,龙王派双龙来小洋山岛镇守。双龙一来,此处海域风平浪静。但时间一长,双龙麻痹起来,不时结伴外出游玩(去普陀游春,去蓬莱访友等),放松了对海蛇的监视。某夜,海蛇趁双龙外出,又在海上作恶,掀翻了十八条渔船,吞吃了一百八十个渔民。玉帝得知,派雷公雷婆来惩罚双龙。龙女上天向玉帝求饶,玉帝不允。龙女横下一条心,以死来保护龙太子。当雷公雷婆向双龙袭击时,龙女腾空而起,扑在龙太子身上,结果龙太子和龙女双双被雷劈死,化为两条石龙。② 这一传说,含有玉皇上帝信仰(玉帝、雷公雷婆)、龙王、龙子、龙女信仰,以及精怪信仰(海蛇),是复合型民间信仰的一个显例。

六 山水传说中的其他民间信仰

江南山水传说中,其他民间信仰颇多,这里仅举数例。

1. 蚕神信仰

从前,浙江湖州东南部的含山观音庙里有座蚕花殿,蚕花殿内供奉着女性蚕神马鸣王菩萨。据传,原先含山脚下某村子里有个名叫蚕姑的小姑娘,勤劳

---

① 参阅《中国风景名胜故事词典》第195—196页。
② 参阅《中国风景名胜故事词典》第202页。

善良又聪明。蚕姑生母早亡,受后娘虐待,一天上含山割羊草,一朵青云从天而降,把她轻轻托起,徐徐飞向天空。原来,玉皇大帝得知她善良聪明又勤劳,眼下遭受苦难,派雾仙把她接到天宫,管理右花园。蚕姑为玉帝管了一年园子,学会了饲养天蚕,从孵种、喂叶到缫丝、纺织的技艺样样学到了手。蚕姑冒着天规,决心重返人间,把蚕种和一套丝织技术带给家乡人民。结果她的愿望实现了,但她却变成了一具马面人体的死尸。人们赞颂蚕姑的献身精神,特地为她塑造了一尊骑马的蚕姑神像,就叫她"蚕花姑娘",定每年清明节为祭祀日。直到现在,每逢清明节,四面八方的乡亲成群结队会聚含山上下,轧蚕花,调龙灯,划船打拳,祈求蚕茧有个好收成。①

2. 土地神信仰

绍兴东郭门外地盘村有个樵风祠,祠里的土地菩萨名叫郑弘。相传后汉时,地盘人大多打柴为生,村北十里的九岗山是他们经常去砍柴之处。由地盘到九岗山,隔条若耶溪,他们早出晚归,往返中常遇逆风。

樵夫郑弘每天打柴总比别人来得勤。一天,他很早来到山上,独个儿砍起柴来。猛听一声巨响,只见那朝河岸的崖石上,有人猛射一箭,变成比八仙桌还大的一块岩壁,光滑如镜;一支金箭遗落在半山的草丛中。郑弘拾起金箭,思量如何把箭归还原主。蓦抬头,只见一个白发老人驾着白鹤来到山上。郑弘问明来意,将箭还给了老人。老人问他要什么酬谢。郑弘料定他是仙人,就说:"我们村里来这里打柴的人很多,常常遇到逆风,往返十分不便,如果早上能起南风,傍晚转为北风,那多好啊!"老人满口答应了他的要求。从此,若耶溪上风向改变,果然出现了早南风、晚北风,人们到九岗山打柴,船来船去都是顺风,方便极了。后人为纪念郑弘为众造福的精神,就把这"早南风,晚北风"称为"郑公风"。大家供奉其为一方土地,将这土地庙命名为"樵风祠"。若耶溪北面的九岗山,更名为"射的山"。那块曾经受神箭射过的白石壁称做"射的白"。至今这些景物还留在若耶溪一带。② 该地方的郑公信仰即为一种土地神信仰。

---

① 《含山蚕花娘娘的传说》,见《湖州市故事卷》。
② 《若耶溪上郑公风》,见《浙江风物传说》。

第三节 江南山水传说与冶游民俗

江南地区山川秀丽,民风清嘉,民间流传着丰富的山水传说。江南人民,自古以来热爱家乡的山山水水,爱好山水冶游活动,爱听爱说关于山水的传说故事。在江南优美的山山水水间,山水传说与山水冶游相辅相成。作为民间文学一个分支的山水传说和作为民俗一个类别的冶游民俗,两者关系密切,互成正比,即山水冶游越是蔚为风气,山水传说便越繁荣滋生;而山水传说越是在民间口耳相传,便越发加浓人们山水冶游的意兴。这是一种内涵丰盈而颇为有趣的民间文化现象。本节从以下诸方面,研究和分析江南山水传说与民间冶游习俗的关系。

一 从山水传说看山水冶游民俗的由来

山水传说与山水冶游民俗有着天然的、密切的关系。在江南各地民间,每年在一定的时日,有到山水间去进行冶游的习惯。千百年来,相沿成俗。例如苏州人中秋节到虎丘,杭州人三月三游西湖,无锡人三月三爬惠山,绍兴人清明日去"下湖"①……而在展开山水冶游活动之时,正是讲述和传播山水传说的最佳时机。颇为有趣的是,某些山水传说,说明了江南各地的山水冶游民俗是怎么形成的。

(一) 一些山水传说叙述了各地山水冶游民俗的由来

各地山水冶游民俗是如何产生的,某些山水传说回答了这个问题。无非是山山水水与江南人民的生产、生活、民间信仰以及含有或赋予某种意义的说教等因素有关。例如夏历二月十九游毗山,是湖州人的一个习俗。每年这一天,毗山上人山人海,青壮年男子尤多。这个习俗是如何形成的呢?

传说从前毗山下一农民种了三亩地冬瓜,只结了一只,一位淘宝大师愿出

---

① "下湖",绍兴方言,意即乘船往游东湖等山水名胜。

五百两银子买下这只冬瓜。农民问知毗山上有个金库,用这只冬瓜去撞金库的门,金库就会开。于是农民不肯卖,等淘宝人走后,抱了冬瓜上毗山,果真在半山腰撞开一扇石门。农民走入山洞,见满是金银珠宝,他想回家拿只袋来,以便多装些回去。他转身往洞外跑,不料刚出洞,洞门就关上了。那只冬瓜留在山洞里,没法开门了。第二天,淘宝人又来了,告诉农民须五百年才能结这样的冬瓜,不过,如果在毗山上找到一根三尺长的无节茅草,也可当作金库的钥匙。附近人们知道了,便在毗山上满山遍野找了起来。刚巧那天是二月十九。从此便有了二月十九游毗山的习俗。① 这则传说,说明了当地人二月十九游毗山习俗的由来,并具有寓言式的教育意义,因而人们津津乐道,年复一年地游毗山,同时不知不觉地接受着某种思想观念的熏陶。

又如无锡东乡一些地方有三月十八游吼山的习俗。这里也有一个传说。传说吼山顶上三茅峰旁住着一个聪明勤劳的珍珠姑娘,一年四季忙着打扮吼山,忙得汗珠滚滚流遍山,在她汗珠流得最多的地方汇成了一口"珍珠池"。有个不怀好意的珍宝商听说此事,就带人盗宝来了。勇敢灵巧的珍珠姑娘,站在三茅峰顶连连撒下大珍珠——变成大冰雹,砸得那伙贪婪者落荒而逃。这一日是夏历三月十八。后来,每年三月十八人们总爱上吼山踏青,并到珍珠池边拣些珍珠壳用红绿丝线串起来,给男女孩子挂戴,表示对珍珠姑娘的怀念。②

(二) 有些山水传说,在叙述山水冶游民俗来由之时,把曾经到过该山该水的历史人物附会进来,使山水冶游民俗带有历史文化的内涵

这一类山水传说,把有关某山某水的冶游民俗,说成是主要由于某位历史人物曾经到过此处,并曾经发生了什么什么事情,才产生了该项山水冶游民俗。

浙江海盐有一座秦山,据说与秦始皇有关。当地有句民谣:"二月十八闹秦山,闹了秦山看秦兰。"传说某年二月十八,秦始皇东巡至此,忽见山脚下有

---

① 《二月十九游毗山》,见《浙江省民间文学集成·湖州市故事卷》,浙江文艺出版社1991年版。
② 《珍珠姑娘》,见《太湖传说故事》,中国民间文艺出版社1982年版。

个漂亮姑娘,欲立为妃。经过一番周旋,姑娘一头撞在山岩上,以死相拒。秦始皇气极,下令把姑娘碎尸万段,满山抛撒。后来,山坡上长出一棵棵兰花,人们都说是那姑娘窈窕的腰身;清幽的花朵,好比姑娘绝色的容貌。因为秦始皇曾经沿着这座山追过姑娘,这山就被叫做秦山,那种兰花就叫做秦兰。秦山附近还有一座青山,像乌龟;一座长山,像蛇。人们说,青山乌龟长山蛇,是替秦始皇出鬼点子害姑娘的龟精、蛇精变的。因为秦始皇追姑娘这件事发生在二月十八,此后每年二月十八当地人都要到秦山来玩玩,称为闹秦山。那时节,恰逢秦兰开放,人们闹了秦山还要看秦兰。这就是海盐那句民谣的由来。①

与海盐人二月十八游秦山、闹秦山的习俗相似,前述上海市金山县(区)民间每年三月初一游秦山(金山的秦山,与海盐的秦山同名)的习俗,乃是由于传说当年秦始皇南巡时于三月初一登临此山而形成。

上述两部分山水传说,有一个共同的特点,就是把对山水风光的描绘、名胜古迹的介绍,与对有关的山水冶游民俗的说明结合起来,亦即把山水冶游民俗与其背景山水风光和名胜古迹结合起来。听了这些山水传说,人们便自然而然地被江南各地的山水风光和名胜古迹所吸引,情不自禁地走向山山水水,参与各地的山水冶游活动。

二 山水传说与四时八节的山水冶游

江南各地的山水风光,一年四季呈现不同的色彩和情调。于是民间便有了春夏秋冬四时八节的山水冶游活动。在众多的山水冶游活动中,讲说着大量的山水传说。其中一部分山水传说,就直接解释这些山水冶游活动的内涵,或讲述有关的轶事传闻,成为种种趣谈。山水传说是建筑在山水冶游活动的基础之上的,只有了解了诸多的山水冶游活动,才能深入研究有关的山水传说。

现将自古以来江南若干地方四时八节山水冶游活动举隅列表如下:

---

① 《秦兰》,见《浙江省民间文学集成·嘉兴市故事卷》,浙江文艺出版社 1991 年版。

日期（夏历）	地区	山水冶游项目	资料出处
正月杪	苏州	邓尉山和洞庭东、西山探梅	清康熙《具区志》 民国二十二年《吴县志》
二月初二	绍兴	卧龙山西园始开，纵郡人游观，谓之"开龙口"	明万历《绍兴府志》 民国二十五年《山阴县志》、《会稽县志》
二月初八	杭州	西湖画舫尽开，苏堤游人往来如蚁	（南宋）吴自牧《梦粱录》
二月十九	杭州	士女倾城而出，竞游上天竺	清康熙《钱塘县志》
二月	苏州	楼船载箫管游山，虎丘、灵岩、天平、观音、上方诸山最盛	明嘉靖《姑苏志》 清乾隆《元和县志》 民国三年《吴县志》
二月	湖州	驾船载箫鼓游岘山、金盖山、弁阳山以及碧岩洞、黄龙洞、玲珑洞	《菰城文献》 《吴兴掌故》 清乾隆《湖州府志》
二、三月	南京	携酒游山，城南雨花台最盛	明正德《江宁县志》
三月初三	杭州	官民出游西湖，亦古人修禊之意	清康熙《钱塘县志》
三月初三	宣城	游敬亭山	丁剑等《江淮热土的民俗与旅游》
清明日	绍兴	盛声乐，移舟名胜地，为终日游，称为"下湖"	明万历《绍兴府志》
清明日	镇海	凡大家男女老幼齐集上湖河塘登舟……多舟衔尾出西水门，亦一时胜会	民国二十年《镇海县志》
清明日	无锡	踏青惠山、斗山、胶山	（清）黄印《锡金识小录》
清明及次日	湖州	乡农结伴摇快船至含山嬉游……往者甚众	民国六年《双林镇志》
清明前后三五日	扬州	踏青泛湖（瘦西湖），游蜀冈诸胜	明万历《扬州府志》 清乾隆《江都县志》 清乾隆《甘泉县志》 清嘉庆《重修扬州府志》
三月二十八	浙江各地	富有之家皆坐楼船出游，沿途击鼓吹箫为乐，谓之"游江"	明嘉泰《会稽志》

续表

日期（夏历）	地区	山水冶游项目	资料出处
四月初八	常熟	人士竞往虞山北麓桃源涧嬉游	清雍正《昭文县志》
春	南京	城南牛首山踏青	徐艺乙等《江南水乡的民俗与旅游》
五月初一至初五	无锡	北塘赛龙舟，倾城出观，午集迎潮馆下 荡口鹅湖亦有此举	（清）黄卬《锡金识小录》 清乾隆《无锡县志》 清嘉庆《无锡金匮县志》
五月初一至初五	苏州	龙舟竞渡，士女出游，灯船奇丽，甲于天下	清光绪《苏州府志》
端午日	太湖之滨	竞渡最佳，有湖光山色相映带，画船箫鼓游行一片冰壶中，亦奇观也	清康熙《具区志》
端午日	杭州	士女倾城而出，至河干、湖上以观龙舟竞渡	清康熙《钱塘县志》 （清）陈梦雷、蒋廷锡等辑《古今图书集成》 《风俗考》
端午日	余杭	南渠及苕溪上下制龙舟为水嬉	民国八年《余杭县志》
端午日	平湖	东湖陈龙舟水嬉	清光绪《平湖县志》
端午日	南京	龙舟竞渡于秦淮	明正德《江宁县志》
五月初五	上海	浦中龙舟竞渡，观于丹凤楼	清乾隆《上海县志》 清同治《上海县志》
五月初五	松江	观龙舟竞渡于白龙潭	清嘉庆《松江府志》
端午日	芜湖	为竞渡之戏，凡数十龙，渡江以先驶为胜 向夕龙舟罢，而诸画舫仍为清夜游	民国八年《芜湖县志》
端午日	皖南太平府地区	竞龙舟渡者凡数处，采石、大信、芜湖、繁昌于江，姑溪、黄池于河	清康熙《太平府志》
端午日	铜陵	竞龙舟于江浒	民国十九年《铜陵县志》
五月初六	绍兴	梅山本觉寺观荷花 游容山项里六峰观杨梅	明万历《绍兴府志》 民国二十五年《山阴县志》

续表

日期（夏历）	地区	山水冶游项目	资料出处
六月二十四	苏州	群游荷花荡	清乾隆《元和县志》 清光绪《苏州府志》 民国二十二年《吴县志》
六月二十四	常熟	赏荷，西则湖田，东则戈庄华汇，游舫颇多	清雍正《昭文县志》 清光绪《常昭合志稿》
六月	苏州	洞庭东、西山赏荷花	清康熙《具区志》
六月	无锡	乘船到大渲、小渲观荷避暑	（清）黄印《锡金识小录》
夏	杭州	泛舟湖上，为避暑游，为赏荷之饮，或月上始还，或竟夕不归	清康熙《钱塘县志》
八月十一至十八	杭州	郡人观潮，自十一日始，十八日最盛（十八日为"观潮节"）	（明）田汝成《西湖游览志余》
八月十三至十八	海宁	男妇往海上观潮	清康熙《海宁县志》
中秋节	苏州	倾城游虎丘，笙歌彻夜	清乾隆《元和县志》
八月十五	杭州	是夕，携楫湖船玩月，沿游彻晓。苏堤之上，联袂踏歌，无异白日	（明）田汝成《西湖游览志余》 清康熙《钱塘县志》
八月十五	常熟	游人操舟集（尚湖）湖桥望月	明崇祯《常熟县志》
八月十五	嘉兴	设酒舟中，或放灯船集南湖，丝竹歌吹之声彻夜	清光绪《嘉兴县志》
中秋节之夜	昆山	遇天晴，游人争踏月马鞍山前	清道光《昆新两县志》
八月十八	苏州	士女集于石湖，夜晚登楞伽山望湖亭，看石湖中串月	清乾隆《元和县志》 清光绪《苏州府志》 民国二十二年《吴县志》
八月十八	上虞	观潮曹娥江浒	清康熙《上虞县志》
八月十八	绍兴	有"观潮会"，自三江口至柂坞山延袤六十里皆有观者	民国二十五年《山阴县志》
八月十八	平湖	乍浦观潮，士女毕集	清光绪《平湖县志》

续　表

日期（夏历）	地区	山水冶游项目	资　料　出　处
八月十八	常熟	往福山观潮	明崇祯《常熟县志》 清雍正《昭文县志》
八月十八	太仓	至张泾吴塘观潮	清宣统《太仓州志》 民国八年《太仓州志》
八月十八	上海	至浦口观潮头	清乾隆《上海县志》
八月十八	崇明	海堰观潮	民国十九年《崇明县志》
八月	杭州	出游西湖作"赏芙蓉会"	明万历《杭州府志》
八月	苏州	虎丘看桂,倾城皆出,如竞渡时	清光绪《苏州府志》 民国二十二年《吴县志》
九月初九	杭州	城隍山、柴阳山登高	（清）范祖述《杭俗遗风》
九月初九	诸暨	士女多至苎罗山登高	清宣统《诸暨县志》
九月初九	衢州	士人挈榼提壶游鹿鸣山,雨则登城东龟峰	清嘉庆《西安县志》 民国二十六年《衢县志》
九月初九	苏州	为登山之宴,多集虎丘,载而归	清光绪《苏州府志》
九月初九	无锡	登高,多上惠山	（清）黄印《锡金识小录》
九月初九	江阴	登高至君山,挈榼小饮	清道光《江阴县志》
九月初九	南京	出城南登高,多至雨花台	明正德《江宁县志》
九月初九	昆山	集马鞍山为登高会	清道光《昆新两县志》
九月初九	松江	挈榼九峰、泖塔等处为登高会	清嘉庆《松江府志》
九月十三	苏州	日落时分,洞庭西山石公山观日月双照	（清）顾震涛《吴门表隐》
九月三十	苏州	夜半登阳山浴日亭,次晨看日月同升,间亦有云海之奇	民国二十二年《吴县志》
十月初一	海盐	南北湖畔鹰窠顶观日月并升	（东汉）班固《汉书·律历志》 （明）陈梁《云岫观合朔记略》
十月初一	杭州	以馂余游两山看红叶	（清）陈梦雷、蒋廷锡等辑《古今图书集成》 《风俗考》

续 表

日期（夏历）	地区	山水冶游项目	资 料 出 处
九、十月	苏州	赴天平山和洞庭东、西山看枫叶	清康熙《具区志》 民国二十二年《吴县志》
十月	常熟	赴吾谷观枫	清雍正《昭文县志》 清光绪《常昭合志稿》
秋	南京	栖霞山观枫	徐艺乙等《江南水乡的民俗与旅游》
冬	杭州	湖上雪景最佳，多为赏雪之游。初霁最宜，天竺绝顶，南北两峰，俯瞰城闉，远眺海岛，大地山河，银熔未结；次则放舟湖中，玉树琪花，粲然炫目	清康熙《钱塘县志》

由上表可见，江南各地四时八节的山水冶游名目繁多，特色纷呈。

江南各处的山水传说与四时八节山水冶游的关系到底如何呢？下面试举例论述。

(一) 春季山水冶游与山水传说

春季踏青，游山观水，尤其是观赏那些青山上的梅花、桃花，成为江南民间季节性的一桩盛事。

苏州太湖之畔光福邓尉山，有"香雪海"的美称。每逢夏历正、二月里，山上山下梅花盛开，香飘十里，吸引着不少游客。"香雪海"之所以如此有名，首先是因为这里山势秀美，梅花成海。然而也与传说的宣扬分不开。传说从前苏州城里有个大官，千方百计弄到一幅唐伯虎画的《红梅图》，锁在箱内十几年。某日他做寿，拿出此画给众客看。只见画上梅花纷谢，只剩枯枝，他一气之下把画页甩到墙外。正巧邓尉山花农梅老老路过，拾起画一看，上面画着梅花，画上沾了不少湿泥屑，就拿回家揩干净，放在阳光下一晒，在墙上挂起来。说来稀奇，这幅在木箱里藏了十多年的《红梅图》，经过沾泥浸水，晒了阳光，画上一朵朵红梅又盛开了。梅老老把山上种的梅树，都照画上的红梅修修剪剪。日子一长，他种的梅花越来越好看，远近闻名。村上人也都学样，邓尉的梅花越种越好,名气越来越响。每天开春时节,远近人们都到邓尉山看梅花。① 著名江南才子唐伯虎的画,被民间神化为绝品,照唐伯虎的《红梅图》整修过的邓尉梅花,当然是天下最美的梅花,年年岁岁吸引人们来观光。

江南赏梅胜地,还有杭州的超山。传说超山的梅花,古时候就名闻天下,连神仙也都想来看花闻香。某年春天,石笋仙子来到超山赏花,却未见一株梅树。经询问,知道这里的梅花已被原住东海的黑龙十兄弟糟蹋光。石笋仙子来到超山南面黑龙十兄弟霸占的山洞,要他们把最后剩下的十株古老梅树迁出洞外。黑龙们非但不依,还无理取闹。石笋仙子手舞宝剑同黑龙们展开激战。结果仙子变作大石笋挺立山顶,黑龙中九条被刺死,一条溜回东海。石笋仙子赶到山洞,想把十株古梅迁移出来,无奈她身受重伤无力搬动。石笋仙子使劲把树上的青梅摘下来,装了满满两口袋,尽力飞到山顶,把青梅撒向四周山脚下。相传超山顶上的石笋就是她的遗体。石笋仙子撒下的梅子,在超山一带又长起了梅树,成了"十里梅海"。②

(二) 夏季山水冶游与山水传说

夏季的山水冶游活动,多与水(湖泊江河)有关。

夏历五月初五端午节,江南各地盛行龙舟竞渡。龙舟竞渡,是一项综合性的民俗活动,它既有民间信仰的因素,又是一项民间文艺活动和一种民间竞技体育,在江南民间受到重视。究其实质,它实际上是一项水上冶游活动。关于龙舟竞渡的传说是不少的。由于篇幅关系,此处从略。

在苏、杭等地,流行夏日游湖赏荷的习俗。如苏州:

六月"二十四日……是日群游荷花荡,相传为'荷花生日'也。"③

六月"二十四日……相传为'荷花生日'。群游于荷花荡,或遇雨而归,相率科头跣足(俗有'赤足荷花荡'之谚)。"④

---

① 《红梅图和香雪海》,见《苏州民间故事》,中国民间文艺出版社 1989 年版。
② 《超山梅花》,见《杭州的传说》,上海文艺出版社 1980 年版。
③ 《苏州府志》,清光绪八年江苏书局刻本。
④ 《吴县志》,民国二十二年苏州文新公司铅印本。

又如杭州：

> 夏月泛舟湖上，为避暑游。散发披襟，择柳阴茂树，纳凉其下，多浮瓜沉李为赏荷之饮，或月上始还，或竟夕不归。①

有关的山水传说，为夏日人们的游湖赏荷增添了无限的情趣。

六月十八"落夜湖"②看荷花灯的习俗，数百年来，在杭州民间流传。据说，这一风俗，自乾隆皇帝到杭州"落夜湖"看荷花灯后，才在民间流传开来。传说那年六月十八夜晚，明月初升，金风送爽，乾隆皇帝换了一身装束，离开孤山行宫，只带了随员纪晓岚，乘着一只瓜皮艇，游了湖心寺，观赏了一朵朵、一丛丛的荷花灯。从此，西湖夜游便流行开了。直到现在，六月十八"落夜湖"看荷花灯的风俗仍保留着。③

（三）秋季山水冶游与山水传说

秋季与春季一样，是山水冶游的黄金季节，而秋游的活动项目却多于春游。游览秋山、秋水，观赏秋月、秋潮，秋季山水冶游可谓多种多样。有关的山水传说也特别丰富多彩。

1. 秋山越发妖娆

虎丘山号称"吴中第一名胜"，一年四季皆宜游览，然而虎丘秋色越发绚丽，游艺活动多于往日。志书载曰：八月"'中秋'，倾城游虎丘，笙歌彻夜"④。九月"九日……登高之宴，多集虎阜，箫鼓画船，更深乃返"⑤。虎丘山景点丰富，古迹遍布，游人每走几十步就能见到一处胜迹。而关于这些山水胜迹，均有传说，其数量不下数十，如《虎丘名称的由来》从总体上描绘虎丘山的形胜，《海涌山》讲述虎丘山的成因，《憨憨泉》述说一个青年和尚的奉献精神，《千人石》追述春秋吴国的悲壮一幕，《剑池》叙述剑池的由来，《点头石》赞颂南北朝

---

① 《钱塘县志》，清康熙五十七年刻本。
② 落夜湖：杭州土话，即晚上游西湖。
③ 《皇帝观灯落夜湖》，见《京杭运河之光》，南京大学出版社1993年版。
④ 《元和县志》，清乾隆二十六年刻本。
⑤ 《吴县志》，民国二十二年苏州文新公司铅印本。

时期僧人魏道生（竺道生）的顽强毅力，《仙人洞》寓有深刻的伦理教育意义，《二仙亭》讲说古时候一个卖柴翁的奇遇，《石亭楹联》传说宋太祖赵匡胤因梦而恍悟，《梦拖虎丘塔》在介绍名胜时述说苏州人吃"撑腰糕"习俗的起因……人们游览一遍虎丘山，听听这些山水传说，仿佛上了一堂简明而形象的乡土历史课，并受到了一次民俗文化的熏染。

2. 秋水共长天一色

中秋节之夜乘船游太湖赏明月是当地人们的一大乐事，此举相沿成俗。有一个传说说，某年八月十五之夜，八仙之一吕纯阳急匆匆寻找其余七仙相聚，以便乘着核桃船在太湖里畅游一番。不料偏偏船渗漏并遇逆风，神仙葫芦和七星宝剑两件法宝又丢落了，急得吕纯阳像热锅上蚂蚁似的在湖滩上转来转去。多亏一位摇船的标致姑娘帮助，载着吕纯阳很快找到了众仙。吕纯阳在换船前，向姑娘一再道谢，给她船钱。姑娘推辞，并道出真情，说自己是太湖里的螺蛳，小船就是螺蛳壳，只求祖师爷日后多关心一点我等姐妹就感恩不尽了。吕纯阳表示今后再也不吃半个螺蛳。次日，吕纯阳又跑到湖边小酒店喝酒，店老板照例给他端上来一碗清燉螺蛳。吕纯阳把一满碗螺蛳全都倒在湖里。据说，那碗无尾螺蛳现在还全活在太湖里……①

这则传说，为中秋节太湖夜游增添了许多的仙气和水气。

3. 秋月格外皎洁

"山水之胜非得佳月，不得助其清发"。② 月夜山水之游，别有一番风味。

《平湖秋月》③这则传说说，某年八月十五中秋之夜，徐渭（文长）来到西湖孤山望湖亭，面对一群文人雅士，画了一幅《平湖秋月图》，又题了两首七言绝句，其中一首写道：

　　天上一轮圆圆月，
　　水中圆圆一轮月；

---

① 《螺蛳姑娘》，见《无锡民间故事精选》，南京大学出版社1991年版。
② （清）李慈铭：《游鉴湖》。
③ 见莫高搜集整理《西湖女神》，贵州人民出版社1993年版。

一色湖光万顷秋，

　　天堂人间共圆月。

文士们一看大吃一惊，禁不住同声叫好。只见又一首写道：

　　平湖一色万顷秋，

　　湖光渺渺水长流；

　　秋月圆圆世间少，

　　月好四时最宜秋。

众人认为此诗写得别致，且是一首藏头诗，每句头一个字连起来一读，竟是"平湖秋月"四字。大家拍手称绝。这则传说，借徐文长的诗、画，极尽赞美西湖中秋月色之能事。

　　4. 秋潮最是壮观

　　在江南沿海地区，许多地方都有中秋观潮的习俗。最负盛名的是钱塘江大潮，亦称钱江潮。

　　有一位宋人具体地描绘了钱江潮的气势："浙江之潮，天下之伟观也。……方其远出海门，仅如银线；既而渐近，则玉城雪岭，际天而来，大声如雷霆，震撼激射，吞天沃日，势极雄豪。杨诚斋[①]诗云'海涌银为郭，江横玉系腰'者是也。"[②]钱江潮，自古以来为天下奇观。据历史记载，唐宋时期多在杭州观潮。后因地理变迁，海宁盐官镇东南一段海塘，成为近代观潮胜地。每年夏历八月十八为潮水最大日，称观潮节。

　　每年观潮节，数以万计的人们前来观看钱江潮。宏伟壮观的钱江潮，千百年来在民间产生了许多美丽动人的传说，这些传说，往往把由自然地理因素形成的大潮，说成是人为因素造成，或神仙法力使然。传说中涉及一系列历史人

[①] （宋）杨诚斋：即杨万里，字诚斋。其诗见《诚斋集·江湖集》。

[②] （宋）周密：《观潮》。

钱塘江潮

物,如伍员、文种、钱镠、朱元璋、戚继光等。而与钱江潮有关联的神佛,则有龙王、龙女、观音等。这许多传说,给来此观潮的人们平添了丰富的遐想和无限的情思。

(四)冬季山水冶游与山水传说

江南山水胜迹布列密集,位于城镇不远,加之冬天并不严寒,因而冬季山水冶游活动也是不少的。

苏州寒山寺是一座古今名刹。唐朝诗人张继的七绝《枫桥夜泊》大大地增加了它的知名度,不仅国内人们向往,日本等国友人也乐于来此。每年除夕夜半到苏州寒山寺听钟声,成为一大盛事,其中就有不少来自东瀛的友人。

杭州西湖的冬天,断桥雪景自古闻名。这断桥,最早是一座小木桥,叫段家桥。传说从前桥旁住着段氏夫妇,心地善良,以卖家酿土酒为生。某日来了一个衣衫褴褛的白发老人,夫妇俩热情款待并留宿。次晨,白发老人临别时赠下三颗酒药。段氏夫妇以这三颗酒药为引子,酿出了好酒,生意兴隆。三年后的冬天,白发老人又冒雪来到。夫妇俩欲留老人长住,并取出三百两银子送老人。老人均推辞,并指点他们将银钱用在最需要的地方。于是段氏夫妇便在原来的小木桥处,造起了一座青石大拱桥,方便游西湖的人。乡人们把此桥称为"段家桥"。后因字音相同,便简称"断桥"。每当瑞雪初霁,站在桥上纵目四望,远山近堤银装素裹,处处琼楼玉树,一片琉璃世界。于是,西湖又多了"断桥残雪"一景。①

多姿多彩的江南山水传说,伴随人们在江南的山山水水间冶游,从春到夏,从秋到冬,人们的山水冶游离不开山水传说,山水传说随着人们冶游活动的展开而传扬开去。

三 山水传说与其他种种山水冶游民俗

在江南各地的山水传说中,可以见到形形色色的山水冶游民俗。其中,有在特定时间、地点观赏特异的山水和天文现象;有依托于山水的进香、庙会活动(朝山进香兼山水冶游);有与山水景物有关的民俗事象;有紧系山水的民间游艺。下面分别论述。

(一)在特定时、地观赏特异的山水和天文现象

太阳作为一颗恒星,吸引着地球等一批行星围绕其转,月亮作为卫星又围绕着地球转。每年这些天体运行到一定时候和方位,会产生平时见不到的奇观佳景。而江南地区,北纬30°—31°一带,在某些山岭之巅,每逢一定时日,常常可见天文奇观。例如:"石公山落照台,每年九月十三日落时,看日月对照。"②石公山在东太湖中的苏州洞庭西山,每年夏历九月十三,凡晴日,届时日将西沉,月升于东,遥相对照,持续数分钟,蔚为奇观。与此类似,无锡北乡西高山顶亦可看到"肩担日月"的奇观,即夏历月半之日的黄昏,太阳和月亮同时悬挂在山的东、西两边,可以西观日头东观月。更为奇特的是,夏历十月初一日出之时,浙江海盐南北湖畔云岫山的鹰窠顶、平湖乍浦九龙山之高公山和陈

---

① 《断桥残雪》,见莫高搜集整理《西湖女神》。
② (清)顾震涛:《吴门表隐》卷三,江苏古籍出版社1986年版。

山之巅、苏州阳山和天平山之顶以及上述太湖洞庭西山等处均可观日月并升现象。每年夏历九月三十深夜,人们就早早来到这些景点,守候在山顶上的最佳方位,待十月初一日出时分,一睹奇观。

对于十月初一早晨在钱塘江北岸的海盐云岫山鹰窠顶见到的"日月平升"即"日月合璧"现象,浙江海宁、海盐一带民间流传着这么一则神话传说。说是盘古开天辟地之初,世界还是朦胧一团。盘古看到东方有一线亮光,就循光而行,到了扶桑,看到一对孪生姊妹月亮和太阳,她们用自己身上的光,把周围照得通亮。盘古请月亮和太阳到天上去照亮整个世界,轮流出去,姊妹俩同意。第二天即十月初一早晨,太阳刚跨出大门,见地上的人都望着她,羞得满面通红缩了回来。月亮给太阳一把金针,说谁敢看你,你就扎谁的眼睛。姊妹俩约定来年十月初一再聚会。从此,太阳和月亮一个在白天,一个在夜晚,各自用自己的光华照亮世界。只有到十月初一这天早上,月亮和太阳才聚会。月亮送太阳出山时,依依不舍地走了好一段路才回去。这就是与"钱江潮"共称"浙江双绝"的"日月平升"。①

十月初一清晨在海盐鹰窠顶观赏"日月平升"天文现象,其记载最早见于明代万历年间陈梁的《云岫观合朔记略》,距今已有四百年。据1947年沈荡《行报》记者报导,当年到鹰窠顶看日月平升和烧香者有万多人,其中海宁、海盐人颇多,从杭州、上海乘火车前往者亦不少。数百年来,每年十月初一登鹰窠顶观"日月平升"成为这一带民间一个习俗。

夏历八月十八夜晚,在苏州石湖看"串月"现象,亦称奇观。石湖北面,有座九个环洞的行春桥,每年八月十七夜十一时至十八日凌晨一时可见"石湖串月"奇景。届时,月光初起,入桥洞中,正对环洞,一环一月,九个环洞见九个月亮,其影如串,这就是奇特的"串月"现象。石湖畔的楞伽山(即上方山)望湖亭,为最佳观赏点。苏州民间历来有每年这一天游石湖、观"串月"的习俗。每当此时,关于石湖的传说故事,便在游人中津津乐道。

---

① 《日月平升》,见《中国民间文学集成·浙江省海宁市卷》,浙江省民间文学集成办公室1989年版;又见陶阳、钟秀编《中国神话》,上海文艺出版社1990年版。

夏历八月十八海宁盐官镇观潮,亦属此类。前已有述,此处不赘。

(二) 依托于山水的进香、庙会活动

江南民间的山水冶游,常常与依山旁水的庙会活动结合起来。顾颉刚先生在研究妙峰山庙会时已经指出了这种民间文化现象:所谓"借佛游春",就"成了许多地方的香市"①。例如西湖香市,吴山庙会,普陀山庙会,方岩庙会,茅山赛会,惠山拜香会,穹窿山香会,以及安徽九华山庙会等等,人们无不在进香、参加庙会的前后,进行山水冶游活动。上海松江天马山(干山),人称"烧香山",周边地区的人们每年定期来此进香,顺便游览天马山。这种例子,在江南各地均有。

兹将历史上江南部分地区朝山进香兼山水冶游民俗事象举隅列表如下:

日期(夏历)	地区	朝山进香兼山水冶游民俗事象	资 料 出 处
二月初二	苏州	"社日",到穹窿山上真观"朝觐","解天饷"	民国二十二年《吴县志》
二月初三至五月端午	杭州	西湖香市(天竺香市、下乡香市、三山香市)	(明)张岱《西湖香市志》(清)范祖述《杭俗遗风》
二月十二	苏州	虎丘花神庙系牲献乐,以祝花诞	民国二十二年《吴县志》
二月十九	普陀	"观音诞生日",普陀山香会	刘晓华《吴山越水的民俗与旅游》
二月十九	杭州	三吴士女纷至上天竺进香	(清)陈梦雷、蒋廷锡等辑《古今图书集成》《风俗考》
二月十九	苏州	支硎山是日开山,士女连袂进香,游人携酒食,载箫鼓,往来天平、灵岩诸山不绝	清乾隆《元和县志》民国二十二年《吴县志》
二月十九	龙游	赴鸡鸣岩朝拜观音	民国十四年《龙游县志》

---

① 顾颉刚编著:《妙峰山》,中山大学语言历史学研究所1928年印行。

续表

日期（夏历）	地区	朝山进香兼山水冶游民俗事象	资料出处
二月十九	镇海	士女登招宝山礼佛	民国二十年《镇海县志》
二月中	南京	钟山茅草洼（俗名小茅山）有茅山会	民国二十一年《新京备乘》
二月中旬	无锡	北塘"香灯之会"，盖吴人进香武当者期会于此，船数百，灯数千，士女云集，为一时胜观	（清）黄卬《锡金识小录》清嘉庆《无锡金匮县志》
清明节	湖州	含山庙会	《中国民间文化》总第五集第40—52页
清明日	苏州	府县诣虎丘厉坛祭无祀孤魂，七里山塘，游人骈集，曰"看会"	民国二十二年《吴县志》
清明日	常州	"龙母化身之日"，争趋芳茂山拜祷	清康熙《常州府志》
清明日	江阴	顾山庙会	朱小田《吴地庙会》
三月初三	苏州、吴江	先至上方山谒庙，后以祭物为山水游。郡人倾城而出，游于石湖山水间，邑人亦有游者，饮者、博者、交易者、闲观者，不下万人	明弘治《吴江志》
三月初三	无锡	西高山庙会 晖嶂山真武庙会	（清）黄卬《锡金识小录》
三月初三	常熟	"真武诞"，拂水寺进香，且诵且拜，鱼贯登虞山	清光绪《常昭合志稿》
三月初三	丽水	赛囵山温元帅庙	清同治《丽水县志》
三月初五	绍兴	"夏禹生日"，禹庙游人最盛，士民多作下湖之行	明万历《绍兴府志》 民国二十五年《会稽县志》
三月初六	句容	赛茅山会	民国二十一年《新京备乘》
三月十五	无锡	乡人执香沿途礼拜，上惠山三茅峰，曰"拜香会"	清嘉庆《无锡金匮县志》
三月十五	张家港	香山庙会	朱小田《吴地庙会》

续表

日期（夏历）	地区	朝山进香兼山水冶游民俗事象	资 料 出 处
三月十八	无锡	"三茅君诞"，惠山、堠（吼）山、芙蓉山朝山进香……远近村镇多赛会至山	（清）黄印《锡金识小录》
三月二十七	余姚	眉山聚社，山货百物齐全，凡数日	民国九年《余姚六仓志》
三月二十八	无锡	"东岳诞"，庙在惠山，锡邑诸神皆往朝拜	（清）黄印《锡金识小录》
三月二十八	松江	载歌粤游，礼干山（天马山）东岳祠	清嘉庆《松江府志》
三月二十八	余姚	男女至黄山烧香罗拜。大姓皆楼船箫鼓至庙拜祷，或鸣榔游饮，谓之"游江"	明万历《绍兴府志》
三月二十八	萧山	至蒙山东岳行祠拜祷，归船游饮，至月杪乃止	清乾隆《萧山县志》
四月初八	青阳	"佛诞节"，九华山浴佛法会	丁剑等《江淮热土的民俗与旅游》
四月初十	镇海	"葛仙翁生日"，灵峰香市最盛	民国二十年《镇海县志》
四月初十	余姚	历山仙坛住僧托佛治斋售牒，有"小灵峰"之称	民国九年《余姚六仓志》
四月十五	昆山	"马鞍山神诞"，异神出游，观者如堵，谓之"朝山王"庙会	明万历《昆山县志》 清道光《昆新两县志》
六月十九	普陀	"观音出家日"，普陀山香会	刘晓华《吴山越水的民俗与旅游》
六月十九	镇海	士女登招宝山礼佛	民国二十年《镇海县志》
六月二十四	杭州	北山雷院炷香	明万历《杭州府志》
六月三伏日	余姚	上黄山烧伏香	清光绪《余姚县志》
七月十五	苏州	"三官诞"，七子山香火最盛	清光绪《苏州府志》
七月十五	青阳	"自恣日"，九华山盂兰盆会	丁剑等《江淮热土的民俗与旅游》

续 表

日期 (夏历)	地区	朝山进香兼山水 冶游民俗事象	资 料 出 处
七月三十	青阳	"地藏诞",九华山地藏法会、大愿法会	丁剑等《江淮热土的民俗与旅游》
七月三十	南京	清凉山地藏会	民国二十一年《新京备乘》
八月十三	永康	"胡公则生辰",各以村落为会,登方岩,赛神而还,是为方岩庙会	清康熙《永康县志》
八月 二十五	德清	封山里人为"防风会",略如"春社"	明嘉靖《武康县志》 清乾隆《武康县志》
九月初九	休宁、 黟县之间	齐云山朝山香会	丁剑等《江淮热土的民俗与旅游》
九月十九	普陀	"观音成道日",普陀山香会	刘晓华《吴山越水的民俗与旅游》
九月十九	镇海	士女登招宝山礼佛	民国二十年《镇海县志》
十月	诸暨	九江山圣姑庙赛会	清宣统《诸暨县志》
秋	苏州	合资赴穹隆山进香建醮,曰"穹隆香"	民国十九年《相城小志》

　　对于如上这类朝山进香兼山水冶游的民俗事象,在山水传说中有所反映。例如位于长江南岸的苏州地区张家港市,有一座香山。传说,远古时代香山一带一片汪洋,玉皇大帝派文殊菩萨到此开辟了一片新地。不久这里聚集了一些中原逃荒来的人,开垦耕耘,成了富饶的鱼米之乡。为感谢神仙,人们在香山顶上修了一座庙,塑了文殊菩萨的像,纷纷朝山进香。① 又传说,观音娘娘因厌弃仙界生活,来到长江北岸一小村安了家,每天浣纱织布,把布分给穷苦百姓,深受当地人们爱戴。某年三月十五,观音娘娘正在岸边浣纱,闻见对岸的香山上有个热闹的庙会。观音娘娘向众乡亲挥手作别,欲飞过长江去香山看一下人间庙会。突然间,一个面目凶狠的天将,驾着一团黑云向观音娘娘追

---

① 《文殊菩萨镇仙虎》,见《苏州民间故事》。

去。北岸百姓连忙一齐拿起扫帚,把地上的灰尘扫向天空,使那天将睁不开眼,不得不停止追赶。观音娘娘在众百姓掩护下及时到江南赶上香山庙会。从此,每年三月十五,天空中总是灰蒙蒙的,那就是观音娘娘过江赶庙会。① 以上两个传说,讲述了张家港香山庙会的由来和观音娘娘赴庙会的行动,使香山笼罩了佛教文化的气息,并给到香山进香、赶庙会和游山观景的人们增添了很大乐趣。

(三)与山水景物有关的民俗事象

江南许多地方的一些比较特异的民俗事象,往往与山水景物有关。如清人袁中郎云:"苏州三件大奇事,六月荷花二十四,中秋无月虎丘山,重阳有雨治平寺。"②"六月荷花二十四",是指夏历六月二十四游东郊黄天荡(俗称荷花荡),并有赤脚涉水的风俗;"中秋无月虎丘山",是指八月十五,无论天晴天阴有月无月,"倾城游虎丘,笙歌彻夜",成为惯例;"重阳有雨治平寺",是指九月初九到上方山登高,游治平寺,风雨无阻。

锡山在无锡城之西。旧时无锡人在元宵之夜有城内燃薪、同时游人登锡山的风俗。清人黄卬《锡金识小录》记道:正月"十五日,'元宵节'。夜断松木为薪,架而燃于门左,佐以爆竹银花,曰'火炉',盖古糁盆遗意。游人多至锡山巅眺城内外,宛若火城。……明季'元宵',灯火极盛;国初犹然,正街结彩悬灯,争奇竞胜。"③真是一幅奇异别致的风俗图。

皖南宁国县更有一个怪俗。三月"三日,古称'上巳'。士女郊游,踏青拾翠,亦与修禊类。是夜,登山望燐,名'看鬼火',点点星星,若明若灭。"④

(四)紧系山水的民间游艺

以山水环境为舞台和背景的民间游艺,在江南各地花样百出。最为普遍的是龙舟竞渡、登高歌赋、拳船比艺、水灯会……这些游艺活动,是山水冶游的一个组成部分。如湖州风俗:"棹小舟于溪上为竞渡,谓宜田蚕,始于'寒食',

---

① 《文殊菩萨镇仙虎》,见《苏州民间故事》。
② 转引自《元和县志》,清乾隆二十六年刻本。
③ (清)黄卬:《锡金识小录》,清光绪二十二年刻本。
④ 《宁国县志》,民国二十五年铅印本。

至'清明日'而止,谓之'水嬉'。今之哨船即其遗风。"①何谓"哨船"？方志上记道：三月"'寒食节',乡村以农船驾四橹,上设彩亭旗帜,列各种器械,互较技勇诸艺,谓之'哨船',驶南北山前,而东乡双福桥尤盛。"②又如无锡人游惠山时,总要在惠山街上的泥人铺前耍"套泥人"的玩意儿,即用一定的钱买一定数量的小藤圈,站在一定的距离甩套排列在地的各式泥人,套中即归该游客所得,套不中便算。惠山泥人这种民间工艺品也便进入了人们山水冶游的范围。有一些传说,介绍了这类紧系山水的民间游艺。

如有一个传说说,富春江上的船户渔家,每逢夏历七月三十,盛行水灯会,方圆十几里的人,都赶来看灯。传说从前有个青年渔人哑鹳,虽是个哑巴,却聪颖能干,不但善于下水捕鱼捉蟹,还会扎各式各样的灯彩。东海龙宫里有个碧珠公主,也爱扎灯彩,手艺非凡。这一年,她扎了一盏精细别致的珠蚌灯,扮作渔家女来到富春江参加水灯会。哑鹳扎了一盏活龙活现的鹭鸶灯,划着船来到江上。哑鹳和碧珠公主两船相遇,经攀谈,两人同乘一船一起放灯。谁知这年的水灯会,特别是那盏珠蚌灯,惊动了乌龟精。乌龟精驾着恶浪前来,一个浪头把珠蚌灯打落水中。哑鹳拿起撑篙击中了龟板。乌龟精大怒,掀翻渔船,把哑鹳和碧珠公主打落水中。碧珠公主将护身宝物明珠丢入深潭,救起哑鹳。在福善大师帮助下,哑鹳喉畅耳明,能讲能听了。又以药酒毒死乌龟精,叫它变成了乌龟山。最后鹳子和碧珠公主请春江为媒,托鹳山作证,成了亲。从此,龟川不再翻船,覆船山改称为福善山。富春江上,清晨和黄昏七彩荡漾,据说是碧珠公主的明珠在江底闪闪发光的缘故。富春江水灯会更盛了,因为碧珠公主和鹳子手艺高,大家跟着学,这里的灯彩就名闻天下。年轻男女同船放灯的风气,由碧珠公主和鹳子开了头,也就流行起来。③

浙江不少地方都有每逢节日在江河湖泊中放水灯的民间文艺活动。如旧时富春县夏历七月三十"地藏生日"之夜,不仅家家于地上燃香烛,而且"邑城南门外江中遍燃水灯,一望如繁星灿烂。又有画船箫鼓,高唱入云,殊属生面

---

① 《西吴里语》。
② 《湖州府志》,清乾隆四年刻本。
③ 《富春江水灯会》,见《杭州的传说》,上海文艺出版社1980年版。

别开"。① 又如钱塘江中,八月"'中秋'夕,浙江(按即钱塘江)放'一点红'羊皮小水灯,数十万盏,浮满水面,烂如繁星,或谓此江神所喜,非徒事美观也"。②它既是一种民间山水游艺活动,又是一项民间信仰活动。

　　有些山水传说,还可以帮助人们了解各地与山水有关的民间工艺美术等地方风物。比如无锡一个关于惠山泥人大阿福的传说说,很久以前,无锡锡山、太湖一带有四只妖怪,就是毒龙、恶虎、刁马、臭鼋,经常损坏庄稼,危害百姓。有个圆头大脸的小孩大阿福挺身而出,提着棍、挟着枪、拿着刀,并接过百岁老伯的一把宝剑,立誓除掉妖怪。大阿福在太湖边遇"四妖",毒龙首先窜过来,大阿福佯装不敌往北退却,猛一转身,枪戳毒龙喉咙,经几个回合较量,把毒龙刺杀在锡山西面。毒龙变成了一带青山,就是龙山(惠山),其喉咙处那个枪洞变成一口井,就是二泉。接着,大阿福用粗棍打伤了刁马,刁马逃到西太湖边就断了气,变成马山,山腰那个坳就是挨着粗棍的地方。臭鼋逃到太湖边,大阿福用大刀向它砍去,鼋头缩进硬壳;大阿福狠击一棍,打得鼋背裂开,鼋头直伸;大阿福对准臭鼋的头颈举刀一砍,臭鼋的头颅被砍下,变成了鼋头渚。最后,大阿福的宝剑刺进恶虎身子,恶虎惨叫着直往东南方向逃去,逃到苏州城外死去,变成了虎丘山,宝剑的劈痕成了虎丘山上的剑池。大阿福除灭四妖,他却因伤势过重而不幸死了。乡亲们为了纪念他,照着他生前模样,用家乡的惠山黄泥捏了个胖乎乎的泥娃娃,涂上油彩,供在屋内,代代相传,传到如今。这就是惠山泥人"大阿福"。③

　　这则传说,讲述了"大阿福"的来历,介绍了惠山、马山、鼋头渚、虎丘山等著名山水景点,把山水景物与民间工艺品水乳交融般结合起来敷演出生动有趣的故事,成为山水传说中的一类很有特色的作品。

　　总之,江南地区附丽于山山水水的山水传说,同山水冶游民俗关系密切。江南山水传说,可以说是在江南的明山秀水和冶游民俗的基础上生长出来的

---

　　① 《富春县志》,清光绪三十二年刻本。
　　② 《乾淳岁时记》。
　　③ 《大阿福》,见《中国民间文学集成·无锡县民间故事集》,无锡县民间文学"三套集成"办公室编,1987年版。

一簇奇葩丽花。探讨山水传说与冶游民俗的关系,对于加深对这一类民间文学作品的理解,对于发展江南地区的旅游事业(包括山水风光游、名胜古迹游、民俗风情游)是大有好处的。

我国进入社会主义新时期和新世纪新阶段以来,改革开放欣欣向荣,经济、社会加速发展,人民物质生活显著改善,文化生活需求随之提高,旅游事业迅速地发展起来。秀美宜人的江南山水,吸引着本地区以及全国各地乃至境外国外的广大游客纷至沓来。为了更好地推动旅游事业的发展,各地加强硬件建设(宾馆、饭店等)和软件建设(服务、礼仪等);并纷纷举办各具特色的山水旅游节,大力营造旅游活动的文化氛围。各地的山水旅游节,成为新的地方性的节庆民俗。这种节庆民俗,为当地山山水水的传说故事的传播开辟了新的契机和途径。

下面将当今江南一部分地方的山水旅游节举隅列表如下:

省、直辖市	市、县、区	景区景点	旅游节名称	举办季节
江苏	苏州	太湖	一品梅苏州太湖旅游节	早春
	苏州	洞庭西山林屋洞	太湖梅花节	早春
	苏州	洞庭东山、西山	碧螺春茶文化节	春
	苏州	虎丘山	虎丘庙会	秋
	苏州	天平山	红枫节	秋
	苏州市吴中区		梅花节	2月
	苏州市吴中区		碧螺春茶文化节	3月
	苏州市吴中区	穹隆山	孙子兵法文化旅游节	5月
	苏州市吴中区	穹隆山	木渎藏书羊肉美食文化节	秋
	无锡	梅园	梅花节	早春
	无锡市滨湖区	太湖	太湖山水文化节	春
	无锡	太湖	太湖旅游节	秋
	无锡	马山	灵山历史文化旅游节	秋
	无锡		中国(无锡)徐霞客旅游节	春
	江阴		徐霞客文化旅游节	春
	南京	钟山梅花山	中国(南京)国际梅花节	春
	南京	秦淮河风光带	春节灯会	早春

续 表

省、直辖市	市、县、区	景区景点	旅游节名称	举办季节
江苏			夫子庙庙会	春
			"秦淮之夏"	夏
			美食节	秋
	镇江	焦山	瘗鹤铭书法艺术节	秋
	溧阳	天目湖	天目湖旅游节	春
	常熟	尚湖	中国(常熟)尚湖国际文化节	4月20日—5月20日
	常熟	沙家浜镇	阳澄湖大闸蟹旅游节	秋
	扬州	瘦西湖、蜀冈	烟花三月下扬州节	春
	扬州		烟花三月国际经贸旅游节	春
	扬州		琼花节	春
浙江	杭州	西湖	西湖旅游节	秋
	杭州	西湖	中国杭州西湖博览会	秋
	杭州	西溪湿地	西溪湿地探梅节	早春
	杭州		中国茶圣节	春
	杭州 嘉兴海宁	钱塘江	中国国际钱江观潮节	夏历八月十八前后
	余杭	超山	中国杭州超山梅花节	早春
	临安		御茶节	春
	临安	大明山	金秋红叶节	秋
	湖州	含山	蚕花节	清明节
	安吉		中国竹乡生态旅游节	秋
	绍兴	鉴湖、东湖	鲁迅文化艺术节	秋
	绍兴	兰亭景区	中国(兰亭)国际书法节	春
	余姚		杨梅节	初夏
	宁海		中国(宁海)徐霞客开游节	5月
	新昌 天台 仙居 临海		"新天仙配"风情旅游节	夏历七月初七前后
	台州	天台山	云锦杜鹃节	春
	临海	桃渚城	江南长城节	秋
	温岭		中国石文化旅游节	春
	金华	北山三洞	中国金华茶文化节	春

续表

省、直辖市	市、县、区	景区景点	旅游节名称	举办季节
浙江	温州	瓯江	温州旅游节	春
	永嘉	楠溪江	楠溪江文化旅游节	秋
	洞头		"渔家乐"民俗风情节	夏
	舟山	普陀山	普陀山之春旅游节	春
	舟山		中国(舟山)海鲜美食文化节	夏
	舟山市定海区	朱家尖	国际沙雕节	秋
	舟山市岱山区		中国海洋文化节	初夏
	舟山市普陀区	普陀山	莲花洋休闲节	春
	舟山	普陀山	中国(普陀山)南海观音文化节	夏历九月十九前后
安徽	黄山市屯溪区	黄山	黄山国际旅游节	10月
	芜湖		菊花旅游节	秋
	马鞍山	采石矶	吟诗节	夏历九月初九
上海	上海市及各区县		上海旅游节	秋
	松江	佘山	佘山兰笋文化节	3—4月
	松江	东佘山	重阳登高节	夏历九月初九
	青浦	淀山湖	淀山湖文化艺术节	9月底—10月底
	青浦	淀山湖朱家角	古镇旅游节	秋
	南汇		上海桃花节	春
	宝山	长兴岛、横沙岛	"秋之韵"柑橘文化节	秋
	奉贤	海湾旅游区风筝放飞场	上海旅游风筝节	秋

今天,游客在旅游江南各地的山水景区景点时,常常能从导游人员或当地人的口中,听到一代代传承至今的许许多多关于山山水水的传说故事。丰富而优美的江南山水传说有着极强的生命力,仍在给人们的山水旅游活动加油添劲,为弘扬中华民族文化和吴越区域文化,为社会主义文化大发展大繁荣和精神文明建设发挥作用。

〔附录一〕
江南主要山水旅游景区

所在地区	国家级风景名胜区	省(市)级景区	坐落市、县(区)
太湖地区	太湖风景名胜区		无锡市、苏州市、湖州市
	阳羡景区		宜兴市
	顾渚山景区		长兴县
	吴兴景区		湖州市
	马山景区		无锡市
	梅梁湖景区		无锡市
	锡惠景区		无锡市
	蠡湖景区		无锡市
	西山景区		苏州市
	东山景区		苏州市
	光福景区		苏州市
	木渎景区		苏州市
	石湖景区		苏州市
	虎丘山景区		苏州市
	虞山—尚湖景区		常熟市
	马鞍山景区		昆山市
	莫干山风景名胜区		德清县
		南湖景区	嘉兴市
		南北湖景区	海盐县
	佘山风景名胜区		松江区
		淀山湖景区	青浦区

续 表

所在地区	国家级风景名胜区	省(市)级景区	坐落市、县(区)
杭州地区	西湖风景名胜区 　　湖滨景区 　　湖中景区 　　北山景区 　　西山景区 　　南山景区 　　钱江景区		杭州市
	天目山风景名胜区 　　西天目山景区 　　东天目山景区		临安县
	富春江—新安江—千岛湖 风景名胜区		富阳县、桐庐县、 建德县、淳安县
浙江其他 地区(杭、 嘉、湖以外)		五泄景区 东湖景区 雪窦山景区 东钱湖景区	诸暨市 绍兴市 奉化市 鄞县
	普陀山风景名胜区		舟山市普陀区
		岱山景区	岱山县
	嵊泗列岛风景名胜区 　　泗礁景区 　　花鸟景区 　　嵊山景区 　　洋山景区		嵊泗县
	天台山风景名胜区 　　国清景区 　　赤城景区 　　高明景区 　　石梁景区 　　华顶景区 　　万年寿景区 　　清溪景区 　　寒岩景区 　　桃源景区		天台县

〔附录一〕 江南主要山水旅游景区

续 表

所在地区	国家级风景名胜区	省(市)级景区	坐落市、县(区)
	雁荡山风景名胜区 　灵峰景区 　灵岩景区 　大龙湫景区 　雁湖景区 　显胜门景区 　仙桥景区 　羊角洞景区		乐清县
	楠溪江风景名胜区 　楠溪及沿江农村文化景区 　大若岩景区 　石桅岩景区 　北坑景区 　陡门景区 　水岩景区 　四海山景区		永嘉县
		洞头列岛景区	洞头县
		北山三洞景区	金华市
		六洞山景区	兰溪市
		方岩景区	永康县
		南明山—东西岩景区	丽水市
		仙都景区	缙云县
		石门洞景区	青田县
		烂柯山景区	衢州市
		江郎山景区	江山市
皖南地区	**黄山风景名胜区** 　温泉景区 　云谷寺景区 　北海景区 　西海景区 　天海景区 　松谷庵景区 　玉屏楼景区 　半山寺景区		黄山市

续表

所在地区	国家级风景名胜区	省(市)级景区	坐落市、县(区)
	慈光阁景区 吊桥庵景区 九华山风景名胜区	石台县溶洞群 齐山—秋浦景区 齐云山景区 太平湖景区	青阳县 石台县 贵池市 休宁县 太平县
宁镇扬地区	钟山风景名胜区 中山陵景区 明孝陵景区 灵谷寺景区 古城墙景区 钟山山后景区 玄武湖景区 狮子山景区 金山风景名胜区 蜀冈—瘦西湖风景名胜区 瘦西湖景区 二十四桥景区 蜀冈名胜区 古城遗址区	栖霞山景区 茅山景区	南京市 南京市栖霞区 镇江市 句容县 扬州市

〔附录一〕 江南主要山水旅游景区

〔附录二〕
本书主要参考书目

《马克思恩格斯选集》(1—4卷),人民出版社1972年5月第1版

《毛泽东　周恩来　刘少奇　朱德　邓小平　陈云论民族文化》,人民出版社
　　1992年6月第1版

(春秋末—汉初)《山海经》

(汉)袁康《越绝书》

(汉)赵晔《吴越春秋》

(北魏)郦道元《水经注》

(晋)干宝《搜神记》

(南朝梁)任昉《述异记》

(唐)许嵩《建康实录》

(明)徐弘祖《徐霞客游记》

(清)金玉相《太湖备考》

(清)顾震涛《吴门表隐》

陆鉴三选注《西湖笔丛》,浙江人民出版社1981年2月第1版

《太湖传说故事》,中国民间文艺出版社1982年5月第1版

《江苏山水传说集》,江苏人民出版社1983年3月第1版

《浙江风物传说》,浙江人民出版社1981年1月第1版

《苏州民间故事》,中国民间文艺出版社1989年7月第1版
《无锡民间故事精选》,南京大学出版社1991年8月第1版
《常州民间故事集》,中国民间文艺出版社1989年5月第1版
《常州民间故事集(二)》,佳恩有限公司出版社1992年12月初版
《无锡县民间故事集》(上、下),1987年9月第1版
宜兴市文化局编、周梦江主编《宜兴民间文学大观》,南京出版社1992年12月
　　第1版
《江阴市民间故事集》,江阴市民间文学集成办公室1988年10月编印
《西湖民间故事》(增订本),浙江人民出版社1978年5月第1版
《杭州的传说》,上海文艺出版社1980年3月第1版
莫高搜集整理《西湖女神》,贵州人民出版社1993年12月第1版
《嘉兴市故事卷》,浙江文艺出版社1991年4月第1版
《湖州市故事卷》,浙江文艺出版社1991年12月第1版
钟伟今搜集整理《吴越山海经》,上海人民出版社1989年12月第1版
钟伟今选编《湖州民间故事精选》,湖州市民协、群艺馆1992年4月印行
《常熟传说》,常熟市文联、民协1992年12月编印
邱士龙、王延龄编《上海的传说》,上海文艺出版社1988年8月第1版
《南京民间传说》,江苏人民出版社1983年3月第1版
《镇江民间故事》,中国民间文艺出版社1982年8月第1版
《金山民间传说》,江苏人民出版社1980年11月第1版
《扬州民间传说》,江苏人民出版社1983年9月第1版
崔学云主编、马春阳副主编《京杭运河之光》,南京大学出版社1993年印刷
　　出版
何悟深《黄山:传说故事、风景名胜》,天津人民出版社1985年7月第1版
施玉清搜集《九华山的传说》,中国民间文艺出版社1985年出版
严小琳、吴经纬编写《中国名山秀水故事》(徐中玉主编),东方出版中心1996
　　年8月第1版
王世伟、王晓云编写《中国名胜古迹故事》(徐中玉主编),东方出版中心1996

年 8 月第 1 版
徐旭生《中国古史的传说时代》，文物出版社 1985 年 10 月新 1 版
吴越史地研究会编《吴越文化论丛》，上海文艺出版社 1990 年影印本
董楚平《吴越文化新探》，浙江人民出版社 1988 年出版
张荷《吴越文化》，辽宁教育出版社 1991 年 7 月第 1 版
罗国杰主编《马克思主义伦理学》，人民出版社 1982 年 4 月第 1 版
王兴洲《伦理学原理》，东北师范大学出版社 1988 年 7 月第 1 版
《钟敬文民间文学论集》(上、下)，上海文艺出版社 1985 年 6 月第 1 版
天鹰《中国民间故事初探》，上海文艺出版社 1982 年出版
姜彬《区域文化与民间文艺学》，中国民间文艺出版社 1990 年 12 月第 1 版
张紫晨《中国古代传说》，吉林文史出版社 1986 年 7 月第 1 版
《中国民间传说论文集》，中国民间文艺出版社 1986 年 8 月第 1 版
程蔷《中国民间传说》(刘魁立主编"中国民间文化丛书"之一)，浙江教育出版社 1995 年 3 月第 2 版
屈育德《神话·传说·民俗》，中国文联出版公司 1988 年 9 月第 1 版
浙江省民协编《民间文学集成研究》，新华出版社 1993 年 12 月第 1 版
《历代小说笔记选》，商务印书馆香港分馆出版，广东人民出版社重印
蒋松源主编《历代山水小品》，湖北辞书出版社 1994 年 10 月第 1 版
袁行霈编选、张相儒注释《中国山水诗选》，中州书画社 1983 年 9 月第 1 版
金启华、臧维熙编注《古代山水诗一百首》，上海古籍出版社 1980 年 8 月第 1 版
段宝林、江溶主编《中国山水文化大观》，北京大学出版社 1995 年 1 月第 1 版
郑祖安、蒋明宏主编《徐霞客与山水文化》，上海文化出版社 1994 年 5 月第 1 版
臧维熙主编《中国山水的艺术精神》，学林出版社 1994 年 6 月第 1 版
范阳主编《山水美论》，广西教育出版社 1993 年 12 月第 1 版
《山水美探胜》，重庆出版社 1994 年 4 月第 1 版
萧梦龙主编《江南胜迹》，江苏科学技术出版社 1983 年 12 月第 1 版
邵忠主编《太湖风光》，同济大学出版社 1991 年 2 月第 1 版

钱今昔《中国旅游景观欣赏》,黄山书社1993年2月第1版
刘天华《园林艺术及欣赏》,上海教育出版社1989年5月第1版
商友敬《山情水韵——中国游览文化》,上海古籍出版社1991年10月第1版
《华东旅游指南》,中国旅游出版社1983年出版
石三友《故土旅情》,江苏人民出版社1987年8月第1版
王邦铎主编《浙江旅游大观》,测绘出版社1989年出版
《安徽旅游》,安徽人民出版社1983年7月第1版
赵永复《十大古都》,上海古籍出版社1992年11月第1版
宗力、刘群《中国民间诸神》,河北人民出版社1986年9月第1版
岳俊杰、蔡涵刚、高志罡主编《苏州文化手册》,上海人民出版社1993年6月第1版
《常熟掌故》,江苏文史资料编辑部1992年9月出版发行
潘一平等编著《杭州湖山》,上海教育出版社1984年11月第1版
《松江九峰》,上海古籍出版社1995年9月第1版
《佘山小志　干山志》,1994年10月印行
吴贵芳《淞故漫谈》,上海人民出版社1991年12月第1版
周邨主编《江苏风物志》,江苏古籍出版社1985年出版
姚根发等编《浙江风物拾趣》,新华出版社1984年11月第1版
吴贵芳主编《上海风物志》,上海文化出版社1982年出版
杨嘉祐《上海风物古今谈》,上海书店1991年12月第1版
顾炳权《上海风俗古迹考》,华东师范大学出版社1993年6月第1版
朱福烓、许凤仪、谈宝森《扬州风物志》,江苏人民出版社1980年6月第1版
《安徽风物志》,黄山书社1985年5月第1版
《中国地方志民俗资料汇编·华东卷》(上、中、下)(丁世良、赵放主编),书目文献出版社1995年2月第1版
戴松年、徐伦虎、曹玲泉编著《中国旅游地理》,测绘出版社1986年6月第1版
徐艺乙等《江南水乡的民俗与旅游》,旅游教育出版社1996年1月第1版
刘晓华《吴山越水的民俗与旅游》,旅游教育出版社1996年1月第1版

徐华龙、吴祖德、高洪兴、刘东远《黄浦江畔的民俗与旅游》,旅游教育出版社 1996 年 1 月第 1 版

丁剑、梅森《江淮热土的民俗与旅游》,旅游教育出版社 1996 年 1 月第 1 版

《双休日旅游指南(上海·江苏卷)》,上海人民出版社 1996 年 9 月第 1 版

《双休日旅游指南(浙江·安徽卷)》,上海人民出版社 1996 年 9 月第 1 版

《中国名胜词典》第 3 版(国家文物事业管理局编),上海辞书出版社 1997 年 7 月第 1 版

隗芾主编《中国名胜典故》,吉林人民出版社 1989 年出版

张楚北、陈越、杜道恒主编《中国风景名胜故事词典》,上海辞书出版社 1995 年 11 月第 1 版

姜彬主编《中国民间文学大辞典》,上海文艺出版社 1992 年 6 月第 1 版

袁珂编著《中国神话传说词典》,上海辞书出版社 1985 年 6 月第 1 版

叶大兵、乌丙安主编《中国风俗辞典》,上海辞书出版社 1990 年 1 月第 1 版

姜彬主编《吴越民间信仰民俗》,上海文艺出版社 1992 年 7 月第 1 版

姜彬主编《稻作文化与江南民俗》,上海文艺出版社 1996 年 4 月第 1 版

姜彬主编《东海岛屿文化与民俗》,上海文艺出版社 2005 年 6 月第 1 版

〔英〕爱德华·泰勒《原始文化》,连树声译,上海文艺出版社 1992 年 8 月第 1 版

〔英〕詹·乔·弗雷泽《金枝》,徐育新、汪培基、张泽石译,中国民间文艺出版社 1987 年 6 月第 1 版

〔日〕绫部恒雄编《文化人类学的十五种理论》,国际文化出版公司 1988 年出版

〔日〕柳田国男《传说论》,连湘译,中国民间文艺出版社 1985 年出版

〔美〕丁乃通《中国民间故事类型索引》,孟慧英、董晓萍、李扬译,春风文艺出版社 1983 年 11 月第 1 版

《民间文学论坛》(刊)

《民间文艺集刊》(刊)

《民间文艺季刊》(刊)

《中国民间文化》(刊)

《东南文化》(刊)

后 记

本书所引江南山水传说资料，多采自江、浙、沪各市、县民间故事卷本，《中国风景名胜故事词典》和各种民间传说书刊，特致厚谢。

在这一课题的研究中，得到了上海社会科学院文学研究所领导的大力支持，曾被列为所资助项目。在研究的过程中，已故吴越民间文化研究大师姜彬先生曾热诚鼓励和指导，他的著作《区域文化与民间文艺学》对我的研究起了导向的作用。苏州蔡利民、袁震，无锡朱海容、包荣纲、张伯安，常州韦中权，杭州莫高、顾希佳，嘉兴朱关良，湖州钟伟今，长兴吴兴国、郑云芳，宜兴周梦江，江阴黄溪源，常熟王建东，太仓陈有觉等先生以及各地民间文学"三套集成"办公室慷慨惠赠资料。无锡吴学研究所曾将本书的前期成果《吴地山水传说》列入"吴文化知识丛书"编辑出版。

本书卷首和书中的江南山水照片由陈迎彰先生提供。

本书的出版，得到了上海社会科学院老干部办公室的资助支持。潘颂德先生热忱推介，文汇出版社慨允付梓。

所有这一切，均深为感激，在此致以诚挚的谢忱。

作　者

2012年初春于沪西向阳斋

图书在版编目(CIP)数据

山风水韵:江南山水传说/许豪炯著. —上海:
文汇出版社,2012.7
ISBN 978-7-5496-0451-7

Ⅰ.山… Ⅱ.①许… Ⅲ.①民间故事-文学研究-
华东地区 Ⅳ.I207.7

中国版本图书馆CIP数据核字(2012)第113740号

山风水韵
——江南山水传说

作　　者	许豪炯
责任编辑	闻　之
特约编辑	安春杰
封面装帧	周夏萍
出版发行	**文汇**出版社 上海市威海路755号 (邮政编码 200041)
经　　销	全国新华书店
照　　排	南京展望文化发展有限公司
印刷装订	上海译文印刷厂
版　　次	2012年7月第1版
印　　次	2012年7月第1次印刷
开　　本	720×960　1/16
字　　数	260千
印　　张	18.75(插页8面)

ISBN 978-7-5496-0451-7
定　　价/38.00元